大学文科基本用书·文学
DAXUE WENKE JIBEN YONGSHU · WENXUE

唐诗宋词

（第二版）

程郁缀 著

北京大学出版社
PEKING UNIVERSITY PRESS

图书在版编目(CIP)数据

唐诗宋词/程郁缀著. —2 版. —北京：北京大学出版社，2012.12
（大学文科基本用书·文学）
ISBN 978-7-301-21565-4

Ⅰ.①唐… Ⅱ.①程… Ⅲ.①唐诗—诗歌研究—高等学校—教材②宋词—诗歌研究—高等学校—教材 Ⅳ.①I207.2

中国版本图书馆 CIP 数据核字(2012)第 273818 号

书　　　名	唐诗宋词（第二版）
	TANGSHI SONGCI（DI-ER BAN）
著作责任者	程郁缀　著
责 任 编 辑	徐丹丽
标 准 书 号	ISBN 978-7-301-21565-4
出 版 发 行	北京大学出版社
地　　　址	北京市海淀区成府路 205 号　100871
网　　　址	http://www.pup.cn　新浪微博：@北京大学出版社
电 子 邮 箱	编辑部 wsz@pup.cn　总编室 zpup@pup.cn
电　　　话	邮购部 010-62752015　发行部 010-62750672
	编辑部 010-62752022
印　刷　者	北京虎彩文化传播有限公司
经　销　者	新华书店
	965 毫米×1300 毫米　16 开本　15.5 印张　230 千字
	2002 年 12 月第 1 版
	2012 年 12 月第 2 版　2025 年 9 月第 12 次印刷
定　　　价	49.00 元

未经许可，不得以任何方式复制或抄袭本书之部分或全部内容。
版权所有，侵权必究
举报电话：010-62752024　电子邮箱：fd@pup.cn
图书如有印装质量问题，请与出版部联系，电话：010-62756370

目 录

第一章 绪 论 ... 1
第一节 唐诗发展概述 ... 1
第二节 唐宋词发展概述 ... 13
第三节 诗体和词体的文学特征举要 ... 19
第四节 关于分类选诗和诗歌分类研究 ... 33

第二章 山水田园诗词论析 ... 43
第一节 唐以前山水田园诗 ... 44
第二节 唐代山水诗简论 ... 54
第三节 唐代田园诗撷英 ... 72
第四节 宋代山水田园词举要 ... 82

第三章 友情送别诗词论析 ... 94
第一节 重视友道的优良传统 ... 94
第二节 唐以前送别诗歌简述 ... 100
第三节 唐人送别诗赏析 ... 104
第四节 宋人送别词举要 ... 111
第五节 送别诗歌中常见意象分析 ... 120

第四章 咏史怀古诗词论析 ... 130
第一节 咏史怀古诗歌的含义和历史源流 ... 130
第二节 唐代咏史怀古诗论析 ... 134
第三节 宋代咏史怀古词论析 ... 151
第四节 咏史怀古诗词的艺术特征 ... 167

第五章　咏物诗词论析·············171
　　第一节　唐以前咏物诗歌简述·······171
　　第二节　唐人咏物诗论析·········177
　　第三节　宋人咏物词概述·········186
附　录·····················200
　　一　岁寒三友——松············200
　　二　岁寒三友——竹············206
　　三　岁寒三友——梅············213
　　四　唐宋咏月诗词赏析···········220
　　五　唐宋咏春诗词赏析···········231
后　记·····················241
改版后记····················244

第一章 绪 论

第一节 唐诗发展概述

我国是诗的国度。从先秦的原始歌谣、诗三百、楚辞,到汉魏六朝的乐府、古诗,到隋唐五代、宋元明清的诗词散曲,犹如一条灿烂的银河,横贯中国文学的广袤星空。这条银河中最灿烂的星群,无疑是唐代诗歌。唐代诗歌代表着唐代文学的最高成就,堪称有唐一代文学的标志。

有唐一代(618—907)不到三百年,但在诗歌领域里却出现了空前繁荣的局面。其繁荣主要表现在:一是诗歌数量之多,是空前的。清代康熙年间所编《全唐诗》,共900卷,收诗48000多首,加上后人的补逸、补遗、续拾等,共存诗约50000首。二是诗人之多,也是空前的。《全唐诗》中共收诗人2200多个,不但大家、名家高朋满座,而且普通诗人盛友如云。特别是这些诗人遍布社会的各个阶层,上到帝王、嫔妃、文臣、武将,下到渔人、樵夫、宫女、歌伎等等,都可以联句吟诗。三是题材广泛,流派纷呈。既有山水诗、田园诗、边塞诗,又有政治诗、讽喻诗、咏史怀古诗、闺怨宫怨诗、友情送别诗、咏物言志诗等等。流派各种各样,风格千姿百态。四是体裁丰富,众体皆备。诸如骚体、歌行体、乐府、古风、五绝、七绝、五律、七律、排律等等,应有尽有。五是名篇迭出,不胜枚举;好诗如潮,传诵不息。六是求新求变,充满了创造精神。诚如陈贻焮先生在《增订注释全唐诗》的序(文化艺术出版社,2008年)中所热情称赞的那样:"有唐一代诗,上承汉魏之风骨与齐梁之英华,并风骚之精神,皆从彼挹取;下开两宋之派别及明清之波澜,即和韩之坛坫,亦由兹分出。文质兼备,盛莫能加,岂特我国诗史之高峰,实亦世界文化之伟观也。"

一

关于唐诗的分期问题,在唐诗研究中一直众说纷纭;从二分法、三分法、四分法到八分法,不一而足。但总的说来,明人高棅将唐代诗歌分为初、盛、中、晚四个阶段的"四分法"影响最大,尽管在具体的划分上也往往不可避免地存在着争议,但我们可以基本上沿用此说。

从唐朝建国(618)至唐玄宗即位(712)这90余年,称为初唐。这是唐诗繁荣到来的准备阶段,在风骨、声律、意境等诸多方面,为盛唐诗歌高峰的到来做了充分的准备。

自从西晋灭亡以后,近300年间,文学一直在南北分裂的局面中发展着,南北文学虽各有所长,但也各有其明显的不足和弱点;如何取二者之长,尽弃其短,创造出更加辉煌的文学,是摆在初唐诗人面前的重大课题。唐代的安定统一,为解决这一问题提供了时代的机遇,著名政治家魏徵明确提出了解决南北文风矛盾对立的方法和目标:"江左宫商发越,贵于清绮;河朔词义贞刚,重乎气质。气质则理胜其词,清绮则文过其意。理深者便于时用,文华者宜于咏歌。此其南北词人得失之大较也。若能掇彼清音,简兹累句,各去所短,合其两长,则文质斌斌,尽善尽美矣。"(《隋书·文学传序》)这种理想在初唐四杰的诗歌创作实践中得到了初步实施。

被称为"初唐四杰"的王勃、杨炯、卢照邻、骆宾王,虽然年辈不同(卢、骆比王、杨年长十几岁),但创作活动都基本集中在高宗朝(650—683)和武后时期(684—705)。出众的文才与盛名,使他们极为自负,充满了博取功名的憧憬;卑微的官职与地位,又使他们心中郁积着不甘久居人下、坎壈于圣明之代的雄杰之气。反映在诗歌创作上,四杰的诗重视抒发一己之情怀,出现了一种壮大的气势,具有慷慨悲凉的感人力量,这些在古体和歌行里表现得尤其充分。与此同时,他们还具有变革文风的自觉意识和非常明确的审美追求,反对继承齐梁遗风的纤巧绮靡的上官体,倡导一种富有"骨气"的刚健之诗,为因循的初唐诗坛吹进了一阵清新的空气。如王勃的"海内存知己,天涯若比邻"(《送杜少府之任蜀川》),杨炯的"宁为百夫长,胜作一书生"(《从军行》),卢照邻的"得成比目何辞死,愿作鸳鸯不羡仙"(《长安古意》),骆宾王的"此地别燕丹,壮士发冲冠。昔时人已没,今日水犹寒"(《于易水送人》)。因此,杜甫在《戏为六绝句》(其二)中称赞道:"王杨卢骆当时体,轻薄为文哂未休。尔曹身与名俱灭,不废江河万古流。"然而,不可讳言的是,由于种种原因,四杰仍残留着不少南朝遗风。

直到陈子昂出现,齐梁诗风才被彻底否定,一针见血地指出那是"彩丽竞繁,而兴寄都绝","逶迤颓靡,风雅不作"。(《与东方左史虬修竹篇序》)从"四杰"发端的那种渴望建功立业的昂扬情调,在陈子昂的代表作——《感遇诗三十八首》中,变得更加激越,充满了不甘平庸、积极进取的精神风貌。这位抱负远大、任侠使气的诗人,第一次将汉魏风骨与风雅兴寄联系起来,明确提出"风骨""兴寄"的文学理想;提倡"骨气端翔,音情顿挫,光英朗练,有金石声"(《与东方左史虬修竹篇序》)的作品。刘勰《文心雕龙·风骨》篇云:"怊怅述情,必始乎风;沉吟铺辞,莫先于骨。""练于骨者,析辞必精;深乎风者,述情必显。"可见,从艺术创作和审美机理上来说,"风骨"不仅是诗歌内容与形式的要求,还是对诗歌的整个构造与感染效果的要求。一篇富有风骨的作品,必须首先具有让作者自己感动的内容,发乎内,形于外,将壮大昂扬的情思与优美的声律词采结合起来,创造健康而瑰丽的文学。这对于当时诗风的变革起到了积极的推动作用,在清扫齐梁余风、为盛唐诗歌开辟大道方面,陈子昂所做出的贡献是不可磨灭的。所以杜甫称赞他:"有才继骚雅,哲匠不比肩。公生扬马后,名与日月悬。"(《陈拾遗故宅》)韩愈称赞他:"国朝盛文章,子昂始高蹈。"(《荐士》)直到金人元好问仍不遗余力地称颂道:"沈宋横驰翰墨场,风流初不废齐梁。论功若准平吴例,合著黄金铸子昂。"(《论诗三十首》其八)虽然物质上的黄金,并没有铸成一个陈子昂的像;但精神上的黄金早已经铸造了一个陈子昂的像,在唐代诗坛上永远熠熠闪光!

"风骨"的建立主要是通过对南朝遗风否定来实现的,而"声律"却有赖于对"永明体"的继承和发展。"永明体"的产生,标志着中国古典诗歌的一大进步,为后来律诗的成熟及唐诗的繁荣奠定了基础。可是这项工作在南朝并未完成,声律的真正成熟尚有待于以"沈宋"为代表的初唐诗人。高宗、武后时期,尚文辞的进士科的勃兴,为有文才的士子提供了更多的仕进机会。与"四杰"同时或稍后的一批初唐著名诗人,如杜审言、李峤、宋之问、沈佺期等,均由进士科及第而步入仕途。他们入朝做官时所写的分题赋咏和寓直酬唱之类的"台阁体"诗,虽然在内容上缺乏新意,但在诗律方面却有很大进展。这批诗人主要在永明体的基础上做了两个工作,一是把四声二元化,二是解决了粘式律的问题,从律句律联到构成律篇,摆脱永明诗人种种病犯说的束缚,创造了一种既有程式约束又留有广阔创造空间的新体诗——律诗。其中贡献最大的就是沈佺期和宋之问,是他们最后完成了律诗的"回忌声病,约句准篇"(《新唐书·宋之问传》)的任务,因此又称律诗为"沈宋体"。

盛唐诗在"风骨""声律"两方面的准备尽管在"四杰"、陈子昂、"沈宋"等人理论和诗歌创作中表现得相当显著,但盛唐诗的妙处并不仅仅在于兼备"风骨"和"声律",它那种玲珑剔透、浑然天成的意境也一直极受称道。这种诗境也同样不是骤然出现的。张若虚、刘希夷等人对南朝宫体诗做了积极的扬弃,在诗歌意境的创造方面用力甚深。生活在初、盛唐之交,大致和陈子昂同时登上诗坛的张若虚现仅存诗两首,但一篇《春江花月夜》却被人们称为足以压倒全唐之作。《春江花月夜》是乐府清商曲吴声歌旧题,据说为陈后主所制,隋炀帝也写过这个题目,那都是浮华艳丽的宫体诗。张若虚虽然用的是乐府旧题,写的是汉末以来屡见不鲜的游子思妇的离愁,却赋予了它全新的内容。诗的开始八句描绘月下美景,"空里流霜不觉飞,汀上白沙看不见",整个大自然仿佛被月光净化了似的,这一空明纯净的写景成为整个乐章的动人序曲。中间八句写月下的深思遐想,"江畔何人初见月,江月何年初照人",这是一个永无答案的谜,体现一种对人生宇宙上下求索的精神。后二十句写月下游子思妇的相思离别,"谁家今夜扁舟子,何处相思明月楼","玉户帘中卷不去,捣衣砧上拂还来",依人的月色和缠绵的离情交织渗透在一起,浑然难分。全诗将画意、诗情以及对宇宙奥秘和人生哲理的体察融为一体,创造出情景交融、玲珑透彻的诗境。这昭示着如同羚羊挂角、无迹可求的盛唐诗歌即将到来。

二

唐玄宗开元(713—741)天宝(742—756)年间,无论从诗歌抑或历史而言,称之为盛唐都是当之无愧的。唐诗在这一时期达到了巅峰。盛唐诗歌内容丰富,题材多样,感情饱满,基调高亢,"文质取半,风骚两挟",形式完美,体裁皆备,风格明朗,技巧精纯,语言清丽,音律和谐;诗歌中洋溢着一种昂扬进取、积极振奋的时代气息,回荡着热烈奔放、乐观欢快的青春旋律,这就是后人所津津乐道的"盛唐气象"。

我们习惯上以开元十五年(727)为一个分界线,这是因为它凝结着历史和时代的机缘;武后时期兴起的重视文辞的进士科,至此进一步演变为"以诗赋取士",为庶族士子打开了入仕的希望之门。这一时期既是唐王朝走出武韦政治危机之后社会日趋安宁繁荣的时期,也是唐代诗人群体完成新旧交替的关键时期。以创作格律诗见长的沈、宋等人相继过世,他们留下的严整规范的格律诗,为后世格律诗的创作提供了便利;与此同时,张九龄(49岁)、孟浩然(39岁)、李颀(38岁)、王昌龄(38岁)等以山水田园诗或边塞诗为主的诗人已经成熟,王维(27岁)、李白(27岁)、高适(26岁)等更为优秀的后继者已步入诗坛。从此,盛唐诗风完全摆脱了齐梁遗风,形成自己独特的风格,各种各样的诗人群体争奇斗妍,其中影响最大的是山水田园诗派和边塞诗派。

盛唐山水田园诗派的代表人物王维,诗歌题材并不单一,但奠定他在唐诗史上大师地位的,是其抒写隐逸情怀的山水田园诗。受当时隐逸之风的影响,王维很早便开始了亦官亦隐的生涯。如同大多数盛唐士子一样,王维也是将归隐视为傲世独立的表现,把返归自然当作精神的慰藉和享受。由于他多才多艺,精通音乐,又擅长绘画,因此,他对自然美具有独特而又敏锐的感受,笔下的山水景物特别富有神韵,常常略加渲染,就能表现出深长悠远的意境,很耐人寻味,被誉为"诗中有画,画中有诗"(苏轼语)。禅宗修养又令他心境空明,以一种虚灵的胸襟去体悟山水,在清新宁静而又生机盎然的山水中,感受到万物生生不息的生之乐趣,精神也升华到空明无滞的境界,自然的美与心境的美融为一体,创造出水月镜花般的明净秀丽的诗境。王维晚年隐居辋川别业时所写的《辋川集》20首,最能体现这种空灵的禅境,如:"独坐幽篁里,弹琴复长啸。深林人不知,明月来相照。"(《竹里馆》)又如《皇甫岳云溪杂题五首》之一的《鸟鸣涧》:"人闲桂花落,夜静春山空。月出惊山鸟,时鸣春涧中。"与王维并称"王孟"的孟浩然,也是盛唐山水田园诗派的主要作家。其诗清淡,长于写景,多反映隐逸生活,曾以"微云淡河汉,疏雨滴梧桐"名震京师。但总体而言,略逊于王。当时的诗坛上还有一批诗风与王孟相近的诗人,如裴迪、储光羲、刘昚虚、张子容、常建等等。

　　盛唐空前的强大国力和高度繁荣的经济,赋予了士子强烈的自信心和自豪感,动辄以公侯卿相自许。开元、天宝年间,朝廷大事边功,出现了高仙芝、哥舒翰、封常清等以守边博得高爵的著名将领,为当时的士人展示了一条封侯的捷径。于是,热衷功名富贵、大有豪侠之风的士子或慷慨从军,或游历幽燕,或出使边陲,写下了大量的边塞诗。当时,这类诗歌几乎在每一位诗人笔下都出现过,例如王维,虽以山水田园诗著称,边塞诗亦为数不少,且不乏名篇,如《老将行》《使至塞上》等。最著名的边塞诗人是并称"高岑"的高适和岑参。二人虽然都有军旅生涯的体验,诗风却不尽相同。作为一位真正具有军事才能的政治家,高适的诗歌融会了对边塞生活的实地体验和冷静观察,总是以政治家的眼光深刻揭示边防政策的弊病,以政论的笔调表达对战争的意见,反映现实的深度在同时代的边塞诗人中首屈一指,特别是代表作《燕歌行》。此外,由于高适的大部分作品写于安史之乱以前,坎壈的早年经历使他的诗歌颇多寓壮气于苍凉之中的慷慨悲歌。而岑参的边塞生活体验最为丰富,他的两次从军,主要出于立功边塞的慷慨豪情;他又是一位性情极为好奇的诗人,因此,他总是以浓重的色调描绘西北边疆的奇丽风光和异域风情。这些边塞风光和风情,一到他的笔下,便全都变得神奇瑰丽起来,如《白雪歌送武判官归京》《走马川行奉送出师西征》等等。岑参的这些边塞诗,极大地拓展了唐人边塞诗的内容和范围。当时,其他创作边塞诗的诗人和诗作还有王翰《凉州词》、王之涣《凉州词》、李颀《古从军行》、祖咏《望蓟门》等,均各具特色。尤其值得大书一笔的是王昌龄写的边塞内容的七绝,最为人称道,如《从军行七首》《出塞二首》等等。

当然,盛唐虽是名家辈出,各极其妙;但最能代表盛唐气象的还当首推李白。这位才华绝世的诗人,有感于"大雅久不作,吾衰竟谁陈"(《古风》),继承汉魏乐府"感于哀乐,缘事而发"的优良传统和诗歌风骨,大力拟作古乐府,意欲振起诗道。他的乐府诗大量地沿用乐府古题,或用其本意,或翻案另出新意,或借古题写时事,或借古题抒写自己的情怀,曲尽拟古之妙。这位孕育于盛唐文化、最能代表盛唐士人精神风貌的天才诗人,诗中总是充溢着狂傲的独立人格,非凡的自负和自信,处处皆有"我"在。他总是习惯用第一人称的抒怀、议论,用大胆的夸张和巧妙的比喻突出主观感受,完全打破了传统乐府用赋体叙事的写法,将自己的浪漫气质带进乐府,使古题乐府获得了新的生命,把乐府诗创作推向了无与伦比的高峰。他的歌行体诗如《蜀道难》《将进酒》《宣州谢朓楼饯别校书叔云》等等,更是脍炙人口;诗歌创作的一切固有格式几乎被他完全打破,诗笔随着诗人瞬息万变的情感,变幻莫测、摇曳多姿而又宛若天成。句式的长短变化和音节的错落,更加强了回环振荡的节奏旋律,使其诗气势磅礴,充分体现了盛唐诗歌蓬勃向上的时代精神。李白诗歌与裴旻剑舞、张旭草书并称为三绝。天性豪放洒脱的李白虽不愿过多地受到格律的束缚,但并非不重音律,他往往寓声律于自然之中,以雄放飘逸的风骨使风雅更具浪漫的神韵,因此,绝句这种形式远比律诗更受其青睐。他创作的绝句,那清新的境界,飘逸的风神,流畅的节奏,朴实的语言,亦罕有伦比。李白的诗歌风格是豪放飘逸与清新自然兼而有之,各臻化境。他那豪放飘逸的诗风,我们可以用杜甫称赞他的诗句来形容,那就是:"笔落惊风雨,诗成泣鬼神。"(《寄李十二白二十韵》)他那清新自然的诗风,我们可以用他自己的诗句来形容,那就是:"清水出芙蓉,天然去雕饰。"(《经乱离后天恩流夜郎忆旧游书怀赠江夏韦太守良宰》)中唐诗人白居易在《李白墓》诗中写道:"可怜荒垅穷泉骨,曾有惊天动地文。"晚唐诗人杜荀鹤在《经青山吊李翰林》诗中写道:"青山明月夜,千古一诗人。"是的,李白不愧为"千古诗人之冠"。

三

关于中唐的分期,一向争议最多。但天宝十四载(755)冬爆发的"安史之乱",不仅是唐代社会由盛而衰的分水岭,也对文学的变化产生了强烈的影响,"安史之乱"历时八年,使盛唐诗歌那种理想色彩和浪漫情调迅速淡化,写实性逐渐增强,这是一个不争的历史事实。因此,这里采用从至德初(756)到长庆末(824)之说。中唐是继盛唐之后的另一诗歌高峰,这一高峰当然不如盛唐高峰,但它的意义主要在于开拓了诗歌个性化的创作道路,推进了唐代诗风的转变。

唐代诗风的转变,应该说始于诗圣杜甫。杜甫虽然比李白只小11岁,虽然俩人是好朋友,大体上也是生活在盛唐时期,但俩人的主要人生经历和诗歌创作,却分属两个不同的历史阶段。李白是和唐帝国一起走向鼎盛的,他的经历和诗歌创作主要在"安史之乱"之前,而杜甫的经历和诗歌创作主要在"安史之乱"之中和之后,他饱尝了那个时代的苦难,目睹和体验了唐帝国由盛到衰、急剧变化的严酷现实,他的诗歌把写实倾向推向了艺术的顶峰。在"安史之乱"中,他与千千万万民众一样流离失所,他的诗如"三吏""三别"《春望》等,最早也最全面、最深刻地反映了这场大战乱所造成的灾难,展现了战火中整个社会生活的广阔画面,被誉为"诗史"。诗史的性质,决定了它写作方法的变化,杜甫把强烈深沉的抒情融入叙事手法中,以叙事手法写时事。无论是题材还是写法,都呈现出迥异于盛唐诗的风貌。杜诗风格虽不一而足,最引人注目的是它的沉郁顿挫,这是急遽变化的时代环境、穷愁困苦的个人生活、博大深厚的思想感情、沉着蕴藉的表现手法等多种因素造成的。杜诗虽兼备众体,但在艺术上最突出的贡献,是使律诗的表现手法达到了炉火纯青的境界,七律更是在他手里才真正成熟。他是以顿挫精练的声律使风雅更具现实的深度。他不仅精心安排声律,还从严谨中求变化,尤其是拗体七律,突出表现了变化中的完整。从诗歌发展来看,李白结束了一个时代,杜甫则开启了一个时代。杜诗积累了极其丰富的艺术经验,为后来者的进一步发展提供了各种可能,对后世产生了无与伦比的影响。

然而，经历这一巨变的其他诗人，很少具备杜甫那样博大的胸襟；以往的太平盛世又使他们的心理承受力非常脆弱，不免因社会衰败而彷徨消沉。大历（766—779）至贞元（785—805）初年，气骨顿衰，诗坛上多是平庸之作。韦应物、刘长卿及"大历十才子"，是这一时期较重要的诗人。直到贞元、元和（806—820）年间，情况才发生了根本改变，国势的好转使士人渴望中兴，在参与政治改革的同时，诗坛上也出现了革新的风气，掀起了诗歌创作的又一次高潮。艺术成就虽不若盛唐，但百舸争流，异彩纷呈，个性之鲜明，创作之丰富，犹在盛唐之上。其中影响最大的，是尚险怪的韩孟诗派和尚浅俗的元白诗派。

韩愈、孟郊等人，进一步发展了杜诗奇崛的一面，力求瑰奇怪诡，形成了韩孟诗派。最先呈现出怪奇倾向的是孟郊，毕生的失意和沦落使他的诗风格幽冷，往往以幽僻、清冷、苦涩意象表现其寒苦的生活，尤其善于以"寒"字为中心，刻画对生活的特殊感受，被苏轼称为"郊寒岛瘦"。韩愈形成雄怪的诗风虽受孟郊的直接影响，但青出于蓝，成就远在孟郊之上。韩愈有极强的用世之心，性格狷直褊狭，曲折艰辛的入仕经历和屡遭贬黜的官场生涯，极大地加剧了韩愈的心理冲突，因此，他的诗不仅以雄大气势见长，而且常常跃动着一种怨愤郁躁的情绪。他特别喜欢搜罗奇语，雕镂词句，创造前人未曾使用过的险怪意象，甚至以丑陋的事物入诗，形成了以丑为美的特色。韩孟诗派除了追求诗歌的雄奇怪异之美，还大胆创新，或以散文的章法结构诗篇，或在诗中大量使用长短错落的散文句法，尽力消融诗与文的界限，韩愈的"以文为诗"，对宋诗影响深远。

韩孟诗派的另一位重要成员是天才少年李贺。这位没落的宗室后裔致身通显的强烈心理期待与贫寒的家境、冷酷的现实形成了巨大的反差；更为不幸的是，他的心理甚至比自幼羸弱的身体还要脆弱。因此，他的失落感和屈辱感较常人要沉重得多，精神极度抑郁，畏惧着死的同时又对生无可留恋。于是，他不断地思索人生、命运、生死等问题，写鬼怪，写死亡，写游仙，写梦幻，抒发着自己无尽的苦闷。韩孟诗派较重要的成员还有卢仝、马异、刘叉、皇甫湜等人。

稍后登上诗坛的是以元稹、白居易为代表的元白诗派，尽管他们重写实、尚通俗，似乎与韩孟诗派大相径庭，但殊途同归，也是为了走出盛唐,革新诗风。这一诗派以讽喻时事的乐府诗著称。张籍、王建是中唐时较早从事乐府诗创作的诗人,时号"张王"。二人不但有同窗之谊,诗风也近似,一般都取材于"俗人俗事"并深入挖掘,使诗中的一人一事一语成为社会的缩影。他们对元、白的新乐府创作有着直接的影响。

元、白的新乐府是当时士风的产物。贞元、元和年间是士人精神再度振奋的时期,"安史之乱"改变了唐王朝原有的政治格局,依托科举制成长起来的进士科阶层在政治上迅速崛起,并成为唐王朝的政治中坚。他们多来自中下层,深感自身的命运与王权秩序紧密相连,这与旧贵族多以家族为中心的社会观念截然不同。因此,在政治上表现出的主体意识要明显得多,白居易等人的讽喻诗就是在这种大背景下出现的。李绅作20首新题乐府,元稹写了12首和诗,后又与刘猛、李余相和,作《乐府古题》,皆为讽喻时事之作。但总的说来,概念化倾向比较严重,远不如白居易的同类作品。白居易认为,诗的功能是惩恶劝善,补察时政,"文章合为时而著,歌诗合为事而作";而且为了使读者易于理解,诗歌还必须既真实可信,又浅显易懂。他的《秦中吟》10首、《新乐府》50首,就是在这一理论的指导下创作的,也是对杜甫的写时事的创作道路的进一步发展。但过重的现实功利色彩,也不可避免地将诗歌导入了狭窄的路途。

白居易对自己的诗作最看重的是讽喻诗和闲适诗,浅切平易的语言风格是这两类诗歌的共同特点。而后者淡泊悠闲的意绪情调以及所表现的那种退避政治、知足保和的"闲适"思想、皈依佛老、效法陶渊明的生活态度,对后世文人的影响更为深远。值得一提的是他的两首长诗:前期的《长恨歌》和后期的《琵琶行》,取得了杰出的成就,在当时便广为流传,以至于"童子解吟长恨曲,胡儿能唱琵琶篇"(宣宗李忱《吊白居易》),后世更成为千古传诵的名篇。

元稹、白居易除了在诗歌语言的通俗化方面做出了巨大的贡献外,还通过诗歌酬唱促进了格律技巧的纯熟。中唐诗人间的交往唱和之风,早在贞元年间即已开始。元、白在相识之初,即有酬唱,此后他们分别被贬,虽路途遥遥,仍频繁寄诗,酬唱不绝,并创立了比一般唱和难度更大的以长篇排律和次韵酬答来唱和的形式,使格律诗因难见巧,在艺术上得到了进一步的深化和发展。

在贞元、元和诗坛上,韩孟、元白诗派影响虽大,刘禹锡、柳宗元却能够不为二者所囿,自成一家。二人都是"二王八司马"的重要成员,永贞(805)革新失败后,远谪遐荒,不得复用。但柳宗元过于执着,对那场导致自己终身沉沦的政治悲剧始终难以忘怀,无法超拔,终于郁郁而终,致使他的纪游诗文也染上了浓郁的凄清色彩。而刘禹锡身上昂扬的乐观精神和坚毅的个性,却使他能够直面苦难,超越苦难。因此,他的诗作胸次高迈,骨力劲健,充满了蓬勃向上的生命活力。应当说,是政治上的挫折玉成了他的咏史怀古诗,那种对历史和人生深刻思索,睿智而又隽永;如《西塞山怀古》《石头城》《乌衣巷》等等。但更为后人所称道的,还是他的 11 首《竹枝词》。由于刘禹锡以《竹枝词》吟咏风俗获得了巨大成功,遂使竹枝词几乎成后世文人吟咏风俗的专用体裁。

四

长庆(821—824)以后至唐亡,是为晚唐。唐敬宗和唐文宗时期开始,唐王朝便已经陷入了无法挽救的危机之中。宦官专权,藩镇割据,骄兵难制,战乱屡起,赋税沉重,民资空竭。随着唐王朝危机的深化,唐诗风貌发生了又一次转变。李商隐的"夕阳无限好,只是近黄昏"(《乐游原》)的诗句,成了晚唐时代和诗坛的最形象的写照。

晚唐士子已经提不起精神再做中兴的美梦,无论对王朝还是自身的前途都不抱太大希望,这种抑郁悲凉的情怀很早就在咏史诗中体现出来。这些诗或诉诸想象,或诉诸理性的思考,构成了以杜牧、李商隐为代表的晚唐咏史诗的基本特色。他们都以诗人的慧心和敏锐,从一点生发,逼出无情的历史逻辑。只是李商隐往往把历史教训凝结在一个细节、一幅图景之中,而杜牧则以政治家、军事家的眼光,直接站出来进行议论褒贬。除了杜牧和李商隐外,许浑的怀古咏史诗也相当出色。除了怀古咏史诗之外,在写景抒情方面,杜牧的七绝颇多佳作,如《江南春》《清明》《山行》等。

然而,更能反映晚唐时代特征的还是情爱诗。由于在功业仕途上缺少出路,礼教又比较松弛,晚唐士子便转而从男女性爱方面寻求心灵的慰藉，以致诗歌的主题有时即使与爱情无关，也总是带着浓重的闺阁情调。其中，并称"温李"的温庭筠与李商隐，为诗歌开辟出了新的境界。温庭筠习惯用艳丽细腻的笔调描画女子的容颜和情态，语言华丽，色彩浓艳，给人以感官与印象刺激。李商隐的《无题》诗虽然也一样具有浓丽的色彩，但艺术成就远非温庭筠可比。青年时期的多次恋爱与爱妻的早逝，在他心里刻下了无法抹去的伤痕；而没落的时代，衰败的家世，仕途的失意，无疑更加重了这位纤细敏感的诗人的感伤情绪。这种怅惘莫名的心绪，几乎连他自己也无法索解，于是，他以"无题"或用诗歌的开头两字命名（实际上也是无题，如《锦瑟》），以爱情体验为中心，通过典故的大量运用和意象的独特组合，抒发自己怅惘、感伤、寂寞、向往、失望等情感交织在一起的复杂情思，形成了雾里看花般的朦胧诗境。"温李"之后，韩偓、吴融的艳情诗也颇为著名。

晚唐的另外一些失意文人，如长期困于考场的士子和地位卑微的官吏，则把大量的时间和精力放在作诗上，苦吟不休，以此来获取精神上的补偿。此风始于中晚唐之交的贾岛和姚合。他们的诗名起于元和后期，但贾岛卒于会昌三年（843），姚合大约卒于大中九年（855），均已入晚唐。他们多方面审视、发掘、体验自己贫穷窘困的生活，以清新奇僻为尚，代表了晚唐一种相当普遍的创作风尚，所以有很多追随者。

从咸通（860—874）后期开始，唐王朝风雨飘摇，大厦将倾。入仕不仅比以前更难以有所作为，而且常有性命之忧。这使得一些人对功名比较淡漠，一切淡然处之，在优游山水中求得一份心灵的恬静。陆龟蒙、皮日休、司空图等人的诗歌，突出地表现了这种避世心态与淡泊情思。

唐末，动荡的时代，促使聂夷中、杜荀鹤等诗人的目光转向民生疾苦，如聂夷中的《伤田家》、杜荀鹤的《山中寡妇》《再经胡城县》等，忧民之心可掬。饱经易代之际的种种劫难的郑谷、韦庄、罗隐等人，对时代的丧乱有更多的反映。但无论哪一位诗人都对时代不复存什么希望，诗里充满了末世的凄凉意绪。在这种低婉哀伤的曲调中，唐诗的发展历程也随着唐王朝的覆灭而黯然结束。而在唐诗肥沃的土壤中孕育和萌发的另一种新芽——词，却应运而生，抽枝放叶，展示出蓬勃生长的无限生机，到了两宋时，终于呈现出一派"万紫千红总是春"的喜人景象。

第二节　唐宋词发展概述

词,原是配合燕乐而创作的歌辞。燕乐,是随着隋的统一而兴起的一种汉族民间音乐和少数民族以及外来音乐交融而产生的新的音乐。因此,词在唐代文献包括敦煌卷子中都称之为曲或曲子,如《云谣集杂曲子》《曲子长相思》等。直到五代时后蜀广政三年(940)欧阳炯的《花间集序》中,才出现"诗客曲子词五百首"的字样。与欧阳炯同时代的孙光宪在《北梦琐言》中,也记有"晋相和凝,少年时好为曲子词"。所谓"曲子词","曲子"是其燕乐曲调,"词"则是与这种曲调相配合的唱辞。"词曲本不相离,惟词以文言,曲以声言耳。"(清刘熙载《艺概》)"以文写之则为词,以声度之则为曲。"(清宋翔凤《乐府余论》)晚唐五代以后,人们或简称其为"曲子"。王灼《碧鸡漫志》亦认为:"古歌变为古乐府,古乐府变为今曲子,其本一也。"或简称其为"词"。在唐宋词演变的历史进程中,"词"逐渐脱离音乐关系,即词的文学生命逐渐高于词的音乐生命,从而成为韵文中与诗并列的独特的一体。

虽然词发轫于隋代,"盖隋以来,今之所谓曲子者渐兴"(宋王灼《碧鸡漫志》),但隋代词或仅具雏形,或未能保存下来,所以我们在简述词的发展概况时,还是从唐代开始。

一

大凡一种新的文学样式,总是先从民间生活的土壤中萌发嫩芽的。词,也不例外。清代光绪二十六年(1900),甘肃敦煌莫高窟藏经石室被打开,遂昭示于天下的"敦煌曲子词",被推尊为"倚声椎轮大辂"(朱孝臧《云谣集杂曲子跋》),这是词初期阶段民间创作的产物。其创作年代多无定论,大体以晚唐五代居多;但可以确定其中已有初盛唐时期的词作品。

敦煌曲子词作者阶层众多,作品题材广泛,"有边客游子之呻吟,忠臣义士之壮语,隐君子之怡情悦志,少年学子之热望与失望,以及佛子之赞颂,医生之歌诀"(王重民《敦煌曲子词集叙录》)等等。从词体尚未定型、词风朴素率直、艺术上还比较粗糙稚拙、情调也相当健康爽朗等方面,既可看出词草创阶段的具体特色,又可证明处于开创时期的民间词的内容也是十分丰富的。

产生于民间的曲子词,早在盛唐时便引起了诗客文士们学习创作的兴趣。现存最早的文人词,学术界有一种看法(笔者也同意这种看法)认为是盛唐大诗人李白的《菩萨蛮》和《忆秦娥》。其《忆秦娥》词曰:"箫声咽,秦娥梦断秦楼月。秦楼月。年年柳色,灞陵伤别。乐游原上清秋节,咸阳古道音尘绝。音尘绝。西风残照,汉家陵阙。"北宋词人李之仪(？—1117)所填的一首《忆秦娥》词,自己标明是"用太白韵"。词曰:"清溪咽,霜风洗出山头月。山头月。迎得云归,还送云别。　　不知今是何时节,凌歊望断音尘绝。音尘绝。帆来帆去,天际双阙。"可见在北宋神宗年(1067—1085)前后,被认为是李白所作的这首词便受人重视,并被作为唱和的对象。作为文人词的辉煌开篇,这两首词在词史上特别引人注目;宋人黄昇的《唐宋诸贤绝妙词选》甚至尊二词为"百代词曲之祖"。到了中唐,文人创作词渐成风气。如果说《菩萨蛮》《忆秦娥》是否为李白所作尚有争议的话,但到了中唐时期文人创作词则为不争之史实。中唐张志和、韦应物、戴叔伦、王建、刘禹锡、白居易等一批诗人,都留下了词作。这些词体制比较短小,大都是令词,如《渔歌子》《调笑令》《忆江南》等等,但内容并不狭窄。其中张志和的《渔歌子》五首,抒写隐逸情怀,词风清新平淡。问世后和者甚多,流风远及扶桑,日本弘仁十四年即唐穆宗长庆三年(823),嵯峨天皇和皇女共写下12首和词,不减唐人高处。另外,值得注意的是白居易写了三首《忆江南》,其一尤为脍炙人口。词曰:"江南好,风景旧曾谙。日出江花红胜火,春来江水绿如蓝。能不忆江南。"他的好朋友刘禹锡也写了两首《忆江南》,其中一首曰:"春去也,多谢洛城人。弱柳从风疑举袂,丛兰浥露似沾巾。独坐亦含嚬。"尤其珍贵的是词人在词题下自注:"和乐天春词,依《忆江南》曲拍为句。"这是词史上有关依曲填词的最早记录,标志着词体已由"选词以配乐"的萌芽形态,逐渐发展到"由乐以定词"的相对成熟的阶段;同时也开了文人以词唱和的新风。

到了晚唐五代,词已经相当成熟,出现了词史上第一位以词著称的大词人温庭筠。他虽然也作诗,但诗名为词名所掩;在后蜀赵崇祚编的《花间集》中,他被列在所收18位词家之首,入选的词作也在总数500首中占66首之多,难怪后人称他为"花间鼻祖"(清王士禛《花草蒙拾》)。《花间集》中词人大多是出生于蜀地或仕宦于前后蜀,就总体风格而言,诚如欧阳炯在其序中所说:"镂玉雕琼,拟化工而迥巧;裁花剪叶,夺春艳以争鲜。是以唱云谣则金母词清,挹霞醴则穆王心醉。名高《白雪》,声声而自合鸾歌;响遏行云,字字而偏谐风律。……绮筵公子,绣幌佳人,递叶叶之花笺,文抽丽锦;举纤纤之玉指,拍按香檀。不无清绝之辞,用助娇娆之态。"这种以歌咏男欢女爱、相思离别为主要内容,以红楼翠阁、闺房帐帏为主要背景,以香艳浓丽、婉约缠绵为主要风格特征的花间词,对词体文学的特质、特征和特色影响极大。所谓"诗庄词媚"之说,究其成因,不能不说与花间派词的影响有关。当然,《花间集》在此主调之外,也还有别调,像薛昭蕴《浣溪沙》(倾国倾城恨有余)那样低回怀古的词,像毛文锡《甘州遍》(秋风紧)那样描写边塞征战的词,像鹿虔扆《临江仙》(金锁重门荒苑静)那样哀伤亡国之痛的词,像欧阳炯、李珣《南乡子》组词那样描绘南国风土人情的词,像孙光宪、李珣《渔歌子》组词那样歌咏隐逸生活的词,等等,都是《花间集》中别开生面之作,但这些既不是花间词的主流,也在相当一段历史时期内没有形成大的影响。

　　五代时期,与西蜀词遥相呼应的是南唐词,时代稍晚,词人也少,主要是"二主一相",即中主李璟、后主李煜、宰相冯延巳。其中成就最突出的是李后主;特别是南唐灭亡由君主沦为阶下囚的沧桑巨变,使他的词的内容和风格都为之一变,在"日夕以眼泪洗面"(清沈雄《古今词话》卷上引《乐府纪闻》)的生活中,唱出了"小楼昨夜又东风,故国不堪回首月明中""问君能有几多愁?恰似一江春水向东流"(《虞美人》)等充满亡国之痛的人生哀歌,冲破了花间藩篱,在词坛上独开出一片新的题材领域。他的词以白描手法,抒真挚之情,有着强烈的艺术感染力。清人周济将他与温、韦并论,形象地指出其各自特色:"毛嫱、西施,天下美妇人也;严妆佳,淡妆亦佳;粗服乱头,不掩国色。飞卿(温庭筠),严妆也;端己(韦庄),淡妆也;后主则粗服乱头矣。"(《介存斋

论词杂著》)

总之,萌芽于隋唐之际的词,在唐代民间的沃壤中开出了鲜艳的花朵;盛唐、中唐文人已染指填词,渐成风气;及至晚唐五代,词已经相当成熟,作为韵文中一种独立的新体,在诗坛上争得了一席之地。

二

踏上两宋词坛,放眼望去,满目青山,遍地英雄。数不尽的名家辈出,说不尽的名篇如云;词风多样,流派纷呈,局势开张,气象恢宏,出现了空前繁荣的鼎盛局面。据《全宋词》及《全宋词补辑》所收,词家达1400余家,词作逾20000首,词坛上硕果累累,蔚为大观,成就辉煌,终于像有唐一代文学代表的唐诗一样,成为有宋一代文学的代表。唐诗宋词,在中国韵文天地里恰如双峰对峙,成为两座巍峨的历史丰碑;又似两水分流,灌溉着后世文学的万顷良田。

北宋的词,大致可分为四个时期:第一个时期是宋初令词为主的时期,以晏殊、欧阳修为代表。词的体制和题材,与《花间集》相近;词风清丽闲雅,不出南唐窠臼。第二个时期是以柳永为代表的时期。柳永是词史上全力作词的第一人,他的词,在内容上有新扩展,开始描写都市风光(如《望海潮》"东南形胜"等),抒发羁旅情怀(如《戚氏》"晚秋天"等);在体制上则突破小令的格局,或将本为短小的令词衍为长调,或干脆自创新腔,以赋体作长调,"铺叙展衍,备足无余";如自度曲《戚氏》共三阕,长达212字,略次于最长的240字的词《莺啼序》。柳词在风格上能雅不避俗,蕴雅于俗,俗不伤雅,雅俗并陈,故而雅俗共赏,流布极广,甚至远传至西夏。《避暑录话》记载有一个西夏归朝官说:"凡有井水处,即能歌柳词。"

第三个时期以苏轼词为代表。苏轼在革新词体、开创词风上做出了卓越的贡献。他"以诗为词",凡可写入诗中的,都能以词来表达,词在他手中达到了"无意不可入,无事不可言"(刘熙载《艺概》)的地步。这样使词摆脱了"艳科"的范围,提高了词品和词的抒情功能,以词来抒发报国立功的理想(如《江城子·密州出猎》)、抒发高远阔大的逸怀浩气(如《念奴娇·赤壁怀古》)、抒写农村生活的纯朴和田园风光的优美(如五首《浣溪沙》组词),特别是他所创作的境界雄奇阔大、气势吞吐八荒的词,数量虽不多,但却给词坛吹进了一股强劲的豪放雄风,其意义正如王灼所说:苏轼的词,"指出向上一路,新天下耳目,弄笔者始知自振"(《碧鸡漫志》)。至于"苏门四学士"黄庭坚、秦观、晁补之、张耒的词,各有特色,与苏轼词风多不相侔,其中最突出的是秦观,他的词"专主情致",是北宋婉约词的代表之一。

第四个时期是以周邦彦为代表。周邦彦精通音律,曾主管国家音乐机关——大晟府;他既工于持律,又善于创调,能自度曲。每填词下字运意,皆有法度,故而他的词能示人以作词的门径;然不足处在于"创调之才多,创意之才少"(王国维《人间词话》)。北宋婉约词发展到周邦彦,可谓集大成矣。

周邦彦一方面作为北宋词坛上的殿军,集婉约词之大成;一方面又流风远韶,对南宋后期的词坛影响极大。他和他的词,成为连接两宋词坛的重要纽带。

在南北宋之交,特别值得一提的是杰出的女词人李清照,她像一颗璀璨的明珠,在两宋词坛乃至整个中国诗坛上熠熠生辉。李清照前期词抒发青春蓬勃的少女和少妇的情怀,词风清新婉丽,笔触细腻缠绵,如《醉花阴》(薄雾浓云愁永昼)等等。南渡后命运遭际有云泥之别,词风亦翕然一变;以国破家亡的大悲剧为背景,她在词中抒写了与时代不幸相交融的个人的不幸,风格慷慨悲凉,沉郁凝重。代表作《声声慢》(寻寻觅觅)、《永遇乐》(落日熔金)等,既写出了词人自己的深痛巨创,又成为那个苦难时代的缩影,其艺术生命力历时愈久,光景愈新!艰难玉成,屈辱的时代、苦难的岁月、不幸的遭遇,折磨了她,也玉成了她!在沧桑巨变、血风泪雨的洗礼中,完成了千古第一女词人的塑造。

三

靖康(1126—1127)之变,徽宗、钦宗被掳;高宗南渡,在临安建立了南宋王朝。中原沦陷,干戈遍地,山河破碎,哀鸿遍野,在这风云激荡、战火长燃的时代中,词坛上雄风劲吹,音节高昂,回荡着抗战驱敌、铁马金戈的爱国主义强音。像民族英雄岳飞那样"壮怀激烈"、高唱

《满江红》(怒发冲冠);像张元幹为因反对和议而为被贬的胡铨送行时所作的《贺新郎》(梦绕神州路),痛问"万里江山知何处?""目尽青天怀今古";像陆游词中所充满的"匹马戍梁州""气吞残虏"的豪情;像张孝祥悲愤地在建康留守宴上赋《六州歌头》(长淮望断),致使主战派大臣张浚伤心罢席;等等。这些慷慨悲凉、骏发踔厉的优秀爱国词作,一起汇成了南渡词坛上爱国主义的主旋律。

在这震荡着风雷之音的威武雄壮的交响乐中,辛弃疾以如椽巨笔谱写了最高昂的乐章。辛弃疾不只是传统意义上的文人词客,而首先是一个充满了传奇色彩的抗敌英雄。他少年横槊,在沦陷区高举义旗;曾带领数十骑,闯入敌营数万军中,擒拿叛徒,如挟兔。他上书朝廷的《美芹十论》,指陈形势,剖析利弊,表现了卓越的军事家才能和战略家眼光。词在他手中成为抒豪情寄壮志的工具,这正如他的门人范开所说:"公一世之豪,以气节自负,以功业自许,方将敛藏其用以事清旷,果何意于歌词哉,直陶写之具耳。"(《稼轩词序》)他"有英雄之才,忠义之心,刚大之气"(谢枋得《祭辛稼轩先生墓记》),故所作之词"大声镗鞳,小声铿锵,横绝六合,扫空万古,自有苍以来生所无"(刘克庄《后村大全集·辛稼轩集序》)。如《鹧鸪天》(壮岁旌旗拥万夫)、《水龙吟·登建康赏心亭》《永遇乐·京口北固亭怀古》等词,或壮声英概,凌厉无比,具有跃马挥戈、坐啸生风的气象;或抒发壮志难酬、英雄失路的愤恨,感慨苍凉,沉郁顿挫。同时,他又能摧刚为柔,以雄豪之气驱使花间丽语,温婉蕴藉,如《摸鱼儿》(更能消几番风雨);还有些婉约之词,"其秾纤绵密者,亦不在小晏、秦郎之下"(刘克庄《辛稼轩集序》)。总之,辛弃疾以文为词,进一步解放了词体,扩大了词的思想容量和题材领域;另一个特点是用典灵活,引前人话语入词自然畅达,正如清人刘熙载所赞:"稼轩词龙腾虎掷,任古书中理语、廋语,一经运用,便得风流,天姿是何复异。"(《艺概》)

辛弃疾的词在南宋词坛上无疑是一面大旗,在这面大旗下集结了一批爱国词人,如陈亮、刘过,其后的刘克庄、刘辰翁等,他们被称为"辛派词人",他们词的主色调是激情满怀,充满爱国赤诚。

南宋后期,随着岁月流逝,苟安日久,复国无望,抗战的呼声日渐衰弱,词坛上讲究格律音韵的风气日渐兴起,其代表人物就是姜夔。姜夔和周邦彦一样,也精通音律,能自度曲;如咏梅词《暗香》《疏影》等等。作词句琢字炼,词风清空骚雅,自开新派,其影响不但笼罩了宋末词坛,而且一直下及清初的浙派词。

由于元兵南侵直捣临安,南宋王朝很快灭亡。在宋末词坛上以文天祥为首的爱国诗人,坚持民族气节,唱出了"镜里朱颜都变尽,只有丹心难灭"(《酹江月》"乾坤能大")的最后尾声;而以咏物词著称的史达祖、王沂孙、张炎等遗民词人,多以咏物词以寄托遗黎之悲、亡国之痛。至此,两宋词已"无可奈何花落去",在哀伤的余音中缓缓地落下了帷幕。

回顾唐宋词600多年的发展历史,我们看到了其滥觞处的浅流一线,看到了演进成滔滔巨川时的奔流之势,看到了波飞浪涌、喷珠溅玉的壮景奇观,也看到了势头渐减、江河日下的回流低潮。如果我们再眺望其后,则有元明时波澜不惊的相对沉寂期,和清代如河出潼关后重又涌起新浪峰的复兴期。总之,一部词史在唐宋时写了最灿烂的篇章,唐宋词是我国文学宝库中的一串珍珠!

第三节 诗体和词体的文学特征举要

在古代文学专题研究课中,本专题是"唐诗宋词",其研究对象包括诗和词这两种不尽相同的文学样式;所以我们有必要将诗体和词体的文学特征,从以下几个方面做一个简单的比较。

一、从诗词和音乐的关系上来看

中国古代诗歌一开始便与音乐结下了不解之缘。《尚书》曰:"诗言志,歌永言,声依永,律和声。"就是说诗是用来表达人们的情感意志的,歌则是用来咏唱那些表达思想情感的言辞,五声旋律紧紧地依附着歌唱,而律吕则是用来调谐五声。可见言志之诗和歌唱关系之密切。从原始歌谣,到"诗三百篇",都是诗乐一体,密不可分。

到了战国时代,楚地歌辞本来也是合楚地音乐而歌的,如《孺子歌》等;而在大诗人屈原的笔下开始发生变化。一方面他的《九歌》仍按乐调写新辞,另一方面他的《离骚》中虽然"乱曰"等极少数地方也许能唱,但全诗 373 句、2490 多个字中的主体部分则只能诵读而不能歌唱。这就开始将配乐而歌的"诗",演变成为纯语言艺术的"徒诗"。这种用文字来表达的诉诸视觉的"徒诗",重在抒发个人情怀;而与乐一体的诉诸听觉的"乐歌",则重在抒写群体心态。屈原开始了个人独立歌唱的新时代,这在中国诗歌发展史上具有划时代的意义。

汉代的乐府诗,是配乐歌唱的;在乐工们那里,当然不把歌辞放在首位,甚至有任意割裂和拼凑歌辞以入乐的现象。但创作诗歌的人们的兴奋点,主要不在诗歌能否入乐演唱上。到了汉末建安时代,"三曹""七子"的群星将诗坛映照得一片通明!他们中也有一些诗歌是按乐府旧调写成,可以入乐歌唱;但摆脱音乐而写诗,已经逐渐成为诗歌创作的主流;作诗重在抒发自己的情感,诗的文学生命开始高于诗的音乐生命。再往后,摆脱音乐的诗人们,又转向向构成诗歌最基本的要素——语言——去寻求节奏和音律之美,也就是用诗歌内在的语言的声韵不同、语调的抑扬变化所产生的音律美,代替从诗的外部配加上去的回旋起伏的音乐美。这就是南朝齐永明年间出现的"永明体"诗。正如有的学者所评价的那样:永明体的出现,标志着脱离音乐之后的纯语言之诗发展到一个日臻完美的阶段。不同种类的艺术越是各自发展,便越是各自臻于成熟,诗歌和音乐的分离,也有力地促进了各自的成熟和繁荣。

词是在音乐的土壤萌芽和诞生的;早期的词是受到音乐洗礼的一种音乐文学,是经过无数歌者歌唱的一种新体歌诗。所以唐五代时人们称词为"曲子"或"曲子词",如:敦煌抄本中有《云谣集杂曲子》;五代欧阳炯于广政三年所作《花间集序》中称所集为"诗客曲子词";花间词人和凝入相后人称"曲子相公"等。入宋后这种称法仍然存在,如:晏殊曾问柳永:"贤俊作曲子么?"答道:"只如相公,亦作曲子。"直到南宋时,朱熹仍称:"长短句,今曲子便是。"王灼在《碧鸡漫志》中曰:"古乐府变为今曲子。"两宋词人词集的名称中,有称"乐章"的(如柳永的《乐章集》),有称"乐府"的(如苏轼的《东坡乐府》),有称"歌词"的(如铜阳居士的《复雅歌词》),还有称"歌曲"的(如姜夔的《白石道人歌曲》),等等。其实这些名称,似异而实同,都表明词的音乐性质。

词的音乐性是词体文学的最基本的特征。但词的合乐和诗的合乐是有区别的。其区别主要表现在两个方面:一是所配合的音乐体系是不同的。先秦时的音乐一般称为雅乐,与郑声相对;汉魏六朝时的乐府诗,所配音乐的主流是清乐;而与词相配合的是燕(宴)乐。燕(宴)乐本来是指在宴饮欢会场合演奏的音乐,古已有之;但隋唐时所称"燕(宴)乐"的意思有变化,主要是指六朝以来域外音乐(胡夷新声)与中原民乐、传统清乐、宗教音乐(法曲)相融合而形成的一种新兴的音乐,其曲调的结构和风格一改旧的面貌,使人耳目一新,喜闻乐唱。二是与乐配合的方式不同。大体而言,诗与乐相配的形式基本上是"以乐就诗",即先有诗,然后给诗配乐;而词大体上(自度曲除外)是"以诗就乐",倚声填词,言合于声。因为音乐的曲子有长短、旋律有繁简、节拍有急缓等因素,就使得合乐而歌的歌词,句式上有长有短,调子也千变万化。可以说词的基本体制,是被音乐陶铸而成的。所以说词体文学是词与乐的较为完美的一种结合。音乐对词的影响,可以说是深入骨髓的;即便是到了南宋后,词已经不再完全入乐歌唱,而成为一种新的韵律诗歌后,按词谱所规定的韵律乐调所填的词体文学的肌体中,音乐的烙印依然是不可抹杀的。

二、从诗词外部的形式上看

1. 词的句式长短不齐

词在形式上最明显的一个特色,便是绝大多数词调中的句式都是长短不齐、参差错落,从一字句到七字句都有,这和诗歌主要是整齐划一的五、七言句式,形成了一个十分鲜明的对比。正因为词体句式上的这一最显著的特点,所以从宋代开始,"长短句"成了词的一个最流行的一个别称。

虽然从《诗经》开始,诗中也有时句式长短不齐,如《诗经》中的《伐檀》等,汉乐府中的《上邪》《东门行》等,唐诗中歌行体如李白的《蜀道难》等,也都是句式有长有短,但是诗中的长短句式不是主流,在数量上也是极少一部分;而且自从初唐时格律诗产生以后,格律诗成了诗歌主流,而格律诗的句式必须是整齐划一的。

而词正好相反,绝大多数词牌的句式都是不整齐的。因为词的句子的长短,是以配合音调的长短而造成的。为了合拍歌唱,不得不长短其字句;换言之,词的句子的长短看似自由不拘,实则长短有定,一点灵活性也没有。词句适应曲调的节拍而采用的这样一种长短句式,比那整齐的诗句更接近于人们生活中语言的自然状态,更适合于细腻地、曲尽其妙地表达不同情感。所以词体文学表情达意的能力更强,诵读起来也更有节奏感和音乐美,因而也更富有艺术感染力。

另外,从《诗经》开始,诗行总的趋势是由短到长,而且基本上是每行增加相同的字数,由四言发展到五言,再发展到七言,总体上是求整齐。整齐也是一种美,但总是那么整齐,便难免显得有点单调;尤其是整齐的语言,约束和影响了曲尽其妙地表情达意。而且诗句的长短,差不多以七言为极限,八言句则自动分为四、四,九言句又自然分为四、五或五、四。而词句的长短,则突破了四、五、七言的限制,因为曲调的不同,词的一阕之中,可以从一字句到九字句应有尽有,而且交错使用,变化多端,这便产生了不同于整齐美的另外一种美,即错落变化的美。

2. 词的句法灵活多样

这里所谓句法,指的是句子内部的结构方式。诗句的内部结构,一般四言是上二下二,五言是上二下三,七言是上四下三(或者二、二、三);少数歌行体诗歌中的少数句子长短自由,句法也稍有不同。而词却大不一样,除了与诗句的结构方式相同外,还有很多诗中不可能有的特殊句法。清初赖以邠在《填词图谱·凡例》中指出:

> 词中句读,不可不辨。有四字句而上一下三、中两字相连者,有五字句而上一下四者(还有二、一、二者,如"灯火已昏黄"——引者),有六字句而上三下三者(还有二、二、二者,如"夜月一帘幽梦,春风十里柔情"——引者),有七字句而上三下四者,有八字句而上一下七,或上五下三、上三下五者,有九字句而上四下五,或上六下三、上三下六者。此等句法,不可枚举。

词的这些句法,都是依从乐句的节拍而调整变动的;所以不能用读诗的句读来读词。而词人在填词时,也必须按照词谱来填,句法不能随意变更。

词除了每一句内部的结构变化多样外,不同的词牌中的句子与句子之间的变化,也是多种多样的。诗歌中,不管是四言诗、五言诗,还是六言诗、七言诗,一般都是一句起句,一句对句,总的句数,则绝大多数都是偶数,这是常例;只有极少数是奇零的,如刘邦的《大风歌》、曹丕的《燕歌行》等。而词的句数和句与句之间,则整齐中有变化,变化中见整齐。如《菩萨蛮》上下片各四句,排列得匀称整齐;可是上片中前两句都是七言,后两句都是五言,下片的四句又全是五言。这样就既有整齐美,又有错落美;既避免了单调,又不显得零乱。又如《浣溪沙》上下片各为三句七言句,上下片对称,字数也整齐;但每片的第三句又是奇零的。这种对称中的奇零,显示出一种变化中的动感。

我国著名的词学家龙榆生先生曾经指出:长短句歌词的形式之美,是根据"奇偶相生,轻重相权"的法则,错综变化构成的。就一首词中的句数而言,奇句多倾向于情感的发扬,偶句多倾向于情感的敛抑。就一句词中的字数而言,三、五、七言句多倾向于情感的发扬,而二、四、六言句多倾向于情感的敛抑。一般说来,每一种词调的句式安排,在音节上大体不外乎和谐(或曰趋于和谐)和拗怒(或曰倾向拗怒)两种。以短促的句式为主的词调,往往显得繁音促节,适宜于表达昂扬慷慨的激烈情感;如长调中的《六州歌头》《贺新郎》等,短调中的《钗头凤》《小重山》等。而以接近于律诗的五七言句式为主、并有偶句的词调,往往音节和婉,适宜于表达低回缠绵的情感;如长调中的《满庭芳》《八声甘州》等,短调中的《江城子》《临江仙》等。(参见《龙榆生词学论文集》,上海古籍出版社,1997年)

3. 词的押韵上的多种新变

诗和词都必须押韵,故称为韵文。诗的音乐性主要体现在平仄相间、押韵固定上。律诗的押韵,基本上只有一个模式,即两句一韵,首句可押韵可不押韵,偶句必须押韵;必须押平声韵;一韵到底,不许换韵。而词的音乐性不仅体现在平仄和押韵上,而且每一种不同的词调都有自己所独有的押韵规则。词除了隔句用韵这一形式外,还有多种形式;

韵脚的位置疏密不定,疏者有三、四句才一韵的,如《月下笛》等,密者有几乎上一句一韵的,如《十六字令》等。

另外,词韵可平可仄,还可以平仄通押。押仄声韵的如《忆秦娥》《声声慢》等;平仄互押的如《西江月》,上下片各有两个平声韵,而上下片的结句都是仄声韵。而且一首词中,可以换韵。如《菩萨蛮》《减字木兰花》,都共有八句,但却句句押韵,而且两句一换韵,八句便换了四个韵部。

此外,词中还可以重韵,如《如梦令》中的第五、六句都必须重韵,还有《采桑子》《调笑令》《琴调相思引》等。词中还可以叠韵,还可以句中韵,这些都是诗中所不可能有的。

4. 词的对仗多样

对仗,是单音节、方块字的汉字所独有的一种特性,其他所有拼音、连写的文字,都无法组成对仗。对仗的基本要求是前后两句字数相等、句式结构相同、词性相对、词意相关。先秦散文就已经有对仗,如:"满招损,谦受益。"(《尚书·大禹谟》)到了六朝骈文中,则有意识地大量创作偶句。唐代定型的格律诗则严格规定第二联和第三联必须对仗,而且起句和对句平仄相反,特别是最后一个字必须仄起平收。

而词在对仗上比较灵活,并不要求某两句必须对仗。在不同的词调中,用不用对仗,词中何处用对仗,都没有统一的要求。只是当某种词调中的一些相邻的句子字数相等、平仄相反时,某一作者便将这两句对仗一下,以增强词的艺术效果。换言之,词中句与句的对仗,并非词的格律要求上所规定的;而是最初某词人在某一词牌中的某处用了对偶句,或者因为这个词人名气很大,大家以此马首是瞻而效法之;或者因为这一首词艺术精湛,脍炙人口,遂为人所模仿承袭;于是这一词牌中的某处两句,便渐渐地固定为对仗句。如秦观《鹊桥仙》词的上下片的开头两句"纤云弄巧,飞星传恨"和"柔情似水,佳期如梦",都是对仗句,后人再填《鹊桥仙》词时,也大体沿用此例。

因为词中的对仗,并非词的格律所要求的,所以不是固定不变的。即便是某一词人在某一词牌的某两句中用了对仗,而且用得很好,但别人也完全可以在填这相同词牌的相同两句时不用对仗。如晏几道的

《鹧鸪天》词的上片第三、四句"舞低杨柳楼心月,歌尽桃花扇底风",极美!但贺铸所填《鹧鸪天》词的上片第三、四句却是"梧桐半死清霜后,头白鸳鸯失伴飞",虽然也很精彩,但不对仗。另外,律诗的对仗这有五言对、七言对两种(个别六言对),而词的对仗除五七这两种形式为多外,其他形式还很丰富。如三言对(如张志和的"青箬笠,绿蓑衣"等)、四言对(如王雱的"丁香枝上,豆蔻梢头"等)、六言对(如朱敦儒的"青史几番春梦,红尘多少奇才"等)。再有,诗中只有两句一对仗,而词中却可以三句一组,互为对仗,其形式犹鼎之三足,故又称为鼎足对。三言的鼎足对如苏轼的"湖中月,江边柳,陇头云"(《行香子》)、陆游的"胡未灭,鬓先秋,泪空流"(《诉衷情》)等等。四言的鼎足对如谢逸的"昨夜浓欢,今朝别酒,明日行客"(《柳梢青》)、朱淑真的"绿杨影里,海棠亭畔,红杏梢头"(《眼儿媚》)等等。

此外,词的结构形式上的分片,也是诗中所没有的。诗在同一题目下如果写几首诗,那称为组诗;一个题目下只写一首的,则只能一气写下,不必分段。而词只有一段(称为单片)的小令并不多,最短的令词是《十六字令》,还有如《望江南》《如梦令》等。绝大多数的词是分上下两片(又称两阕、双调)的,例子不胜枚举。也有分为三片的,如《戚氏》《兰陵王》《宝鼎现》等;最多的分为四片,如《莺啼序》,这也是词中字数最多的一个词调,共 240 个字。

5. 词的体式繁富

诗在体式上只有五古、七古、五律、七律、五绝、七绝、排律、歌行体等有数的几种;而词的体式则十分繁富。清人万树的《词律》中共收词调 660 调,词体 1180 体。而《钦定词谱》中,则一共收词调 826 调,词体则有 2306 体。一种文学样式中,有如此多的体式,这在世界诗歌史上,也是绝无仅有的。

三、从诗词的题材上看

在题材内容上,词和诗也有明显的不同。中国历代诗歌理论的开山纲领便是"诗言志"(《尚书》)。其"志"的性质,用孔子的话说:"诗三百,一言以蔽之:思无邪。"言志的诗,要求具有从思想感情和情操意志上影响人改造人的作用,具有对社会的伦理道德的规范作用和风俗民情的教化作用。所以诗歌在题材内容上偏重政治主题,以关系国家兴亡、民生疾苦、胸怀抱负、宦海浮沉等内容为主;即便写男女之情,也"发乎情,止乎礼义"。儒家的入世哲学和伦理观念,对中国文学的影响有积极的一面,它给文学注入了政治热情、进取精神和社会使命感、家国责任感;但同时也极大地抑制了人的自我情感欲望的释放、自由个性的迸发和自我意识的开掘,从而使文学特别是诗歌染上了政治教化、伦理道德等浓重色彩,笼罩在理性主义的光环之中。

到了魏晋南北朝时期,开始进入了"文学的自觉时代",诗歌理论上有新的突破。一方面在诗歌理论上,陆机在《文赋》中提出了"诗缘情而绮靡"的主张,钟嵘在《诗品序》中也提出"感荡心灵,非陈诗何以展其义,非长歌何以骋其情"的主张;另一方面在诗歌创作上,开始吟咏一己之情,特别是齐梁陈时期的宫体诗,内容上描写女子的体态神韵、愁思艳情,形式上追求声律和美、辞藻华美。这些都表明,当时的诗坛上明显地弥漫着一种"重情"的风气。

文学艺术作品中所抒发的感情,概而言之,不外乎两大类:一类是着重表现社会性的群体所共有的情感,诸如爱国情感、民族情感等;另一类是着重表现作者个体的自我情感,诸如亲情恩怨、爱情悲欢等。这两类情感当然不能决然分开,但之间的区别还是很明显的。从广义上讲,诗和词都是抒情艺术;但诗中所抒之情,大都属于前一类。其上焉者辅助教化,补察时政,救济民瘼,泄导人情。如《诗经》"饥者歌其食,劳者歌其事"(何休《春秋公羊传解诂·宣公十五年》)的传统,汉乐府"感于哀乐,缘事而发"(班固《汉书·艺文志》)的精神,中唐诗人白居易提出的"文章合为时而著,歌诗合为事而作"(《与元九书》)的主张,等等。其次焉者抒发作者的理想抱负,多为胸中块垒、大志豪情。如屈原抒发的是"亦余心之所善兮,虽九死其犹未悔"(《离骚》)的追求理想至死不悔的精神,杜甫抒发的是"安得广厦千万间,大庇天下寒士俱欢颜……吾庐独破受冻死亦足"(《茅屋为秋风所破歌》)的伟大的利他主义精神,等等。这些是诗中言情之主流。诗中也写到男女之情,但多限于夫妇间离情别恨、相思悼亡等;即便是涉及少女怀春、少男求爱的内容,其表现手法也多用比兴,隐约朦胧,如"蒹葭苍苍,白露为霜;所谓伊人,在水一方"(《诗经·秦风·蒹葭》)。如此等等,不一而足。

而词在题材内容上的一个显著特色,即主要抒写男欢女爱的恋情。早在唐代民间敦煌曲子词中,就有一半左右是"言闺情与花柳者";到了晚唐五代及宋初的士大夫文人词,更是不出"艳科"范围,连篇累牍,大都是"簸弄风月,陶写性情"(张炎《词源》)之作。这里所谓"性情",主要指男女柔情、幽怨闲情。这一点不仅唐五代"花间词"是如此,不仅北宋前期二晏欧柳词是如此,即便是豪放词雄风振起、苏辛词如洪钟大吕在词坛回荡之时,词中描写女性的生活命运、描写与女性相关的情感,或借助于男女爱情描写而另有寄托的情形,照样十分突出。可以毫不夸张地说,陶写男女之情、风格婉约的词,在词史上的正宗地位从来没有从根本上被动摇过。男女爱情题材的词,在全部词史中一直占有主导地位,而且这一类词也最能代表词体文学的特色。

词突破了一般诗文所不直接表现男女爱情的藩篱,而以此为主要题材来加以表现;在表现中又把女性作为主要审美对象,极力描摹女性的风韵仪态,使词成为中国诗歌史上竭力挣脱诗教桎梏而集中描写爱情意识的纯情诗。毋庸讳言,词中也有少数言情庸俗低下应该剔除的篇什,但其主体上还是清纯的;而且就表达纯情的婉约细腻而言,在所有文学样式中,大概以词为极致。可以说词是一种专以描摹人的心态和情感为能事的一种文体,"其情长,其味永,其为言也哀以思,其感人也深以婉"(陈廷焯《白雨斋词话》)。清人查礼也曾经指出:"情有文不能达、诗不能道者,而独于长短句中可以委宛形容之。"(《铜鼓书堂词话》)诸如:"梳洗罢,独倚望江楼。过尽千帆皆不是,斜晖脉脉水悠悠。肠断白蘋洲。"(温庭筠《梦江南》)诸如:"语已多,情未了,回首犹重道:'记得绿罗裙,处处怜芳草。'"(牛希济《生查子》下片)诸如:"彩袖殷勤捧玉钟,当年拚却醉颜红。舞低杨柳楼心月,歌尽桃花扇底风。"(晏几道《鹧鸪天》上片)诸如:"东篱把酒黄昏后,有暗香盈袖。莫道不销魂,帘卷西风,人比黄花瘦。"(李清照《醉花阴》下片)等等,漫步词苑,俯拾即是。所以,我们说在体制各别、样式种种的抒情文学中,浸润着柔丽香艳、婉约馨逸气息的词,是最富有女性纯情之美的一种独特的文学样式。对此,清人谢章铤在《赌棋山庄词话》中巧妙地做过一个形象的比喻:"词体如美人,含娇掩媚,秋波微转。正视之一态,旁视之又一态;近窥之一态,远窥之又一态。"

由此可见,词以描写男欢女爱、相思离别为主要内容,而且描写得细腻真切,甚至放浪不羁、无所顾忌,这使得词在题材上呈现出女性化、纯情化、香艳化的鲜明特色。从晚唐温庭筠到清代纳兰性德,历时近千年,朝代数易,词派更替,词家迭出,但言情、言儿女之纯情的婉约词,始终是词史的主流。爱情题材如此历时长久、如此高度集中地用一种文学样式来表现,换言之,一种文学样式在近千年的文坛上,几乎是主要用来表现男女之纯情,这不但在中国文学史上是绝无仅有的,而且在整个世界文学史上,恐怕也是独一无二的。

四、从诗词的风格上看

"诗庄词媚",不仅指题材而言,更主要的是指与题材相关联的风格来说的。有时即便是相同的题材,但诗和词所呈现的风格却大不相同。如怀古题材的诗,风格大都沉郁苍凉,如刘禹锡的《西塞山怀古》:"王濬楼船下益州,金陵王气黯然收。千寻铁锁沉江底,一片降幡出石头。人世几回伤往事,山形依旧枕寒流。今逢四海为家日,故垒萧萧芦荻秋。"即景抒情,感伤往事,故垒残破,愈显沉痛。而在怀古题材的词中,也往往插入艳情,如王安石的金陵怀古词《桂枝香》的结尾写道:"六朝旧事随流水,但寒烟衰草凝绿。至今商女,时时犹唱,《后庭》遗曲。"全词由此而笼罩上一层冷艳的氛围。又如苏轼《念奴娇·赤壁怀古》词,在豪语健笔中,插入一句"小乔初嫁了",温情柔笔,相映生色。就连范仲淹边塞词《渔家傲》,也在烽火未熄、功业未就的慷慨悲凉中,浸透进征帅戍卒思乡怀亲的柔情。

即便是同一位作者,所写的诗和词的风格,也有很大的不同。如欧阳修的诗和词,不但题材内容相去甚远,而且艺术风格也迥然不同。另外,如著名的女词人李清照的诗和词也风格判若云泥。她的"寻寻觅觅,冷冷清清,凄凄惨惨戚戚"(《声声慢》),她的"花自飘零水自流,一种相思,两处闲愁。此情无计可消除,才下眉头,却上心头"(《一剪梅》)等等,婉约缠绵,堪称极致。而她的《夏日绝句》诗:"生当作人杰,死亦为鬼雄。至今思项羽,不肯过江东。"短短20个字,惊天地,泣鬼神,近千年来,令多少男儿汗颜。

可见诗词在风格上的差异是很大的。人类的感情本来就是丰富复杂的、多层次的、多侧面的、多色彩的;抒发感情的方式是变化多样的,风格也不会是刻板一律的。诗人中,特别是浪漫主义诗人抒发感情往往是比较粗线条的、跳跃式的、豪放飘逸的。如屈原的"路曼曼其修远兮,吾将上下而求索""亦余心之所善兮,虽九死其犹未悔"(《离骚》),李白的"俱怀逸兴壮思飞,欲上青天揽明月"(《宣州谢朓楼饯别校书叔云》)、"仰天大笑出门去,我辈岂是蓬蒿人"(《南陵别儿童入京》)、"安能摧眉折腰事权贵,使我不得开心颜"(《梦游天姥吟留别》),等等,豪情勃发,元气淋漓!诗中也有抒情倾向于缠绵悱恻的,但若以抒发感情的深婉细腻而言,大概以词为极致。清人江顺诒在《词学集成》卷五中有按语曰:

> 有韵之文,以词为极。作词者着一毫粗率不得,读词者着一毫浮躁不得。夫至千曲万折以赴,固诗与文所不能造之境,亦诗与文所不能变之体。

清人查礼在《铜鼓书堂词话》中云:

> 情有文不能达、诗不能道者,而独于长短句中可以委宛形容之。

近人王国维在《人间词话》中亦云:

> 词之为体,要眇宜修;能言诗之所不能言,而不能尽言诗之所能言。诗之境阔,词之言长。

所有这些论述,都道出了词独有的特色。今人缪钺先生曾在《论词》一文中,对词的抒情意境和风格特点十分形象地分析道:

> 诗虽贵比兴,多寄托,然其意绪犹可寻绎。阮籍诗,言在耳目之内,意寄八荒之表,号为"归趣难求"。然彼本自有其归趣,特以时代绵远,后人不能尽悉其行年世事,遂"难以情测"耳。若夫词人,率皆灵心善感,酒边花下,一往情深,其感触于中者,往往凄迷怅惘,哀乐交融,于是借此要眇宜修之体,发其幽约难言之思,临渊

窥鱼,若隐若显,泛海望山,时远时近。……故词境如雾中之山,月下之花,其妙处正在迷离隐约,必求明显,反伤浅露,非词体之所宜也。

总之,词的总体风格特征是细腻深婉;词不是以表达群体共同情感为能事,而是以表达个体特殊情感为擅长;词不是向所抒感情的广度上横向推进,而是力求向所抒感情的深度上纵向开掘;词不是向情感的强烈显露方面积极扩张,而是向情感的含蓄蕴藉方面刻意追求;词不是向情感的粗率豪放方面努力攀登,而是向情感的细腻婉曲方面顽强渗透。

五、从诗词的语言特色上看

真挚、细腻、深厚的感情,往往是难以用语言来充分表达的。日常生活中的一个手势、一个眼神、一个微笑所蕴含的丰富情感,可能是很多文字也表达不尽的;因此自古就有"书不尽言,言不尽意"(《易·系辞上》)之说。但语言毕竟是交流思想感情的重要工具。经过一代一代文学家们的辛勤劳动而创造出来的艺术语言,也越来越丰富精美,越来越富有艺术表现力。诗,无疑是一种典型的语言艺术;而词,则可以说是一种典型的精美语言艺术。

今人缪钺先生在《论词》一文中,曾对诗和词的语言特色做过比较,他形象风趣地比喻道:

> 古人谓五言律诗四十字,譬如士大夫延客,着一个屠沽儿不得。余谓此词(秦观《浣溪沙》"漠漠轻寒上小楼"——引者)如名姝淑女,雅集园亭,非但不能着屠沽儿,即处士山人,间厕其中,犹嫌粗疏。惟其如此,故能达人生芬馨要眇不能自言之情。

生动的比喻,传神地道出了词的语言特色是讲究精美浏亮、典雅脱俗、轻灵细巧。一首优美的词,就像一座玲珑雅致的艺术殿堂,它自然需要高品位、高精密的建筑材料,即精心选择精心锤炼的精美的语言来构建。南宋张炎在《词源》中指出:"词中一个生硬字用不得,须是深加锻炼,字字敲打得响,歌诵妥溜,方为本色语。"现就词的语言特色,择其要者谈两点。

词的语言追求轻灵细巧。诗中所常用的铁马秋风、大漠风尘、长河落日、急湍飞瀑这类词语,在后起的豪放词中或可见到;但被视为词坛正宗的婉约词,为表达委婉细腻的情思,在铸辞炼句时却特别偏爱取资微物。如微雨淡月、飞絮残红、流萤寒蝉、云鬟香腮等等,柔媚纤巧,轻灵疏淡。而在美化修饰时,则喜欢浸带上浓重的女性色彩和闺阁气息。如词中写灯,一般不说油灯、明灯,而常用银灯,既给人形象上的晶亮之美,又让人读起来清脆浏亮。或者写作青灯、孤灯、残灯,带有一种凄冷哀婉的感情色彩。尤其突出的是韦庄在《菩萨蛮》词中写道:"红楼别夜堪惆怅,香灯半卷流苏帐。残月出门时,美人和泪辞。"香灯,明显地沾染上女性的脂粉气。香灯,只能点燃在红楼翠阁之中、美人泪眼之前。与此相似的还有香雾、香云、香风、香车、香尘、香钿、香笺、香烛、香泪等,甚至连抽象的愁思都带有香气,称之为香愁;连虚幻的梦境都带有香气,称之为香梦。

如此修饰状物不用说在文中不宜,就是在诗中也失之纤柔香艳,但在词中则出色当行,习以为常。如写窗,在小窗、纱窗、明窗外,还修饰成绿窗:"花落子规啼,绿窗残梦迷。"(温庭筠《菩萨蛮》)"劝我早归家,绿窗人似花。"(韦庄《菩萨蛮》)等等。写桥,在小桥、长桥、虹桥、板桥外,还修饰成斜桥:"骑马倚斜桥,满楼红袖招。"(韦庄《菩萨蛮》)以"绿"字状窗、以"斜"字状桥等等,都与词的婉媚风格相关。如此用语,有助于词达到"极有情致,尽态穷妍"的艺术境界。

词的语言还追求色彩鲜美。色彩与线条是构成绘画的两大要素;色彩给人的美感,既是最直接、最大众化的,又是最强烈、最独特的。色彩不仅显示出客观事物的形象美,而且还可以起到烘托气氛、暗示情感、渲染意绪等作用。诗中也追求语言的色彩美,如"两个黄鹂鸣翠柳,一行白鹭上青天"(杜甫《绝句四首》其三)、"江碧鸟逾白,山青花欲燃"(杜甫《绝句二首》其二)等等,但词人们对色彩更垂青。他们通过对色彩的细致描绘,以唤起读者的联想和情绪体验,它比绘画更直观地再现色彩,往往意蕴更加丰厚。如唐人张志和的《渔歌子》词第一首写道:"西塞山前白鹭飞,桃花流水鳜鱼肥。青箬笠,绿蓑衣,斜风细雨不须归。"白色鹭鸟与粉红的桃花,对比鲜明;而青和绿是大自然的基本色,青箬笠和绿蓑衣跟青山绿水浑然交融,显示出情怀淡泊的渔人跟大自然天人合一的意趣。又如宋人范仲淹的词《苏幕遮》的上阕写道："碧云天,黄叶地。秋色连波,波上寒烟翠。山映斜阳天接水。芳草无情,更在斜阳外。"词中的碧云、黄叶、翠波、芳草、夕阳等黄、绿、青为主的类似色,构成了一幅美丽的苍凉深秋图,与下阕所抒"黯乡魂,追旅思"的羁旅愁怀,和谐化一,相得益彰,遂成绝唱。

另有一些词人在修饰语言之时,常常喜欢运用红和绿这一对互补色,以形成鲜明的对比,增强词的艺术效果。如宋祁《玉楼春》词中有句云"绿杨烟外晓寒轻,红杏枝头春意闹",柳永的《定风波》词中有句云"自春来,惨绿愁红,芳心是事可可",李清照的《如梦令》词中有句云"应是绿肥红瘦",蒋捷的《一剪梅》词中有句云"流光容易把人抛,红了樱桃,绿了芭蕉",等等,鲜明的色彩使画面生动活泼,一方面在人们的视觉上产生了一种赏心悦目之美,另一方面又使人们的情感跌宕起伏,造成激动人心的艺术效果。词中常用的以色彩来修饰的词语,还有红妆、红泪、红袖、红笺、红腮;朱阁、朱户、朱栏、朱唇;画帘、画桥、画舸、画阁、画楼、画梁、画屏、画堂;彩袖、彩笺、彩云、彩笔、彩舫;等等:真可谓五颜六色、异彩纷呈。它们给读者的审美感受无疑是美好温馨的。

当然,词的语言风格也是多样化的,色彩鲜艳是一种美,本色自然也是一种朴素的美;如果能把握其度,浓淡适中,则又是一种美。诚如清人沈祥龙在《论词随笔》中所云:"词不宜过于设色,亦不宜过于白描。设色则无骨,白描则无采;如粲女试妆,不假珠翠而自然浓丽,不洗铅华而自然淡雅,得之矣。"在唐宋词坛上达到这种境界的词人不多,在不多的词人中,我以为著名女词人李清照是十分突出的一位。

以上从五个方面分析了词体相对于诗体在形式、题材、风格、语言等方面的特色,词合乐歌唱,音律委婉,声调悠扬;其形式长短错落,变化丰富;其意境空灵幽渺,如"深岩曲径,丛筱幽花";其风格婉约细腻,要眇馨逸;其语言轻灵细巧,典雅浏亮。诚如宋人沈义父在《乐府指迷》中所论述的那样:填词"音律欲其协,不协则成长短之诗;下字欲其雅,不雅则近乎缠令之体;用字不可太露,露则直突而无深长之味;发意不可太高,高则狂怪而失柔婉之意"。词体十分短小,一般都在百字左右,最长的才200余字,而且很稀少,大多数是几十个字。但是唐宋元明清无数词人,却能在如此小小的文学空间里驰骋才情,激扬文字,创造出一个个独立的宇宙——真的宇宙,善的宇宙,美的宇宙!正是这些精美的词篇,具有永不衰竭的艺术魅力,极大地丰富了中国文学的宝库,成为我们受用不尽的文化遗产。

第四节　关于分类选诗和诗歌分类研究

诚如开篇所言:我国是一个诗的国度。如果从《诗三百》中的一些最早产生的诗歌算起,已经有近 3000 年的历史。关于诗歌的典籍汗牛充栋,而诗歌的数量则如同天上的星星,不可胜数。关于诗歌的分类,则经历了一个比较长期的发展过程。

"类",本义是指许多相同或相似的事物的综合。《易·乾》曰:"本乎天者亲上,本乎地者亲下,则各从其类也。"而"分类",则是指按事物的性质划分类别。《书·舜典》附《书》序曰:"帝厘下土,方设居方,别生分类,作《汩作》。""类"的概念,属科学的范畴,其中含有对事物进行分析、排比、归纳、综合等;"分类",则是更进一步对客观事物进行科学的研究,因为分门别类必须有一个前提,即首先要确定分类的标准,而且在进行某一项分类时,分类的标准必须统一。换言之:一种分类,标准只能有一个。标准不同,则分类研究的成果也各不相同。

早在春秋时期,人们将《诗三百》分编为风、雅、颂三大部分:风,又分十五国风,共 160 篇;雅,又分大小雅,共 105 篇;颂又分周颂、鲁颂、商颂,共 40 篇。关于风、雅、颂的划分标准,历来众说纷纭;宋人郑樵在他的《通志·总序》中曰:"风土之音曰风,朝廷之音曰雅,宗庙之音曰颂。"主张风、雅、颂是按音乐的不同来划分的;这一观点,为现在多数学者所认同。

汉魏及以后的诗歌,人们在整理时,还有一种编排方式,即以体裁为分类的主要标准。如郭茂倩的《乐府诗集》,把乐府诗分为郊庙歌辞、宴射歌辞、鼓吹曲辞、横吹曲辞、相和歌辞、清商曲辞、舞曲歌辞、琴曲歌辞、杂歌谣辞、新乐府辞等 12 类;各类有总序,每曲有题解,对各种曲调及歌辞的起源、性质等,都有考订,是研究乐府诗的重要典籍。明清时代的不少诗歌选本,都是把诗歌分为五古、七古、五律、七律等几大类,各类中再大致按作者时代先后编排。其中影响最大的要数明人高棅编选的《唐诗品汇》,凡90卷,收唐人620家诗共5760多首;将唐诗明确划分为初、盛、中、晚四期(诗史上称为"四唐说"),按诗歌体裁编排,分为五古、七古(附杂言)、五绝(附六绝)、七绝、五律、五排、七律(附七排)等部分,各体之中又分正始、正宗、大家、名家、羽翼、接武、正变、余响、旁流九品。其《凡例》中称:"大略以初唐为正始,盛唐为正宗、大家、名家、羽翼,中唐为接武,晚唐为正变、余响,方外异人等诗为旁流。"脉络十分清楚,对于了解唐诗诸家的成就及发展流变,很有助益,至今仍不失为全面反映有唐一代诗歌成就的好选本。

又如明人李攀龙编选的《唐诗选》,凡7卷,收唐人128家共465首诗,按诗体分为五古、七古、五律、七律、五绝、七绝诸卷,每体一卷,所选诗人诗歌重初、盛唐,而对中晚唐诗选录较少,甚至连李贺、白居易、杜牧等人也不选录;因为选录审慎严格,成书后风靡一时,影响远及海外。清人沈德潜的《唐诗别裁集》,20卷,选录了唐代不同时期、不同流派的诗人270余家、诗作1900余首,也是分体编排的。以至于流传极广的蘅塘退士(清人孙洙)的《唐诗三百首》等,也都是按五古、七古、近体等体裁选编的有代表性的选本。

在分类编选诗歌方面,更多的、影响更大的则是按题材编排。按题材分类编诗,其起源可以追溯到南北朝时萧统的《文选》。《文选》30卷,选录自先秦至梁的100多位名家的700多篇各种体裁的文学作品,先是按体裁把所选作品分为赋、诗、骚、七等39大类,其中诗赋两类因作品数量太多,于是再按题材分成若干小类。诗歌方面则分为补亡、劝励、献诗等23类。选的标准是"以能文为本",力求合乎"事出于沉思,义归乎翰藻"。虽然所立标准有片面性,不甚科学,而且分类过于碎杂,但编者意图用南朝文笔之辨的理论来划分文学与非文学的界限,这对于促进文学独立的发展,起到了积极的作用,产生了深远的影响。

纯粹以诗歌为对象、按题材分类编录的,最早可上溯到唐初。在《新唐书·艺文志》中记载,唐初即有刘孝孙编《古今类聚诗苑》30卷、郭瑜编《古今诗类聚》79卷,唐后期又有顾陶编的《唐诗类选》,可惜都已经失传。

顾陶编的《唐诗类选》虽然已经失传,但他于唐宣宗大中十年

(856)编成该书后自撰的《唐诗类选序》和《唐诗类选后序》,却保留在《文苑英华》卷七一四和《全唐文》卷七六五中。这两篇序是关于诗歌类选的最早的史料,在诗歌分类研究方面很有价值,故不惮其长,抄录如下:

在昔乐官采诗而陈于国者,以察风俗之邪正,以审王化之兴废,得刍荛而上达,萌治乱而先觉,诗之义也,大矣远矣。肇自宗周,降及汉魏,莫不由政治以讽谕,系国家之盛衰。作之者,有犯而无讳;闻之者,伤惧而鉴诫。宁同嘲戏风月,取欢流俗而已哉。晋宋诗人,不失雅正,直言无避,颇遵汉魏之风。逮齐梁陈隋,德祚浅薄,无能激切于事,皆以浮艳相夸,风雅大变,不随流者无几,所谓亡国之音哀以思,王泽竭而诗不作,吴公子听五音知国之兴废,匪虚谬也。国朝以来,人多反古,德泽广被,诗之作者继出,则有杜(甫)李(白)挺生于时,群才莫得而并。其亚则(王)昌龄、(陈)伯玉、(孟)云卿、(沈)千运、(韦)应物、(李)益、(高)适、(常)建、(顾)况、(于)鹄、(畅)当、(储)光羲、(孟)郊、(韩)愈、(张)籍,合十数子,挺然颓波间,得苏李刘谢之风骨,多为清德之所讽览。乃能抑退浮伪流艳之辞,宜矣。爰有律体祖尚清巧,以切语对为工,以绝声病为能,则有沈(佺期)、宋(之问)、燕公(张说)、(张)九龄、严(维)、刘(长卿)、钱(起)、孟(浩然)、司空曙、李端、二皇甫(曾、冉)之流,实繁其数。皆妙于新韵,播名当时,亦可谓守章句之范,不失其正者矣。然物无全工,而欲篇咏盈千,尽为绝唱,其可得乎?虽前贤纂录不少,殊途同归,英灵、间气、正声、南薰之类,朗照之下,罕有孑遗,而取舍之时,能无少误,未有游诸门而英菁毕萃,成篇卷而玷颣全无。诗家之流,语多及此,岂识者寡、择者多?实以体词不一,憎爱有殊,苟非通而鉴之,焉可尽其善者。由是诸集悉阅,且无情势;相托以雅直,尤异成章而已。或声流乐府,或句在人口,虽靡所纪录,而关切时病者,此乃究其姓家,无所失之。或风韵标特,讥兴深远,虽已在他集,而汩没于未至者,亦复掇而取焉。或词多郑卫,或音涉巴歈,苟不亏六义之要,安能间之也。既历稔盈箧,搜奇略罄,终恨见之不遍,无虑选之不公。始自有唐,迄于近殁,凡一千二百三十二首,分为二十卷,命曰唐诗类选。篇题属兴,类之为伍,而条贯不以名位卑崇、年代远近为意。骚雅绮丽,区别有可观,宁辞披拣之劳,贵及文明之代。时大中景子之岁也。

——《唐诗类选序》

余为类选三十年,神思耗竭,不觉老之将至。今大纲已定,勒成一家,庶及生存,免负平昔。若元相国稹、白尚书居易,擅名一时,天下称为元白,学者翕然,号元和诗。其家集浩大,不可雕摘,今共无所取,盖微志存焉。所不足于此者,以删定之。初如相国令狐楚、李凉公逢吉、李淮海绅、刘宾客禹锡、杨茂卿、卢仝、沈亚之、刘猛、李涉、李璆、陆畅、章孝标、陈罕等十数公,诗犹在世,及稍沦谢,即文集未行,纵有一篇一咏得于人者,亦未称所录,僻远孤儒,有志难就。粗随所见,不可殚论,终愧力不及心,庶非耳目之过也。近则杜舍人牧、许鄂州浑,洎张祐、赵嘏、顾非熊数公,并有诗句播在人口,身没才二三年,亦正集未得绝笔之文,若有所得,别为卷轴,附于二十卷之外,冀无见恨;若须待见全本,则撰集必无成功;若但泛取传闻,则篇章不得其美。已上并无采撼,盖前序所谓终恨见之不遍者矣。唯歙州敬方才力周备,兴比之间,独与前辈相近,亡殁虽近,家集已成,三百首中间,录律韵八篇而已;虽前后夐接,或谓多言,而典型具存,非敢遐弃。又前所谓无虑选之不公者矣。嗟乎!行年七十有四,一名已成,一官已弃;不惧势逼,不为利迁。知我以类选起序者,天也。取舍之法,二十通在,故题之于后云尔。

——《唐诗类选后序》

这两篇序和后序,是唐诗研究十分珍贵的资料;作者不但对盛、中唐诗人十分熟悉,一一了如指掌;而且对于诗歌的见解也十分深刻。尤其可贵的是选者力求公允,"不以名位卑崇、年代远近为意",有见识,有胆气,并有可贵的献身学术的精神,用了30年的岁月,"神思耗竭",把《唐诗类选》当作自己毕生的事业来完成,就连一官也已经弃去,"不惧势逼,不为利迁",如此全身心地投入,一无挂碍,所成《唐诗类选》一定是一部很有价值的典籍,惜乎失传在岁月的长河中,悲哉!更让人悲叹的是顾陶的生平不详,像这样一位生在中晚唐之间的人,能对他之前和当时的全部唐人的诗歌进行比较遴选、分类编排,其诗歌造诣一定很高,可惜他自己却在《全唐诗》中没有留下一首诗,不知何因,简直令人难以想象。

宋人中分类编诗的有南宋理宗宝祐年间(1253—1258)进士赵孟奎。赵孟奎字文耀,号春谷,宋宗室,官至秘阁修撰。他所纂辑的《分门纂类唐歌诗》,100卷,共收唐诗人1351家,所收诗40790多首,多有不见于他书者,为宋人所编规模最大的唐诗总集。今书大部分已逸,仅存残本11卷,5卷属天地山川类,6卷属草木鱼虫类,有影写宋刻本。

明人张之象字玄超,华亭(今上海松江区)人,编有《古诗类苑》120卷,分类辑录上古至陈隋诗歌,为求其全,箴铭颂赞也分类附入,其类例大体依照唐以来类书。此外还编有《唐诗类苑》200卷,分:天、岁时、地、山、水、京都、州郡、边塞、帝王、职官、治政、礼、乐、文、武、人、儒、释、道、居处、寺观、祠庙、产业、器用、服食、玉帛、巧艺、方术、花、果、木、鸟、兽、鳞介、虫豸、祥异、杂等38部。部下再分小类,如天部下又分:日、月、星、河、风、云、雷、雨、雪、阴、霁、虹、雾、露、冰、火、烟等。采集十分广泛,卷帙浩繁,所以《四库全书总目提要》(卷一九二)称之为类书一流,现收在《四库全书存目丛书》第316册至319册中。

20世纪最后的20年中,随着文化建设高潮的兴起,古代诗歌有了很大的普及。各种诗歌选本、赏析集成等出版物竞相问世,分类选编诗歌的集子陆续出版了几大部。如:河南教育出版社1988年出版的由钟尚钧等编著的《中国历代诗歌类编》,共分30类,类中按诗作的时代先后排列,共选诗近1000首。又如辽宁人民出版社1989年出版的关滢等主编的《唐诗宋词分类描写辞典》,从《全唐诗》和《全宋词》中淘漉筛选出6000多个词条,分类以写作描写中的实用为前提,分为绘景状物、场景记叙、人物摹写、情感抒写、谕理警世五大门类,大类下设细目,词条按类划归细目之内。

又如中国旅游出版社1992年出版的张秉成主编的《历代诗分类鉴赏辞典》,按诗歌题材分为爱国、纪游、述怀、情谊、讽喻、咏史、咏物、伤悼、节令、劳作、宴集、诗论、治学等13类,每类多则100余首,少则30余首,每首都有赏析文章。还有北京十月文艺出版社1994年出版的由侯健等主编的《历代抒情诗分类鉴赏集成》,共收先秦至晚清的抒情诗950首,分思求、缘会、欢爱、盟誓、惜别、喜归、怀恋、离异、敬老、怜子、挚爱、思亲、交友、重逢、言志、游乐、赏景、孤寂、悲苦、述老、悼亡、爱国、思乡、怀古、伤世、斥奸等26类；同类作品，按诗人生年先后排列；基本上一诗一析。再有辽海出版社1999年出版的由朱炯远等主编的《古诗情感描写类别辞典》，共分七大类，即国情、民情、世情、亲情、友情、爱情、其他；每大类下又分若干小类，如国情下分报效国家、勉励国君、讽喻君王、君臣遇合、祈望国昌、怀念盛世等22小类；全书共218小类，共收有关情感描写的诗句4800余条，一类中的词条排列基本上以时代先后为序，并有简明扼要的注释。

在这类分类诗集中，比较突出的有两部：一部是关于唐诗，一部是关于历代诗。关于唐诗分类选编的是河海大学出版社1989年出版的潘百齐编著的《全唐诗精华分类鉴赏集成》，是一部百科全书式的唐诗分类编选、鉴赏、研究的大型工具书和专著。共分55部（大体按自然、人类、经济基础、上层建筑为序排列），下分222门（仅名胜部就有33门），门下再分1175类（仅花卉门就有100类）。共收入418位唐代诗人的诗篇2706首，基本荟萃了全唐诗的精华。全部按类鉴赏，以一篇鉴赏文章统摄一至数类诗，共有鉴赏文章500篇，是比较好的一部规模较大的综合性唐诗选本。本书另一特点是成于一人之手，风格统一，自成体系；鉴赏能得其文心，显其妙趣。

关于历代诗歌分类的是广西人民出版社1990年出版的《中国历代名诗分类大典》。本书由广西师范大学中国古代文学研究室集体编纂，胡光舟等主编，张明非等编注，规模宏大，分四大册出版。本书参酌古代类书的类目，根据今人的要求，除芜去杂，删繁就简，间立新类，变通体例，厘定为22大类，包括天象自然、江河湖海、山川田园、四时寒暑、岁时节序、花草果木（一、二）、飞禽走兽、鳞介虫鱼、宫观楼台、器用饮食、文学艺术、百工农商、古今人物、战争军旅、忧国伤时、民生疾苦、羁旅行役、交游赠答、抒怀言志、爱情家庭、咏史怀古等；下分334细目，共编入各种体裁和题材的诗歌2730余首，上起《诗经》，下迄清末。

由此可见，关于诗歌（特别是唐诗）的分类编纂和分类研究，代不中断，于今更有超步前人之势。这说明分类选诗有着深厚的社会基础，是为人们所喜闻乐见的，是人们的文化生活所需要的。对于按题材分类选诗的好处或意义，我们可大致归纳为以下几点：

一、反映诗歌题材的多样性和丰富性。

我国古代诗歌历史悠久，内容丰富，题材领域十分广阔；分类编诗，对于诗歌涵盖了自然和社会生活的方方面面，甚至可以说是无所不包的特色，可以从打开的目录上一目了然，从仔细翻检的内容中体会更加深刻。

二、有助于把握不同题材的诗歌发展演进的历史过程和内在规律。

不同题材诗歌的发展演进的历史各不相同，如：咏物诗的滥觞可以追溯到战国时代伟大诗人屈原的《橘颂》；之后沉寂了几百年，汉代有咏物赋而少咏物诗；六朝咏物诗渐兴，而中晚唐的咏物诗和南宋后期的咏物词，则呈现出繁盛的局面。这一发展过程中受到哪些因素的影响？其内在的特色和规律又是什么？不同时代的咏物诗的继承和创新在哪里？分类选诗因为选出了各类诗歌中最有代表性的作品，所以为研究工作提供了可靠的文本资料，从中可以分析、总结和梳理出上述问题的答案。

三、有利于对诗歌进行比较研究。

鲁迅先生曾经指出："分类有益于揣摩文章。"（《且介亭杂文·序言》）陈寅恪先生也曾经说过："治文学史者，必就同一性质题目之作品，考定其作成之年代，于同中求异，异中见同，为一比较分析之研究，而后文学演化之迹象，与夫文人才学之高下，始得明了。否则模糊影响，任意批评，恐终不能有真知灼见也。"（《元白诗笺证稿》）分类将同一题材或同一主题的诗歌作品，按一定的标准编排在一起，一是很自然地展示出千差万别的不同风采；二是使读者在涵泳咀嚼中体悟和发现不同诗人写作的不同风格，而不同的风格又体现了诗人的艺术个性；三是如果再加上比较论析的提示性短文，辨析其异同，剖析其精微，对一般读者和研究者，都是十分有益的。

四、便于检索专门知识，或作为创作借鉴。

按题材分类所编诗集，给读者根据内容需要，由部入类迅速寻检到有关诗作，创造了十分便利的条件。正如王运熙先生所说："譬如我们碰到端阳、中秋佳节，想看看古人在这方面有哪些优秀篇章；或者进一步自己也想写诗，想从古诗中得到启发借鉴"，"翻读这类总集，对谋篇布局、遣词造句等都有启发借鉴意义"(《中国历代名诗分类大典·序》)。

五、对于普及古代诗歌,起到了极好的作用。

优秀的古代诗歌,是中华文化宝库中的瑰宝;这一瑰宝,不应该只限在专门研究者们的案头上、书斋里,而应该普及到广大社会中去。优秀的古代诗歌,对于提高全民族的文化素质和精神面貌,具有十分重要的意义。从上述所归纳中,我们不难得出这样的结论,分类所编的诗集,对于面向社会广大的不同阶层普及中华优秀诗歌,起到了推波助澜的积极作用。

分类编诗,不管是总集、选集,还是别集(如《分类补注李太白诗集》《分门集注杜工部诗》等)的分类编纂,都为分类研究创造了良好的条件。对于不同诗人的相同或相近题材的诗歌的比较研究,古代诗论中长篇大论很少,但短小的零金碎玉却俯拾即是。如宋人魏庆之编的《诗人玉屑》卷一六中所收《诗眼》一则曰:

> 文章贵众中杰出,如同赋一事,工拙尤易见。余行蜀道,过筹笔驿,如石曼卿诗云:"意中流水远,愁外旧山青。"脍炙天下久矣。然有山水处皆可用,不必筹笔驿也。殷潜之与小杜诗甚健丽,亦无高意。惟(李)义山诗云:"鱼鸟犹疑畏简书,风云长为护储胥。""简书"盖军中法令约束,言号令严明,虽千百年之后,鱼鸟犹畏之也。"储胥"盖军中藩篱,言忠义贯神明,风云犹为护其壁垒也。诵此两句,使人凛然复见孔明风烈。……马嵬驿唐诗尤多,如刘梦得"绿野扶风道"一篇,人颇诵之,其浅近乃儿童所能。义山云:"海外徒闻更九州,他生未卜此生休。"语既亲切高雅,故不用愁怨堕泪等字,而闻者为之深悲。……义山诗,世人但称其巧丽,至与温庭筠齐名;盖俗学只见其皮肤,其高情远意,皆不识也。

这里分别就唐宋诗人对两件史事的不同歌咏,加以比较分析,评品其高下得失。这种对同类题材的诗歌进行对比研究的情形,在宋词中也屡见不鲜。如清人贺裳在《皱水轩词筌》中论道:

> 稗史称韩幹画马,人入其斋,见幹身作马形,凝思之极,理或然也。作诗文亦必如此始工。如史邦卿咏燕,几于形神俱似矣。次则姜白石咏蟋蟀:"露湿铜铺,苔浸石井,都是曾听伊处。哀音似

诉。正思妇无眠,起寻机杼。"又云:"西窗又吹暗雨。为谁频断续,相和砧杵。"数语刻画亦工。蟋蟀无可言,而言听蟋蟀者,正姚铉所谓赋水不当仅言水,而言水之前后左右也。然尚不如张功甫"月洗高梧,露泻幽草,宝钗楼外秋深。土花沿翠,萤火坠墙阴。静听寒声断续,微韵转、凄咽悲沉。争求侣,殷勤劝织,促破小机心。 儿时曾记得,呼灯灌穴,敛步随音。任满身花影,犹自追寻。携向华堂戏斗,亭台小、笼巧妆金。今休说,从渠床下,凉夜听孤吟"。不惟曼声胜其高调,兼形容处心细如丝发,皆姜词之所未发。常观姜论史词,不称其"软语商量",而赏其"柳昏花暝",固知不免项羽学兵法之恨。

点出了南宋词人咏物词的不同特色,特别是分析了姜夔和张炎的咏蟋蟀词的各自精妙处,品评了两者的高下。这一类诗话和词话,都不是长篇大论,但片言只语,往往能切中肯綮,入木三分,给人以玩味和启迪。

近些年来,有不少学者对古代诗歌特别是唐诗宋词进行分类研究,或对某一作家的诗歌按题材分别加以研究,如对李商隐的爱情诗、政治诗、咏史诗分别论述其写作背景和审美价值;或对不同作家所创作的同一题材的诗歌进行对比研究,从中显示出各自不同的个性特色,如将王孟的田园诗和前面的陶渊明、后面的韦应物、范成大等人的田园诗加以比较研究,又如将杜甫、刘禹锡、杜牧的咏史绝句加以比较研究等等。用这样一种方法来进行研究的论文有很多,其中不乏很有创意的精彩之论。

在研究著作方面,也出现了不少分类诗选,如《历代哲理诗选》《唐代边塞诗选》《历代讽喻诗选》等;以及分类研究专著,如《中国山水诗史》《中国山水诗研究》等。特别值得一提的是,江苏教育出版社1999年出版了张浩逊先生所著《唐诗分类研究》一书,"作者有着明确的全面探讨唐诗题材内容的指导思想……观照唐诗的题材内容越宽广,越能触类旁通,越有利于沟通诗学与文化学,越能概括出带有普遍意义的观点来……作者非常重视实证。他论述每种题材,总是搜遍《全唐诗》中的有关作品,细细体察,掌握丰富的感性材料,找出其内在联系和必然性,引出规律性的结论"(吴企明《唐诗分类研究·前言》)。笔者虽然早在十年前就开始开设"唐诗分类研究"专题课,但一直未有时间将讲稿整理出来。这次整理写作本书时,从《唐诗分类研究》一书中亦获益良多;虽有踵事增华处,但前"事"之功当不可没也。

  我原来的"唐诗分类研究"专题课讲稿,共讲了12个专题,包括山水田园诗、边塞征战诗、爱国怀乡诗、爱民悯农诗、友情送别诗、闺怨宫怨诗、咏史怀古诗、哲理诗、爱情诗、咏物诗等等,都主要是以唐诗为研究对象。而这次某校安排的"中国古代文学专题研究"课,共分四个分专题:《诗经》与楚辞、唐诗与宋词、元杂剧与明传奇、明代与清代小说;我所承担的第二个分专题"唐诗与宋词",则包括唐诗和唐宋词在内。于是我从"唐诗分类研究"专题课中选出四个专题(今后还可以增补一些专题),每个专题中都加上唐宋词的内容,力求将两者糅合起来,以反映唐诗宋词中这一类题材的作品的主要特色和比较完整的风貌。说是"唐诗与宋词",实际上是唐诗与宋词的分类研究;说是研究,实际上是以作品分析和欣赏为主。

第二章　山水田园诗词论析

明代人陈继儒《小窗幽记》中有句曰:"田园有真乐,不潇洒终为忙人;诵读有真趣,不玩味终为鄙夫;山水有真赏,不领会终为漫游;吟咏有真得,不解脱终为套语。"本章改"田园有真乐"为"田园多佳趣",意在赏析田园诗中的情趣。

西晋诗人左思的《招隐诗二首》其一曰:"杖策招隐士,荒涂横古今。岩穴无结构,丘中有鸣琴。白雪停阴冈,丹葩曜阳林。石泉漱琼瑶,纤鳞或浮沉。非必丝与竹,山水有清音。何事待啸歌,灌木自悲吟。踌躇足力烦,聊欲投吾簪。"南朝宋诗人谢灵运在山水诗代表作《石壁精舍还湖中作》的开头两句写道:"昏旦变气候,山水含清晖。"左思曰"山水有清音",其清音,即清越的声音;《淮南子·兵略训》中有句曰:"夫景不为曲物直,响不为清音浊。"谢灵运曰"山水含清晖",其清晖,即明净的光辉、光泽。后人还有以"清晖"作为山水的代称的,如宋陆游《老学庵笔记》卷八载:"国初尚《文选》,当时文人专意此书,故草必称王孙,梅必称驿使,月必称望舒,山水必称清晖。"可见"山水有清音"与"山水含清晖",都重在体认和称赞山水的"清",一重在声音之清越,一重在色泽之清明。

本章拟分别论析山水诗歌和田园诗歌。其实,山水和田园都属于大自然中的客观实体,是不能截然分开的;只不过相比较而言,山水跟人们的游览生活关系更密切些,而田园跟人们的劳动生活关系更密切些。

第一节　唐以前山水田园诗

一、山水诗

所谓山水诗,指以山水等自然景观为主要描写对象的诗歌。也有一些诗,虽然整首诗不完全是纯写山水,但其中有关山水的描写,在诗中居有比较突出的地位;或者诗里所描写到的山水之美,给读者的审美感受相对而言是比较强烈的;这样的诗歌,我们也将其纳入山水诗的研究范围之内。

大自然是人类赖以生存的主要物质基础。作为自然界客观存在的自然山水,跟人类生活的关系是十分密切的。从古到今,社会形态几经变化,朝代频繁更替,但人类的生活总是离不开自然,离不开山水空间。所以我们说,山川大地是人类一切活动最基本的场所,是上演出形形色色历史剧的最大的舞台。人类社会的发展有一个过程,人类对自然山水的认识也有一个逐步深化的过程。越是在远古时代,人们对自然的依赖性就越强,对山水的感受就越深。从畏惧自然山水,到盲目崇拜自然山水,到逐步亲近自然山水,以至于发展到适度地利用和改造自然山水。人类用语言文字、用诗歌文学来记录和描写自然山水,抒发对自然山水的感受和情感,这自然而然也经历了一个逐步发展、不断提高的过程。

1. 自然山水作为诗歌中的背景描写

先秦诗歌,主要是《诗经》和楚辞。《诗经》所产生的时代是西周时期(前1046—前771)至东周的春秋(前770—前476)前期。周人是崇拜百神的泛神论者,自然界中与农业生产关系密切的日月、雷电、风云、山川等,都在人们的崇拜之内;所以《诗经》中已经有了对山岳的崇高和河水的威力的描写。如"泰山岩岩,鲁邦所詹"(《鲁颂·閟宫》);"崧高维岳,骏极于天"(《大雅·崧高》);"江汉浮浮,武夫滔滔"(《大雅·江汉》);"汶水汤汤,行人彭彭"(《齐风·载驱》);等等。在这些描写中,还看不出人们对山水景观的审美兴趣,感受到的只有对巍峨的高山、奔涌的河流的敬畏和仰慕之情。

　　这是一个方面,另一方面在生产和生活的实践中,人们也逐步地意识到山丘河流对人们的精神生活也还起着娱悦和慰藉作用,因而在《诗经》中我们也看到有对山冈、河岸怡人景致的描写。如《魏风·汾沮洳》写一个女子在汾水边劳动,爱上从旁边经过的一个英俊男子。诗的第一章写道:"彼汾沮洳,言采其莫。彼其之子,美无度。美无度,殊异乎公路。"汾沮洳,就是指汾河旁的低湿之地。第三章的开头"彼汾一曲",说的就是在汾河的水流弯曲之处。又如《小雅·谷风》的第三章:"习习谷风,维山崔嵬。无草不死,无木不萎。忘我大德,思我小怨。"这里的"维山崔嵬",描写山高峻的样子,十分传神。还有如"陟彼南山,言采其薇"(《召南·草虫》)写南山、"河水洋洋"(《卫风·硕人》)写黄河水势盛大的样子、"褰裳涉溱"(《郑风·褰裳》)写提起衣裳涉过溱水等等,这些诗中也都涉及山和水。特别是《秦风·蒹葭》的第一章写道:"蒹葭苍苍,白露为霜。所谓伊人,在水一方。溯洄从之,道阻且长。溯游从之,宛在水中央。"通过苍苍的蒹葭、蜿蜒曲折的河水,创造了缥缈惝恍、迷离不定的意境,抒发了追求伊人、可望而不可即的微妙心情。诗中蒹葭、河水等自然风物的描写,虽然笔墨淡微,但却起到了渲染氛围的作用。

　　当然,《诗经》中写到的山水,并不是作为描写对象,一般缺乏整体性,只限于山水景物的个别形象;而且大都是作为比兴用的,在作品中也只是处于陪衬的地位,写法上也比较单纯、简略。尽管如此,但是我们从中可以看出诗人们对于山水景物,已经开始有了初步的审美意识和欣赏情趣,为后来山水诗的定型、成熟,垫下了第一块未经打磨的天然粗糙的基石。

　　从《诗经》到楚辞,又经历了300多年的时间。《诗经》是黄河流域中原文化的结晶,而楚辞则是长江流域南方文化的结晶;《诗经》是集体歌唱的产物,而楚辞则是以伟大诗人屈原(约前340—前277?)为代表的诗人们个人独立歌唱的产物。在楚辞中,诗人对山水的描写向前推进了一步。南方长江流域气候和暖,雨水充沛,植物繁茂,山川秀美,南方人们对大自然的感受比起北方人们的感受,自然而然地要亲切得多;人们同自然的关系,也显得平等得多、亲近得多。而诗人们所关切的不仅仅在山水的物质功用之上,而且开始关切山水在人们对大自然的审美过程中的精神价值。

如《离骚》中"步余马于兰皋兮,驰椒丘且焉止息""济沅湘以南征兮"等,写到了登山丘与济江水,当然这也只是一般地写到山水。但在《九歌·湘君》中所描写的"令沅湘兮无波,使江水兮安流""望涔阳兮极浦,横大江兮扬灵",《九歌·湘夫人》中所描写的"袅袅兮秋风,洞庭波兮木叶下""荒忽兮远望,观流水兮潺湲",《九章·涉江》中所描写的"山峻高以蔽日兮,下幽晦以多雨",《九章·抽丝》中所描写的"望北山而流涕兮,临流水而太息",等等,已经开始借登山临水以抒发内心感情:登高山以望远寄情,临流水以对波抒情;既可以抒离别之情,又可以抒故国之思。但楚辞中的诗人们描写山水的目的,也还不是表现山水景物本身的美,不是对登临山水的乐趣的有意刻画,而是利用自然山水的描写,多多少少间接地抒发了作者的某些情感。"尽管如此,楚辞中对山水自然景物的摹拟与刻画里,已显示出诗人对山水之美具有很强的赏爱意识;而且楚辞中表现的模山范水和状景写物的技巧,显然比《诗经》前进了一步。"(参见王国璎《中国山水诗研究》,中华书局,2007 年)

2. 山水诗的产生和山水诗流派的初步形成

屈原是我国文学史上第一位留下姓名的伟大诗人。屈原之后,历经秦(前 221—前 207)汉(前 206—220)400 多年,文人的诗歌创作处于低潮,民间的诗歌创作乐府诗倒继承了《诗经》精神,取得了很高的成就。古代诗歌史上第一个文人创作的高潮,是在东汉末年的建安(196—220)时代,"三曹""七子"等一大批杰出的诗人,在当时的诗坛上际会风云,创作了一大批杰出的诗歌。在这些诗人中,诗风如"幽燕老将,气韵沉雄"(明敖陶孙《诗评》)的政治家、军事家曹操(155—220)可以说是建安诗坛上著名的诗人。他的《步出夏门行》诗中有一首后人加了一个题目叫《观沧海》的诗,可以说是我国诗歌史上第一首正面描写山水的诗。这首诗这样写道:

东临碣石,以观沧海。水何澹澹,山岛竦峙。

树木丛生,百草丰茂。秋风萧瑟,洪波涌起。
日月之行,若出其中。星汉灿烂,若出其里。
幸甚至哉,歌以咏志。

开头平平而起,诗人写自己登上了高高的碣石山,得以纵观浩瀚的沧海。"水何澹澹",仿佛是诗人刚刚见到大海的一刹那间、惊叹大海的壮阔脱口而出之赞语。接下来诗人的目光回收到山岛上,山岛上"树木丛生,百草丰茂",给人以生命顽强之感。随着一阵萧瑟的秋风吹过,刚才还是澹澹的大海,一下子"洪波涌起",呈现出排山倒海的壮观。伴随着海潮的涌起,诗人张开了联想的翅膀,想象那"日月之行,若出其中。星汉灿烂,若出其里"。就连宇宙中最灿烂、最充实、最光辉的太阳、月亮和星星、银河,也好像从来没有离开过大海的怀抱——写出了大海包孕宇宙、吞吐日月的壮阔气势。这真是千古咏海名句!这首诗以大海、山岛为描写对象,既有具体的刻画,又有大笔的勾勒,诗人自己那壮阔的襟怀,也是通过对山水的正面描写来展示的。因此,后世山水诗歌的选本,一般都将这首诗作为开篇之作。

山水诗的日渐成熟,是在魏(220—266)晋(266—420)南北朝(420—589)时期。这个时期的士族门阀制度对当时的政治、经济、思想、文化等,都产生了深刻的影响。那种"世胄蹑高位,英俊沉下僚。地势使之然,由来非一朝"(左思《咏史》其二)的不合理现象,使得一部分出身寒门、怀才不遇的文人,在现实仕途上受挫后,转向到自然山水中去寻求慰藉,渐渐地形成了游山玩水的风气。此外,"晋宋时代,尤其是南渡以后,江南的经济有了较大的发展,士族地主阶层的物资生活条件更加优越,他们大造别墅,在优美的山水之间过着登临吟啸的悠闲生活。而作为生活环境的山水景物,也就很自然地反映在诗中。刘勰《文心雕龙·明诗》说'宋初文咏,体有因革,庄老告退,而山水方滋。'山水诗的产生,与当时盛行的玄学和玄言诗有着密切的关系上。当时的玄学把儒家提倡的'名教'与老庄提倡的'自然'结合在一起,引导士大夫从山水中寻求人生的哲理与趣味。……因此在玄学发展的过程中,山水审美的意识也渐增。借山水体玄,成为当时一种普遍的风气。在玄言诗里,也常常寓玄理于山水之中,或借山水以抒情,因而出现了不少描写自然山水的佳句,可以说玄言诗本身就孕育了山水诗。晋宋之际,随着自然山水审美意识的不断浓厚,山水绘画及理论也应运而生。这对于山水诗的产生,无疑也有着促进的作用"(袁行霈主编《中国文学史》第二卷,高等教育出版社,1999年)。

为山水诗歌奠定基础的诗人是南朝宋诗人谢灵运(385—433)。谢灵运本是东晋世族谢玄之孙、曾写过刻画山水景物的《游西池》诗篇的诗人谢混之侄。由晋入宋后,他不满刘宋王朝的统治,虽任永嘉太守,但心思不在官场,而在山水之间。在辞去永嘉太守返回故乡始宁县庄园时,写下了《石壁精舍还湖中作》一诗。诗曰:

昏旦变气候,山水含清晖。清晖能娱人,游子憺忘归。
出谷日尚早,入舟阳已微。林壑敛暝色,云霞收夕霏。
芰荷迭映蔚,蒲稗相因依。披拂趋南径,愉悦偃东扉。
虑澹物自轻,意惬理无违。寄言摄生客,试用此道推。

诗人描写黄昏中游湖所见之景,刻画细致生动。"游子憺忘归"句,巧妙地化用了屈原《九歌·东君》中"羌声色兮娱人,观者憺兮忘归"句,显得很自然;尤其是"林壑敛暝色,云霞收夕霏"两句写暮色中的景色,细微传神。他山水诗中的名句还有很多,如写春的"池塘生春草,园柳变鸣禽"(《登池上楼》),为历代诗人所赞赏,李白曰"梦得池塘生春草,使我长价登楼诗"(《赠从弟南平太守之遥二首》其一),写夏的"白云抱幽石,绿筱媚清涟"(《过始宁墅》),写秋的"野旷沙岸净,天高秋月明"(《初去郡》),写冬的"明月照积雪,朔风劲且哀"(《岁暮》)等等,不但语言工整凝练,而且清新自然,向人们展示了一幅幅鲜明的自然山水图画,表现了诗人在山水描写方面"极貌写物""穷力追新"的艺术技巧,对后世的山水诗产生了极其深远的影响。

南朝宋诗人鲍照(412? —466)诗以七言和杂言乐府见长,风格豪放俊逸,《拟行路难》十八首堪称他的代表作。他也有描写山水的诗歌,形式上多是五言古诗,风格也以幽深为特色,如《登庐山》诗曰:

悬装乱水区,薄旅次山楹。千岩盛阻积,万壑势回萦。
巃嵸高昔貌,纷纯袭前名。洞涧窥地脉,耸树隐天经。
松磴上迷密,云窦下纵横。阴冰实夏结,炎树信冬荣。
嘈噆晨鹍思,叫啸夜猿清。深崖伏化迹,穹岫闷长灵。

> 乘此乐山性，重以远游情。方跻羽人途，永与烟雾并。

南朝齐诗人谢朓(464—499)在推进山水诗的发展中，进一步起到了积极作用。他的山水诗在谢灵运刻意描摹的基础上，开始在景物描写中注入诗人自己的情感和意趣，并能将景的描写和情的抒发较好地结合起来。如《晚登三山还望京邑》诗曰：

> 灞涘望长安，河阳视京县。白日丽飞甍，参差皆可见。
> 余霞散成绮，澄江静如练。喧鸟覆春洲，杂英满芳甸。
> 去矣方滞淫，怀哉罢欢宴。佳期怅何许，泪下如流霰。
> 有情知望乡，谁能鬒不变。

这首诗写诗人途经建康(今南京)时登上三山，望中所见春天的美景：极目远眺那天边的晚霞，就像织纹起花的丝织品；俯视那静静流淌的长江，就像一条素绢蜿蜒地铺展在大地上；成群的飞鸟鸣叫着布满了和暖的沙洲，各种各样的鲜花开满了原野。诗人由眼前的美景，触动了思乡的情感，情景交融，禁不住"泪下如流霰"。诗中描写自然山水最有名的两句是："余霞散成绮，澄江静如练。"这两句色彩明丽，比拟生动传神，历来为人称道。梁代文学批评家钟嵘评谢朓诗："奇章秀句，往往警遒。"(《诗品·齐吏部谢朓》)唐代大诗人李白自视甚高，一生不肯向人低头，但对"小谢"却十分首肯。他曾热情地称赞道："蓬莱文章建安骨，中间小谢又清发"(《宣州谢朓楼饯别校书叔云》)；"解道澄江静如练，令人长忆谢玄晖"(《金陵城西楼月下吟》)。

谢朓的另一首《之宣城郡出新林浦向板桥》诗，也是描写山水的名作。诗曰：

> 江路西南永，归流东北骛。天际识归舟，云中辨江树。
> 旅思倦摇摇，孤游昔已屡。既欢怀禄情，复协沧洲趣。
> 嚣尘自兹隔，赏心于此遇。虽无玄豹姿，终隐南山雾。

诗人描写自己行旅漂泊之中所遇之景与所触发的行役之思，语清、思清，意境亦清。谢朓另有名句曰："寒城一以眺，平楚正苍然"(《宣城郡内登望》)；"远树暧阡阡，生烟纷漠漠。鱼戏新荷动，鸟散余花落"(《游东田》)；"余雪映青山，寒雾开白日。暧暧江村见，离离海树出"

(《高斋视事》);"窗中列远岫,庭际俯乔林。日出众鸟散,山暝孤猿吟"(《郡内高斋闲望答吕法曹》);等等,都如同一幅幅水墨画,淡雅疏朗,其中隐然含有着诗人的雅趣与情思。

总之,唐以前的山水诗经历了一个比较漫长的发展过程:从山水作为诗歌的背景或比兴的媒介,到山水描写中多少体现了作者的审美情趣,到以山水为描写对象的第一首山水诗的产生,再到对山水穷貌尽形的刻意描摹,到景色和情致的初步交融。这是一个人与自然的关系不断亲近的过程,也是一个对于诗歌中如何表现好山水而不断探索、艺术技巧不断提高的过程。经过这一千余年的孕育,到了唐代,山水诗才步入了全面繁荣的崭新天地。

二、田园诗

就客观的大自然而言,田园是包含在山水之中的;田园诗跟山水诗也是不能截然分开的。所谓田园,原义是指田地和园圃。较早用"田园"一词的,是西汉的司马迁。他在《史记·魏其武安侯列传》中写道:"田园极膏腴,而市买郡县器物相属于道。"而田园诗,则是指歌咏田园生活的诗歌,多以农村景物和农民、牧人、渔父等的劳动为题材。自从东晋诗人陶渊明挂冠归隐田园、开创了田园诗一体后,唐宋等诗歌中的田园诗,便主要变成了隐居不仕的文人,和从官场退居田园的仕宦者们所作的以田园生活为描写对象的诗歌。

自从人类开始刀耕火种起,在大自然中便有了最早的、最原始的田园。最早写到田园生活的诗歌,可追溯到相传为唐尧时的民歌《击壤歌》:"日出而作,日入而息,凿井而饮,耕田而食,帝力何有于我哉!"(《艺文类聚》卷一一引晋皇甫谧《帝王世纪》)"日出而作,日入而息",成了农耕社会农村生活最典型的概括和最生动的描绘,对中国人的田园生活和田园诗歌的影响都十分深远。当然开始对田园生活进行稍加具体的描绘的,还要追溯到《诗经》中。《诗经·王风·君子于役》描写农家的女子怀念服役在外的亲人,诗中"鸡栖于埘,日之夕矣,牛羊下来"句,描绘了一幅典型的田园傍晚的图景。《小雅·大田》曰:"大田多稼,既种既戒,既备乃事。"郑玄笺曰:"大田,谓地肥美,可垦耕,多为稼,可以授民者也。"可见田,是人类耕种用的土地;而园,则是人类耕种用的园圃。在《齐风·甫田》中有句曰:"无田甫田,维秀骄骄。"上一个"田"字是动词,耕种的意思;下一个"田"字是名词,即耕种的土地;甫,大的意思。另外,《豳风·七月》叙写了西周时农奴们一年中辛勤劳动的过程,和他们在田园中生活的情景。

战国时的楚辞中,基本上看不到田园风景和田园生活的描写。汉乐府诗中写到了下层民众的反抗,如《东门行》;写到了战争给农村带来的萧条景象,"兔从狗窦入,雉从梁上飞。中庭生旅谷,井上生旅葵"(《十五从军征》);《陌上桑》一诗中虽然写到了田园上采桑女子罗敷的劳动,"罗敷喜蚕桑,采桑城南隅。青丝为笼系,桂枝为笼钩",写到了在田野上的其他劳动者被罗敷的美貌惊呆后"耕者忘其犁,锄者忘其锄"。但这些诗中基本上都不是对田园景色和生活的直接描写,因而都不能算在田园诗的范围之内。

在中国古代诗歌中,首先开创了以田园生活为描写对象、为古典诗歌开辟了一个新天地、新境界的,是东晋伟大诗人陶渊明(365—427)。陶渊明"少无适俗韵,性本爱丘山"(《归园田居》其一)。29岁出仕后,曾有过几次仕隐反复;最后一次是做了80余日彭泽县令,一天,"郡遣督邮至,县吏白:'应束带见之。'潜叹曰:'我不能为五斗米折腰向乡里小人!'即日解印绶去职"(《宋书》本传)。陶渊明的这种不肯"为五斗米折腰"的精神,是对儒家"富贵不能淫,贫贱不能移,威武不能屈"(《孟子·滕文公下》)精神的继承和发扬,对中国知识分子砥砺气节、保持节操的影响是十分深远的。陶渊明挂冠而去时所作的《归去来兮辞》中,开篇一声呼唤:"归去来兮,田园将芜胡不归!"接下来以欢欣的笔调,描写了田园生活的愉快和美好:

> 乃瞻衡宇,载欣载奔。童仆欢迎,稚子候门。三径就荒,松菊犹存。携幼入室,有酒盈樽。引壶觞以自酌,眄庭柯以怡颜。倚南窗以寄傲,审容膝之易安。园日涉以成趣,门虽设而常关。策扶老以流憩,时矫首而遐观。云无心以出岫,鸟倦飞而知还。景翳翳以将入,抚孤松而盘桓。

这真是一段绝妙好辞!字里行间欢快地流淌着诗人"久在樊笼里,复得返自然"(《归园田居》其一)的喜悦之情,对后世描写田园生活的诗文产生了极大的影响。

陶渊明的后半生是在田园里度过的,他在田园中找到了自己人生的归宿;离开了官场的喧嚣和污浊,诗人获得了自由、宁静、畅快、舒坦的心境。他的《饮酒》第五首写道:

> 结庐在人境,而无车马喧。问君何能尔,心远地自偏。
> 采菊东篱下,悠然见南山。山气日夕佳,飞鸟相与还。
> 此中有真意,欲辩已忘言。

在人世间结庐生活,而门前没有与世俗往来的车马的喧闹;为什么能够如此呢?"心远地自偏"一句,道出了其中的真谛,只要心远离了红尘,那么所处之地自然而然就因为没有人来往而变得偏僻起来了。这种"真意",真是用言语所无法表达的。陶渊明尤其难能可贵的还有两点:一是以平等的态度对待乡间普通老百姓,和他们建立了不带功利目的的亲密关系;如:"时复墟曲里,披草共来往。相见无杂言,但道桑麻长。"(《归园田居》其二)与村里的农民时不时地披草往来,亲切交谈,而且谈话的内容不是诗文,而是桑麻等农作物的长势情况,可见跟劳动人民已经建立了相互信任的感情和有了某种共同的话语,都真诚地关心农作物的生长等;还有经常和邻里们互相邀请,一起欢宴饮酒:"漉我新熟酒,只鸡招近局。"(《归园田居》其五) 又如:"春秋多佳日,登高赋新诗。过门更相呼,有酒斟酌之。农务各自归,闲暇则相思。相思则披衣,言笑无厌时。"(《移居》其二)走过门前相互招呼,有了好酒便一起斟酌之。农忙的时候各自回去忙农活,一闲下来便相互思念;一思念便披上衣裳登门找去,一起开怀畅饮、开怀畅谈。"言笑无厌时",可见关系十分融洽,乐以忘忧,乐而忘归。

另外一点就是他自己亲自参加体力劳动。如《归园田居》其三写道:

> 种豆南山下,草盛豆苗稀。晨兴理荒秽,带月荷锄归。
> 道狭草木长,夕露沾我衣。衣沾不足惜,但使愿无违。

一大早便起来到南山下的豆地里去锄草,收拾农田,直到夜晚才披星戴月,荷锄而归。但是田间的小道很狭窄,两旁茂盛的草木欺路,把路都遮起来了;草木上沾满了夜晚的露水,露水又沾湿了我的衣裳;然而"衣沾不足惜,但使愿无违"。这里的"愿",一般解释为"复得返自然"之"愿",意谓只要实现了回归自然之愿,那么衣裳沾湿了也没有什么好可惜的! 联系诗中的描写,我总感到这个"愿"还可以解释为庄稼丰收,意谓只要今年地里的庄稼能够丰收,那么衣裳沾湿了没有什么好可惜的。这样理解的"愿"是具体了一点,但我认为这样理解,则诗人的情感与老百姓的情感反而靠得更近了,陶渊明的形象也会更真切,更真实,更接近普通人的心态,因而也更让人亲近。

另外,在《庚戌岁九月中于西田获早稻》诗中,诗人写道:"人生归有道,衣食固其端。孰是都不营,而以求自安。开春理常业,岁功聊可观。晨出肆微勤,日入负耒还。……盥濯息檐下,斗酒散襟颜。遥遥沮溺心,千载乃相关。但愿长如此,躬耕非所叹。"这种对劳动乃人生衣食之根本的认识,以及所抒写的劳动后发自内心的快慰之情,与普通劳动者的认识和感受已经基本相通了。在另一首《癸卯岁始春怀古田舍》(其二)诗中,诗人写道:"先师有遗训,忧道不忧贫。瞻望邈难逮,转欲志长勤。秉耒欢时务,解颜劝农人。平畴交远风,良苗亦怀新。虽未量岁功,即事多欢欣。耕种有时息,行者无问津。日入相与归,壶浆劳近邻。长吟掩柴门,聊为陇亩民。"牢记住先师孔子遗留下来的教导:"君子谋道不谋食。……君子忧道不忧贫"(《论语·卫灵公》),而立志在长勤。在春天的原野上,庄稼欣欣向荣,生机勃勃,诗人受到感染,也发自内心地涌起了喜悦之情。如果没有参加实际农业劳动的切身感受,光凭诗歌才华是写不出如此精彩的好诗的。

陶渊明的诗歌,在艺术上取得了杰出的成就。萧统在《陶渊明集序》中赞扬道:"其文章不群,辞采精拔,跌宕昭彰,独超众类,抑扬爽朗,莫之与京。横素波而旁流,干青云而直上。语时事则指而可想,论怀抱则旷而且真。"他的田园诗最大的特色是平淡自然而又意味醇厚,以朴素的语言、白描的手法,既生动地勾画出淡雅素净的田园风光,又将诗人在田园生活中的恬淡心境真率地抒写出来;一切都仿佛是从胸中自然流出,谢尽炉冶、斧凿之痕。正如苏轼所赞:"渊明作诗不多,然其诗质而实绮,癯而实腴。"(《与苏辙书》)苏轼另有称赞韩愈、柳宗元诗歌的语曰:"外枯而中膏,似澹而实美。""发纤浓于简古,寄至味于澹泊。"如果移来评价陶渊明的诗歌,反而更加恰当。

  在回溯完唐代以前的田园诗发展演进的情况后,我们发现跟其他题材的诗歌的发展情况有所不同的是,其他题材的诗歌如山水诗、边塞诗、咏史诗、闺怨诗、宫怨诗、送别诗、咏物诗等,在唐代之前都是处于萌芽、形成或逐步演进的过程之中,是到了唐代才全面繁荣,取得最高成就的。而田园诗不同,开始时产生、演进似乎很慢,而且晋之前很少完篇;但到了东晋后期,因为时代孕育诞生了伟大诗人陶渊明,他把农村田园生活大量写入诗中,这在中国诗歌史上是一大创举。陶渊明将自己的杰出才华倾注到田园诗的创作上,取得了无与伦比的成就,一下子便将田园诗推上了巅峰。唐宋及后代的田园诗领域里,虽然也出现了一些优秀诗人,写出了一批又一批反映各自时代田园生活的田园诗,有的也有自己的特色;但是,从根本上,或者说从整体上,他们的田园诗成就都没有能超过陶渊明。清人沈德潜曰:"陶诗胸次浩然,其中有一段渊深朴茂不可到处。唐人祖述者,王右丞(维)有其清腴,孟山人(浩然)有其闲远,储太祝(光羲)有其朴实,韦左司(应物)有其冲和,柳仪曹(宗元)有其峻洁;皆学焉而得其性之所近。"(《说诗晬语》)可见唐代田园诗人各自从陶渊明的田园诗中学习了某一方面的长处,而不能从整体上超步陶渊明。可以这样说:中国古代田园诗的广阔天地,一直是在陶渊明的浓荫覆盖之下。

  陶渊明在《咏荆轲》一诗中满腔热情地称赞荆轲"雄发指危冠,猛气冲长缨",最后慨叹"其人虽已没,千载有余情"。千载之下,我们对陶渊明又何尝不是怀着这样一种同样的心情呢!诚所谓:生前百首诗,死后万古名,"其人虽已没,千载有余情"。

第二节 唐代山水诗简论

  唐代诗歌全面繁荣,山水诗是唐诗诸领域的一个重要组成部分,成就十分突出。山水诗人在有唐近300年中,代不乏人,其中有不少名家大家;他们以各自的才华创作了大量的山水诗,极大地丰富了唐诗宝库。本节仍按通行的初、盛、中、晚四阶段的顺序,对每个时期山水诗的主要特色,以及重要作家和重要作品等,作一个简要的论述。

一、初唐山水诗

  与政治、经济等的发展变化比较迅速和明显相比,包括诗歌在内的文学艺术的发展演进总是有一定的滞后性。当唐王朝在推翻隋王朝的硝烟中诞生的时候,文学艺术并没有随着王朝的更换而在一夜之间发生根本的改变;初唐诗坛至少在前期仍然蔓延着齐梁余风,宫体诗、应制诗、山水诗、咏物诗等,继续着经隋代而没有被荡涤掉的南朝梁陈余风,总体上了无声色。此时值得一提的山水诗有唐太宗李世民的《望终南山》,其诗曰:

    重峦俯渭水,碧嶂插遥天。出红扶岭日,入翠贮岩烟。
    叠松朝若夜,复岫阙疑全。对此恬千虑,无劳访九仙。

这首诗一开头便很有气势:终南山的重峦叠嶂俯视着滚滚的渭水河,而翠绿的山峰高耸入云,直插九霄;隐然透出了一股帝王雄霸之气。收结的两句由景而抒怀,意谓对着如此美好的山水,人生的烦恼和忧虑都为之一扫,不必再去寻仙求神了。

  唐初马周(601—648)存诗仅一首,写的是山水景色,比较传神。诗曰:

    太清上初日,春水送孤舟。山远疑无树,潮平似不流。
    岸花开且落,江鸟没还浮。羁望伤千里,长歌遣四愁。

天空中红日初升,涣涣春水里孤舟扬帆起航;以此两句来比喻唐代山水诗的开始发轫,似无不可。"山远疑无树,潮平似不流",一句写山,山因远而看不见树木;一句写水,水因大潮平满而看不出在流动;体物甚微。岸上的花儿有开有落,江中的水鸟时而扎入水中,时而又浮上水面,这两句属对相当工稳,在格律诗尚未定型时,这样的对句,尤为难得。最后两句化用《楚辞·招魂》中"湛湛江水兮上有枫,目极千里兮伤春心"句意,抒发了羁旅愁怀。

  杜甫的祖父杜审言(645?—708),写过如下这首《经行岚州》诗:

> 北地春光晚,边城气候寒。往来花不发,新旧雪仍残。
> 水作琴中听,山疑画里看。自惊牵远役,艰险促征鞍。

诗中"水作琴中听,山疑画里看"两句,灵巧清新,难怪杜甫要以"吾祖诗冠古"(《赠蜀僧闾丘师兄》)自豪。与杜审言同时并有过往和唱和的诗人沈佺期(约656—714?),在他流放岭南的途中,写过一首《遥同杜员外审言过岭》诗:"天长地阔岭头分,去国离家见白云。洛浦风光何所似,崇山瘴疠不堪闻。南浮涨海人何处,北望衡阳雁几群。两地江山万余里,何时重谒圣明君。"情调虽然不免感伤,但有景有情,声调流畅。

与沈佺期一起对诗歌进行"回忌声病,约句准篇",从而将律诗的体式定型下来的诗人宋之问(约656—712)的山水诗,也写得颇有特色。他的《江亭晚望》诗曰:"浩渺浸云根,烟岚出远村。鸟归沙有迹,帆过浪无痕。望水知柔性,看山欲断魂。纵情犹未已,回马欲黄昏。"写景还是比较形象生动的。又如他的《灵隐寺》诗曰:

> 鹫岭郁岧峣,龙宫锁寂寥。楼观沧海日,门对浙江潮。
> 桂子月中落,天香云外飘。扪萝登塔远,刳木取泉遥。
> 霜薄花更发,冰轻叶未凋。夙龄尚遐异,搜对涤烦嚣。
> 待入天台路,看余度石桥。

一开头便从大处落笔,写山之高峻,寺之静穆。岧峣,形容山势峥嵘重叠。这两句写大自然中的静景,下两句"楼观沧海日,门对浙江潮",则描绘了一幅动景:动荡辽阔的大海里跃出一轮红日,冉冉升空,何等辉煌;奔腾的大潮涌进钱塘江,惊涛拍岸,激起千堆雪,何等壮观。这是历来为人称道的写景名句。接下来写一个有关灵隐寺的传说,"桂子月中落,天香云外飘"两句,在精工的锤炼中,蕴藉着一种美好清幽的意趣,令人心驰神往。再下来写灵隐山周围的景致有藤萝、有山花、有竹木、有泉流,互相映衬,赏心悦目。最后抒发诗人洗心涤虑向往超然出世的心迹。全诗紧扣诗题起,而以写景承,以抒怀结,层次清楚,结构似松散而实谨严。

号称"文章四友"之一的诗人李峤(约645—约714),曾写过以一个字作题目的五言诗120首,如日、月、星、风、云、烟、露、雾、雨、雪、石、

原、野、田、道、海、河、城、池、桥等等,描写自然山水中有两首题为《山》《江》的诗分别是:

> 地镇标神秀,峨峨上翠氛。泉飞一道带,峰出半天云。
> 古壁丹青色,新花绮绣纹。已开封禅所,希谒圣明君。

> 日夕三江望,灵潮万里回。霞津锦浪动,月浦练花开。
> 湍似黄牛去,涛从白马来。英灵已杰出,谁识卿云才。

前一首《山》写名山大岳之巍峨神秀,古老悠久。"泉飞一道带,峰出半天云"两句,一写飞泉如玉带,由上而下,无休止地奔动跌落;一写拔地而起的高峰,直插云天,永远静静地柱立在天地之间。动静相配,十分好看。后一首《江》以"霞津锦浪动,月浦练花开",写大江平静时夕阳月下的美丽景色;而以"湍似黄牛去,涛从白马来",写大江泛滥时的猛烈与狂怒之姿态,用"黄牛""白马"之奔跑有力来比拟和形容,给人以惊心动魄的震撼。

初唐后期的诗坛上,陈子昂(661—702)独领风骚,不但从理论上深刻地批判了齐梁余风,而且在自己的创作实践中贯彻自己的主张,写出了风骨刚健、光英朗练的诗歌,如《感遇诗三十八首》等。他的山水诗数量并不多,但在艺术上却展示出新的风貌。如《晚次乐乡县》写道:"故乡杳无际,日暮且孤征。川原迷旧国,道路入边城。野戍荒烟断,深山古木平。如何此时恨,噭噭夜猿啼。"以古雅之笔,写出了深山荒原的苍莽景象。另外在诗中描写山水的诗句"岩悬青崖断,地险碧流通。古木生云际,孤帆出雾中"(《白帝城怀古》),"城邑遥分楚,山川半入吴""野树苍烟断,津楼晚气孤"(《岘山怀古》),"合岸昏初夕,回塘暗不流。卧闻塞鸿断,坐听峡猿愁。沙浦明如月,汀葭晦若秋"(《宿襄河驿浦》),都各有特色。特别是他乘舟出川顺江东下时所写的《度荆门望楚》诗,清新流畅,一气贯注。诗曰:

> 遥遥去巫峡,望望下章台。巴国山川尽,荆门烟雾开。
> 城分苍野外,树断白云隈。今日狂歌客,谁知入楚来。

离开了巴国,舟出荆门,顿觉天地开阔,苍野白云,让人眼界明朗,心胸扩张。诗中写景高低分明、远近有序、动静相生、色彩鲜明,而且借山水之景透露出诗人对人生前途充满信心的情怀。明人胡应麟评这首诗曰:"平淡简远,为王(维)孟(浩然)二家之祖。"(《诗薮》内编卷四)有趣的是,陈子昂还曾为粉壁上的山水画写过一首《山水粉图》诗,录之以共赏:"山图之白云兮,若巫山之高丘。纷群翠之鸿溶,又似蓬瀛海水之周流。信夫人之好道,爱云山以幽求。"

最后,我们再来欣赏一下初盛唐之交的诗人张说(667—730)的山水诗。张说描写山水比较好的诗句,如"叶落苍江岸,鸿飞白露天"(《蜀路二首》其一);"烟壑争晦深,云山共重复"(《再使蜀道》);"众山既围绕,长川复回临。云峰晓灵变,风木夜虚吟"(《襄州景空寺题融上人兰若》);"茫茫失方面,混混如凝阴。云山相出没,天地互浮沉"(《入海二首》其一);"山戍上云桂,江亭临水关。川途倏忽间,风景依如昨"(《出湖寄赵东曦》),皆描摹真切,奇异生动。而他的《和尹从事懋泛洞庭》则在写景中,唱出了开朗乐观的心怀。诗曰:

> 平湖一望上连天,林景千寻下洞泉。
> 忽惊水上光华满,疑是乘舟到日边。

首句大笔挥洒出洞庭湖的碧波浩渺,境界开阔而有气势;次句写被称为"碧玉盘中一青螺"的君山那层林叠翠的美丽景色;第三句笔锋一转,写忽然见湖上波光闪闪,一派光明;结句用伊尹梦日的典故,希望得到朝廷的重用。通过壮阔的景物描写,表现了诗人对理想的执着追求,充满了积极用世的热望。

总之,初唐的山水诗,一是基本上承袭了南朝山水诗描摹细致的特点,情景交融还没有成为主体的写作特色;二是篇中写山水的名句多,而全篇写山水并且写得很好的少;三是写山水的诗歌局势尚未开张,像张说《和尹从事懋泛洞庭》诗那样气势阔大的山水诗,还只是凤毛麟角。

二、盛唐山水诗

盛唐因为经济繁荣,国力强盛,政治开明,思想解放,使得优秀诗人竞相涌现,名篇佳作云蒸霞蔚。盛唐诗人们"既闲新声,复晓古体;文质取半,风骚两挟;言气骨则建安为传,论宫商则太康不逮"(殷璠《河岳英灵集》)。他们喜爱在名山大川间遨游,"五岳寻仙不辞远,一生好入名山游"(李白《庐山谣寄卢侍御虚舟》);也有的因种种原因而栖居山林水涯,"人生在世不称意,明朝散发弄扁舟"(李白《宣州谢朓楼饯别校书叔云》)。因而盛唐诗人对山水观察更加细致,体会更加深刻,审美的意识有了进一步的增强,把握和刻画山水的艺术才能有了进一步的提高,山水诗的创作达到了前所未有的高潮,登上了中国古代山水诗成就的巅峰。盛唐山水诗的风格多样,争奇斗艳,但从大的方面而论,无非是两大类:一是清,清新、清幽、清丽、清远,以王孟为代表;二是雄,雄豪、雄放、雄壮、雄奇,以李白为代表。

谈论盛唐的山水诗,我们首先来看一看开元年间的著名丞相张九龄的山水诗。张九龄(678—740)可以说是唐代诗坛上最早大量创作山水诗的诗人。他对山水有着浓厚的兴趣,在《自始兴溪夜上赴岭》诗的开头便坦言"尝蓄名山意,兹为世网牵",虽然早就蓄有游览名山的心愿,但因为世网牵绊,人在"樊笼",身不由己;一旦有机会接触山水,诗人便兴趣盎然地泼墨描写。同样的庐山瀑布,李白的"日照香炉生紫烟,遥看瀑布挂前川。飞流直下三千尺,疑是银河落九天"(《望庐山瀑布》),固然是千古绝唱;但张九龄所写的两首咏庐山瀑布诗,也是难得的好作品。这两首诗分别题作《入庐山仰望瀑布水》和《湖口望庐山瀑布泉》,兹前后分录如下:

绝顶有悬泉,喧喧出烟杪。不知几时岁,但见无昏晓。
闪闪青崖落,鲜鲜白日皎。洒流湿行云,溅沫惊飞鸟。
雷吼何喷薄,箭驰入窈窕。昔闻山下蒙,今乃林峦表。
物情有诡激,坤元曷纷矫。默然置此去,变化谁能了。

万丈洪泉落,迢迢半紫氛。奔飞流杂树,洒落出重云。
日照虹霓似,天清风雨闻。灵山多秀色,空水共氤氲。

前一首先叙述"绝顶有悬泉",从云端里喧嚣着跌落下来;也不知是什么时候开始奔涌而下的,只见遮日蔽空,难辨昏晓。接着写其形和声:"闪闪青崖落,鲜鲜白日皎。洒流湿行云,溅沫惊飞鸟。"这里的"洒流湿行云"造语尤奇,飘飞的行云都被瀑布打湿了,飞鸟更是惊然而去。其声若雷吼,喷薄震荡;其势若飞箭,直驰向幽深杳远处。最后,暗用《易·坤》中"至哉坤元,万物资生"句意抒发感慨:宇宙自然中万物纷繁,变化无常,就里奥妙,谁能了了呢!后一首也主要是运用夸张的描写,展示瀑布磅礴的气势。其中"日照虹霓似,天清风雨闻"两句,是对前一首的补充描写。张九龄另外山水诗中的名句有:"云霞千里开,洲渚万形出。澹澹澄江漫,飞飞度鸟疾"(《登郡城南楼》);"潦收沙衍出,霜降天宇晶。伏槛一长眺,津途多远情。思来江山外,望尽烟云生"(《秋晚登楼望南江入始兴郡路》);"庐山直阳浒,孤石当阴术。一水云际飞,数峰湖心出"(《彭蠡湖上》);"江岫殊空阔,云烟处处浮。上来群噪鸟,中去独行舟"(《自彭蠡湖初入江》);"乘夕棹归舟,缘源路转幽。月明看岭树,风静听溪流"(《耒阳溪夜行》);"潭清能彻底,鱼乐好跳波"(《登临沮楼》);等等,不一而足。诚如明人胡应麟所指出的那样:"张子寿(九龄字——引者)首创清澹之派。盛唐继起,孟浩然、王维、储光羲、常建、韦应物,本曲江(九龄乃韶州曲江人,有《曲江张先生文集》——引者)之清澹,而益以风神者也。"(《诗薮》内编卷二)

张九龄的山水诗,在初盛唐之间,起到了承前启后的作用。启后主要表现在他的清澹之风对孟浩然、王维等人的山水诗的影响上,孟浩然(689—740)的山水诗的特色也正在于"清澹"上。闻一多先生在《唐诗杂论》中说:孟浩然不是将诗紧紧地筑在一联或一句中,而是将它冲淡了,平均地分散在全篇中。甚至淡到令你疑心到底有诗没有的地步。闻先生举了两首诗,一首属田园诗,下面再分析;另一首是山水诗,题为《万山潭作》,诗曰:"垂钓坐盘石,水清心亦闲。鱼行潭树下,猿挂岛藤间。游女昔解佩,传闻于此山。求之不可得,沿月棹歌还。"闻先生说这是孟浩然的诗,又是诗的孟浩然。诗人的心境是多么悠闲、清净、旷达、淡泊!试看他的一首代表作《秋登兰山寄张五》:

> 北山白云里,隐者自怡悦。相望试登高,心飞逐鸟灭。
> 愁因薄暮起,兴是清秋发。时见归村人,沙行渡头歇。
> 天边树若荠,江畔舟如月。何当载酒来,共醉重阳节。

秋高气爽,诗人登高远眺,禁不住怡然喜悦。心儿飘然追逐天边的飞鸟远去,清秋使人兴致倍增;平沙渡头歇着回归村里的人,天边的树在暮色中矮小若荠菜,江畔的夜幕中舟小如月。全诗景清、意境清、诗人的心境更清,与他的《宿建德江》诗"移舟泊烟渚,日暮客愁新。野旷天低树,江清月近人"的意境一样浑然。明胡震亨《唐音癸签》中引《吟谱》曰:"孟浩然诗祖建安,宗渊明,冲澹中有壮逸之气。"评价有点高了,其实冲淡即清也,壮逸即旷也,还是说"清旷"比较切合实际。能代表这一特色的诗句,还有如"悠悠清江水,水落沙屿出。回潭石下深,绿篠岸傍密"(《登江中孤屿赠白云先生王迥》);"中流见匡阜,势压九江雄。黤黕容霁色,峥嵘当晓空。香炉初上日,瀑布喷成虹"(《彭蠡湖中望庐山》);"涧影见松竹,潭香闻芰荷"(《夏日浮舟过陈大水亭》);等等。

特别要提的是孟浩然的《临洞庭》诗:

八月湖水平,涵虚混太清。气蒸云梦泽,波撼岳阳城。
欲济无舟楫,端居耻圣明。坐观垂钓者,徒有羡鱼情。

这首诗的结构十分工整,四联中起、承、转、合分明;第二联写景气魄宏大,乃描写洞庭湖壮阔和气势的名句。中唐人殷璠评道:"浩然诗,文彩䒢茸,经纬绵密,半遵雅调,全削凡体。……又'气蒸云梦泽,波撼岳阳城',亦为高唱。"(《河岳英灵集》)唐诗中同样是描写洞庭湖壮阔和气势的,形式上也是五律的,我们一下子便联想起杜甫的《登岳阳楼》诗:

昔闻洞庭水,今上岳阳楼。吴楚东南坼,乾坤日夜浮。
亲朋无一字,老病有孤舟。戎马关山北,凭轩涕泗流。

这首诗的结构也同样十分工整,四联中起、承、转、合也一样分明;第二联写景气魄更为宏大,也是描写洞庭湖的名句。但是我们看一看这两位诗人由写山水之景进而抒发情感,就会发现两者有天壤之别:孟浩然想到的是自己空有才能,但没有人来提拔,没有渡河的舟船和桨楫,没有钓得大鱼的渔具(即与自己才能相配的职务),所以只能是"坐观垂钓者,徒有羡鱼情"。而杜甫则由自身的不幸,一下子便想到国家的不幸、人民的不幸,于是禁不住涕泗横流。两人写景的气势虽大体相若,但思想境界、人格胸襟却大不相同。所以孟浩然只能算是名家,而杜甫才是真正的大家。可见,大家者,不仅仅要有大才华、大手笔,而且最重要的是要有大境界、大胸襟也!

与孟浩然并称的是王维(701—761)。他的山水诗以独特的风貌,将古代山水诗创作提高到了一个全新的境界,这就是在谢灵运模山范水精雕细刻的追求"形似"基础上,开始追求"神似",即在山水诗的描写中追求一种空灵的意境,寄寓一种淳雅的意趣,如"荆溪白石出,天寒红叶稀。山路元无雨,空翠湿人衣"(《山中》);追求在山水诗中蕴涵着佛理禅趣,如"行到水穷处,坐看云起时。偶然植林叟,谈笑无还期"(《终南别业》);而且还特别地追求画意。王维擅长绘画,曾自称"宿世谬词客,前身应画师"(《偶然作》);他主张"凡画山水,意在笔先",自创泼墨山水的画法。他将绘画艺术中讲究线条、色彩、构图、意境之美的做法,运用到山水诗的创作中,如五律《终南山》:

太乙近天都,连山到海隅。白云回望合,青霭入看无。
分野中峰变,阴晴众壑殊。欲投人处宿,隔水问樵夫。

首联是远眺,如绘画中先以大笔濡染,勾画出终南山的总轮廓;说"连山到海隅",乃由近到远,渐渐渐无穷;笔意在于夸张其绵延不绝。次联写近景,步入终南山中,白云弥漫,时分时聚,飘忽不定;青霭在蒙蒙烟岚中时隐时现,若有若无;移步换形,美不胜收。第三联又跳到一个更高的视角上,俯视整个山景,以中峰分野,变化阴晴,千山万壑,千姿百态。末尾又收结到"隔水问樵夫"的一个具体的画面上。像这样的诗歌是需要反复玩味的,也只有在反复玩味中,才能像苏轼所体味到的那样:"味摩诘之诗,诗中有画;观摩诘之画,画中有诗。"(《书摩诘蓝田烟雨图》)

王维山水诗的另一首代表作是《山居秋暝》:

空山新雨后,天气晚来秋。明月松间照,清泉石上流。
竹喧归浣女,莲动下渔舟。随意春芳歇,王孙自可留。

意境浑然的好诗,亦当以浑然的心境欣赏之;而不宜逐字逐句拆开来作肢解分析。对于这首诗,袁行霈先生在由他主编的《中国文学史》(高等教育出版社)第二卷中,用诗一样的语言评析道:"在清新宁静而生机盎然的山水中,感受到万物生生不息的生之乐趣,精神升华到了空明无滞碍的境界,自然的美与心灵的美完全融为一体,创造出如水月镜花般不可凑泊的纯美诗境。"在评价王维晚年隐居辋川别业时所写的著名组诗《辋川集二十首》时,袁先生引了《鹿柴》"空山不见人,但闻人语响。返景入深林,复照青苔上"、《竹里馆》"独坐幽篁里,弹琴复长啸。深林人不知,明月来相照"、《辛夷坞》"木末芙蓉花,山中发红萼。涧户寂无人,纷纷开且落"之后,认为这一组小诗,"将诗人自甘寂寞的山水情怀表露得极为透彻。在明秀的诗境中,让人感受到一片完全摆脱尘世之累的宁静心境,似乎一切情绪的波动和思虑都被净化掉了,只有寂以通感的直觉印象,难以言说的自然之美"。多么精美的语言,多么精细的把握,多么精到的体悟,令人赞叹不已!

前已说过,盛唐山水诗的风格基本上分两大类:一是清,以王孟为代表;二是雄,以李白(701—762)为代表。李白自己坦言:"五岳寻仙不辞远,一生好入名山游。"(《庐山谣寄卢侍御虚舟》)他的一生差不多有一半的时间用在仗剑远游纵情山水上,足迹遍布黄河流域和长江流域的山山水水;甚至于因为沉溺于山水之乐而产生了放弃仕宦的念头:"常时饮酒逐风景,壮心遂与功名疏。"(《赠从弟南平太守之遥二首》其一)他喜欢"登高壮观天地间"(《庐山谣寄卢侍御虚舟》),对祖国的江山美景和乡土风物,有着十分浓厚的热爱之情,写下了许多气魄宏大的山水诗。李白笔下的华夏山水,总是气势雄伟、神奇秀丽。

他纵情歌颂孕育了中华民族五千年文明的摇篮——黄河:"君不见黄河之水天上来,奔流到海不复回"(《将进酒》);"黄河如丝天际来。黄河万里触山动,盘涡毂转秦地雷。荣光休气纷五彩,千年一清圣人在。巨灵咆哮擘两山,洪波喷箭射东海"(《西岳云台歌送丹丘子》);"黄河西来决昆仑,咆哮万里触龙门"(《公无渡河》);"黄河落天走东海,万里泻入胸怀间。身骑白鼋不敢度,金高南山买君顾"(《赠裴十四》)。歌颂源远流长的长江:"登高壮观天地间,大江茫茫去不还。黄云万里动风色,白波九道流雪山"(《庐山谣寄卢侍御虚舟》),描写长江的巫峡是"巫山枕障尽高丘,白帝城边树色秋。朝云夜入无行处,巴水横天更不流"(《巫山枕障》),描写长江的横江浦的波涛之险是"猛风吹倒天门山,白浪高于瓦官阁"(《横江词六首》其一),"海神来过恶风回,浪打天门石壁开。浙江八月何如此,涛似连山喷雪来"(《横江词六首》其四)。

他纵情歌颂"五岳独尊"的东岳泰山:"飞流洒绝巘,水急松声哀。……天门一长啸,万里清风来"(《游泰山六首》其一),"平明登日观,举手开云关。精神四飞扬,如出天地间。黄河从西来,窈窕入远山。凭崖览八极,目尽长空闲"(《游泰山六首》其三),"海水落眼前,天光遥空碧。千峰争攒聚,万壑绝凌历"(《游泰山六首》其五)。歌颂西岳华山:"西岳峥嵘何壮哉……三峰却立如欲摧,翠崖丹谷高掌开"(《西岳云台歌送丹丘子》)。歌颂九华山:"昔在九江上,遥望九华峰。天河挂绿水,秀出九芙蓉。"(《望九华赠青阳韦仲堪》)歌颂庐山:"庐山秀出南斗傍,屏风九叠云锦张,影落明湖青黛光。金阙前开二峰长,银河倒挂三石梁。香炉瀑布遥相望,回崖沓嶂凌苍苍。"(《庐山谣寄卢侍御虚舟》)像这样大气磅礴、泼墨如云地赞美祖国山水的诗句,在李白的笔下可以说是挥之即来、落笔即成,在李白的诗中可以说是俯拾即是、满目山水。

李白总是以奔放的激情和积极浪漫主义的精神,描写那些高大、壮美、流动的自然山水景观,给人以阳刚之美的享受。《蜀道难》正是这一特色的代表作:

> 噫吁嚱,危乎高哉!蜀道之难,难于上青天!蚕丛及鱼凫,开国何茫然。尔来四万八千岁,不与秦塞通人烟。西当太白有鸟道,可以横绝峨眉巅。地崩山摧壮士死,然后天梯石栈相钩连。上有六龙回日之高标,下有冲波逆折之回川。黄鹤之飞尚不得过,猿猱欲度愁攀援。青泥何盘盘,百步九折萦岩峦。扪参历井仰胁息,以手抚膺坐长叹。问君西游何时还,畏途巉岩不可攀。但见悲鸟号古木,雄飞雌从绕林间。又闻子规啼夜月,愁空山。蜀道之难,难于上青天,使人听此凋朱颜。连峰去天不盈尺,枯松倒挂倚绝壁。飞湍瀑流争喧豗,砯崖转石万壑雷。其险也若此,嗟尔远道之人胡为乎来哉。剑阁峥嵘而崔嵬,一夫当关,万夫莫开。所守或匪亲,化为狼与豺。朝避猛虎,夕避长蛇,磨牙吮血,杀人如麻。锦城虽云乐,不如早还家。蜀道之难,难于上青天,侧身西望长咨嗟!

诗的一开头三个叹词连用,再加上"危乎""高哉"叠用,以强烈的咏叹振起全篇,为整个诗篇奠定了雄放的主旋律。接着写不平凡的蜀道诞生在不平凡的神话传说之中,神话传说为蜀道蒙上了一层离奇神秘的色彩,引起了人们探险猎奇的极大兴趣。接着以"上有六龙回日之高标,下有冲波逆折之回川。黄鹤之飞尚不得过,猿猱欲度愁攀援",来极写蜀道上面峰峦之高峻、下面溪涧之深险。以"但见悲鸟号古木,雄飞雌从绕林间。又闻子规啼夜月,愁空山",来渲染蜀道之森然可怖。经过这一连串的烘托铺垫,诗歌对蜀道的描写进入了高潮:"连峰去天不盈尺,枯松倒挂倚绝壁。飞湍瀑流争喧豗,砯崖转石万壑雷。"这真是一个惊心动魄的画面:高耸的山峰离青天还不到一尺,巨大的枯松倒挂在绝壁之上。与这静止的画面相呼应的,则是飞湍而下的瀑布争斗着喧嚣着跌落深潭,撞击在崖壁上,冲击着转石,发出了万壑雷鸣。画面有动有静,有声有色。最后诗人表现了对社会和时局的某些担忧和关切。全诗犹如一曲气势磅礴的山水交响乐,其主旋律就是在诗的开头、中间和结尾处一字不变地重复出现了三次的那句"蜀道之难,难于上青天"。围绕着这一主旋律,诗人调动了自己多方面的艺术才华,写尽了蜀道的神秘、雄伟、奇险,甚至恐怖、可怕,但给人们的感受却不是知难而退,而是更激发起一种探险的激情。诗人笔笔在写"蜀道之难",仿佛在责备"嗟尔远道之人胡为乎来哉",在劝人们"不如早还家";但其艺术效果正好相反,"难于上青天"的蜀道,不仅引起了人们强烈的好奇心,而且激起了人们去征服蜀道之难的渴望,去攀登蜀道领略蜀道无限风光的信心和决心。《蜀道难》成为历来人们公认的、描写蜀道山水中最光彩的篇章!

李白还写了不少脍炙人口的山水绝句,如《望天门山》:"天门中断楚江开,碧水东流至此回。两岸青山相对出,孤帆一片日边来。"《早发白帝城》:"朝辞白帝彩云间,千里江陵一日还。两岸猿声啼不住,轻舟已过万重山。"《独坐敬亭山》:"众鸟高飞尽,孤云独去闲。相看两不厌,只有敬亭山。"等等。李白的题画诗不多,但有一首题山水壁画的七言诗,却很值得一提。这首诗题为《当涂赵炎少府粉图山水歌》,诗曰:

峨眉高出西极天,罗浮直与南溟连。
名公绎思挥彩笔,驱山走海置眼前。

> 满堂空翠如可扫,赤城霞气苍梧烟。
> 洞庭潇湘意渺绵,三江七泽情洄沿。
> 惊涛汹涌向何处,孤舟一去迷归年。
> 征帆不动亦不旋,飘如随风落天边。
> 心摇目断兴难尽,几时可到三山巅。
> 西峰峥嵘喷流泉,横石蹙水波潺湲。
> 东崖合沓蔽轻雾,深林杂树空芊绵。
> 此中冥昧失昼夜,隐几寂听无鸣蝉。
> 长松之下列羽客,对坐不语南昌仙。
> 南昌仙人赵夫子,妙年历落青云士。
> 讼庭无事罗众宾,杳然如在丹青里。
> 五色粉图安足珍,真仙可以全吾身。
> 若待功成拂衣去,武陵桃花笑杀人。

这首题山水画的诗歌,先展示整幅山水画的总布局和大印象,然后分别描写各个局部,舒缓迂徐,跌宕起伏,栩栩如生,呼之欲出。跟诗人自己所创作的山水诗一样,表现了自然界中山水雄奇壮丽的一面,笔势开张,浓墨四溅,让人读了李白此诗,便如见赵氏彼画;千年之下,鲜亮如初。这首题画诗的艺术手法和创作成就,对于后世题山水画的诗歌有着较大的影响,故全诗录之,以飨读者。

与李白齐名的是伟大诗人杜甫(712—770)。杜甫的诗歌成就主要不在山水诗上,但他的山水诗篇或山水诗句也很有特色,不少描写颇与李白的山水诗风相近。如"山峻路绝踪,石林气高浮"(《凤凰台》),"吴楚东南坼,乾坤日夜浮"(《登岳阳楼》),"星垂平野阔,月涌大江流"(《旅夜抒怀》),"浮云连海岱,平野入青徐"(《登兖州城楼》),等等,都气势不凡。特别是他早年所作的《望岳》诗,更透出一股英气。诗曰:

> 岱宗夫如何,齐鲁青未了。造化钟神秀,阴阳割昏晓。
> 荡胸生层云,决眦入归鸟。会当凌绝顶,一览众山小。

诗题为《望岳》,"望"字贯穿全诗。首联为远望。第一句设问,乃诗人初见泰山时又惊又喜,情急之中一时竟然找不出恰当的语言来形容,自然免不了心口相商地推敲沉吟起来。第二句写泰山给予远望中的诗人的突出印象是:那青翠的山色连绵起伏,没有尽头。"齐鲁青未了"五个字,由鲁地到齐地,囊括无遗。颔联为近望。走近泰山抬头仰望时所见所感:一句写山之壮美,仿佛大自然把一切神奇秀美都汇集在泰山之上;一句写山之高峻,仿佛一把利剑劈开了阴阳两个天地,明暗分明。这里的一个"割"字,化静为动,使本来静止的山峰变得灵动起来,充满了活力和气势。颈联为细望。诗人的目光集中到"层云"和"归鸟"上,山峰间那飘飞的层云,让人心胸开阔;飞翔的归鸟,消逝在极目远望的尽头。如果说颔联写的是静景的话,那么颈联这两句写的则是动景:层云任飘荡,宿鸟归飞疾,画面灵动,一派生机。最后的尾联是诗人想象之词,表达的是诗人想尽快登上泰山极顶的渴望。"会当凌绝顶,一览众山小",表现了诗人心情之急切、飞步攀登的决心和豪迈的气概。

晚唐诗人齐己(863?—937?)写过一首题为《舟中晚望祝融峰》的五律,明显受杜甫《望岳》的影响,只是笔力、气势、胸襟等,远不逮也。齐诗曰:"天际卓寒青,舟中望晚晴。十年关梦寐,此日向峥嵘。巨石凌空黑,飞泉照夜明。终当蹑孤顶,坐看白云生。"最后两句中的"终当"与"会当"相比、"蹑"与"凌"相比、"孤顶"与"绝顶"相比、"坐看白云生"与"一览众山小"相比,高下不言自明。"会当凌绝顶,一览众山小"两句,因为开拓了人们的眼界和心胸,蕴涵着催人奋发进取的力量,所以被人们赋予一种哲理,用来作为对努力攀登人生和事业高峰的一种鞭策和激励!杜甫自己正是以这样一种雄心、毅力和气概,攀登上了中国古代诗歌的顶峰。

三、中晚唐山水诗

盛唐山水诗风格清新,韵致高远,格局大气,万象纷呈,取得了无与伦比的成就。到了中晚唐时期,山水诗的创作虽然没有停滞,仍在继续,并在初盛唐的基础上有新变,有拓展,甚至在数量上比盛唐还要多,但总体上却未能超步前贤。中唐时就已经由风骨雄浑转向清雅闲淡,骨力渐减;到了晚唐则景象更衰,情调落寞,可见山水诗的创作亦不能不受时代大气候的影响也。

论析中晚唐山水诗的发展,我们首先要讲的就是韦应物和刘长卿的山水诗。韦应物(737—790?)是大历(766—779)时期的著名诗人,他前期的诗歌带有盛唐余韵。大约在苏州刺史任上写过"身多疾病思田里,邑有流亡愧俸钱"(《寄李儋元锡》)的名句,关心民生疾苦的情怀难能可贵。他的山水诗主要作于辞官后,从官场退居到个人生活的小天地里,于是诗人以一种冲淡平和的心态来欣赏山水之美。如《自巩洛舟行入黄河即事寄府县僚友》诗曰:"夹水苍山路向东,东南山豁大河通。寒树依微远天外,夕阳明灭乱流中。孤村几岁临伊岸,一雁初晴下朔风。为报洛桥游宦侣,扁舟不系与心同。"诗人面对开阔的黄河,心情一时豁然,一时又忧伤和无奈;眺望前景,朔风劲吹,一雁孤飞,萧瑟渺茫。又如《淮上即事寄广陵亲故》诗曰:"前舟已眇眇,欲渡谁相待。秋山起暮钟,楚雨连沧海。风波离思远,宿昔容鬓改。独鸟下东南,广陵何处在。"他最为人传诵的诗是《滁州西涧》:

  独怜幽草涧边生,上有黄鹂深树鸣。
  春潮带雨晚来急,野渡无人舟自横。

诗"以简洁的景物描写,传神地写出了闲适生活的宁静野逸之趣,在宁静的诗境中,有一种冷落寂寞的情思氛围。如其《咏声》诗所云:'万物自生听,太空恒寂寥。还从静中起,却向静中消。'这种归结于静穆空寂的诗歌情调,表现出某种冷漠遁世的心理倾向"(袁行霈主编《中国文学史》第二卷,高等教育出版社,1999年)。

  与韦应物大致同时、山水诗的创作特色也大致相近的是诗人刘长卿。刘长卿(709—780?)的山水诗写景衰飒,情思黯淡。如"摇落暮天迥,青枫霜叶稀。孤城向水闭,独鸟背人飞。渡口月初上,邻家渔未归。乡心正欲绝,何处捣衣寒"(《余干旅舍》);"叠浪浮元气,中流没太阳"(《岳阳馆中望洞庭湖》);"楚国苍山古,幽州白日寒"(《穆陵关北逢人归渔阳》);"青山数行泪,沧海一穷鳞"(《负谪后登干越亭作》);等等,皆呈现出凄凉之景,迷漫着凄苦之情,就连最著名的五绝《逢雪宿芙蓉山主人》诗,也同样透出了衰冷之气:"日暮苍山远,天寒白屋贫。柴门闻犬吠,风雪夜归人。"

  中唐后期的山水诗中比较有特色的有孟郊(751—814)的《游终南山》:

南山塞天地,日月石上生。高峰夜留景,深谷昼未明。
山中人自正,路险心亦平。长风驱松柏,声拂万壑清。
即此悔读书,朝朝近浮名。

有韩愈(768—824)的《送桂州严大夫》:

苍苍森八桂,兹地在湘南。江作青罗带,山如碧玉簪。
户多输翠羽,家自种黄甘。远胜登仙去,飞鸾不假骖。

有白居易(772—846)的《春题湖上》:

湖上春来似画图,乱峰围绕水平铺。
松排山面千重翠,月点波心一颗珠。
碧毯线头抽早稻,青罗裙带展新蒲。
未能抛得杭州去,一半勾留是此湖。

有许浑(约791—约858)的《咸阳城东楼》:

一上高城万里愁,蒹葭杨柳似汀州。
溪云初起日沉阁,山雨欲来风满楼。
鸟下绿芜秦苑夕,蝉鸣黄叶汉宫秋。
行人莫问当年事,故国东来渭水流。

如此等等,还可以举出很多。尽管其中有写景名句"江作青罗带,山如碧玉簪""月点波心一颗珠""山雨欲来风满楼"等等,但中唐山水诗的总体风格大致相近,再也找不到盛唐山水诗那宏伟的画面和激扬的气势了。

中唐时山水诗的成就比较突出的是柳宗元和刘禹锡。这两个人都因为参加政治革新而一起被贬,同在"八司马"之列;两个人的友谊十分深厚,乃中国文学史上为人称道的道德文章之友。但是,这两个人的山水诗的风格、情趣却有很大的不同。下面我们简要地分而析之,先说柳宗元。

柳宗元(773—819)乃中国古代山水游记散文的奠基者,他被贬永州后,心情愤郁,整天游山玩水,"日与其徒上高山,入深林,穷回溪,幽泉怪石,无远不到"(《始得西山宴游记》),写下了不少游记散文;其代表作为"永州八记",其中又以《小石潭记》《钴鉧潭西小丘记》《始得西山宴游记》等,尤为著名。柳宗元的山水游记散文的特色不仅在于描绘生动,形神毕肖,让人读了有身临其境之感;而且他能把自己遭受贬谪的压抑愤懑之情,寄托在所描写的山水景色之中,使自然山水与人的情感契合无间,达到了物我浑然的地步;其风格比较凄清幽冷。这一特色,也同样表现在他的山水诗中;借山水诗以发泄牢骚不平之气,正如他自己所说的:"投迹山水地,放情咏离骚。"(《游南亭夜还叙志七十韵》)最能代表他山水诗特色的是《江雪》和《渔翁》两诗,分别是:

　　千山鸟飞绝,万径人踪灭。孤舟蓑笠翁,独钓寒江雪。

　　渔翁夜傍西岩宿,晓汲清湘燃楚竹。
　　烟销日出不见人,欸乃一声山水绿。
　　回看天际下中流,岩上无心云相逐。

《江雪》以四句20个字,勾画出一幅寥廓、清幽、寒冷而又纯净、空明、岑寂的画面;诗人"那忧愤、寂寞、孤直、急切的心性情怀,正通过那冷峭格调和诗境表现出来,闪现着一种深沉凝重而又孤傲高洁的生命情调"(袁行霈主编《中国文学史》第二卷)。《渔翁》的开头两句,描写了渔翁夜宿、晓汲、燃竹野炊等一系列看似平凡的活动,但在"汲清湘""燃楚竹"中,使人们有一种超凡脱俗的感觉。接下来写"烟销日出",青山绿水顿时显现出本色自然的原貌;渔翁"欸乃一声"消逝在青山绿水之中。回看天际,只见岩上白云悠悠,随意飘荡,无心相逐。全诗造语质朴,意境清远,情韵悠然。

　　刘禹锡的山水诗,在中晚唐的山水诗中堪称别调。刘禹锡(772—842)性格比较豪放旷达,对待生活的态度比较乐观开朗,他的《秋词二首》其一写道:"自古逢秋悲寂寥,我言秋日胜春朝。晴空一鹤排云上,便引诗情到碧霄。"一反千古悲秋之传统,唱出了"秋日胜春朝"的欢歌,表现出身处逆境中的诗人乐观向上的精神面貌。刘禹锡山水诗的风格特色:一是明朗,二是雄放。格调明朗的如《望洞庭》:

　　湖光秋月两相和,潭面无风镜未磨。
　　遥望洞庭山水翠,白银盘里一青螺。

月色晴朗,水波不兴,以"镜"和"白银盘"来比喻洞庭湖那"玉鉴琼田三万顷"(宋张孝祥《念奴娇·过洞庭》);而将洞庭湖里的君山,比喻为"白银盘里一青螺",尤其美好、形象。意境空明,色彩明丽。像这样颇得盛唐风神韵致的山水诗句还有如:"沙村好处多逢寺,山叶红时觉胜春。"(《自江陵沿流道中》)"东南倚盖卑,维岳资柱石。前当祝融居,上拂朱鸟翻。青冥结精气,磅礴宣地脉。还闻肤寸阴,能致弥天泽。"(《望衡山》)格调雄放的如《浪淘沙》(八月涛声):

　　八月涛声吼地来,头高数丈触山回。
　　须臾却入海门去,卷起沙堆似雪堆。

这是描写钱塘江的八月大潮:来时奔腾呼啸,吼声如雷;扑向山崖,潮头被激起数丈高。转眼之间大潮退入大海,沙滩上被浪涛卷起的沙堆好似雪堆一样。又如《九华山歌》的开头写道:"奇峰一见惊魂魄,意想洪炉始开辟。疑是九龙夭矫欲攀天,忽逢霹雳一声化为石。不然何至今,悠悠亿万年,气势不死如腾龛。"字里行间激荡着开天辟地的气势和叱咤风云的才情;以如此浓墨重彩、笔墨酣畅地描写山水之壮美的,盛唐以后,确乎罕见。

　　晚唐国势衰微,危机四伏,矛盾重重,社会已经步入"夕阳无限好,只是近黄昏"(李商隐《乐游原》)的末路;诗坛上也是一片衰飒的景象。"四海变秋气,一室难为春",山水诗当然更不能幸免。虽然偶有色泽稍亮的诗作,但内中仍蕴涵衰音。如杜牧(803—852)的《江南春绝句》:"千里莺啼绿映红,水村山郭酒旗风。南朝四百八十寺,多少楼台烟雨中",结句也不免有点黯淡。又如他的另一首绝句《山行》:"远上寒山石径斜,白云生处有人家。停车坐爱枫林晚,霜叶红于二月花。"秋天里枫叶流丹,层林尽染,人们一般都欣赏"霜叶红于二月花",称赞诗人将秋风中的霜叶,想象和比拟成二月里的春花,似有生机。但我曾反复玩味这一句,联系晚唐衰瑟的社会背景和杜牧不得志的人生际遇,总觉得其中浮动着的依然是一层淡淡的哀伤之意绪。我曾有感而发,口占一绝曰:万口传诵杜牧诗,寒山石径行迟迟。纵然霜叶无限好,到底已近飘零时。

　　其他如李商隐(约813—约858)的"秋阴不散霜飞晚,留得枯荷听雨声"(《宿骆氏亭寄怀崔雍崔衮》),司空图的"风荷似醉和花舞,沙鸟无情伴客闲。总是其中皆有恨,更堪微雨半遮山"(《王官二首》其一),韦庄的"江雨霏霏江草齐,六朝如梦鸟空啼。无情最是台城柳,依旧烟笼十里堤"(《台城》),等等,无不情调低回,弥漫着衰世的余韵遗响。

总而言之,中国古代山水诗在唐代,特别是在盛唐时期登上了灿烂辉煌的巅峰。唐以后,历宋、元、明、清 1000 余年,山水诗仍然层出不穷,不计其数,但只是在唐人的基础上或重复、或微变、或小有推进,而没有能从总体上、根本上超步唐人,特别是超步盛唐人山水诗的成就。

第三节 唐代田园诗撷英

田园,是一个十分迷人的字眼!它让我们想到小桥流水、炊烟袅袅的小小村庄,想到"狗吠深巷中,鸡鸣桑树颠"(陶渊明《归园田居》)的农家院落,想到桑麻茁壮、开满鲜花的广阔原野……当然,也有或因战乱,或因自然灾害的摧残,而变得惨淡的荒原,变得凄凉的村落,变得残破的农舍。描写田园生活的诗歌,在我国的诗歌天地里,古往今来都是诗人们辛勤耕耘的一个领域,而且代有收获,硕果累累。如前所论,开创了田园诗派,并为田园诗的创作内容和艺术风格奠定基础的是伟大诗人陶渊明。唐代田园诗虽然是在陶渊明的影响之下,但它毕竟是唐诗中的一个重要题材领域,诗人众多,佳作丰富,成就突出。在这里不打算详细论析,只想挂一漏万,从不同时期的大量田园诗篇中,采撷最有特色的几束花朵,以展示"田园"之美!

一、王绩的田园诗

初唐诗坛上,可以说是"田园"荒芜,禾苗稀疏,草木丛生;偶尔写到田园生活的诗篇也有,如王勃(约 650—676)的《春庄》:"山中兰叶径,城外李桃园。岂知人事静,不觉鸟声喧。"《春园》:"山泉两处晚,花柳一园春。还持千日醉,共作百年人。"描写春天里田园生机勃勃,诗人也心情愉快,一醉春光。又如宋之问《陆浑山庄》中四句曰:"源水看花入,幽林采药行。野人相问姓,山鸟自呼名。"《蓝田山庄》中四句曰:

"辋川朝伐木,蓝水暮浇田。独与秦山老,相欢春酒前。"与秦地老人欢饮春酒,其乐融融;与陶渊明"过门更相呼,有酒斟酌之"(《移居》其二)的情形十分相似。但在唐代称得上是第一位田园诗人的,还要数唐初的王绩。

王绩(590—644)是由隋入唐的一位诗人,他晚年弃官还乡,隐居东皋,自号东皋子。他的诗歌质朴清新,在当时的诗坛上可谓是出淤泥而不染,不染梁陈华靡艳丽旧习,独树一帜。他的田园诗描绘田园生活的惬意、田园风景的优美。如《春日还庄》诗中有句曰:"傍山移草石,横渠种稻粱。滋兰依旧畹,接菓着新行。自持茅作屋,无用杏为梁。蓬理张仲径,藜破管宁床。浴蚕温织室,分蜂煖蜜房。竹密连阶暗,花飞满宅香。"移草石,种稻粱,滋兰畹,造茅屋,温织室以浴蚕,煖蜜房以分蜂,写的全是农事;而"竹密连阶暗,花飞满宅香",展现在人们面前的是多么温馨的农家小院。又如《食后》诗曰:

> 田家无所有,晚食遂为常。菜剪三秋绿,飧炊百日黄。
> 胡麻山籹样,楚豆野麇方。始暴松皮脯,新添杜若浆。
> 葛花消酒毒,萸蒂发羹香。鼓腹聊乘兴,宁知逢世昌。

农家吃自己菜园子里种的新鲜蔬菜,"三秋绿"和"百日黄",真是绝妙,色彩鲜明,指代有趣;芝麻饭作干粮,楚豆的滋味可与野麇的肉香相比;新鲜的松皮脯,刚采的杜若浆,也只有山野之中才能享用到;用葛花来解酒,以茱萸花做香羹;如此美味,乘兴而食,其乐何及!他还有一首五绝小诗《秋夜喜遇王处士》描写田园中的交往:"北场芸藿罢,东皋刈黍归。相逢秋月满,更值夜萤飞。""北场""东皋",皆泛指;东皋,暗用陶渊明"登东皋以舒啸"(《归去来兮辞》)的句意,点明归隐躬耕的身份。芸藿、刈黍,指在田园里所干农活;干罢农活,荷锄归来,与乡间老友不期而遇,自然十分高兴。此时一轮秋月朗照,清光洒满了乡村;周围流萤点点,闪烁飘飞;万物自得,宁静安谧。诗人将自己的怡然之情,融入了静美之景,如盐着水,浑然无迹。

王绩田园诗的代表作是《野望》:

> 东皋薄暮望,徙倚欲何依。树树皆秋色,山山唯落晖。
> 牧人驱犊返,猎马带禽归。相顾无相识,长歌怀采薇。

秋天的一个傍晚,薄暮冥冥,行走在乡间的原野上的诗人放眼望去,只见一片秋色,落日的余晖给山山树树更涂抹上一层淡淡的冷色。牧人驱赶着成群的牛犊从野外放牧返回,猎人的马上带着猎获的兽禽满载而归;这情景与《诗经·王风·君子于役》中"日之夕矣,牛羊下来"的情景,何等相似乃尔。最后流露出孤独无依的苦闷,对古代伯夷、叔齐那样的隐士表达了内心的怀念之情。袁行霈先生下面这段话,可以看作对王绩田园诗的总的评价,实际上也可以说是点明了初唐田园诗的特色和地位。袁先生说:"读熟了唐诗的人,也许并不觉得这首诗有什么特别的好处。可是,如果沿着诗歌史的顺序,从南朝的宋、齐、梁、陈一路读下来,忽然读到这首《野望》,便会为它的朴素而叫好。南朝诗风大多华靡艳丽,好像浑身裹着绸缎的珠光宝气的贵妇。从贵妇堆里走出来,忽然遇见一位荆钗布裙的村姑,她那不施脂粉的朴素美就会产生特别的魅力。王绩的《野望》便有这样一种朴素的好处。"(载《唐诗鉴赏辞典》,上海辞书出版社,2002年)

二、王孟的田园诗

盛唐的田园诗和山水诗风格相近,意境相仿,特色相同,成就相当。盛唐的田园诗描写自然,风格淡雅,手法白描,情趣盎然,明显地受陶渊明的田园诗影响。陶渊明在《辛丑岁七月赴假还江陵夜行涂口》诗中说:"诗书敦夙好,林园无世情。"孟浩然在他的《李氏园林卧疾》诗中坦言:"我爱陶家趣,园林无俗情。"在《仲夏归汉南园寄京邑耆旧》一诗中又说:"尝读高士传,最嘉陶征君。日耽田园趣,自谓羲皇人。予复何为者,栖栖徒问津。"可见孟浩然对陶渊明十分景仰。先简析一下孟浩然的田园诗。

孟浩然的田园诗,有对田园生活的描绘:"涧影见松竹,潭香闻芰荷。野童扶醉舞,山鸟助酣歌"(《夏日浮舟过陈大水亭》);"卜邻近三径,植果盈千树"(《田园作》);等等。有对田家生活的关切:"田家春事起,丁壮就东陂。殷殷雷声作,森森雨足垂。海虹晴始见,河柳润初移。予意在耕凿,因君问土宜"(《东陂遇雨率尔贻谢南池》);"昨夜斗回北,今朝岁起东。我年已强仕,无禄尚忧农。桑野就耕夫,荷锄随牧童。田家占气候,共说此年丰"(《田家元日》);等等。正是这种难能可贵的"无禄尚忧农"的情怀,使得诗人与田家结下了深厚的友情,因而在诗中留下了情感真挚、意蕴醇厚的田园交往诗。如《裴司士员司户见寻》:"府僚能枉驾,家酝复新开。落日池上酌,清风松下来。厨人具鸡黍,稚子摘杨梅。谁道山公醉,犹能骑马回。"这首诗是写故人来访,故人虽然不是田家农夫,但因为是在农村款待,环境在村庄,所饮是农家浊酒,所食是农家鸡黍,所以充满了浓厚的田园气息。

孟浩然还有一首描写自己去农家做客的《过故人庄》诗,堪称他田园诗中的代表作:

> 故人具鸡黍,邀我至田家。绿树村边合,青山郭外斜。
> 开轩面场圃,把酒话桑麻。待到重阳日,还来就菊花。

首联起,写自己应邀到田家做客。杀一只鸡,煮上黄米饭,这已经是农家接待贵客的丰盛佳肴了,可见诗人被待若上宾,自然要欣然前往。颔联承,承上写来到了故人的村庄,但见近处是葱茏的绿树将村庄亲切地环抱,远处隐隐的青山深情地伫立在村郭之外。"绿树""青山",色彩鲜明,显示了蓬勃生机;若改为"大树""高山",情景就顿觉索然了。颈联转,换了一个角度来写拜访宴饮的内容:打开窗子面对打谷场和菜圃,端起酒杯谈话的主题不离开桑麻农事。在这样一个淳朴的农家小院里,面对着淳朴的农家故人,话题自然不是诗书仕宦、功名利禄,而只能是五谷长势如何,桑麻收成怎样。尾联合,写欢会结束,即将分手,诗人没有写自己如何道谢、主人如何挽留、双方如何依依惜别,而是说再到重阳日时,我还要来。结尾两句含义丰富:一是对这次聚会十分满意,我还要再来;二是与故人友情深厚,以至于在刚分手时就盼望再次重逢;三是这次是应邀而来,下次则是不邀自来;四是预约了下次聚会的内容是赏菊花,可是诗人不说"赏菊花",而说"就菊花",此"就"字很值得玩味。"就"字是趋向动词,"就"过来欣赏菊花,表现出对故人的依恋之情。这首诗最能体现孟诗"语淡而味终不薄"(沈德潜《唐诗别裁》)的特色和魅力,正如清人黄生所评:"全首俱以信口道出,笔尖几不着点墨。浅之至而深,淡之至而浓,老之至而媚。火候至此,并烹炼之迹俱化矣。"(《唐诗摘钞》)这首诗对后世田园诗影响很大,请看南宋大诗人陆游所写的《游山西村》一诗：

> 莫笑农家腊酒浑，丰年留客足鸡豚。
> 山重水复疑无路，柳暗花明又一村。
> 箫鼓追随春社近，衣冠简朴古风存。
> 从今若许闲乘月，拄杖无时夜叩门。

这首诗的起、承、转、合的结构和情景交融的意蕴，完全脱胎于《过故人庄》；只不过"山重水复疑无路，柳暗花明又一村"一联，既写景明丽，又颇含哲理，有"青出于蓝而胜于蓝"之妙！

王维的田园诗是以画家的眼光和绘画的笔调，来描绘田园风光的淡雅优美，着色不浓，而意境清远。如《渭川田家》和《新晴野望》二诗：

> 斜光照墟落，穷巷牛羊归。野老念牧童，倚杖候荆扉。
> 雉雊麦苗秀，蚕眠桑叶稀。田夫荷锄至，相见语依依。
> 即此羡闲逸，怅然吟式微。

> 新晴原野旷，极目无氛垢。郭门临渡头，村树连溪口。
> 白水明田外，碧峰出山后。农月无闲人，倾家事南亩。

前一首《渭川田家》像一幅田园风景图：夕阳的余晖给这幅图画打下了一个淡黄色的底色；牛羊从野外归来，笔墨遂勾连到墟落；接下来是村口的一个特写——"野老念牧童，倚杖候荆扉"，这是一个充满田园亲情的永恒的雕塑，有着永不衰竭的艺术魅力！再下来又是一个原野的远景——雉雊在已经抽穗的麦田里欢叫，蚕儿已经快要作茧，桑树上的叶子也开始稀疏；又是一个近处特写——"田夫荷锄至，相见语依依"，劳作归来，碰到一起亲切交谈。最后系之以诗人的感慨。

后一首《新晴野望》主要是写景：广阔的原野上清朗无氛垢，农田里白水清流，农田边碧峰静立，生动地描绘出大自然的本色美。结句透露出诗人对农家的关切之情。这种关切之情还体现在他的《春中田园作》一诗中："屋上春鸠鸣，村边杏花白。持斧伐远扬，荷锄觇泉脉。归燕识故巢，旧人看新历。临觞忽不御，惆怅远行客。"最后值得一提的是，王维还写过一组六言诗《田家乐七首》，其四曰："萋萋芳草春绿，落落长松夏寒。牛羊自归村巷，童稚不识衣冠。"其六曰："桃红复含宿雨,柳绿更带春烟。花落家童未扫,莺啼山客犹眠。"以六言组诗来写田园生活的还不多,故顺提一笔。

王孟之外,此时创作田园诗颇有成就的是储光羲(707？—763)。他的田园诗数量很多,有《同王十三维偶然作十首》,其中有句曰:"田家惜工力,把锄来东皋。顾望浮云阴,往往误伤苗。""不复问乡墟,相见但依然。腹中无一物,高话羲皇年。"有《田家杂兴八首》,其中有句曰:"既念生子孙,方思广门圃。闲时相顾笑,喜悦好禾黍。""满园植葵藿,绕屋树桑榆。禽雀知我闲,翔集依我庐。""秋至黍苗黄,无人可刈获。稚子朝未饭,把竿逐鸟雀。"皆清新自然,生动传神。特别是其八曰:

种桑百余树,种黍三十亩。衣食既有余,时时会亲友。
夏来菰米饭,秋至菊花酒。孺人喜逢迎,稚子解趋走。
日暮闲园里,团团荫榆柳。酩酊乘夜归,凉风吹户牖。
清浅望河汉,低昂看北斗。数瓮犹未开,明朝能饮否。

全面地描绘了田家自给自足的农耕生活的快乐,无忧无虑,天伦相亲,反映了盛唐时期农村生活的富裕和祥和;诗中的人物形象情态逼真,栩栩如生,真像一幅田园生活的风俗画。

此外,大诗人杜甫晚年寓居成都草堂和客居夔州时,也曾写过不少乡村田园诗。其中有对自己田园生活情景的描绘,如《江村》:"清江一曲抱村流,长夏江村事事幽。自来自去梁上燕,相亲相近水中鸥。老妻画纸为棋局,稚子敲针作钓钩。但有故人供禄米,微躯此外更何求。"又如《客至》:"舍南舍北皆春水,但见群鸥日日来。花径不曾缘客扫,蓬门今始为君开。盘飧市远无兼味,樽酒家贫只旧醅。肯与邻翁相对饮,隔篱呼取尽馀杯。"也有描写与农夫亲切交往的诗,如《寒食》:"寒食江村路,风花高下飞。汀烟轻冉冉,竹日静晖晖。田父要皆去,邻家问不违。地偏相识尽,鸡犬亦忘归。"不但诗人与田家关系融洽,两相交欢,就连两家的鸡犬也相亲相近,不忍回来。尤其难能可贵的是杜甫对于下层劳动人民的不讲客套、率性而为的行为举止,一点也不介意。他写过一首长达32句的《遭田父泥饮美严中丞》五古诗,表现出与田父之间真挚坦率的情谊。泥饮,就是死缠着强行劝酒:"田翁逼社日,邀我尝春酒",田翁"叫妇开大瓶,盆中为吾取",而且"自卯将及酉",从早晨一直饮到傍晚,盛情难却,无法拒绝,"久客惜人情,如何拒邻叟"。最后因为酒喝得过量,醉中动作便难免粗鲁不讲礼貌起来,诗人对此非但不责怪,反而说"指挥过无礼,未觉村野丑"。只这十个字,便将人民的诗人对待劳动人民的真诚情感,和盘托出,表露无遗;千载之下,让人一读到此,不能不对伟大诗人杜甫肃然起敬!

三、中晚唐田园诗

田园诗到了中晚唐时期,发生了很大变化;最主要的一点就是渐渐失去了田园风光的优美,失去了田园生活的和美,失去了田园中人们之间情感的淳美。中晚唐田园诗开始转向对田园生活辛劳的描绘,转向对乡村中民生疾苦的关注,转向对劳动人民贫苦生活的同情。这种情形中唐已经很明显,到了晚唐则更甚矣。下面先以元结、韦应物等人的诗作为例,作一个简要的描述。

中唐前期的诗人中,元结(719—772)写过《贫妇词》和《农臣怨》,分别是:

> 谁知苦贫夫,家有愁怨妻。请君听其词,能不为酸凄。
> 所怜抱中儿,不如山下麑。空念庭前地,化为人吏蹊。
> 出门望山泽,回头心复迷。何时见府主,长跪向之啼。

> 农臣何所怨,乃欲干人主。不识天地心,徒然怨风雨。
> 将论草木患,欲说昆虫苦。巡回官阙傍,其意无由吐。
> 一朝苦都市,泪尽归田亩。谣颂若采之,此言当可取。

前一首《贫妇词》写出了农村贫苦妇女内心痛苦,自己怀抱中的小儿,还不如山下的小鹿;因为无法交纳租税,恶吏每天来催逼,将庭前的田地都踩出了一条小路。后一首《农臣怨》写灾害之年贫苦的农民欲诉无门、欲哭无泪。都表现了诗人对人民苦难的深切同情。元结还有《舂陵行》和《贼退示官吏》两首诗,被杜甫称赞为:"道州(元结曾任道州刺史)忧黎庶,词气浩纵横。两章对秋月,一字偕华星。"(《同元使君春陵行》)《春陵行》描写了战乱后农村民生凋敝的情景:"大乡无十家,大族命单羸。朝餐是草根,暮食乃木皮。出言气欲绝,意速行步迟。"《贼退示官吏》指责横征暴敛的官吏比盗贼更凶狠:"城小贼不屠,人贫伤可怜。是以陷邻境,此州独见全。使臣将王命,岂不如贼焉。今彼征敛者,迫之如火煎。"

顾况(727—815)和戴叔伦(732—789)也都写过同情民生疾苦的诗,顾况的诗如《上古》《囝》等,略而不提;戴叔伦的诗如《女耕田行》:

> 乳燕入巢笋成竹,谁家二女种新谷。
> 无人无牛不及犁,持刀斫地翻作泥。
> 自言家贫母年老,长兄从军未娶嫂。
> 去年灾疫牛囤空,截绢买刀都市中。
> 头巾掩面畏人识,以刀代牛谁与同。
> 姊妹相携心正苦,不见路人唯见土。
> 疏通畦垄防乱苗,整顿沟塍待时雨。
> 日正南冈下饷归,可怜朝雉扰惊飞。
> 东邻西舍花发尽,共惜芳泪满衣。

诗人以沉痛的笔墨描写了一个典型的事例,即男丁都到前方去打仗去了,姐妹俩刀耕荒垄,苦不堪言。通过这样的个别来反映社会的一般,显示了农村民生凋敝的普遍情景。

韦应物罢职后曾有过一段田园生活的经历,他在《野居》诗中写道:"今得罢守归,幸无世欲患。栖止且偏僻,嬉游无早晏。逐兔上坡冈,捕鱼缘赤涧。"向农人学过种瓜、种柳、种药等,还曾与村老对饮:"鬓眉雪色犹嗜酒,言辞淳朴古人风。乡村年少生离乱,见话先朝如梦中。"(《与村老对饮》)但在他的全部诗作中,描写田园生活的诗其实并不多。不过他的《观田家》一诗的成就却比较突出。诗写道:

> 微雨众卉新,一雷惊蛰始。田家几日闲,耕种从此起。
> 丁壮俱在野,场圃亦就理。归来景常晏,饮犊西涧水。
> 饥劬不自苦,膏泽且为喜。仓廪无宿储,徭役犹未已。
> 方惭不耕者,禄食出闾里。

诗人以满腔的同情,描写一年到头"田家几日闲",一家老少都到田里干活,早出晚归,"饥劬不自苦",到头来收获的粮食都被官家掠去,自己家却"仓廪无宿储",而且还有没完没了的徭役。最后诗人自惭不耕而禄,其禄正是老百姓的血汗。全诗感情真诚,表达了对劳苦民众辛劳耕作的关怀。

中唐诗歌中,写到田园生活并对农人辛苦表示同情的诗作,还有白居易在《观刈麦》一诗中描写田家五月收麦的情形:"足蒸暑土气,背灼炎天光。力尽不知热,但惜夏日长。"张籍(768—830?)的《野老歌》写道:"老农家贫在山住,耕种山田三四亩。苗疏税多不得食,输入官仓化为土。岁暮锄犁傍空室,呼儿登山收橡实。西江贾客珠百斛,船中养犬长食肉。"老农辛苦一年,收的粮食"输入官仓化为土",自己只能带着孩子到山上去采摘橡树的果实来充饥;而富商们却生活奢侈无度,就连船中养的犬也长食肉。对劳而不获、获而不劳的不合理社会现实进行了抨击。再有就是王建(约766—约830)的《田家行》:

> 男声欣欣女颜悦,人家不怨言语别。
> 五月虽热麦风清,檐头索索缲车鸣。
> 野蚕作茧人不取,叶间扑扑秋蛾生。
> 麦收上场绢在轴,的知输得官家足。
> 不望入口复上身,且免向城卖黄犊。
> 田家衣食无厚薄,不见县门身即乐。

这首诗写农民夏收时的喜悦,色彩稍微明亮些,基调也比较欢快;但在笑颜下依然隐含着深深的内忧:丰年仍不敢奢求温饱,"田家衣食无厚薄,不见县门身即乐",只求勉勉强强、平平安安地过日子就心满意足了。

晚唐国运衰微,战乱频仍,民生凋敝,田园荒芜;诗坛上秋风飒飒,夕照昏昏;田园诗领域虽然诗人不少,但总体上是沿着中唐田园诗的路子,只是通过田园生活凄苦的描绘,对社会现实的抨击格外直露、格外强烈。如聂夷中(837?—884?)的《咏田家》:"二月卖新丝,五月粜新谷。医得眼前疮,剜却心头肉。我愿君王心,化作光明烛。不照绮罗筵,只照逃亡屋。"新丝未成,便去卖了;新谷未熟,便早早地割了。这是在残酷的剥削下被迫无奈剜肉补疮的悲剧。

又如陆龟蒙(?—881?)的《新沙》:"渤澥声中涨小堤,官家知后海鸥知。蓬莱有路教人到,亦应年年税紫芝。"诗以调侃诙谐的诗句,对官府征税的无孔不入,进行了辛辣的讽刺。又如杜荀鹤的《山中寡妇》:

> 夫因兵死守蓬茅,麻苎衣衫鬓发焦。
> 桑柘废来犹纳税,田园荒后尚征苗。
> 时挑野菜和根煮,旋斫生柴带叶烧。
> 任是深山更深处,也应无计避征徭。

被战争夺去丈夫的寡妇,麻苎衣衫难蔽体,食不果腹鬓发焦,虽然逃到了深山最深处,但是也没有办法逃避官府的征徭。如此深刻的揭露,已经到了字字带血、声声带泪的愤怒控诉的地步了。

晚唐田园诗中,对现实的揭露尤为深刻的,还要数皮日休(约834—约883)的《橡媪叹》:

> 秋深橡子熟,散落榛芜冈。伛偻黄发媪,拾之践晨霜。
> 移时始盈掬,尽日方满筐。几曝复几蒸,用作三冬粮。
> 山前有熟稻,紫穗袭人香。细获又精舂,粒粒如玉珰。
> 持之纳于官,私室无仓箱。如何一石余,只作五斗量。
> 狡吏不畏刑,贪官不避赃。农时作私债,农毕归官仓。
> 自冬及于春,橡实诳饥肠。吾闻田成子,诈仁犹自王。
> 吁嗟逢橡媪,不觉泪沾裳。

这首诗以橡媪的口吻,诉说了官府将老百姓辛辛苦苦种的粮食以大斗量进的卑劣手段,全部搜刮罄尽;老百姓没有办法,只好以橡实充饥,勉强活下来;而官吏们横征暴敛,贪赃枉法,明目张胆地掠夺民脂民膏,赤裸裸地连一点假仁假义都不讲。这里的橡媪形象和她的不幸遭遇,正是封建社会里广大农民悲惨命运的缩影,具有十分深刻的典型意义。

总之,唐代的田园诗一方面取得了突出的成就,在整个唐诗中一点也不亚于其他题材领域的诗歌;而且基本艺术风格可以说是一以贯之的。另一方面,田园诗随着社会的发展,在不同的历史阶段所取得的成就也不尽相同,所呈现出的特色也各不相重。但这些田园诗,都像一颗颗大大小小的星星,汇聚在唐诗的灿烂银河里,熠熠生辉!

第四节　宋代山水田园词举要

如前第一章第三节所论,词体文学从一开始,就一直保持着自己独有的特色,其题材以男欢女爱、相思离别为主,其风格以婉约缠绵、纤巧柔媚为主,千年词史,主调未变,始终一贯。因此,山水田园内容在词人的笔下,从来就没有什么地位可言。不要说唐五代词中描写山水田园的词十分罕见,就是最鼎盛的两宋词坛,山水田园词也在数量上少得可怜,质量上也远不能跟爱情词、送别词、怀古词等相比。山水田园词在宋词中,也只是作为词体文学在题材内容上不断有所扩大而加以肯定和称道的。因此本节只打算选一些最有特色的山水田园词来略加分析,举其大要而已。

一、山水词

宋词中写到山水风景的词有很多,但大多数是作为抒情的背景而点缀其间的。如柳永的《诉衷情近》词中"雨晴气爽,伫立江楼望处。澄明远水生光,重叠暮山耸翠"的描写,如黄庭坚的《诉衷情》词中"山泼黛,水挼蓝,翠相挽"的描写,如叶梦得的《念奴娇》词中"云峰横起,障吴关三面,真成尤物。倒卷回潮目尽处,秋水粘天无壁"的描写,等等,都是在抒情之中以山水之景作映衬烘托。也有一些词特别是怀古、送别词中,上片写景,下片抒怀或议论。如张昇的《离亭燕》词上片曰:"一带江山如画,风物向秋潇洒。水浸碧天何处断,霁色冷光相射。蓼屿荻花洲,掩映竹篱茅舍。"又如苏轼的代表作《念奴娇·赤壁怀古》词的上片也基本上是写景:"大江东去,浪淘尽、千古风流人物。故垒西边,人道是、三国周郎赤壁。乱石穿空,惊涛拍岸,卷起千堆雪。江山如画,一时多少豪杰。"下片转入怀古。再如王安石的《桂枝香·金陵怀古》词的上片也基本上是以山水景观为主:"登临送目。正故国晚秋,天气初肃。千里澄江似练,翠峰如簇。归帆去棹残阳里,背西风、酒旗斜矗。彩舟云淡,星河鹭起,画图难足。"下片则转入怀古:"念往昔、繁华竞逐。叹门外楼头,悲恨相续。千古凭高对此,谩嗟荣辱。六朝旧事随流水,但寒烟、衰草凝绿。至今商女,时时犹唱,后庭遗曲。"

像这样的例子还有很多,但这些我们都不能以山水词称之,因而也就不在所论之列。因为专门以写山水著称的词人,在宋代词坛上几乎没有,所以下面便只能选择一些基本上可以算得上是描写山水的词作来简析之。

1. 柳永的《望海潮》

柳永(987?—1053?)填词,形式上开始多用长调,内容上既写男女相思离情,也开始写羁旅愁怀、都市风光等。如他的《望海潮》词曰:

东南形胜,三吴都会,钱塘自古繁华。烟柳画桥,风帘翠幕,参差十万人家。云树绕堤沙,怒涛卷霜雪,天堑无涯。市列珠玑,户盈罗绮,竞豪奢。　重湖叠巘清嘉,有三秋桂子,十里荷花。羌管弄晴,菱歌泛夜,嬉嬉钓叟莲娃。千骑拥高牙,乘醉听箫鼓,吟赏烟霞。异日图将好景,归去凤池夸。

从严格意义上讲,这是一首描写都市风光的词,开头先写杭州的全貌,接下来写杭州具体的繁华。但一是因为其中写到杭州山水风景"烟柳画桥,风帘翠幕""云树绕堤沙,怒涛卷霜雪,天堑无涯""重湖叠巘清嘉"等,这些是在宋初词中比较少见的;二是因为词中名句"三秋桂子,十里荷花",曾远播金国,"金主亮闻歌,欣然有慕于'三秋桂子,十里荷花',遂起投鞭渡江之志"(宋罗大经《鹤林玉露》卷一),所以我们还是将此词列入山水词来简析之。"烟柳画桥",写街巷烟柳蒙蒙,河桥美丽如画;"云树绕堤沙",写城外江堤上树木郁郁苍苍,云雾迷蒙;"怒涛卷霜雪",写闻名天下的钱塘江大潮卷起千堆雪的壮观气势;"天堑无涯",原是形容长江之险要,这里借用来形容钱塘江;"重湖叠巘清嘉",写西湖周围青山连绵起伏,重重叠叠,近处则有"三秋桂子,十里荷花",这俨然是一幅西湖山水美景图。

2. 欧阳修的十首《采桑子》

欧阳修(1007—1072)曾经在颍州(治所汝阴,今安徽阜阳),酷爱此地民风淳朴,山水优美,晚年致仕后遂回归颍州居住。颍州有一西湖,"在州西北二里外,湖长十里,广三里;相传古时水深莫测,广袤相齐"(明代《正德颍州志》卷一)。欧阳修所写的这十首《采桑子》,每一首的首句的最后三个字都是"西湖好",这是以联章体的形式从不同的侧面歌颂西湖之美,这在词史上堪称创举。这十首《采桑子》,可以看作宋词中山水词的精品。故连同序文《西湖念语》,一并录之:

采桑子

西湖念语

昔者王子猷之爱竹,造门不问于主人;陶渊明之卧舆,遇酒便留于道士。况西湖之胜概,擅东颖之佳名。虽美景良辰,固多于高会;而清风明月,幸属于闲人。并游或结于良朋,乘兴有时而独往。鸣蛙暂听,安问属官而属私。曲水临流,自可一觞而一咏。至欢然而会意,亦傍若于无人。乃之偶来常胜于特来,前言可信;所有虽非于己有,其得已多。因翻旧阕之辞,写以新声之调。敢陈薄伎,聊佐清欢。

轻舟短棹西湖好,绿水逶迤。芳草长堤。隐隐笙歌处处随。
无风水面琉璃滑,不觉船移。微动涟漪。惊起沙禽掠岸飞。

春深雨过西湖好,百卉争妍。蝶乱蜂喧。晴日催花暖欲然。
兰桡画舸悠悠去,疑是神仙。返照波间。水阔风高飏管弦。

画船载酒西湖好,急管繁弦。玉盏催传。稳泛平波任醉眠。
行云却在行舟下,空水澄鲜。俯仰留连。疑是湖中别有天。

群芳过后西湖好,狼藉残红。飞絮蒙蒙。垂柳阑干尽日风。
笙歌散尽游人去,始觉春空。垂下帘栊。双燕归来细雨中。

何人解赏西湖好,佳景无时。飞盖相追。贪向花间醉玉卮。
谁知闲凭阑干处,芳草斜晖。水远烟微。一点沧洲白鹭飞。

清明上巳西湖好,满目繁华。争道谁家。绿柳朱轮走钿车。

游人日暮相将去,醒醉喧哗。路转堤斜。直到城头总是花。

　　荷花开后西湖好,载酒来时。不用旌旗。前后红幢绿盖随。
画船撑入花深处,香泛金卮。烟雨微微。一片笙歌醉里归。

　　天容水色西湖好,云物俱鲜。鸥鹭闲眠。应惯寻常听管弦。
风清月白偏宜夜,一片琼田。谁羡骖鸾。人在舟中便是仙。

　　残霞西照西湖好,花坞蘋汀。十顷波平。野岸无人舟自横。
西南月上浮云散,轩槛凉生。莲芰香清。水面风来酒面醒。

　　平生为爱西湖好,来拥朱轮。富贵浮云,俯仰流年二十春。
归来恰似辽东鹤,城郭人民。触目皆新,谁识当年旧主人。

这组《采桑子》的序文《西湖念语》可以说是欣赏组词的一把钥匙。词人先引晋人王子猷之爱竹、陶渊明之卧舆之典,说明自己爱山水乃与古人同心。接着总述"西湖之胜概,擅东颖之佳名"。词人无官一身轻,便于美景良辰,或与朋友高会,或一个人乘兴而独往。清风明月,属于闲人;流泉鸣蛙,安为私有?在流连西湖美景时,便畅怀吟咏,于是就有了这一组"新声之调"。

　　第一首写春天在碧波荡漾的西湖上荡桨,春风送来隐隐笙歌;词人的笔墨集中在水波上,波平如琉璃之光滑,上下空明,船行其上而不觉船移;微微漾动的涟漪,惊起了沙禽掠岸飞去。结句使宁静的画面,顿时活泼灵动起来,煞是动人。

　　第二首写春雨过后,西湖边百花争妍,蝶乱蜂喧,和暖的春光催开了美丽的春花。"暖欲然"的"然"字十分传神。然,乃"燃"的本字;盛开的红花就像那燃烧的火苗。这是化用杜甫"山青花欲燃"(《绝句二首》其二)句意。下片仍写画舸游湖,悠悠然似神仙一般;流连忘返,夕照中仍管弦不断。

　　第三首仍写画船载酒游西湖,仍然是管弦相伴;但这里的"急管繁弦",将欢乐的气氛推向了高潮。于是开怀畅饮,玉盏频传,一醉方休,醉眠在平波之上,任船儿自由漂荡。下片写醉眼蒙眬,俯视水面,白云朵朵,竟然在船下飘飞;恍惚觉得湖中别有天宇,自己像仙人一样在天上飘行。醉中看西湖之美,更是不同寻常,一个"疑"字,写出了如同飘然出尘世的无限快感。是美酒让人醉了,还是美景让人醉了,还是两者都让人醉了?这就谁也分不清了。

  第四首写暮春时节,群芳过后,一片狼藉残红,柳絮蒙蒙,垂柳在春风中尽情地飘飞。此时的"西湖好"在哪里呢?盛春已过,笙歌已散尽,游人已离去,此时有感到获得了一种宁静和安谧。结句"垂下帘栊。双燕归来细雨中",由湖上写到室内,待双燕归来后,方才垂下帘栊,词人的心重又回归到安静自适的境况中来。从词中让人感受到一种对春的留恋之情,表面上说"群芳过后西湖好",实际上还是流露出淡淡的怅惘意绪。

  第五首写得比较一般,以设问"何人解赏西湖好"起句,下面说西湖的佳景无时不有:贪在花间醉玉卮,凭阑干处看斜晖,向水远烟微的地方眺望,只见"一点沧洲白鹭飞"。

  第六首写清明时节的西湖风光,满目繁华竞逐,绿柳荫里,朱轮钿车,络绎不绝,游人日暮才相将离去。醒的醉的都畅快地高声喧哗,一直到城的尽头总是花。这里的"花",既可能是实指,又可能是代指如花的女子。

  第七首写夏天的西湖好景,"荷花开后",不是指荷花开败了之后,而是指荷花盛开之后。此时西湖边载酒来纳凉的人们,绿柳荫下,"不用旌旗。前后红幢绿盖随"。夏日的湖面已经不再是波平如镜了,一湖荷花,开满水面;坐在画船里只能分开荷叶,撑入花深处。饮酒在荷花深处,荷香酒香一起飘香;直到烟雨微微,才一片笙歌醉里归。抓住了夏天西湖风景的特点,别具一美。

  第八首写的是秋天的夜晚泛舟游西湖的情景。在一片皎洁的月光下,清风徐来,云物俱鲜,水面如一片琼田,置身此境,"人在舟中便是仙",谁还去羡慕神仙呢?"谁羡骖鸾",用韩愈"远胜登仙去,飞鸾不假骖"(《送桂州严大夫》)诗句意。这首词中,值得玩味的是"鸥鹭闲眠。应惯寻常听管弦"句,一者可见西湖里日日笙歌,连鸥鹭都已经习以为常了;二者说明词人退隐江湖后,全无机心,与世无争,与物无忤,故能使鸥鹭忘机,坦然闲眠,物我两忘,互不相碍。这真是一种难遇的自然环境,一种难得的人生佳境。

第九首写秋天的傍晚,"残霞西照西湖好",好在花坞宁静,蘋汀宁静,十顷波平,一片宁静。"野岸无人舟自横",显然是改用唐人韦应物"野渡无人舟自横"(《滁州西涧》)句,这里的"无人",不是毫无生机的无一人,而是没有闲杂人等。又到了"西南月上浮云散"的时候了,秋夜已深,水风送凉,词人酒面醒来,怅然欲归。这首词的意境比较清幽,秋夜的"莲芰香清",词人的内心也有丝丝清冷的意绪。

最后一首与前九以写景为主不同,这一首主要是抒情,既是对这一组词的一个绾结,又可以看作是晚年的词人对人生的一个总的感慨。平生因为热爱西湖好,二十多年前便"来拥朱轮"知颍州;如今看来,"不义而富且贵,于我如浮云"(《论语·述而》);俯仰之间,不觉流年二十春。这其中有多少难以言明的人生感慨。下片一开始便使用《搜神后记》中丁令威化鹤归来的传说,看到"城郭人民,触目皆新",不禁令词人怅然兴世事沧桑之叹:"谁识当年旧主人。"

从以上简析中可以看出,欧阳修对西湖一年四季、春花秋月、山水胜景的描绘,既细致生动,又能抓住特点,以少总多;而且能融情入景,情景浑然。无论从哪种意义上看,欧阳修的这组联章体的山水词,在词史上都有着不容忽视的地位。曾被欧阳修大力提携的后辈词人苏轼,后来在词坛上卓然成为一大家。他"以诗为词",词的题材领域非常广阔。在他的山水词中,有一首《行香子·过七里濑》比较突出,兹录于此,分析略。词曰:"一叶舟轻,双桨鸿惊。水天清、影湛波平。鱼翻藻鉴,鹭点烟汀。过沙溪急,霜溪冷,月溪明。 重重似画,曲曲如屏。算当年、虚老严陵。君臣一梦,今古空名。但远山长,云山乱,晓山青。"

3. 张孝祥的《念奴娇·过洞庭》

张孝祥(1132—1170)是南宋爱国词人,他曾于宋孝宗乾道元年(1165)出知静江府(治所在今广西桂林),兼广南西路经略安抚使,次年被谗罢官北归,途经洞庭湖时,时近中秋,美景在眼,激情在胸,禁不住豪兴勃发,挥毫写下了千古名篇《念奴娇·过洞庭》。词曰:

洞庭青草,近中秋、更无一点风色。玉鉴琼田三万顷,着我扁舟一叶。素月分辉,明河共影,表里俱澄澈。悠然心会,妙处难与君说。　　应念岭表经年,孤光自照,肝胆皆冰雪。短发萧骚襟袖冷,稳泛沧溟空阔。尽挹(一作吸)西江,细斟北斗,万象为宾客。扣舷独啸(一作笑),不知今夕何夕!

关于这首词,叶绍翁《四朝闻见录》云:"张于湖(张孝祥号于湖居士——引者)尝舟过洞庭,月照龙堆,金沙荡射。公得意命酒,唱歌所作词,呼群吏而酌之曰:'亦人子也。'其坦率皆类此。"鹤山魏了翁跋此词真迹云:"张于湖有英姿奇气,著之湖湘间,未为不遇。洞庭所赋,在集中最为杰特。方其吸江酌斗,宾客万象时,讵知世间有紫微青琐哉。"(《鹤山题跋》卷二)今人唐圭璋先生评此词曰:"此首月夜泛洞庭作。写水光月光,上下澄澈,境极空阔。而胸襟之洒落,气概之轩昂,亦可于境中见之。'洞庭'两句,言湖中无风。'玉鉴'两句,言湖面之广。'素月'三句,月光映水之美。'悠然'两句,收束上片,言泛舟之适。下片,写月下之感。'应念'三句,言中心之纯洁。'短发'两句,言夜深湖冷。'尽吸'三句,言湖上豪饮。末句,言湖上独笑。通篇景中见情,笔势雄奇。"(《唐宋词简释》,上海古籍出版社,1981年)袁行霈先生曾经写过一篇很精彩的赏析文章,收在《历代名篇赏析集成》(中国文联出版公司出版,1988年)一书的下册中,敬请参读,笔者不再饶舌了。最后,只想说一句,该词上片中写洞庭湖月下一片空明纯净的名句"表里俱澄澈",与下片中表达襟怀磊落玉洁冰清的名句"肝胆皆冰雪",景和情对应得真是绝妙;可惜对句的收尾"雪"字是仄声,于对联的要求不合。笔者曾试着将"冰雪"改为"雪冰",集为一联,便是:"表里俱澄澈,肝胆皆雪冰。"张孝祥写洞庭山水的词还有一首《浣溪沙·洞庭》:"行尽潇湘到洞庭,楚天阔处数峰青。旗梢不动晚波平。　　红蓼一湾纹缬乱,白鱼双尾玉刀明。夜凉船影浸疏星。"

南宋词人中写山水词比较好的再举几人。一位是南宋前期的张元幹(1091—1161?)。他的《满江红·自豫章阻风吴城山作》词的上片写山水之景,下片怀人:"春水迷天,桃花浪、几番风恶。云乍起、远山遮尽,晚风还作。绿卷芳洲生杜若,数帆带雨烟中落。傍向来、沙觜共停桡,伤飘泊。　　寒犹在,衾偏薄。肠欲断,愁难著。倚篷窗无寐,引杯孤酌。寒食清明都过却,最怜轻负年时约。想小楼、终日望归舟,人如削。"还有一首《浣溪沙》词曰:"山绕平湖波撼城,湖光倒影浸山青。水晶楼下欲三更。　雾柳暗时云度月,露荷翻处水流萤。萧萧散发到天明。"

　　词坛大家辛弃疾(1140—1207)词中也有写山水生动的,如《丑奴儿近·博山道中效李易安体》词曰:"千峰云起,骤雨一霎儿价。更远树斜阳,风景怎生图画!青旗卖酒,山那畔、别有人家。只消山水光中,无事过这一夏。　午醉醒时,松窗竹户,万千潇洒。野鸟飞来,又是一般闲暇。却怪白鸥,觑着人、欲下未下。旧盟都在,新来莫是,别有说话。"另外,南宋后期的汪莘(1155—1227)写有一首《沁园春·忆黄山》,上片写黄山千峰峥嵘、飞瀑怒泻的壮丽景色,那起伏的峰峦,如"海涌潮头",笔墨集中在一个"奇"字上;下片写远古黄帝浮丘的神话传说,玉枕玉床,凤管龙楼,砂穴丹炉,白鹿青牛,笔墨集中在一个"异"字上;是描写黄山风景不可多得的一篇佳词。词曰:"三十六峰,三十六溪,长锁清秋。对孤峰绝顶,云烟竞秀;悬崖峭壁,瀑布争流。洞里桃花,仙家芝草,雪后春正取次游。亲曾见,是龙潭白昼,海涌潮头。当年黄帝浮丘,有玉枕玉床还在不。向天都月夜,遥闻凤管;翠微霜晓,仰盼龙楼。砂穴长红,丹炉已冷,安得灵方闻早修。谁知此,问源头白鹿,水畔青牛。"

二、田园词

　　宋词中,词人们的笔墨触及田园生活的,比触及山水景色的不但更晚,而且数量上也更少。宋代写作田园词颇有成就的,正好是宋词中堪称"双峰并峙"的两位大家:北宋的苏轼、南宋的辛弃疾。

1. 苏轼的田园词

　　苏轼(1037—1101)不愧是才如江海的大家,他在宋代词坛上以横扫千军、雄视百代的气魄,开宗立派,承前启后,将宋词推进到一个崭新的阶段。在他之前,五代词人欧阳炯所写的八首《南乡子》中,有个别词写到农村生活的情景,如第六首写道:"路入南中,桄榔叶暗蓼花红。两岸人家微雨后,收红豆。树底纤纤抬素手。"但总体上可以说没有田园词。是苏轼的组词《浣溪沙》五首,为千年词史开拓了一个描写田园生活的新天地。他的《浣溪沙·徐门石潭谢雨道上作五首》词前有序曰:"潭在城东二十里,常与泗水增减,清浊相应。"词人曾知徐州,适逢徐州大旱。作为一州长官,他曾亲往石潭求雨,得雨后,又亲往石潭谢雨,这一组《浣溪沙》就是往返途经农村时所作。这五首依次为:

照日深红暖见鱼,连村绿岸晚藏乌。黄童白叟聚睢盱。
麋鹿逢人虽未惯,猿猱闻鼓不须呼。归来说与采桑姑。

旋抹红妆看使君,三三五五棘篱门。相排踏破蒨罗裙。
老幼扶携收麦社,乌鸢翔舞赛神村。道逢醉叟卧黄昏。

麻叶层层苘叶光,谁家煮茧一村香。隔篱娇语络丝娘。
垂白杖藜抬醉眼,捋青捣䴷软饥肠。问言豆叶几时黄。

簌簌衣巾落枣花,村南村北响缫车。牛衣古柳卖黄瓜。
酒困路长惟欲睡,日高人渴漫思茶。敲门试问野人家。

软草平莎过雨新,轻沙走马路无尘。何时收拾耦耕身。
日暖桑麻光似泼,风来蒿艾气如薰。使君元是此中人。

第一首先写石潭周围的村野风光:太阳照在深潭里,潭里鱼儿历历可见;连村一片绿树,绿树的浓荫里藏着乌鹊。从四面八方来观看谢雨仪式的,有黄童,有白叟,欢聚村外。如此盛大之举惊动了麋鹿和猿猱,虽然不习惯,但闻鼓声则"不须呼"而至。结句"归来说与采桑姑"尤妙,归去后的人们争着向因为采桑而未能前往观看的采桑女们讲述看到的情景。场面热闹,摹写传神,洋溢着村野气息。

第二首写词人的大队人马在乡村里行进,引得村里的人们纷纷出来观看。村里的女子们匆匆地抹些红妆,便三三五五地挤在棘篱门口看使君,互相拥挤着都踏破了蒨罗裙。这一描写犹如一幅农村风俗画,大凡有过农村生活经历的人,一读到此,眼前便会立即浮现出曾经历过的动人一幕。下片写因为有雨而丰收,因为丰收而老幼扶携,欢天喜地地赛神娱乐;黄昏中因欢乐而饮酒过量的醉叟,酣卧道旁。字里行间透出了词人自己也按捺不住的喜悦之情。

第三首写村中所见:茂盛的麻叶、荷叶,层层叠叠发着光彩,谁家煮茧,清香飘满了一村。蚕妇们隔篱娇语,十分悦耳动听。下片是词人与村里老人亲切交谈,"问言豆叶几时黄",可见词人与村老之间关系平等而又无拘无束。

第四首也是写农村风物人情,历来为人称道。周汝昌先生评析道:"花落衣上,簌簌有声,何花也而具此斤两?曰:枣花。枣花者,无丽色,无浓馨,形状屑细,最不惹人注目,而经东坡一写,其体琐而质重,纷纷而飘落于过路人,使之衣巾皆满,飒飒如闻声响……当枣花洒落之时,正缫丝忙迫之际,家家户户,响彻村周。"又见柳荫复地之下,早有着牛衣之卖瓜人占尽清凉福地矣。下片专属行人,酒困,路长,日高人倦,口渴思茶,便敲门试问村野人家。周先生精彩地总结道:"常说天风海雨,一洗绮罗香泽之习,足令诵者胸次振爽,为之轩朗寥廓——此犹是不寻常之为奇者也。若坡公此等词,则唯以最寻常最普通最不'值得'入咏的景物风光写之为词,此真奇外之奇!""可知千古未有之奇境,正在无奇之中。"(《唐宋词鉴赏辞典》,上海辞书出版社,1988年)

最后一首也是写久旱逢雨后农村一派欣欣向荣的景象:软草平莎经过雨浇后生机一新,雨湿轻沙,马路上已无扬尘,农人们正收拾农具准备耕种。下片写桑麻油光似泼,蒿艾气香如薰,词人被农村淳朴美好的生活感染,觉得自己也"元是此中人"。正因为词人有这样一种十分可贵的感情,才赢得了人民真挚的爱戴,不管走到哪里,他真心地爱护老百姓,老百姓也衷心地爱戴他。而一个受人民真诚爱戴的人,可以说是永远不死的;因为他的生命,在一代又一代人民的心中延续!

2. 辛弃疾的田园词

南宋之初,诗坛上有"中兴四大诗人";其中范成大(1126—1193)和杨万里(1127—1206)写过不少田园诗,成就比较突出。如范成大的《四时田园杂兴》:"土膏欲动雨频催,万草千花一饷开。舍后荒畦犹绿秀,邻家鞭笋过墙来。""昼出耘田夜绩麻,村庄儿女各当家。童孙未解供耕织,也傍桑阴学种瓜。""采菱辛苦废犁锄,血指流丹鬼质枯。无力买田聊种水,近来湖面亦收租。""新筑场泥镜面平,家家打稻趁霜晴。笑歌声里轻雷动,一夜连枷响到明。"又如杨万里的《桑茶坑道中》:"田塍莫道细于椽,便是桑园与菜园。岭脚置锥聊结屋,尽驱柿栗上山巅。""沙鸥数个点山腰,一足如钩一足翘。乃是山农垦斜崦,倚锄无力政无聊。""秧畴夹岸隔深溪,东水何缘到得西?溪面只消横一枧,水从空里过如飞。""晴明风日雨干时,草满花堤水满溪。童子柳阴眠正着,一牛吃过柳阴西。"

应该说南宋以范成大和杨万里为代表的田园诗,还是取得了很高的成就的。但此时的田园词依然没有大的进展,以田园生活为描写对象的词人和词作都不多。辛弃疾不愧是词坛囊括众类的大手笔,在《稼轩长短句》中,留下了不止一首的田园词的佳作。如《鹧鸪天·代人赋》词:

> 陌上柔桑破嫩芽,东邻蚕种已生些。平冈细草鸣黄犊,斜日寒林点暮鸦。　　山远近,路横斜,青旗沽酒有人家。城中桃李愁风雨,春在溪头荠菜花。

上片写原野上远处的风光,开头以一个"破"字,写出了春风催动下万物萌动的勃勃生机;接下来写初生的黄犊在长满初生春草的平冈上欢鸣,夕阳下一点暮鸦飞去。下片则先写近景,突出地描写了最有特色的地方风物:山村里青旗招展的小酒馆。结尾两句既是写景,也寄寓了一种人生哲理的思考。

又如他的《清平乐·检校山园书所见》词曰:

> 连云松竹,万事从今足。拄杖东家分社肉,白酒床头初熟。
> 西风梨枣山园,儿童偷把长竿。莫遣旁人惊去,老夫静处闲看。

这是词人闲居带湖时,描写村居生活的一首词。词人先以拄杖老人"分社肉"和床头白酒初熟,从一个侧面来写田园生活中人与人关系的融洽和物质生活的富足。下片以十分幽默的笔调,写了一个非常有趣的生活场景:一群儿童用长竿偷打别人家的梨枣;更为有趣的是词人暗中悄悄地让旁人不要去惊动他们,好自己在一旁分享儿童们顽皮的乐趣。这真是一个绝妙的特写镜头,最具田园生活情趣。像这样描写田园中特有的生活情趣的词还有如《清平乐·村居》:"茅檐低小,溪上青青草。醉里吴音相媚好,白发谁家翁媪。　　大儿锄豆溪东,中儿正织鸡笼。最喜小儿亡赖,溪头卧剥莲蓬。"大儿锄豆、中儿织鸡笼,已经很典型了,最后又加上一笔"最喜小儿亡赖,溪头卧剥莲蓬",又是一个绝妙的生活场景,一个只有在田园里才能看到的特写镜头。词人捕捉到这样的生活镜头,并且充满欢乐的情趣将其写入词中,足见词人的闲适心境和对田园的热爱之情。

最后,我们再举一首辛弃疾的田园词《西江月·夜行黄沙道中》:

明月别枝惊鹊,清风半夜鸣蝉。稻花香里说丰年,听取蛙声一片。　　七八个星天外,两三点雨山前。旧时茅店社林边,路转溪桥忽见。

这是词人被罢官后闲居上饶时所作的一首田园词。词题为《夜行黄沙道中》,可见写的是田园夜景:首句与唐诗人王维的"月出惊山鸟"(《鸟鸣涧》)同一意境,月亮出来,惊动了栖息的乌鹊;夏秋之际的夜风中传来知了的叫声。与知了的叫声相和鸣的是蛙声一片,而扑面而来的稻花香让人的心浸润在即将到来的丰年的喜悦之中。下片写刚刚还是月明星稀的夜空,一忽儿却飘来了几点夜雨;词人从稻花香的沉醉中醒来,赶忙转过溪桥,社林边的茅店忽然意想不到地呈现在眼前,又是一阵惊喜。词人以乡村里极其平凡的景色,写出了极其不平凡的意境;此景让人如在眼前,此情让人如在心中,但是这一切唯稼轩笔下独有,而他人笔下皆无也。

总之,辛弃疾的田园词比苏轼的田园词所描绘的内容更为广泛、丰富,生活的场景也更为多姿、多样,意境也更为蕴藉、空灵!借用并改动一下辛弃疾田园词中的名句"稻花香里说丰年,听取蛙声一片"来形容,那就是:稼轩词里写田园,听取蛙声一片!田园诗歌里的这一片蛙声,在中国古代诗歌的领域里,一直是一曲最让人沉醉的、最迷人难忘的乐章!

第三章　友情送别诗词论析

人类社会的历史，说到底是人的活动的历史。在人类的活动所产生的种种关系中，概而言之，无非是两大类：一是人与自然之间的关系，二是人与人之间的关系。任何人都不可能完全脱离社会而存在，人与人之间总是要接触、联系、交往，相知相识、亲和反目、聚散离合的事是经常发生的。"人生何处不相逢"（晏殊《金柅园》），"相逢何必曾相识"（白居易《琵琶行》）；"人有悲欢离合，月有阴晴圆缺，此事古难全"（苏轼《水调歌头》）。所以，在中国古代诗歌特别是唐诗宋词中，留下了大量的表达友情、描写送别的诗词。

第一节　重视友道的优良传统

中华民族是一个历史悠久、文化灿烂的民族。崇尚友道、珍惜友情，是我们优秀的民族精神之一。早在2500多年前的春秋时期，著名的思想家、教育家、儒学大圣人孔子，在其经典著作《论语》第一篇《学而》篇的第一条中便这样说道："学而时习之，不亦说乎？有朋自远方来，不亦乐乎？人不知而不愠，不亦君子乎？"把志同道合的朋友从远方来，看作是人生十分快乐的事，这集中体现了儒家对友道的高度重视。孔子的这句话，是中国古代交友之道中最早、影响最深远的一句名言！《论语》中还有很多推崇友道的语录，如"君子以文会友，以友辅仁"（《颜渊》篇），"与朋友交，言而有信"（《学而》篇），"德不孤，必有邻"（《里仁》篇），意思是说有道德的人不会孤单，一定会有人和他交朋友。而孔子的高足曾子甚至把与朋友交往中是否守信用,作为每天从三个方面反省自身的内容之一:"吾日三省吾身:为人谋而不忠乎?与朋友交而不信乎?传不习乎?"(《论语·学而》篇)《周易·系辞》中有言:"二人同心,其利断金。同心之言,其臭如兰。"两个人如果心同志合,其力量可以截断青铜一样坚固的金属;同心人之间的话语,其气味就像芝兰一样芳香。

儒家重视友道,这跟儒家的思想核心密切相关。孔子以"仁"为最高的道德准则,其内容主要是"爱人"(《论语·颜渊》篇)。又曰:"泛爱众,而亲仁。"(《论语·学而》篇)孔子之后,人们对"仁"的含义的解释很多。孟子曰:"仁也者,人也;合而言之,道也。"(《孟子·尽心下》)"仁,人心也。"(《孟子·告子上》)许慎在《说文解字》中释之曰:"仁,亲也;从人,从二。"说法虽稍有异,但大致都触及了"仁"的核心,即"爱人"。孔子的学生子夏认为:"四海之内皆兄弟也。"(《论语·颜渊》篇)因此主张人与人之间要和为贵,要相互"爱",要以"仁爱"的原则来协调人与人之间的关系。这种"仁爱"的思想,正是儒家友道观的思想基础。既然以"仁爱"之心待人,那么当然更应以仁爱之心对待朋友,建立友情,珍惜友谊。

《吕氏春秋·本味》中记载的关于伯牙与钟子期的友谊故事,可以看作是儒家友道观最形象的写照:"伯牙鼓琴,钟子期听之。方鼓琴而志在太(泰)山,钟子期曰:'善哉乎鼓琴,巍巍乎若太(泰)山。'少选之间,而志在流水,钟子期又曰:'善哉乎鼓琴,汤汤乎若流水。'钟子期死,伯牙破琴绝弦,终身不复鼓琴,以为世无足复为鼓琴者。"(亦载《列子·汤问》)这一最脍炙人口的故事,被人们提炼成一句精彩的成语,叫作"高山流水",用以喻指心意相通的知音,有时亦指琴艺高超。在中国历史上曾有过很多道德文章之友,唐之李白与杜甫、刘禹锡与柳宗元等,宋之欧阳修与苏东坡、辛弃疾与张孝祥等都是"高山流水"式的知音之友。

中国人重视友道、友情的传统源既远、流亦长,唐人祖咏曰:"以文常会友,唯德自成邻。"(《清明宴刘司勋刘郎中别业》)宋人欧阳修曰:"同心而共济,终始如一,此君子之朋也。"(《朋党论》)元人翁朗夫曰:"友如作画须求淡,山似论文不喜平。"(《尚湖晚步》)明人吕得胜曰:

"要成好人,须寻好友。"(《小儿语》)清人王晫亦曰:"友者,俭岁之粱肉,寒年之纤纩也。"(《今世说》)这里将真正的好友和真正的友情,比作是饥荒的年头享用到的美味、寒冷时节穿上的锦衣一样之珍贵。

渴望真挚的友情,其实是人类共有的一种情感追求。早在《诗经》中人们就开始热情地歌唱友谊,《诗经·小雅·伐木》篇的第一章写道:

> 伐木丁丁,鸟鸣嘤嘤。出自幽谷,迁于乔木。嘤其鸣矣,求其友声。相彼鸟矣,犹求友声。矧伊人矣,不求友生?神之听之,终和且平。

诗中以主要笔墨描写鸟儿从幽深的山谷飞落到高大的乔木上,嘤嘤欢唱,呼朋引伴;鸟儿尚且渴望友伴,人类更是盼望广交良友以倾诉衷肠。这首诗用比兴的手法,反映了人类一种渴望交友的普遍心理,因而引起了后世人们的共鸣,《伐木》篇也成了有关表现朋友友情方面的一个典故。如宋代诗人张栻的《丽泽》诗中这样写道:"长吟《伐木》篇,伫立以望子。日暮飞鸟归,门前长春水。"首句用典,说自己常常吟咏《小雅·伐木》篇,第二句叙事,说自己久久地伫立在门口以等待朋友的到来;第三句以景托情,用日暮飞鸟纷纷归巢来反衬盼望的友人却不见踪影;最后以景结情,只见门前的春水不断上涨,碧波荡漾,内心涌起的愁情跟春江涌起的春水一样地动荡不息;不直接言愁而愁情袅袅,不绝如缕。

战国时期伟大诗人屈原《九歌·少司命》的第二章这样写道:

> 秋兰兮青青,绿叶兮紫茎。满堂兮美人,忽独与余兮目成。入不言兮出不辞,乘回风兮载云旗。悲莫悲兮生别离,乐莫乐兮新相知。

今人金开诚先生认为:"少司命是女神,满堂美人也是女性。……满堂的美人就都对她眉目传情。这个情,不是男女之间的爱情,而是女神与女性之间的友情。"(参见《历代名篇赏析集成》,中国文联出版公司,1988年)所以,"悲莫悲兮生别离,乐莫乐兮新相知"两句,意思是说在人生之途上,悲哀中最大的悲哀莫过于活活地别离,快乐中最大的快乐莫过于新结识一个知心朋友。这两句表情准确明快,对仗工稳严整,因为涵盖了人们对于友情的共同的心理,内容十分丰富,所以成为中国文学史上表现友情的绝唱!

人生有多少得意的事和多少失意的事,都渴望跟好朋友倾诉;所以表现期盼等待好朋友到来的诗歌,也是友情诗中的一个方面。三国魏正始诗人阮籍的《咏怀诗八十二首》的第三十七首这样写道:"嘉时在今辰,零雨洒尘埃。临路望所思,日夕复不来。人情有感慨,荡漾焉能排。挥涕怀哀伤,辛酸谁语哉。"诗人站在路上遥望等待所思念的友人,可是直到黄昏也没有等到;满腹的辛酸无法向知己一吐为快,抑郁的情怀谁能理解呢?!唐人这样的诗歌更多,如郑唯忠写道:"离忧将岁尽,归望逐春来。庭花如有意,留艳待人开。"(《送苏尚书赴益州》)庭院里的花儿也像主人一样有感情,留着芳艳等待好友归来再开放。王勃写道:"桂轺虽不驻,兰筵幸未开。林塘风月赏,还待故人来。"(《别人四首》其三)林塘清风明月的美景,等待着好朋友来一起欣赏。孟浩然写道:"樵子暗相失,草虫寒不闻。衡门犹未掩,伫立待夫君。"(《游精思观回王白云在后》)简陋的门儿没有关上,诗人恭恭敬敬地伫立在门口,等待着那位朋友的到来。喻凫写道:"银地无尘金菊开,紫梨红枣堕莓苔。一泓秋水一轮月,今夜故人来不来。"(《绝句》)前两句写景形象生动,色彩鲜明,诗人对朋友的深情自然地融在这优美的画卷中;结句既道出了诗人等待朋友的焦急心情,又给人留下了想象的余地。"一泓秋水一轮月",多么纯净、透亮、皎洁、美好,简直就是纯洁、美好的友情的物化外露,外部大自然的美,与人内心的感情的美,相映生辉!特别是大诗人李白更是喜欢交友,重视友道。他在诗中写道:"我在河南别离久,那堪对此当窗牖。情人道来竟不来,何人共醉新丰酒。"(《春日独坐寄郑明府》)李白在《早春寄王汉阳》一诗中又写道:"昨夜东风入武昌,陌头杨柳黄金色。碧水浩浩云茫茫,美人不来空断肠。预拂青山一片石,与君连日醉壶觞。"李白最喜欢饮酒,把最好的新丰酒,留待最好的朋友来饮,而且还早早地把青山上一块石头打扫干净,为的是与好友在那里开怀畅饮,一醉方休。李白天才横溢,性格豪放,很重友情,他在另一首《山中与幽人对酌》中写道:"两人对酌山花开,一杯一杯复一杯。我醉欲眠卿且去,明朝有意抱琴来。"真可谓真率洒脱,妙诗天成!宋诗人范成大写道:"论文无伴法孤起,访旧有情书数行。何日却同湖上醉,露帏宵幄为君张。"(《次韵杨同年秘监见寄二首》其二)诗人已经准备好了泛舟湖上遮蔽风露的帐帷,就盼望友人能再来,相会湖上,痛饮而醉。

中国古代通俗文学中曾归纳人生有四大乐事:洞房花烛夜,金榜题名时,久旱逢甘霖,他乡遇故知。这种归纳是否尽然,这里且不去细说;但"他乡遇故知"直到今天仍然是中国人生活中的一件赏心乐事。好朋友在一起欢聚,或"奇文共欣赏,疑义相与析"(陶渊明《移居二首》其一),切磋诗文,互相唱和;或"相逢意气为君饮,系马高楼垂柳边"(王维《少年行四首》其一),高歌痛饮,一醉方休;或"醉眠秋共被,携手日同行"(杜甫《与李十二白同寻范十隐居》),醉后抵足而眠,白天手拉着手一起登山临水。……其乐何极,其外何求,其生何幸!中国古代诗歌中留下了许多友朋欢乐的音符。唐诗人陈子昂唱道:"古树苍烟断,虚庭白露寒。瑶琴山水曲,今日为君弹。"(《秋日遇荆州府崔兵曹使宴》)诗人张说唱道:"危石江中起,孤云岭上还。相逢皆得意,何处是乡关。"(《江中遇黄领子刘隆》)诗人岑参唱道:"河西幕中多故人,故人别来三五春。花门楼前见秋草,岂能贫贱相看老。一生大笑能几回,斗酒相逢须醉倒。"(《梁州馆中与诸判官夜集》)岑参还唱道:"三月灞陵春已老,故人相逢耐醉倒。瓮头春酒黄花脂,禄米只充沽酒资。"(《喜韩樽相过》)诗人杜甫唱道:"岐王宅里寻常见,崔九堂前几度闻。正是江南好风景,落花时节又逢君。"(《江南逢李龟年》)五代诗人胡令能唱道:"忽闻梅福来相访,笑着荷衣出草堂。儿童不惯见车马,走入芦花深处藏。"(《喜韩少府见访》)宋诗人苏轼唱道:"杏花飞帘散余春,明月入户寻幽人。褰衣步月踏花影,炯如流水涵青蘋。花间置酒清香发,争挽长条落香雪。"(《月夜与客饮杏花下》)明诗人袁凯唱道:"与子相逢俱少年,东吴城郭酒如川。如今白发知多少,风雨扬州共被眠。"(《扬州逢李十二衍》)清诗人赵翼唱道:"不曾识面早相知,良会真成意外奇。才可必传能有几,老犹得见未嫌迟……一个西湖一才子,此来端不枉游赀。"(《西湖晤袁子才喜赠》)……这些欢乐的歌唱,唱出了友情的温暖,唱出了人生的美好,唱出了生命的光彩。

中国古代友道观中,还十分重视友情的真诚和恒久。关于交友以诚方面的论述很多,孟子在《孟子·离娄》篇中就已经提出诚乃天之道、思诚亦人之道的观点。《大学》中儒家提出了一个著名的人学公式:格物,致知,诚意,正心,修身,齐家,治国,平天下。治国平天下以修身为本,修身以诚意正心为要,可见"诚"是儒学的精髓之一,同样也是儒家友道观中的一个核心。诚者,实也;诚实是交友的基础。人之相知,莫过知心;知心者,首要是一个"诚"字,诚心诚意,诚笃诚挚,正直忠诚。真诚是做人立身之本,也是交友之本。朋友之间要襟怀坦诚,开诚布公,不必把自己藏得太深,而应随时显示自己的本色,做一个性情中的真朋友。诚,真率坦诚,既体现了一个人人格的光彩,同时也是一个人有信心、有力量、充满自信的表现。唯其如此,才能赢得朋友的信赖;坦诚相处,才能心心相印,友情永固。今天我们仍然要弘扬以"诚"为核心的友道观,在人与人之间建立起一种真诚的友谊。真诚的友谊,能给人以温暖和欢乐,给人以勇气和力量,给人以信心和希望!真诚的友谊,是人生旅程中一座温暖的驿站,当你长途跋涉、风尘仆仆、疲惫不堪时,在这座驿站里,你可以洗去征尘、消尽疲劳,从而精神振奋、焕然一新地重新踏上人生之路。不能想象,在这个纷扰复杂的世界上,一个人要是没有朋友、没有真正值得自己倾吐肺腑之言的知心朋友,那么,这个人的人生该是多么寂寞,多么冷落,多么悲凉凄怆,多么黯淡无光!

时间是友谊的试金石,真诚的友谊可贵处还在于一个"恒"字。中国传统友道中一向被人们赞扬的一个美德便是:不以盛衰改节,不以存亡易心。对自己的朋友,不管他盛也罢、衰也罢,得意也罢、失意也罢,活着也罢、去世也罢,都要感情始终如一,恒久不变。《庄子·山木》篇中有这样的两句话:"君子之交淡若水,小人之交甘若醴。""君子淡以亲,小人甘以绝。"淡若水,其意不是说如水之淡而无味,而是说友情发乎自然,如水之长流不息。真正的友谊,应该是不带任何功利目的的;应该是无私的、利他的、忘我的!在朋友的交往中,一个人如果不计个人得失,真正做到了忘我,那么,在人生的旅途中,他就永远不会被朋友所忘记!

友情应该以感情为主,感情应该是纯洁的,否则就难以恒久。汉代有一首古诗曰:"采葵莫伤根,伤根葵不生。结友莫羞贫,羞贫交不成。"如果计较物质上的贫富,那么肯定不会有诚挚的友情的。唐李白在诗中热烈赞美汉代隐士严陵和光武皇帝的贫贱之交:"攀天莫登龙,走山莫骑虎。贵贱结交心不移,唯有严陵及光武。"(《箜篌谣》)《战国策》中有语曰:"以财交者,财尽而交绝;以色交者,华落而爱渝。"隋代王通在《中说·礼乐》中亦曰:"以势交者,势倾则绝;以利交者,利穷则散。"三国时蜀相诸葛亮写过一篇短文叫《交论》,交论,即论交,论交友之道;虽然全文只有寥寥30余字,却将上述观点阐述得淋漓尽致。诸葛亮这样写道:

> 势利之交,难以经远。士之相知,温不增华,寒不改叶;能四时而不衰,历夷险而益固!

意思是说:以权势和财利相交,是难以经历久远的——势倾则绝,利尽则散。君子之交,应该是温暖时也不是花(华,即花)团锦簇,严寒时也不改变叶子的郁郁葱葱;能够春夏秋冬一年四季而不衰败,经历平坦和危险的考验之后,反而更加牢不可破、友情永固。美哉斯文!真哉斯言!善哉斯道!

总之,人类的友情,是一种不但在空间上不分地域、普遍存在的情感,而且在时间上不分古今、十分持久而又十分高尚的情感。我们华夏民族崇尚友道、珍惜友情的优良传统,正是我国古代诗歌中送别诗词大量产生的基础。

第二节　唐以前送别诗歌简述

正因为中国人自古以来就有崇尚友道、珍惜友情的优良传统,所以人们很重视好朋友之间的聚散离合。又因为古代生产力低下,交通不发达,山川阻隔,道路坎坷,所以人们一旦分手,何日再重逢,难以预料。或经冬历春,或三年五载,或几十年,甚至惜别便成诀别,终身不可能再相逢,诚所谓"相见时难别亦难"(李商隐《无题》)也。因此,古人十分重视离别。南朝颜之推在《颜氏家训》中说道:"别易会难,古人所重。"对送别朋友、设宴饯行之类的事,从来都是郑重其事的。有时为朋友置酒送别,一场不行,再饮一场;有时从早晨开始,一直饮到傍晚,仍然不肯罢休。除了送衣物用品或纪念品外,还拿出美酒,在饯行宴上频频举杯,殷勤劝饮,赋诗唱和,慷慨高歌,最后互相赠诗寄语,互道珍重,依依惜别。正如宋代词人柳永的词句所吟唱的那样:"多情自古伤离别"(《雨霖铃》)。这里的"多情"是十分丰富的,其中有朋友之间的友情,有亲人之间的亲情,有男女之间的恋情,一句话,都是发自肺腑的真情,是人世间最可宝贵的真挚之情。

诗歌是人类外部活动和内在情感活动的记录,送往迎来、悲欢离合是人类众多活动中的重要内容之一。从这个意义上讲,自诗歌产生的时候开始,其中就一定有有关送别内容的诗歌。事实也正是如此,中国诗歌史上描写离别情景、抒发惜别之情的诗歌很多,也写得很好。以下大致按照时代顺序,选择唐以前的一些最有代表性的送别诗,略加梳理和分析。

早在春秋时的《诗经》中,便有了送别内容的诗。《大雅·烝民》的最后一章第八章是这样写道:

> 四牡骙骙,八鸾喈喈。仲山甫徂齐,式遄其归。
> 吉甫作诵,穆如清风。仲山甫永怀,以慰其心。

骙骙,马不停蹄的样子;喈喈,形容铃声清脆悦耳。诗的意思是说:四匹骏马奔驰不息,八只鸾铃叮当和鸣;仲山甫到齐国去,盼望他早日归来。吉甫作歌送友,曲辞和美如阵阵春风;仲山甫惜别长念,作此歌来安慰其心。先以马儿奔驰来渲染送别的气氛,然后写行者永怀,送者盼归,表达了留恋和祝愿之情。另一首《秦风·渭阳》诗,则以第一人称外甥的口吻描述了送舅舅的情景:

> 我送舅氏,曰至渭阳。何以赠之,路车乘黄。
> 我送舅氏,悠悠我思。何以赠之,琼瑰玉佩。

渭阳,即渭水之阳,也就是渭河的北岸;主人公送舅舅到这里就要分手了,面对滔滔的河水,甥舅俩心潮难平。用什么来作为礼物送给舅舅以表达惜别之情呢?就送这套黄马大车吧,既可以为舅舅代步,又可以陪舅舅远行。第二章中的"悠悠我思",一般解释为主人公心情忧伤;但唐人孔颖达在《毛诗正义》中疏解此句曰:"因送舅氏而念母,为念母而作诗。"此解使诗意更加含蓄、丰富,令人回味。舅舅是母亲的同胞,送别舅舅之时,自然而然地涌起了对母亲的思念之情;实际上此时的舅舅,成了家乡所有亲人的代表。所以,主人公解下随身那精美的玉佩,托舅舅转达对家乡所有亲人的诚挚问候。语言朴实,感情深厚。

战国时屈原虽然没有写过专门的送别诗,但在诗中不止一次地写到送别的内容,如《九歌·河伯》中就写过送别的名句:"子交手兮东行,送美人兮南浦。"汉代有无名氏假托李陵送苏武南归时所作《李陵录别诗二十一首》,可以说是一组送别诗。其一中有句曰:"长当从此别,且复立斯须。欲因晨风发,送子以贱驱。"从今以后将长久分别,所以让我们再流连片刻;我多么想附在那晨风鸟的翅膀上,再好好送你一程。其三中有句曰:"远望悲风至,对酒不能酬。行人怀往路,何以慰我愁。独有盈觞酒,与子结绸缪。"远望茫茫,悲风四起;面对美酒,不能劝饮。如何排解如此浓重的忧愁呢?只有痛饮这满杯的酒,与你在朦胧的酣醉中再缠绵厮守一会儿。所抒发的离情饱满而又沉重。

如果说李陵送苏武的诗是别人假托的话,那么到了魏晋南北朝时期,确凿无疑为某一文人所创作的送别诗,则明显地增多起来。魏陈思王曹植写过《赠白马王彪》诗,长达七章,抒发了不能与白马王曹彪同行的悲愤心情。第六章将内心的痛苦,升华为一种故作旷达的自我解嘲:"丈夫志四海,万里犹比邻。"此乃强作壮夫语,后来初唐诗人王勃稍加点化,淡其志而增其情,改为"海内存知己,天涯若比邻",遂成送别诗中广为传诵的名句。此外,"建安七子"之一的王粲写过《赠蔡子笃诗》,抒发了客中送客的离情。晋诗人孙楚有《征西官属送于陟阳候作诗》曰:"晨风飘歧路,零雨被秋草。倾城远追送,饯我千里道。"晨风习习,细雨霏霏,秋草摇曳,离人伤悲。

到了南北朝时期,送别诗不但数量增多,而且在诗题中开始标明"饯"或"送"的字样。如南朝宋刘骏《幸中兴堂饯江夏王诗》曰:"送行怅川逝,离酌偶岁阴。阴云掩欢绪,江山起别心。"齐王融《饯谢文学离夜》曰:"所知共歌笑,谁忍别笑歌。离轩思黄鸟,分渚蔓青莎。翻情结远旆,洒泪与行波。春江夜明月,还望情如何。"梁虞羲《送友人上湘》曰:"濡足送征人,褰裳临水路。共盈一樽酒,对之愁日暮。汉广虽容舠,风悲未可渡。佳期难再得,但愿论心故。沅水日生波,芳洲行坠露。共知丘壑改,同无金石固。"陈阴铿送朋友没有赶上,怅然赋《江津送刘光禄不及》曰:"依然临江渚,长望倚河津。鼓声随听绝,帆势与云邻。

泊处空余鸟,离亭已散人。林寒正下叶,钓晚欲收纶。如何相背远,江汉与城闉。"这首诗的角度十分新颖,落墨在"不及"上,生动地刻画了友人已去、独立江边的寂寞怅惘之情。

在南朝诗人中,送别诗写得比较突出的还要数谢朓和范云。谢朓有《送江兵曹檀主簿朱孝廉还上国》曰:

> 方舟泛春渚,携手趋上京。安知慕归客,詎忆山中情。
> 香风蕊上发,好鸟叶间鸣。挥袂送君已,独此夜琴声。

诗通过送别时的香风吹拂和好鸟和鸣的美景的渲染,反衬和烘托出别友后独坐抚琴的孤寂和凄清的情景和心境。谢朓还有一首《新亭渚别范零陵云》曰:"洞庭张乐地,潇湘帝子游。云去苍梧野,水还江汉流。停骖我怅望,辍棹子夷犹。"诗句清新而感情深厚。

范云曾与诗人何逊"联句"合成一首《别诗》,共八句,前四句为范云作,含意隽永,别具一格。诗曰:"洛阳城东西,长作经时别。昔去雪如花,今来花似雪。"构思新巧,虽然仅为前四句,但完全可以独立成篇。此小诗传布颇广,影响直到两宋。北宋大文豪苏轼的一首《少年游》词的上片写道:"去年相送,余杭门外,飞雪似杨花。今年春尽,杨花似雪,犹不见还家。"此词的构思,明显是化用范云的《别诗》诗意。范云还有一首《送沈记室夜别》曰:

> 桂水澄夜氛,楚山清晓云。秋风两乡愁,秋月千里分。
> 寒枝宁共采,霜猿行独闻。扪萝正忆我,折桂方思君。

诗以去留两地的景色之清澄美好,衬托出友情之温馨、离别之感伤。秋风吹动两乡的愁怨,明月朗照千里之相思。结句尤为情深:你抚扪着那翠绿的松萝一定会追忆起我,我折下这香洁的桂枝也同样地思念着你。

总之,与送别内容相关的诗歌,从《诗经》开始,一直是不绝如缕;但直到汉魏时期,也还没有形成一个相对固定的题材领域。到了南北朝时期,应该说有了较大的发展,专门以送别为主题的诗歌多了起来,送别诗已经渐成气候。到了隋代无名氏写的那首《送别》诗,才透出唐人送别诗的先声。这首诗是这样写道:

> 杨柳青青着地垂,杨花漫漫搅天飞。

> 柳条折尽花飞尽,借问行人归不归。

杨柳青青,参差披拂,长条垂地;杨花漫漫,满天飘飞,不计东西。折尽柳条,殷勤挽留;今日一别,何日归来？语言清新明畅,而感情真挚深厚,不失为送别诗中短章之精品。

第三节　唐人送别诗赏析

说到唐人送别诗,我们首先要说的就是"初唐四杰"之一的王勃所写的《送杜少府之任蜀川》一诗。诗曰：

> 城阙辅三秦,风烟望五津。与君离别意,同是宦游人。
> 海内存知己,天涯若比邻。无为在歧路,儿女共沾巾。

诗人的朋友从都城长安要到蜀川去做官,这是外任,意味着仕途的不得志。那么,如何安慰自己的朋友呢？诗的第一句写送别的地点,第二句写朋友将要去的蜀川就在那风烟迷茫之中;表面上写的是两个地方,但从时而回望长安,时而翘首蜀地中,表现出了一种朋友间依依难舍的情态,没有离别的字样,却使人一开始便感受到浓浓的离情。第三、四句写我和你都是为了仕宦而同样离别家乡、漂泊异乡的人,言外之意是你也不必为远任蜀川而过分难过。这两句写得有己有彼,推心置腹,贴切得体。我们在生活中都有这样的体会,安慰对方的最有效的办法,就是将自己的境遇拉到同对方境遇相同的位置,给对方以宽慰。第五、六句笔锋一转,写下了开朗乐观、最为人称道的诗句："海内存知己,天涯若比邻。"只要世界上有真正志同道合的知心朋友存在,那么即便是远在天涯海角,也可以互相安慰、互相鼓励、互相劝勉,在悲喜忧乐之时,一想起对方来,便会有一种欣慰之情油然而生,这时两颗心就如同近在咫尺似的。是的,从空间上讲,再遥远的离别,也分不开真正的知己;从时间上讲,再长久的离别,也割不断真正的友情。只要彼此的感情金石般牢不可破,那么,哪怕是天之涯海之角,也仿佛是比邻而居。这两句是全诗的高潮,表现了诗人高远的志趣、脱俗的情怀和积极进取的精神。最后两句以一个委婉的劝说收结,希望我们双方都不要在分别的路口,像小儿女一样的哭哭啼啼,泪洒佩巾。

盛唐诗人王维写过一首《送沈子福归江东》诗:"杨柳渡头行客稀,罟师荡桨向临圻。惟有相思似春色,江南江北送君归。"诗人将自己对朋友的相思之情明喻为春色,春天里春色无边,则相思之情无边;春色无处不在,则相思之情无处不在;不论朋友走到哪里都置身于春色之中,那浓浓的春色,就是我浓浓的相思之情,时时处处在陪伴着你。诗人用奇妙的联想,即景寓情,将抽象的情感,化为可感触到的具体春色,使人只觉得相思之情充实于天地之间。王维的送别诗中最脍炙人口的要数《送元二使安西》,亦称《渭城曲》。诗曰:

渭城朝雨浥轻尘,客舍青青柳色新。
劝君更尽一杯酒,西出阳关无故人。

诗前两句写景,热烈美好,春意盎然;后两句抒情,情意绵绵,依恋感伤。临别时刻频频劝酒,干了一杯,更尽一杯,将深情厚谊倾注在杯杯美酒中,因为"西出阳关无故人"。这首诗影响很大,后来被谱成了名曲《阳关三叠》,更是深情绵邈,荡气回肠,广为传唱。其词曰:

清和节当春。渭城朝雨浥轻尘,客舍青青柳色新。劝君更尽一杯酒,西出阳关无故人。霜夜与霜晨。遄行,遄行,长途越渡关津,惆怅役此身。历苦辛,历苦辛,历历苦辛。宜自珍,宜自珍。

渭城朝雨浥轻尘,客舍青青柳色新。劝君更尽一杯酒,西出阳关无故人。依依顾恋不忍离,泪滴沾巾,无复相辅仁。感怀,感怀,思君十二时辰,商参各一垠。谁相因,谁相因,谁可相因。日驰神,日驰神。

渭城朝雨浥轻尘,客舍青青柳色新。劝君更尽一杯酒,西出阳关无故人。芳草遍如茵。旨酒,旨酒,未饮心已先醇。载驰骃,载驰骃,何日言旋轩辚。能酌几多巡?千巡有尽,寸衷难泯,无穷的伤悲,楚天湘水隔远滨,期早托鸿鳞。尺素申,尺素申,尺素频申。如相亲,如相亲。

噫!从今一别,两地相思入梦频,闻雁来宾。

诗人高适写过一首《别董大》,与王维的《送元二使安西》相比,同是七绝,同样是前两句写景、后两句抒情,但给人的感觉却迥然不同。

诗曰：

千里黄云白日曛，北风吹雁雪纷纷。
莫愁前路无知己，天下谁人不识君。

在昏暗、寒冷、迷茫、凄清的背景下，诗人送朋友远去。后两句劝朋友不要为离别而难过，在未来的人生路上还会结识许多新的知心朋友。因为像你这样杰出的才华、像你这样美好的人品、像你这样高尚的德行，天下谁人不识？谁人不敬重？谁人不乐于结交呢？这里既是对朋友热情地赞美，又是一种深情地劝慰，劝朋友不要过分伤心，你还会交到好朋友的；同时，也是诗人对自己的一种自慰：我也不必太难过，我的朋友这样的好，他会被天下人欣赏和敬重的。"莫愁前路无知己，天下谁人不识君"二句，变哀怨为开朗，改惆怅为振作，化消极为进取，显示了友谊的深厚和襟怀的旷达，造语平常而含义警拔。

盛唐诗坛上被誉为"诗家天子""七绝圣手"的王昌龄，也写过不少七绝体的送别诗，如《送魏二》："醉别江楼橘柚香，江风引雨入舟凉。忆君遥在潇湘月，愁听清猿梦里长。"前两句湘地实景，后两句虚拟了一个凄清的境界，想象不久的将来，朋友一个人夜泊潇湘，明月朗照，猿啼入梦，愁怀不堪。这两句是诗从对面写来，代朋友想象来日情景，"代为之思，其情更远"（明陆时雍《诗镜总论》）。又如《送柴侍御》：

流水通波接武冈，送君不觉有离伤。
青山一道同云雨，明月何曾是两乡。

这是在贬所龙标送朋友到武冈时所作，龙标、武冈虽然两地相接，但毕竟不是"一乡"。可是诗的后两句笔致灵活巧妙，一句肯定——我们以青山为邻，风雨同受；一句反诘，表达了更加肯定的意思——同对着一轮明月，我们分手后还可以借助于月光来传情达意，何曾在两乡呢？王昌龄最为人称道的送别诗是诗人被贬为江宁丞时于任上所写的一首《芙蓉楼送辛渐》诗。诗曰：

寒雨连江夜入吴，平明送客楚山孤。
洛阳亲友如相问，一片冰心在玉壶。

前两句叙事兼写景，凉寒的秋雨夜里潜入吴地，天亮时我送别朋友，顿生孤独之感;"楚山孤",是内在的心情凄孤、物化在外的意象。后两句一反通常送别诗先写景后抒情的惯例,别具一格地自誓清操:你到了东都以后请告诉关心我的洛阳朋友,我虽然身处逆境,但决不改变节操,我的心永远像玉壶冰一样的纯净、晶莹、一尘不染。这既是诗人向世人自明心志,又是与朋友和亲人们的共勉之词。

盛唐诗人中被誉为"千古诗人之冠"的李白,与王昌龄的关系十分密切。王昌龄被贬龙标时,李白写过一首《闻王昌龄左迁龙标遥有此寄》的诗,寄托自己的一往深情:"杨花落尽子规啼,闻道龙标过五溪。我寄愁心与明月,随君直到夜郎西。"李白生性豪爽,喜好交友,十分重视友情。他写过一首《赠汪伦》的诗,读了让人齿颊留香。诗曰:

　　李白乘舟将欲行,忽闻岸上踏歌声。
　　桃花潭水深千尺,不及汪伦送我情。

前两句叙事,简洁明了;后两句抒情,用常得奇。一是"不及"一词用得好,表明情深无限,人们想象有多深就有多深,实际上也是深得没有底。如果改为"犹如""还是""就像"等,便成为俗句,那友情就一下子变得有限了,不过跟眼前的千尺桃花潭水一样深而已。二是"桃花潭"这个意象选取得好;桃花之火红热烈、潭水之清澈澄净,用来比喻友情,给人以美好、温暖、纯清之感。用来比喻的物象跟被比喻的情感之间,可谓是珠联璧合,相得益彰;如果将"桃花潭"改为"黑龙潭",从认知的意义上虽然是一样的,但感情色彩却判若云泥。李白还写过一首充满浓浓故人情的《送友人》诗,令人难以忘怀。诗曰:"青山横北郭,白水绕东城。此地一为别,孤蓬万里征。浮云游子意,落日故人情。挥手自兹去,萧萧班马鸣。"

李白与盛唐另一位诗人孟浩然的友情也是十分深厚的。他的《赠孟浩然》一诗写道:"吾爱孟夫子,风流天下闻。红颜弃轩冕,白首卧松云。醉月频中圣,迷花不事君。高山安可仰,徒此揖清芬。"诗风洒脱如行云流水,表达了两个诗人之间友情的率真而又深厚。孟浩然也重友情,他的《送杜十四之江南》诗曰:"荆吴相接水为乡,君去春江正淼茫。日暮征帆何处泊,天涯一望断人肠。"前三句蓄势,最后一句点破别情,淋漓直泻。就是这位送杜十四之江南的孟夫子,李白在黄鹤楼送

别他时,又挥笔写下了另一首著名的送别诗《黄鹤楼送孟浩然之广陵》。诗曰:

> 故人西辞黄鹤楼,烟花三月下扬州。
> 孤帆远影碧空尽,唯见长江天际流。

前两句叙事自然,如同大白话一般;然而却是天然好诗句。后两句借景抒情,含蓄蕴藉。"解缆君已遥,望君犹伫立"(王维《齐州送祖三》);朋友挂帆远去,诗人无限依恋地久久伫立江边,目送船儿愈去愈远,最后一片云帆变成了模糊的一点,消逝在碧空的尽头,眼前只见从天边奔流而来又滚滚而去的一江春水向东流。结句余韵袅袅,不绝如缕。

从李白这首诗的表现手法,我们一下子便想到盛唐边塞诗人岑参的《白雪歌送武判官归京》诗:

> 北风卷地白草折,胡天八月即飞雪。
> 忽如一夜春风来,千树万树梨花开。
> 散入珠帘湿罗幕,狐裘不暖锦衾薄。
> 将军角弓不得控,都护铁衣冷难着。
> 瀚海阑干百丈冰,愁云惨淡万里凝。
> 中军置酒饮归客,胡琴琵琶与羌笛。
> 纷纷暮雪下辕门,风掣红旗冻不翻。
> 轮台东门送君去,去时雪满天山路。
> 山回路转不见君,雪上空留马行处。

诗的前八句为第一部分,写边地奇寒奇景。"忽如一夜春风来,千树万树梨花开",是千古咏雪名句,诗人将积压枝头的白雪,想象和比喻成春风中盛开的梨花,于天寒地冻中,给人以春意融融之感。中间六句写军中置酒饯别的情景,笔墨主要集中在对送别气氛的渲染上。最后四句,写诗人目送朋友武判官扬鞭远去,在写作手法上与李白的《黄鹤楼送孟浩然之广陵》诗有异曲同工之妙。岑诗的结句曰:"轮台东门送君去,去时雪满天山路。山回路转不见君,雪上空留马行处。"诗人久久地伫立在边塞的雪山脚下,目送朋友拍马远去;转过山口,朋友和马儿都被高山遮挡住,在眼前消失不见了,唯有雪地上留下一行马蹄印,由近而远地向前延伸;诗人的心此时已经沿着这一行马蹄印,追随着朋友远去。同样是余韵袅袅,不绝如缕。岑参还有《走马川行奉送出师西征》《轮台歌奉送封大夫出师西征》《送李副使赴碛西官军》等诗,都是边塞题材的送别诗,充满了瑰丽神奇的风光和英雄豪迈的气概,在唐人送别诗中独具风采。

唐人送别诗中,还有一反缠绵忧伤的情调,鼓励被送行者从军报国,洋溢着作者豪情壮志的送别诗,如陈子昂的《送魏大从军》:"匈奴犹未灭,魏绛复从戎。怅别三河道,言追六郡雄。雁山横代北,狐塞接云中。勿使燕然上,惟留汉将功。"实际上是诗人借送别诗来抒发自己"感时思报国,拔剑起蒿莱"(《感遇诗三十八首》)的情怀,堂堂正气,直上云霄。还有着重对被送行者的人物形象进行描述的送别诗,如李颀的《送陈章甫》诗:

> 四月南风大麦黄,枣花未落桐阴长。
> 青山朝别暮还见,嘶马出门思旧乡。
> 陈侯立身何坦荡,虬须虎眉仍大颡。
> 腹中贮书一万卷,不肯低头在草莽。
> 东门酤酒饮我曹,心轻万事如鸿毛。
> 醉卧不知白日暮,有时空望孤云高。
> 长河浪头连天黑,津吏停舟渡不得。
> 郑国游人未及家,洛阳行子空叹息。
> 闻道故林相识多,罢官昨日今如何。

陈章甫是一个很有才学的人,但仕途不顺,这首诗大约是在他被罢官即将回乡的时候,李颀送行时所作。诗的开头四句充满了田园风情和故乡之思,接下来八句描绘了陈章甫的容貌仪表堂堂、品行和节操坦荡磊落、才高八斗学富五车,然而因为清高自重、不随流俗,所以为世所难容,最终被罢官回乡。最后写诗人送别时为朋友的遭遇而惋惜,"洛阳行子空叹息";同时又以一种从容豁达的态度相勉励,"闻道故林相识多,罢官昨日今如何",不必介意人们各种各样的态度,我行我素,泰然处之。这首诗所刻画的陈章甫的形象,鲜明而又饱满,生动而又传神,富有立体感,这在送别诗中是别具特色的。

下面我们再从唐人送别诗中列举一些各有特色的诗:刘长卿的

《送严士元》诗曰:"春风倚棹阖闾城,水国春寒阴复晴。细雨湿衣看不见,闲花落地听无声。日斜江上孤帆影,草绿湖南万里情。东道若逢相识问,青袍今已误儒身。"中唐诗人卢纶《送李端》诗曰:"故关衰草遍,离别正堪悲。路出寒云外,人归暮雪时。少孤为客早,多难识君迟。掩泪空相向,风尘何处期。"许浑《谢亭送别》诗曰:"劳歌一曲解行舟,红叶青山水急流。日暮酒醒人已远,满天风雨下西楼。"晚唐诗人温庭筠《送人东归》诗曰:"荒戍落黄叶,浩然离故关。高风汉阳渡,初日郢门山。江上几人在,天涯孤棹还。何当重相见,尊酒慰离颜。"陆龟蒙《别离》诗曰:"丈夫非无泪,不洒离别间。杖剑对尊酒,耻为游子颜。蝮蛇一螫手,壮士即解腕。所志在功名,离别何足叹。"如此等等,不一而足。

最后,谈一谈唐人送别诗中涉及与日本朋友友好往来的诗。中日两国之间的友好交往可以追溯到汉代,而形成高潮的则是在唐代,当时日本是平安朝(794—1192)。日本诗人对赴日使者态度友好,相处融洽,交往中常有诗词唱和。如岛田忠臣(828—982)写过《过裴大使房同赋雨后热》诗,称赞唐使者"有风度","三更会面应重得,四海交心难再期","他乡若记长相忆,莫忘今宵醉解眉"。一见倾心,开怀畅饮,情到浓处,甚至解衣相赠:"浅深红翠自裁成,拟别交亲增远情。此物呈君缘底事,他时引领暗愁生。"(《同菅侍郎醉中脱衣赠裴大使》)菅原道真(845—903)亦作《依言字重酬裴大使》:"多少交情见一言,何关薄赠有微恩","短制应资行路客,余香欲袭国王门"。从这些唱和诗中,可见当年两国诗人间真挚的友情和旷达的襟怀。

唐代诗人对来华的日本留学生和留学僧的感情,也很热烈。如唐玄宗开元初来长安留学的阿倍仲麻吕,对汉文化如痴如醉,爱不思归,便留了下来,易名为晁衡,在唐朝历任校书、左补阙、秘书监等职,与盛唐的许多诗人如王维、储光羲、赵骅、李白等都过往密切。他50余岁奉命回国时,所写《衔命还国作》诗中有句曰:"西望怀恩日,东归感义辰。平生一宝剑,留赠结交人。"把对朋友的情感留下,作为礼物赠给长安的诗人们。长安的诗人们更是依恋难舍,临行前诗人赵骅写了《送晁补阙归日本》诗,诗人王维写了《送秘书晁监还日本国》诗。晁衡归国时海上遇险,大概是在情况未明时误传噩耗到长安,诗人李白以为朋友

已经遇难,十分悲痛,写了一首《哭晁卿衡》诗曰:

> 日本晁卿辞帝都,征帆一片绕蓬壶。
> 明月不归沉碧海,白云愁色满苍梧。

深痛巨哀,溢于言表;非情同手足者,不能道得如此深情诗也。

当时,日本来中国留学的僧人也很多,他们与唐朝诗人们的关系也很密切。中唐诗人钱起写过一首《送僧归日本》诗曰:"上国随缘住,来途若梦行。浮天沧海远,去世法舟轻。水月通禅观,鱼龙听梵声。惟怜一灯影,万里眼中明。"字里行间饱含着丰富的感情。晚唐诗人韦庄所写《送日本国僧敬龙归》诗曰:

> 扶桑已在渺茫中,家在扶桑东更东。
> 此去与师谁共到,一船明月一帆风。

那一船皎洁的明月,那鼓满云帆的暖风,正是唐朝诗人的深情陪伴着日本朋友归去。空灵飘逸,情韵悠然;不用说在晚唐诗中,即便是放在全部唐人送别诗中,也称得上是上乘之作。

第四节 宋人送别词举要

其实,宋诗中送别题材的诗歌也很多,写得不错的也不少。如王安石的《送项判官》诗曰:"断芦洲渚落枫桥,渡口沙长过午潮。山鸟自鸣泥滑滑,行人相对马萧萧。十年长自青衿识,千里来非白璧招。握手祝君能强饭,华簪常得从鸡翘。"诗的前四句写景,历历如绘,后四句用典故来叙情,精妙贴切;颇有唐人风调。黄庭坚的《送王郎》诗的开头四句写道:"酌君以蒲城桑落之酒,泛君以湘累秋菊之英。赠君以黟川点漆之墨,送君以阳关堕泪之声。"张方平《送苏子由监筠州酒税》诗曰:"因嗟萍梗才名客,自叹匏瓜老病身。一榻从兹还倚壁,不知重扫是何人。"刚分手时便表示扫榻以待朋友归来,其情何其殷殷。危稹《送刘帅归蜀》诗曰:"万水朝东弱水西,先生归去老峨眉。人间那得楼千尺,望得峨眉山见时。"人世间怎么才能建造起一座千尺高的高楼呢?让我登上楼头望望峨眉山边老朋友的故居。设想新奇,虽违事理却见真情。还有诗人左纬送好朋友没有赶上,便怅然写下了五绝《许少伊被召,追送至白沙,不及》诗曰:"短棹无寻处,严城欲闭门。水边人独立,沙上月黄昏。"诗人默默地伫立在水边,朋友已经离去,唯见月光冷清清地照在沙滩上。月色昏黄,诗人的心情亦在追悔不及中黯然神伤。

南宋杰出的爱国词人辛弃疾以词著称,但也写过一首《送湖南部曲》诗曰:"青衫匹马万人呼,幕府当年急急符。愧我明珠成薏苡,负君赤手缚於菟。观书老眼明如镜,论事惊人胆满躯。万里云霄送君去,不妨风雨破吾庐。"既鼓励后进奋发有为、为国效力,又以"明珠薏苡"寄寓了自己遭受谗毁而壮志未酬的一腔忠愤。宋末遗民诗人郑思肖所写的《送友人归》诗曰:"年高雪满簪,唤渡浙江浔。花落一杯酒,月明千里心。凤凰身宇宙,麋鹿性山林。别后空回首,冥冥烟树深。"送别诗中,寓宋末遗民不肯俯首新朝的气节,并以此砥砺朋友。如果从数量上看,宋人送别诗也是不胜枚举的。

但是,相比而言,宋人的送别词比送别诗更为精彩。为了叙述的方便,我们将宋人送别词分成以抒情为主和以言志为主两大类,分别举其要,赏其妙。

先分析以抒情为主的送别词,这一类数量尤多。

1. 林逋《长相思》词曰:

吴山青,越山青,两岸青山相送迎。谁知离别情。　　君泪盈,妾泪盈,罗带同心结未成。江边潮已平。

此词乃代言体,写送别情人的情形。开头宕开一笔,不写离情,而写江南的"吴山""越山";既点明了送行的地点,又为下面的抒情蓄势。三、四句将青山拟人化,写青山有情相送迎,而别人又有谁能理解情人之间的离愁别绪呢?! 通过山有情而人无情的烘托、反衬,给全词制造了悲凉的氛围。下片直入离别时双方热泪盈眶的场景描写,流泪眼望流泪眼,断肠人送断肠人。悲痛的根源还在于这不是一般的离别分手,而是痛在"罗带同心结未成",有情人却无缘结秦晋之盟,难成眷属,今日一别,恐怕永远也没有重逢之日了。如此深沉浓重的痛苦,是无法用言语来尽诉的,于是词笔纵开,结在"江边潮已平"上,这不但暗示潮平舟将发、无法再迁延流连了,而且暗喻离情像江潮一样平满无边,江潮平而人的心潮难平。

2. 晏殊的《踏莎行》词曰：

> 祖席离歌，长亭别宴，香尘已隔犹回面。居人匹马映林嘶，行人去棹依波转。　　画阁魂消，高楼目断，斜阳只送平波远。无穷无尽是离愁，天涯地角寻思遍。

词的上阕以叙事起，通过送别情景的描写，表现了作者与"行人"离别时的怅惘之情；下阕主要写友人去后，词人自己的孤独之感。结句尤为感人："无穷无尽是离愁，天涯地角寻思遍"两句，写词人的思念超越了时空的界限，自身虽然不能陪朋友远行，但自己的心、自己的思念却时刻伴随着朋友走遍天涯海角。

3. 王观《卜算子·送鲍浩然之浙东》词曰：

> 水是眼波横，山是眉峰聚。欲问行人去那边，眉眼盈盈处。
> 才始送春归，又送君归去。若到江南赶上春，千万和春住。

这首词写得十分清新巧妙。人们一般以山水来比喻眉眼，如黛眉如远山、明眸似秋水，而这里词人却反过来以眉眼来比喻山水，显得不落俗套，奇趣横生。说行人去到"眉眼盈盈处"，化质实为空灵。这种婉约的描写、灵巧的比喻，若在诗中，未免有点软艳；但这正是词体文学的"当行本色"处。

4. 苏轼《南乡子·送述古》词曰：

> 回首乱山横，不见居人只见城。谁似临平山上塔，亭亭，迎客西来送客行。　　归路晚风清，一枕初寒梦不成。今夜残灯斜照处，荧荧，秋雨晴时泪不晴。

在宋代文学家中，苏轼堪称是才如江海的大文豪，性格豪放旷达，尤重友情。不但跟文坛很多诗人词人关系密切，而且每到一处都跟周围普通人相处融洽，留下了很多佳话。他写过不少送别诗词，这首词是送述古的，述古是陈襄的字。陈述古与词人政见相同，遭遇亦相近，两人情深谊笃。词的上阕将"临平山上塔"拟人化，塔儿亭亭静立，"迎客西来送客行"；其实词人自己对述古是"迎客西来送客行"。这里将有情注入无情物，化无情为有情，有情人和无情物一起"迎客西来送客行"，从而离别之情倍加丰满。下阕写词人送走了朋友归来后的感受,结句"秋雨晴时泪不晴",尤见真情。词人面对荧荧的灯儿、听窗外绵绵的秋雨,友去的失落感让词人难以自持,恐怕是雨停了泪水也不会停的。对朋友如此深厚的感情,在他其他的作品中也经常喷泻而出。

苏轼的另一首《临江仙·送钱穆父》词曰:

> 一别都门三改火,天涯踏尽红尘。依然一笑作春温。无波真古井,有节是秋筠。 惆怅孤帆连夜发,送行淡月微云。尊前不用翠眉颦。人生如逆旅,我亦是行人。

上阕写久别重逢的喜悦,并以"无波真古井,有节是秋筠",赞誉朋友钱穆父(名勰)孤直之性、耿介之风。下阕写月夜饯别,结尾以"人生如逆旅,我亦是行人",劝慰朋友人生都是匆匆过客,不必感伤;我也跟你一样是一个宦游在外的行人。词人动之以情,晓之以理,深情而又旷达,既让人感动,又使人振奋。苏轼在扬州初识秦观时,便惊叹他的才华,离别扬州时写过一首《虞美人》词,感情真挚,亦为时人所重。词曰:"波声拍枕长淮晓,隙月窥人小。无情汴水自东流,只载一船离恨向西州。 竹溪花浦曾同醉,酒味多于泪。谁教风鉴在尘埃,酿造一场烦恼送人来。"

5. 陈与义《虞美人·大光祖席醉中赋长短句》词曰:

> 张帆欲去仍搔首,更醉君家酒。吟诗日日待春风,及至桃花归后却匆匆。 歌声频为行人咽,记着樽前雪。明朝酒醒大江流,满载一船离恨向衡州。

词一开头便从别筵下笔,船已经张帆,即将离去,但两人还在一杯一杯地饮酒,流连难舍。回忆在一起相处的日子,吟诗唱和,等盼春光;等到春光来临,桃花盛开,却不能携手踏青,竟然要分手离去,让人情何以堪。下片推想明天"酒醒大江流",我的船儿载满离恨向衡州。结尾与开头的"张帆欲去"相呼应,一气呵成,一往情深。宋词人严仁也写过一首《鹧鸪天》词曰:"一曲危弦断客肠,津桥捩舵转牙樯。江心云带蒲帆重,楼上风吹粉泪香。 瑶草碧,柳牙黄,载将离恨过潇湘。请君看取东流水,方识人间别意长。"也说"载将离恨过潇湘",结句化用李白诗句"请君试问东流水,别意与之谁短长",改反诘为肯定"方识人间别意长",虽不含蓄,却也充沛。

宋词中还有很多写男女离别的词,抒情格外缠绵。略举两三首以有助于我们更好地理解宋人情感世界的丰富多彩。如柳永的《雨霖铃》词曰:"寒蝉凄切,对长亭晚,骤雨初歇。都门帐饮无绪,留恋处、兰舟催发。执手相看泪眼,竟无语凝噎。念去去、千里烟波,暮霭沉沉楚天阔。　　多情自古伤离别,更那堪冷落清秋节。今宵酒醒何处,杨柳岸、晓风残月。此去经年,应是良辰美景虚设。便纵有千种风情,更与何人说。"又如欧阳修的《踏莎行》词曰:"候馆梅残,溪桥柳细。草薰风暖摇征辔。离愁渐远渐无穷,迢迢不断如春水。　　寸寸柔肠,盈盈粉泪。楼高莫近危阑倚。平芜尽处是春山,行人更在春山外。"再如周紫芝的《踏莎行》词曰:"情似游丝,人如飞絮。泪珠阁定空相觑。一溪烟柳万丝垂,无因系得兰舟住。　　雁过斜阳,草迷烟渚。如今已是愁无数。明朝且做莫思量,如何过得今宵去。"

下面分析以言志为主的送别词,这一类数量不太多,但分量很重。

1. 张元幹《贺新郎·送胡邦衡待制赴新州》词曰:

　　梦绕神州路。怅秋风、连营画角,故宫离黍。底事昆仑倾砥柱,九地黄流乱注。聚万落千村狐兔。天意从来高难问,况人情、老易悲难诉。更南浦,送君去。　　凉生岸柳催残暑。耿斜河、疏星淡月,断云微度。万里江山知何处,回首对床夜语。雁不到、书成谁与。目尽青天怀今古,肯儿曹恩怨相尔汝。举大白,听《金缕》。

张元幹这首《贺新郎》,是送爱国志士胡铨的。胡铨字邦衡,宋高宗朝进士,曾任枢密院编修官。他一腔忠肝义胆,力主抗金,反对议和,上书请斩秦桧等主降派,被贬为福州佥判。后和议成,主和派重提旧事,继续迫害,于绍兴十二年(1142)将胡除名,押送新州(今广东新兴县)。据《宋史·胡铨传》载,当时诗人王庭珪曾作诗《送胡邦衡之新州贬所二首》为胡铨送行,诗曰:"囊封初上九重关,是日清都虎豹闲。百辟动容观奏牍,几人回首愧朝班。名高北斗星辰上,身堕南州瘴海间。不待他年公议出,汉廷行召贾生还。""大厦原非一木支,欲将独力拄倾危。痴儿不了公家事,男子要为天下奇。当日奸谀皆胆落,平生忠义只心知。端能饱吃新州饭,在处江山足护持。"王庭珪因此事而触怒朝廷,被判充军罪,流放夜郎。南宋岳珂《桯史》卷一二《王卢溪(王庭珪号卢溪先生)送胡忠简》云:"胡忠简铨既以乞斩秦桧掇新州之祸,直声振天壤,一时士大夫畏罪钳舌,莫敢与立谈;独王卢溪庭珪诗而送之。"可见当时的气氛是多么严峻!张元幹这一年已经是76岁的高龄,仍然风骨不减当年,坚持正义,不顾压力,慷慨激昂地写下了这首《贺新郎》词。岳珂说独王庭珪以诗送之,其实,张元幹亦以词送之也。这是一首特殊的送别词,主要不是抒发两个人个人之间的感情,而是充满了对外部入侵者的仇恨和对朝廷内部投降派的愤怒,沉痛而又悲凉。下片也写到对胡铨遭受迫害所寄予的无限同情,最后鼓励胡铨自古志士仁人都不以个人恩怨和一时得失为怀,且"举大白,听《金缕》",痛饮高歌,昂首登程。全词的字里行间,充塞着一股不可遏制的忠愤悲慨之情,至今读来,仍感觉到如洪钟巨响在耳际回荡。今人周汝昌先生评其上阕结句曰:"其笔力盘旋飞动,字字沉实,作掷地金石之响。"评其下阕结句曰:"所谓辞意俱尽,遂尔引杯长吸,且听笙歌。——此姑以豪迈之言,聊遣摧心之痛,总是笔致夭矫如龙,切莫以陈言落套为比。"(《唐宋词鉴赏辞典》,上海辞书出版社,1988年)

2. 陈亮《水调歌头·送章德茂大卿使虏》词曰:

不见南师久,谩说北群空。当场只手,毕竟还我万夫雄。自笑堂堂汉使,得似洋洋河水,依旧只流东。且复穹庐拜,会向藁街逢。

尧之都,舜之壤,禹之封。于中应有、一个半个耻臣戎。万里腥膻如许,千古英灵安在,磅礴几时通。胡运何须问,赫日自当中。

这也不是一首普通的送别词,其背景是宋孝宗初年北伐失败,订立了屈辱的"隆兴和议"(1164),恢复中原已经呼声日淡,渐渐平息。孝宗淳熙十三年(1186)十一月,苟安临安的懦弱的南宋小朝廷,派章森(字德茂)等人担任例行的庆贺使节,前往金国恭贺金世宗生日(万春节)。这本是一件让宋人感到万分屈辱的外交活动,陈亮作此词以送之。词以议论发端:"不见南师久,谩说北群空",长久不见南宋朝廷派军队北伐,金人便谩说宋朝没有人才了。陈亮曾写过《上孝宗皇帝第一书》,痛心疾首地指出:"南师之不出,于今几年矣。河洛腥膻,而天地之正气郁而不得泄,岂以堂堂中国而五十年之间,无一豪杰之能自奋哉?其势必有时而发泄矣。苟国家不能起而承之,必将有承之者矣。"其书其词,意实一也。接下来词人悲愤地自嘲:可笑我堂堂的大宋使臣,岂能长久地向金人屈辱求和、拱手称臣,就像那河水朝海一样地永远东流呢?下片以三个短句,激愤地喊出了当时人民的心声:自唐尧禹舜以来,中原大地一直是华夏神圣的领土,在那里总有一些人把投降敌人当作耻辱吧?清陈廷焯在《白雨斋词话》中虽然不赞成陈亮的"以议论为词",但他仍评价道:"'尧之都、舜之壤、禹之封。于中应有、一个半个耻臣戎',精警奇肆,几于握拳透爪,可作中兴露布读。"露布,这里指檄文。词的结尾作者满怀信心地预言:金人的命运一定一天天地衰落下去,而我们宋朝的中兴大业必将像灿烂的太阳一样朗照天宇。这首送别词中洋溢着强烈的民族自豪感和战胜敌人的胜利信心,在词体的写作风格上,虽非"当行本色",但并不影响它思想上的光烛万丈。

3. 辛弃疾《木兰花慢·席上送张仲固帅兴元》词曰:

汉中开汉业,问此地,是耶非。想剑指三秦,君王得意,一战东归。追亡事,今不见,但山川满目泪沾衣。落日胡尘未断,西风塞马空肥。 一编书是帝王师,小试去征西。更草草离筵,匆匆去路,愁满旌旗。君思我,回首处,正江涵秋影雁初飞。安得车轮四角,不堪带减腰围。

关于这首词,今人胡云翼先生有一个分析,颇中肯綮。这里借他人之酒杯,浇自己之块垒,照录如下:"这首词的构思过程是颇为曲折的,特别是前段:首先他指出汉中是汉朝建立帝业的基地,刘邦凭这一隅之地,终于战胜了强大的敌人,完成统一全国的大业,是一层意思;这和南宋朝廷的偏安江左、一蹶不振,恰恰是一个相反的对照。下文一转,'追亡事,今不见',点明今不如昔,点明南宋不能建立中兴事业的关键是由于统治者不重视才能,又是一层意思。作者写到这里,怀才不遇的苦闷已呼之欲出了,可是他没有缘着这条线索写下去,而把自己的痛苦紧密地联系敌人不断的侵扰和南宋王朝的不战而和来说,又是一层意思:这样就把全词的思想意义提得更高。后段以张良佐汉为喻,希望张仲固在汉中有所建树,和前文的意思仍然贯串。最后几句才是针对送行写别情。"(《宋词选》,上海古籍出版社,1997年)

辛弃疾还有一首《贺新郎·别茂嘉十二弟》词曰:

> 绿树听鹈鴂。更那堪、鹧鸪声住,杜鹃声切。啼到春归无寻处,苦恨芳菲都歇。算未抵、人间离别。马上琵琶关塞黑,更长门、翠辇辞金阙。看燕燕,送归妾。　　将军百战身名裂。向河梁、回头万里,故人长绝。易水萧萧西风冷,满座衣冠似雪。正壮士、悲歌未彻。啼鸟还知如许恨,料不啼、清泪长啼血。谁共我,醉明月。

这首送别词上下片意脉不断,一气贯注,最后归到送人本题,结构上别具一格;词中大量用典,而不显堆砌板滞,"语语有境界"(王国维《人间词话删稿》)。著名的词学研究家唐圭璋先生很欣赏这首词,他评道:"此首送茂嘉十二弟,尽集古人许多离别故事。如文通《别赋》,妙在大气包举,沉郁悲凉。起五句,一气奔赴,如长江大河。连用'鹈鴂''鹧鸪''杜鹃'三鸟名,如温飞卿〔南歌子〕之运用鹦鹉、凤凰、鸳鸯三鸟名然。'算未抵'一句,束上起下,由景入情。'马上'三句,即用昭君、陈皇后、庄姜三妇人离别故事。下片,更举苏、李、荆轲离别故事,运化灵动,声情激越。'正壮士'一句,束上起下,由情入景,与篇首回应。末句,结出己之独愁,是送别正意。周止庵谓此首'前片北都旧恨,后片南渡新恨'。观其前片所举之例极凄惨,而后片所举又极慷慨,则知止庵之说精到。"(《唐宋词简释》,上海古籍出版社,1981年)一语中的,无须赘言。辛弃疾这类送别词还有如《鹧鸪天·送人》词曰:"唱彻阳关泪未干,功名余事且加餐。浮天水送无穷树,带雨云埋一半山。今古恨,几千般,只应离合是悲欢。江头未是风波恶,别有人间行路难。"在送别词中,联系人生际遇,道出了江海风波不算恶、"别有人间行路难"的人生哲理性的感悟和悲慨。

元明清词中的送别词,依然不绝如缕。如元代名将张弘范《南乡子·送友人刘仲泽北归》词曰:"烟草入重城,马首关山接去程。几度留君留不住,伤情。一片秋蝉雨后声。　　无语泪纵横,别酒和愁且强倾。后会有期须记取,叮咛。莫负中秋月夜明。"明代词人史鉴《解连环·送别》词曰:"销魂时候,正落花成阵,可人分手。纵临别重订佳期,恐软语无凭,盛欢难又。雨外春山,会人意,与眉交皱。望行舟渐隐,恨杀当年,手栽杨柳。　　别离事,人生常有,底何须为著,成个消瘦。但若是两情长,便海角天涯,等是相守。潮水西流,肯寄我,鲤鱼双否。倘明年、来游灯市,为侬沽酒。"

晚清著名词人王鹏运还填过两首与张元幹《贺新郎·送胡邦衡待制赴新州》词、陈亮《水调歌头·送章德茂大卿使虏》词的精神和格调都相近的送别词,一首题为《八声甘州·送伯愚都护之任乌里雅苏台》,词曰:

是男儿、万里惯长征,临歧漫凄然。只榆关东去,沙虫猿鹤,莽莽烽烟。试问今谁健者,慷慨着先鞭。且袖平戎策,乘传行边。

老去惊心鼙鼓,叹无多忧乐,换了华颠。尽雄虺琐琐,呵壁问苍天。认参差、神京乔木,愿锋车、归及中兴年。休回首、算中宵月,犹照居延。

志锐,号伯愚,是甲午战争(1894)时期的主战派人物之一,遭到了朝廷内以慈禧太后为首的主和派的打击迫害,被流放到离北京极远的乌里雅苏台(今蒙古国境内)。词人王鹏运、盛昱、文廷式等人都写了《八声甘州》词送行,此行为悲壮,此词作沉郁。况周颐称他们的这一组《八声甘州》词是:"此等词略同杜陵诗史,关系当时朝局,非寻常投赠之作可同日语。"(《蕙风词话续编》)

另一首题为《满江红·送安晓峰侍御谪戍军台》的词曰:

荷到长戈,已御尽、九关魑魅。尚记得、悲歌请剑,更阑相视。惨淡烽烟边塞月,蹉跎冰雪孤臣泪。算名成、终竟负初心,如何是。

天难问,忧无已。真御史,奇男子。只我怀抑塞,愧君欲死。宠辱自关天下计,荣枯休论人间世。愿无忘、珍惜百年身,君行矣。

这首词与前一首《八声甘州·送伯愚都护之任乌里雅苏台》词,写作时间相隔仅一个月,堪称姐妹篇。安维峻,字晓峰,与作者是侍御同事,曾一起弹劾李鸿章和议卖国,以直言获罪,被贬军台,王鹏运作此词以送之。一开头正气凛然:"荷到长戈,已御尽、九关魑魅",足以使朝廷内外的魑魅魍魉闻风丧胆。下片盛赞安晓峰"真御史,奇男子",磊落之气,直冲霄汉。是赞友,亦是自赞;是激励战友,亦是自我砥砺。这样的送别词,今人钱仲联先生称赞为:"这是辛弃疾、文天祥词作的法乳真传,大为清代词史张目。"(《清词三百首》,岳麓书社,1992年)此言诚不为过也。可见,宋代词人在送别词中言志的传统,影响后世,远久绵长。

总之,中国古代诗歌特别是唐宋诗词中,送别朋友的诗歌如累累硕果,缀满枝头;其繁多而又精彩,用"俯拾即是""美不胜收"等成语来形容,那是一点也不过分的。洋溢和渗透在其中的浓浓的友情,如同醇酿一样让人沉醉,代代飘香!

第五节　送别诗歌中常见意象分析

意象,是中国古代文论尤其是古代诗论中一个常用概念,而它的内涵却一直没有明确的、一致的界定。或指意和象,或指意中之象;或对意象的理解接近于境界,或对意象的理解接近于艺术形象。虽然对意象的理解的角度和侧重点各有不同,但有一点是共同的,即构成意象的要素是象,是物象。

袁行霈先生在《中国古典诗歌的意象》一文中指出:"物象是客观的,它不依赖人的存在而存在,也不因人的喜怒哀乐而发生变化。但是物象一旦进入诗人的构思,就带上了诗人主观的色彩。这时它要受到两方面的加工:一方面,经过诗人审美经验的淘洗与筛选,以符合诗人的美学理想和美学趣味;另一方面,又经过诗人思想感情的化合与点染,渗入诗人的人格和情趣。经过这两方面加工的物象进入诗中就是意象。诗人的审美经验和人格情趣,即意象中那个意的内容。因此可以说,意象是融入了主观情意的客观物象,或者是借助客观物象表现出来的主观情意。"(《中国诗歌艺术研究》,北京大学出版社,1996年)

这里,袁先生分析了意象中的"象"是属于客观的、物质的,意象中的"意"是属于主观的、精神的,还分析了物象经过加工变为意象的过程,对意象的内涵做了很好的阐释,为意象这一概念提供了令人信服的界定。以下分析中所谈的意象的内涵,用的就是袁先生的观点。

在古代送别诗特别是唐宋送别诗中,常见的意象如:长亭、短亭,阳关、古道,北梁、南浦,芳草、杨柳,明月、夕阳,青灯、美酒等。这里我们想拈出最有代表性的意象,结合诗歌来加以分析。

一、长亭与南浦

"人有悲欢离合,月有阴晴圆缺,此事古难全。"(苏轼《水调歌头》)有欢聚就有离别,这是人们在社会生活中不可避免的事。离别总是双方的,离别的双方一般都是一方是行者,一方是居者(也有少数双方同时是行向不同目的地的行者)。行者,即离开此处远行之人;居者,即留下不走送别行者之人。古代因为生产力不发达,交通工具只有两类:一类是陆路的车马,一类是水路的舟船。正如江淹在《别赋》中所写的:"舟凝滞于水滨,车逶迟于山侧;櫂容与而讵前,马寒鸣而不息。"这里所描写的环境一是水滨,一是山侧;所用的工具一是舟櫂,一是车马。

从陆路离去,远行代步的便或者是乘车(各种各样的车),或者是骑马(也包括其他善走的牲口)。在车马所行的古道旁,早在秦汉时便开始置亭,供行旅停息休憩或送别饯行之用。当时是十里置亭,故亦称"十里长亭"。北周时庾信在《哀江南赋》中写道:"水毒秦泾,山高赵陉;十里五里,长亭短亭。"倪璠注《白孔六帖》"馆驿"条中有句曰:"十里一长亭,五里一短亭。"唐代诗人李白《菩萨蛮》词曰:"平林漠漠烟如织,寒山一带伤心碧。暝色入高楼,有人楼上愁。 玉阶空伫立,宿鸟归飞急。何处是归程,长亭连短亭。"所以在中国古代送别诗中,经常看到"长亭""短亭"的意象;而一个只要有一定的中国古代诗歌修养的人,一旦在诗歌中看到"长亭""短亭"的意象,眼前便会自然地浮现出在长亭古道、衰柳斜阳的背景上古人设宴饯行的情景,并油然而生"举手长劳劳,二情同依依"(《孔雀东南飞》)的依依惜别之情。近人有一首《送别》歌是这样唱道:"长亭外,古道边,芳草碧连天。晚风拂柳笛声残,夕阳山外山。天之涯,地之角,知交半零落。一觚浊酒尽余欢,今宵别梦寒。"(李叔同词)

从我国的自然地理环境上看,自古以来就是西高东低、北干南湿。包括黄河流域中原一带在内的北方地区,多黄土高原,山脉丘陵,河流很少;加之气候干燥,雨水很少,所以北方地区主要靠陆路交通,交通工具主要是车马之类。而以长江流域为主的南方地区,平原广阔,江河湖泊,纵横交错,交通主要靠水路,车马不便,而乘舟船却极其方便。因而行旅南国,无疑多登舟乘船,扬帆远航。由此缘故,在古代送别诗中,南方诗人和北方诗人,或者说诗人们在南方写的诗和在北方写的诗中所选用的意象形成的意象群,显示出明显的差异。在南方的送别诗中,"长亭""短亭""阳关""古道"等意象,相对要少得多。如"楚辞"中"长亭""短亭"的用例几乎没有;相反,与河流相关的"浦"或"南浦"的意象却常见。如屈原《九歌·湘君》中有"望涔阳之极浦,横大江兮扬灵",《九歌·湘夫人》中有"捐余袂兮江中,遗余褋兮澧浦",《九歌·河伯》中有"日将暮兮怅忘归,惟极浦兮寤怀"和为人传诵的名句"子交手兮东行,送美人兮南浦",《九章·涉江》中有"入溆浦余儃佪兮,迷不知吾所如",《九章·哀郢》中有"背夏浦而西思兮,哀故都之日远"等等。

浦,《说文解字》曰:"濒也。"《风土记》曰:"大水小口别通为浦。"这里有大小河道分流处的意思,与乘舟别离的情景倒很切合。所谓"南浦",一是实指某一具体地名,这在中国大地简直说不清有多少处;一般说来,在某一地区中位于这个地区南侧的水浦,这个地区的人们就习惯上称之为"南浦"。如《豫章记》曰:"南浦亭在广润门外,往来舣舟之所。"这样一类情形比较多。

另一种是泛称,泛指河流分口处。那么,这一泛称是什么时候开始演变为水路送别诗中比较固定的意象的呢?据我初步考察,最早是跟屈原《九歌·河伯》中"子交手兮东行,送美人兮南浦"这一名言有很大关系。但在屈原之后包括秦汉魏晋在内的七八百年间,送别诗中运用"南浦"这一意象的情况并不多,甚至可以说十分罕见。使得"南浦"这一意象和送别情怀形成比较固定联系的,我以为应得力于南朝宋齐之间的文学家江淹(444—505)所写的那篇著名的《别赋》。

《别赋》中为人传诵的名句,除了开头的"黯然销魂者,唯别而已矣"外,恐怕就要数"春草碧色,春水渌波;送君南浦,伤如之何"了。南朝宋齐之后的送别诗中,"南浦"的意象明显地多了起来;而且基本上不再是用于专称某地,而成了水路登舟送别地点的泛称。如齐之后的梁诗人谢朓《鼓吹曲·送远曲》诗中曰:"北梁辞欢宴,南浦送佳人。"梁之后的陈诗人张正见《征虏亭送新安王应令》诗曰:"凤吹临南浦,神驾饯东平。……歧路一回首,流襟动睿情"等等。

就这样,一代一代的诗人承袭了这一手法,将离愁别绪的情怀,不断地添加到"南浦"这一意象上。到了唐代诗人笔下则更为普遍,"南浦"在诗中俯拾即是。如盛唐诗人王维《送别》诗曰:"送君南浦泪如丝,君向东州使我悲。为报故人憔悴尽,如今不似洛阳时。"李白《赠汉阳辅录事二首》(其二)前四句曰:"鹦鹉洲横汉阳渡,水引寒烟没江树。南浦登楼不见君,君今罢官在何处。"中唐诗人白居易《南浦别》诗曰:"南浦凄凄别,西风袅袅秋。一看肠一断,好去莫回头。"李贺《黄头郎》诗曰:"黄头郎,捞拢去不归。南浦芙蓉影,愁红独自垂。"清人王琦注中引曾益曰:"南浦,送别之地。"

唐宋词中"南浦"的意象也很多,其意趣乃承袭唐诗,没有新的变化。如晚唐温庭筠《清平乐》词下片曰:"上马争劝离觞,南浦莺声断肠。愁杀平原年少,回首挥泪千行。"南唐词人冯延巳《三台令》词写南浦一别,音容渺茫,如今重来旧地,不见佳人,触景伤情,引发了无限感慨。词曰:"南浦,南浦,翠鬓离人何处。当时携手高楼,依旧楼前水流。流水,流水,中有伤心双泪。"

宋代词人柳永《倾杯》词上片曰:"离宴殷勤,兰舟凝滞,看看送行南浦。情知道世上,难使皓月长圆,彩云镇聚。算人生、悲莫悲于轻别,最苦正欢娱,便分鸳侣。泪流琼脸,梨花一枝春带雨。"张元幹《贺新郎·送胡邦衡待制赴新州》词曰:"天意从来高难问,况人情、易老悲难诉。更南浦,送君去。"石孝友《更漏子》词曰:"北沙门,南浦岸,望得眼穿肠断。"韩元吉《薄幸》词曰:"送君南浦,对烟柳、青青万缕。"刘辰翁《兰陵王》词曰:"秋千外,芳草连天,谁遣风沙暗南浦。"张镃《鹊桥仙》词下片曰:"玉纤采处,银笼携去,一曲山长水远。采鸳双惯贴人飞,恨南浦、离多梦短。"如此等等,不一而足。到了元明清的诗词中,"南浦"的意象依然经常出现,比较典型的如清人沈树荣《送别》诗写道:"落叶枫林两岸秋,曾于南浦动离愁。只今一片江头月,不照归舟照去舟。"

总之,在"南浦"这个意象上,积累和沉淀了战国诗人屈原之后历代诗人们的离别情感。所以,凡是具有中国古代文学知识和一定的中国文学修养的人——不管是中国人,还是外国人——在中国古代诗歌中,只要一见到"南浦"这个意象,就会像敲击了钢琴上某一个特殊的琴键、立即会发出特殊的声响一样,也一定会在脑海里唤起一片联想———一片有关离别情怀的联想。不管是亲人离别也好,友人离别也好,恋人离别也好,总之联想起来的是一种令人黯然神伤的离愁别绪。

与此相关,还有几个小问题要略加说明:

一是因为"南浦"这个意象所包含的特殊意趣,所以,所有的诗词中写到"南浦"意象时,有时虽然不是直接描写送别场景,但也同样浸染和蕴涵了离情。如南宋词人史达祖《秋霁》一词的结尾这样写道:"但可怜处,无奈苒苒魂惊,采香南浦,剪梅烟驿。"这里没有写离别场景,但作者借"南浦"意象和"剪梅"(暗用南朝陆凯《赠范晔》诗意,诗曰:"折梅逢驿使,寄与陇头人。江南无所有,聊赠一枝春。")之典,点出了离情别意,显得一往情深。

二是在表达离别情怀时,有时也将"南浦"写作"别浦"。如北宋晏几道《留春令》词下片曰:"别浦高楼曾漫倚。对江南千里,楼下分流水声中,有当日、凭高泪。"这里写作"别浦",正如同陆路送别诗中有时将"长亭"写作"离亭"一样,表达的其实是同样的情怀。例如晏几道的父亲晏殊的《采桑子》词的上片写道:"时光只解催人老,不信多情。长恨离亭,泪滴春衫酒易醒。"

三是在中国古代诗歌中,有时将"南浦"与"北梁"对举,以加深离别情感。梁,架在河川上的桥梁。楚辞中有:"超北梁兮永辞,送美人兮南浦。"(见《艺文类聚》卷二九)前引谢朓诗亦曰:"北梁辞欢宴,南浦送佳人。"唐代张九龄《饯宋司马序》中曰:"出宿南浦,及鸿雁以同归;追饯北梁,对丘山而不乐。"因此,"北梁"这一意象跟"南浦"一样,也常用以指水路送别之地,也染有浓浓的惜别之情。当然,"北梁"的"北",不是指全国之北方,而是指某地之北面,或者只是在修辞上跟"南"对举而用的。

四是"南浦"在唐代成了曲调名,唐《教坊记》中"南浦子"曲。到了宋代,词人又借旧曲,另制新调,"南浦"又成了词牌名。清人万树《词律》卷一七所收的词调中列有《南浦》,均为双调,有 102 字平声韵体、105 字仄声韵体两种。宋人填《南浦》词,多用 105 字仄声韵体;受"南浦"这一意象中所包含的离别情感影响,填《南浦》的词,在内容上多与离别亲人、羁旅愁怀、送别友人、惜别伤离等相关。如周邦彦的

《南浦》词写漂泊离情:"浅带一帆风,向晚来、扁舟稳下南浦。"程垓的《南浦》词写对昔日依依惜别情景的追思与怀念:"追思旧日心情,记题叶西楼,吹花南浦。"到了宋末,词人王沂孙和张炎都填过一首题目同为《春水》的《南浦》词,都是春水与离情合写,别具风貌。其中张炎的那一首尤为著名,人们因此而称张炎为"张春水"。当然,宋词中也有词人虽用"南浦"词名,而填的词的内容与送别不相干的词。如史浩用《南浦》词牌填了一首题为《洞天》的词,描写的全是"画阁朱栏,烟客云岫"的洞天美景,与送别内容毫不相干。

二、杨　柳

　　杨柳,是中国古代送别诗中描写得最多,也是最优美动人、情意缠绵的一个意象。追溯一下,我认为最早在诗中写到杨柳并且对后世产生很大影响的是先秦第一部诗歌总集——《诗经》中的《小雅·采薇》篇。

　　《小雅·采薇》篇描写的是战后幸存的征人,于归家途中抚今追昔的万千感慨。诗共六章,最后一章中"昔我往矣,杨柳依依;今我来思,雨雪霏霏"四句,最为后人所称道。意思是说当年我被征入伍离开家乡时,门前的杨柳枝条婀娜、迎风摆拂,像依依不舍的样子;今天我侥幸回来了,眼前却雨雪纷飞,景象寒冷凄凉。"昔我往矣,杨柳依依",景中含情,以轻柔可爱的杨柳,反衬出辞别家园的依恋感伤的心情。南朝梁刘勰在《文心雕龙·物色》篇中称赞道:"'灼灼'状桃花之鲜,'依依'尽杨柳之貌。"认为"杨柳依依"生动地表现了杨柳的婉软美好之态,"以少总多,情貌无遗"。杨柳的依依之态和人们的依依惜别之情和谐地交融在一起,使"杨柳"这个意象开始注入了惜别之情的意蕴。清人王夫之在《姜斋诗话》中说道:"'昔我往矣,杨柳依依;今我来思,雨雪霏霏。'以乐景写哀,以哀景写乐,一倍增其哀乐。"

　　汉乐府《横吹曲》中有《折杨柳》曲;相传原本是汉代张骞从西域传入的《德摩可兜勒曲》,李延年根据此曲作新声二十八解,作为武乐,魏晋时古辞亡失。晋太康末京洛有《折杨柳》歌,歌辞多是讲战争劳苦;我以为这跟描写征夫痛苦的《诗经·小雅·采薇》的影响有关。一直到南朝梁陈和唐人在写《折杨柳》时,歌辞大多数仍然是抒发伤春惜别之情,而且常常跟怀念征人之情联系在一起,其中最典型的如唐人王之涣的《凉州词》曰:"黄河远上白云间,一片孤城万仞山。羌笛何须怨杨柳,春风不度玉门关。"

因为杨柳和离别的关系密切,致使《折杨柳》曲也多写离愁别绪。所以,人们不但见到"杨柳"会引起惜别之情,而且连听到《折杨柳》的曲调,也会触动离愁。李白那首《春夜洛城闻笛》七绝写道:"谁家玉笛暗飞声,散入春风满洛城。此夜曲中闻折柳,何人不起故园情。"

其次,杨柳的意象跟离别联系在一起,还有一个因素,就是在汉字中"柳"与"留"谐音相近,折柳送别,暗中寄寓殷勤挽留的意愿。隋代无名氏《送别》诗曰:"杨柳青青着地垂,杨花漫漫搅天飞。柳条折尽花飞尽,借问行人归不归。"

折柳送客,至唐代此风最盛。当时都城长安东边的灞水两岸多柳,灞水之上的灞桥,是从长安东去洛阳等地的必经之路。唐代长安人送客,一般到灞桥折柳而别。唐诗人裴说《柳》诗曰:"高拂危楼低拂尘,灞桥攀折一何频。思量却是无情树,不解迎人只送人。"罗隐《柳》诗曰:"灞岸晴来送客频,相偎相依不胜春。自家飞絮犹无定,争解垂丝绊路人。"从这些诗中,我们还可以想见当年灞桥折柳送客的盛况。正因为灞桥有折柳而别的习俗,所以人们取江淹"黯然销魂者,唯别而已矣"的意思,称灞桥为"销魂桥"。

宋词中的"杨柳"意象也十分丰富。其中有的是作为实物来歌咏春天风景或伤春惜春之情的。如晏殊《诉衷情》词中有句曰:"东风杨柳欲青青,烟淡雨初晴。"宋祁《玉楼春》词中有句曰:"绿杨烟外晓寒轻,红杏枝头春意闹。"无名氏《眼儿媚》词曰:"杨柳丝丝弄轻柔,烟缕织成愁。海棠未雨,梨花先雪,一半春休。 而今往事难重省,归梦绕秦楼。相思只在,丁香枝上,豆蔻梢头。"

但是,宋词中写到杨柳的,更多的还是承袭了唐诗和前人诗中"杨柳"意象的本意,即跟离情结合在一起。这样的例子很多,仅举几个比较突出的,以斑窥豹。柳永惜别名篇《雨霖铃》中有名句曰:"多情自古伤离别,更那堪、冷落清秋节。今宵酒醒何处,杨柳岸、晓风残月。"他的另一首《少年游》词的上片曰:"参差烟树灞陵桥,风物尽前朝。衰杨古柳,几经攀折,憔悴楚宫腰。"晏几道《清平乐》词曰:"留人不住,醉解兰舟去。一棹碧涛春水路,过尽晓莺啼处。　渡头杨柳青青,枝枝叶叶离情。此后锦书休寄,画楼云雨无凭。"秦观《江城子》上片写道:"西城杨柳弄春柔,动离忧,泪难收。犹记多情,曾为系归舟。碧野朱桥当日事,人不见,水空流。"

关于送别诗中为什么多写杨柳,前面所讲,归结为两点:一是表示依依惜别之情,二是表示殷勤挽留之意。除此之外,到了清代又出现了一种新的解释。清人褚人获在其《坚瓠广集》卷四中说道:"送行之人,岂无他枝可折而必折柳者,非谓津亭所便,亦以人之去乡,正如木之离土,望其随地皆安,一如柳之随地可活;为之祝愿耳。"希望行客不要为离别难过,不必执着地依恋故土;而要像柳之随地可活一样,走遍天涯,漂泊海角,都要随遇而安,无往而不适。这大概是清人的引申义,是后来人发挥的想象;因为从宋代和宋以前的人们的诗词中,很难看到这个意思。故姑且聊备一说吧。

三、美　酒

除了长亭、南浦、杨柳这三个意象外,送别诗中写得非常多的一个意象就是美酒。元人杨载曰:"凡送人多托酒以将意,写一时之景以兴怀,寓相勉之词以致意。"(《诗法家数》)如果说我们中国古代送别诗中总是泛着酒光、飘着酒香、回荡着"对酒当歌"的高吟低唱,那是一点也不过分的。其中最有名的还要数唐代诗人王维的那首《渭城曲》:"渭城朝雨浥轻尘,客舍青青柳色新。劝君更尽一杯酒,西出阳关无故人。"王维还有《送别》诗曰:"下马饮君酒,问君何所之。君言不得意,归卧南山陲。但去莫复问,白云无尽时。"

唐宋诗人词人将美酒与送别离情联系在一起的诗歌,举不胜举。如杨炯《送梓州周司功》诗曰:"御沟一相送,征马屡盘桓……举杯聊劝酒,破涕暂为欢。别后风清夜,思君蜀路难。"李峤《送李邕》诗曰:"落日荒郊外,风景正凄凄。离人席上起,征马路旁嘶。别酒倾壶赠,行书掩泪题。殷勤御沟水,从此各东西。"李白《陪侍郎叔游洞庭醉后三首》(其三)诗曰:"划却君山好,平铺湘水流。巴陵无限酒,醉杀洞庭秋。"

又《鲁郡东石门送杜二甫》诗曰:"醉别复几日,登临遍池台。何时石门路,重有金樽开。秋波落泗水,海色明徂徕。飞蓬各自远,且尽手中杯。"又《江夏送张丞》诗曰:"欲别心不忍,临行情更亲。酒倾无限月,客醉几重春。藉草依流水,攀花赠远人。送君从此去,回首泣迷津。"岑参《送杨子》诗曰:"惜别添壶酒,临歧赠马鞭。看君颍上去,新月到家圆。"郎士元《寄李袁州桑落酒》诗曰:"色比琼浆犹嫩,香同甘露仍春。十千提携一斗,远送潇湘故人。"李贺《送韦仁实兄弟入关》诗曰:"送客饮别酒,千觞无赭颜。何物最伤心,马首鸣金环。野色浩无主,秋明空旷间。坐来壮胆破,断目不能看。"杜牧《池州春送前进士蒯希逸》诗曰:"芳草复芳草,断肠还断肠。自然堪下泪,何必更残阳。楚岸千万里,燕雁三两行。有家归不得,况举别君觞。"

宋人范仲淹抒写离情的词《御街行》的下片曰:"愁肠已断无由醉,酒未到、先成泪。残灯明灭枕头欹,谙尽孤眠滋味。都来此事,眉间心头,无计相回避。"苏轼《送乔仝寄贺君六首》其六诗中有句曰:"狂吟醉舞知无益,粟饭藜羹问养神。"杨万里《送子仁侄南归》诗中有句曰:"酒为吾人绿,花知百日黄。"又,《留萧伯和仲和小饮》曰:"要入诗家须有骨,若除酒外更无仙。三杯未必通大道,一斗真能出百篇。"朱敦儒描写别情的词《柳枝》曰:"江南岸,柳枝,江北岸,柳枝。折送行人无尽时,恨分离,柳枝。酒一杯,柳枝,泪双垂,柳枝。君到长安百事违,几时归,柳枝?"著名女词人李清照描写离情的词《醉花阴》的下片曰:"东篱把酒黄昏后,有暗香盈袖。莫道不消魂,帘卷西风,人比黄花瘦。"……俯拾即是,不胜枚举。

我国的酒文化十分丰富!古人以饮酒为一种人生乐趣,如唐诗人李白写道:"天若不爱酒,酒星不在天。地若不爱酒,地应无酒泉。天地既爱酒,爱酒不愧天。已闻清比圣,复道浊如贤。贤圣既已饮,何必求神仙。三杯通大道,一斗合自然。但得酒中趣,勿为醒者传。"(《月下独酌四首》其二)岑参高歌"一生大笑能几回,斗酒相逢须醉倒"(《凉州馆中与诸判官夜集》)。聂夷中《饮酒乐》写道:"日月似有事,一夜行一周。草木犹须老,人生得无愁。一饮解百结,再饮破百忧。白发欺贫贱,不入醉人头。我愿东海水,尽向杯中流。安得阮步兵,同入醉乡游。"宋代大诗人陆游《对酒》诗曰:"闲愁如飞雪,入酒即消融。好花如故人,一笑杯自空。"朋友欢聚时是一定要饮酒的,如王维的《少年行》(其一)诗曰:"新丰美酒斗十千,咸阳游侠多少年。相逢意气为君饮,系马高楼垂柳边。"朋友离别时也是一定要饮酒的,举酒属客,频频劝饮;离别后则往往独自以酒遣怀,细细小酌。仿佛酒能寄情、酒能消愁,其实,"抽刀断水水更流,举杯消愁愁更愁"(李白《宣州谢朓楼饯别校书叔云》)。因为"酒入愁肠,化作相思泪"(范仲淹《苏幕遮》)。尽管如此,人们还是不断地重复着"慨当以慷,忧思难忘。何以解忧,唯有杜康"(曹操《短歌行》)。在离别时举杯痛饮,其实不仅是抒情、遣怀、解愁,更重要的是还饱含有深深的祝福之意,就像唐诗人高适所放歌的那样:"莫愁前路无知己,天下谁人不识君。"(《别董大》)举酒祝福,祝福人生如意,前路一片光明!

在即将结束本章时,笔者不禁也有些动情;忠实于友谊,古今如一,我与人同尔。回想自己也曾为送别朋友而难过,曾作过两首以《送别》为题的五言绝句,其中一首也写到酒,诗曰:"朋来三杯满,友去一城空。水波荡漾里,山色有无中。"另一首诗曰:"人生路漫漫,惜别语迟迟。留得友情在,自有相会时。"现以这两首拙作作本章结语,亦意在与读者诸君及天下朋友共勉之,一醉也。

第四章　咏史怀古诗词论析

第一节　咏史怀古诗歌的含义和历史源流

　　作为中国古代诗歌一类重要的题材,咏史诗顾名思义指的是以历史题材为咏写对象的诗歌创作。这里所说的历史题材,涵盖的内容十分宽泛,既可以指历史上的某个人物、某个事件,也可以指某个历史时间段。《文镜秘府论》中说:"读史见古人成败,感而作之。"(《论文意》)但凡历史上所存在的人、物、事等进入了诗人的视野,并触发了他的感慨,由此所得来的诗,便可视为咏史诗。而怀古诗则指"经古人之成败咏之"(《文镜秘府论·论文意》),指作者登临古地、凭吊古迹时(或之后),追念往事、抒发感慨而作的诗。从题材和内容上讲,咏史和怀古各有不同的侧重,咏史诗大多是针对具体的历史事件或历史人物,有所感慨或有所感悟而作;而怀古诗则多为登临旧地有感而发之作。但从大的范畴上讲,怀古诗也是以历史为题材的一类诗歌,应该属于广义的咏史诗。而且从两者的共同性特征来看,它们都是以古代的人物、事物、地点等为描写对象,对历史人物的功过、历史事件的成败等,或者发表评论,或者抒发感慨,或者借古讽今,或者发思古之幽情,所以这里我们将咏史、怀古诗放在一起,一并加以论述。

　　咏史怀古诗的产生源远流长。堪称中国古代诗歌两大源头的《诗经》《离骚》中,即有咏史类型的作品存在。《诗经·大雅》中的《生民》《公刘》《绵》《大明》《皇矣》等篇什,以组诗的形式记录了周部族的起源和周部族祖先后稷、公刘、文王等的英雄事迹,从题材上说,应该属于最早的咏史之作。但是这些诗以记录周部族历史作为诗歌的主要内容,因而更像是一组周部族的史诗,与后来所说的咏史诗,尚有较大的区别。屈原的传世之作《离骚》中的一些部分涉及历史上的人物和事件,如"昔三后之纯粹兮,固众芳之所在;杂申椒与菌桂兮,岂维纫夫蕙茞。彼尧舜之耿介兮,既遵道而得路;何桀纣之猖披兮,夫唯捷径以窘步"等,诗歌追述历史上的贤君和暴君,借以表达自己的政治见解和对楚国命运前途的担忧。这种借古说今、古今结合的写作手法和抒情方式,更接近于后世的咏史诗。因而朱自清先生说:"咏史、游仙、艳情、咏物……这四体的源头都在王注《楚辞》里。"(《诗言志辨》)只是,这样的部分在整首诗歌中并不占主要部分,因而也算不得是一首咏史诗。

诗歌史上第一首真正意义上的咏史诗出现在东汉时,是班固的《咏史》。诗曰:

> 三王德弥薄,惟后用肉刑。太仓令有罪,就递长安城。
> 自恨身无子,困急独茕茕。小女痛父言,死者不可生。
> 上书诣阙下,思古歌《鸡鸣》。忧心摧折裂,《晨风》扬激声。
> 圣汉孝文帝,恻然感至情。百男何愦愦,不如一缇萦。

说这首诗是诗歌史上的第一首咏史诗,不仅仅是因为它以"咏史"二字为题,而且从诗的题材选取和结构来看,此诗都是以历史事件为中心展开的。《咏史》所咏赞的本事是历史上确有的缇萦舍身救父的事迹。《史记·扁鹊仓公列传》中记载:

> 文帝四年中,人上书言意,以刑罪当传西之长安。意有五女,随而泣。意怒,骂曰:"生子不生男,缓急无可使者!"于是少女缇萦伤父之言,乃随父西。上书曰:"妾父为吏,齐中称其廉平,今坐法当刑。妾切痛死者不可复生而刑者不可复续,虽欲改过自新,其道莫由,终不可得。妾愿入身为官婢,以赎父刑罪,使得改行自新也。"书闻,上悲其意。此岁中亦除肉刑法。

诗歌的首二句追溯历史,写肉刑产生的历史。紧接着从"太仓令有罪"开始,用了诗歌的绝大部分篇幅敷写缇萦救父这一历史事件的始末。从行文上看,"太仓令有罪"等12句基本上是史传所载内容的翻版,尤其是"死者不可生"一句,其实就是《史记》本传中原文的照搬。最后两句是作者针对缇萦救父一事抒发的感叹。总体而言,这首诗的特点是:"檃括本传,不加藻饰。"(清何焯《义门读书记》卷四六)整首诗都是围绕着缇萦救父一事发生的先后顺序展开的,而没有丝毫地脱离本事,而且从文采上来说也确实是朴实无华。但是班固的这首《咏史》诗在诗歌史上却占有着极为重要的地位,它不仅开启了中国诗歌史上咏史一体的先河,是后世咏史之作的滥觞;而且是现存最早的一首文人五言诗。钟嵘《诗品序》说:"自王、扬、枚、马之徒,词赋竞爽,而吟咏靡闻。从李都尉迄班婕妤,将百年间,有妇人焉,一人而已。诗人之风,顿已缺丧。东京二百载中,唯有班固《咏史》,质木无文。"许多人认为钟嵘的这段话是批评班固《咏史》的"质木无文"。其实钟嵘的这个评论,是针对汉代文学的发展状况而发的。汉代是一个以赋名世的时代,赋是汉代文学的标志性文学体式。而汉赋的一个重要特征便是铺彩摛文,铺张扬厉,讲究夸饰和辞藻的铺排。相对而言,这时的文人诗创作还很不发达,东汉200年间,流传下来的文人诗寥寥可数。其中班固的这首《咏史》诗就是现存最早的一首文人五言诗。这是弥足珍贵的。这里钟嵘所给予的评价,主要是从诗歌发展史上认识到其重要的地位;"质木无文"也只是相对于汉赋的彩丽竞繁的又一种文风的评价,意谓质朴无华,其实并不含有否定的意味。

班固以后的魏晋南北朝时期,咏史类题材的诗歌作品随着五言诗的发展而逐渐发展起来。魏晋南北朝是中国历史上一个多乱的时期,频繁的朝代更迭、连绵的战乱带给当时人们的是难以言传的生命无常的苦痛感受。于是乱离的社会、多舛的命运使得许多文人把关注的目光投向历史,借对历史人物或历史事件的吟咏,以古喻今,抒发感慨,抒写心志。这一时期的许多文人,如王粲、曹植、阮籍、陆机、左思、陶渊明、颜延之、谢灵运、鲍照、庾信等,都有过咏史诗的创作。较为著名的如王粲的《咏史诗》、左思的《咏史八首》、陶渊明的《咏荆轲》、颜延之的《五君咏》等。不同于班固《咏史》的是,这一时期咏史诗的抒情意味大为增强,诗歌不再局限于对历史本事的书写,而是增加了更多的咏怀成分。这一时期的代表性作品为左思的组诗《咏史八首》。

左思是西晋时最为著名的诗人,他的赋也写得很好。他的名篇

《三都赋》写成之后,"豪贵之家竞相传写,洛阳为之纸贵"(《晋书·文苑传》)。而奠定左思在文学史上不朽地位的还是他的诗歌代表作《咏史八首》。左思生活的西晋是一个"上品无寒门,下品无势族"(《晋书·刘毅传》)的社会,门阀势力把持着政权,出身低微的人很少有机会受到重用。左思出身寒门,《晋书·文苑传·左思传》说,左思"齐国临淄人也。其先齐之公族有左右公子,因为氏焉。家世儒学。父雍,起小吏,以能擢授殿中侍御史"。低微的出身使得左思很难跻身权贵之列,因此叙写自己在门阀世族社会里才能得不到施展、理想无法实现的痛苦和愤懑,便成了左思《咏史八首》一个共同的主题。但是不同于班固《咏史》的是,左思的八首诗歌并不局限于一人一事的书写,沈德潜说:"太冲《咏史》不必专咏一人,专咏一事,咏古人而己之性情俱见。此千秋绝唱也。"(《古诗源》卷七)而且,《咏史八首》也不再以咏写历史本事为主,更多的情况下,诗人只是以古证今,借史言志,书写情志却是诗歌的重心之所在。试看组诗的其二曰:

郁郁涧底松,离离山上苗。以彼径寸茎,荫此百尺条。
世胄蹑高位,英俊沉下僚。地势使之然,由来非一朝。
金张藉旧业,七叶珥汉貂。冯公岂不伟,白首不见招。

诗歌分三个层次,每四句一个部分,是一个对比。第一部分头四句借物起兴,先从自然界的一种现象写起:山涧里的百尺长松郁郁葱葱,却被山上仅有寸长的小苗遮蔽着,这是一个对比。中间四句由自然转入对人事叙述:世族子弟占据着高官要职,而俊杰之士只能屈居下等小官,这又是一个对比。世道是如此不公平,为什么呢?是因为各自所处的社会地位不同的缘故,而这种不平的社会现象存在已非一日,是一个积习极深的老问题!最后四句以史实证之,归结到"咏史"上来。诗人把金张世家和冯唐对照起来写,这第三个对比格外鲜明强烈。金日磾和张汤两家从汉武帝时候开始就是朝廷的宠臣;而冯唐虽然才华出众,文帝时年届七十仍是一个中郎署长的小官。张玉榖说,《咏史八首》"或先述己意,而以史事证之;或先述史事,而以己意断之;或止述己意,而史事暗合;或止述史事,而己意默寓"(《古诗赏析》卷一一)。从写法上看,《咏史八首》其二应该属于"或先述己意,而以史事证之"这一类。

再来看《咏史八首》其六：

> 荆轲饮燕市，酒酣气益振。哀歌和渐离，谓若傍无人。
> 虽无壮士节，与世亦殊伦。高眄邈四海，豪右何足陈。
> 贵者虽自贵，视之若埃尘。贱者虽自贱，重之若千钧。

历史上对荆轲的称咏不计其数，左思的这首却别出心裁，选取了一个新的角度，即以荆轲的出身为着眼点，并借着对荆轲这一人物的追怀，表达了作者对世族豪门的鄙弃和对自身价值的肯定。从层次上划分，这首诗也可以作三个层次解。首四句直写本事，写荆轲饮酒燕市，高渐离击筑和之。中间四句是对荆轲饮酒燕市行为的评价：那气势虽然不可以与壮士之节相比，却也与一般人迥然有别；那高视四海之志更不是豪门权贵可以相提并论的。最后四句，诗人归之于对现实的感喟：直写自己对权贵的蔑视。豪门大户虽自视高贵，但在诗人眼里却微若尘埃；相反，那些出身低贱的寒门庶族，在他看来却重若千钧，身价高贵无比。

班固开创了"咏史"一体，而左思对这一题材进行了极有建树意义的发展。在左思笔下，咏史诗真正实现了"诗"和"史"的结合，使得史事的叙述和咏怀较好地结合到了一起，从而使咏史诗自此以后体格一新。其后，两晋南北朝时期的许多文人沿着他所开创的道路继续前进，亦多有咏史之作问世，但规模和水平上几乎无出其右者。只有到了唐代，随着一代诗国高潮的出现，咏史诗才真正迎来了它历史上的黄金时期。

第二节　唐代咏史怀古诗论析

一、初唐咏史怀古诗

公元618年，李渊称帝，一个新的王朝诞生了，这便是历史上著名的唐朝。唐王朝建立之后，李氏父子有感于隋朝覆灭的深刻历史教训，在政治、经济、文化等方面都采取了积极的切实可行的措施，使得新的王朝在建立不久便局面一新,出现了有名的"贞观之治"。唐初君臣对"水所以载舟,亦所以覆舟"(《旧唐书·岑文本传》)的深刻认识和以史为鉴的积极历史观,也深刻影响了当时文人的诗歌创作,尤其是咏史怀古类诗歌的创作。于是,以史为鉴,咏写故去朝代的兴亡,以告诫警醒当世的君主,便成了初唐咏史怀古诗歌的一个重要主题。从初唐君臣和文人们所留下的咏史怀古诗歌中,我们大致可以看到这样一种趋势,即对汉初君臣的歌咏占了这一时期咏史怀古诗的大部分,如:王珪的《咏汉高祖》、李百药的《谒汉高庙》等,就都是以汉代开国君主刘邦为叙写对象,对其创建汉家江山的功绩给予了追述;王珪《咏淮阴侯》、卢照邻《咏史四首》、长孙无忌《灞桥待李将军》等,也都是对汉初名臣名士韩信、季布、李广等的歌咏;而魏徵的《赋西汉》,则是以历时性的结构赞美了汉代几朝皇帝为汉室江山的建立所做出的功绩。从总的情况看,这一类诗歌的主要特征还是杂采史事,叙而成篇,对于史事的檃栝成分偏多,兴寄的成分则反而相对减弱。

除此而外,新兴王朝百废俱兴的发展势头和积极的用人政策,给广大的下层文人带来了莫大的希望和鼓舞。于是借史咏怀,借对历史事件或历史人物的追怀以抒发建功立业的怀抱,也成了初唐咏史怀古诗的又一类重要主题。主要的作家和作品有:骆宾王的《于易水送别》、杨炯的《广溪峡》、陈子昂的《白帝城怀古》《蓟丘览古赠卢居士藏用七首》《登幽州台歌》等。而最具代表性的当推陈子昂的《蓟丘览古赠卢居士藏用七首》其二《燕昭王》和《登幽州台歌》。《燕昭王》诗曰:

> 南登碣石馆,遥望黄金台。丘陵尽乔木,昭王安在哉?
> 霸图怅已矣,驱马复归来。

诗题所咏燕昭王为战国时燕国的一位君主。据载,燕昭王是一位十分贤明的君主,他执政之后,广纳贤士,当时的许多名士如邹衍、乐毅、剧辛等都被招揽到他的国中,这就使得燕国的势力逐渐强大起来,并且打败了比自己势力强大的齐国。诗歌的首二句是吊古,写对燕昭王所遗留古迹的凭吊。诗中的碣石馆即碣石宫,为燕昭王迎接梁国名士邹衍所建;而黄金台,则是燕昭王所筑的高台,置黄金于其上,以招贤纳士,故曰黄金台,后来招来了乐毅、剧辛等人。当然,睹物思人,诗人登上碣石馆故地,遥望古黄金台的所在,势必引发的是对它们的主人的怀恋和追思。于是,"丘陵尽乔木,昭王安在哉?"诗的后两句很自然地过渡到对燕昭王的怀念。举目望去,充溢于眼前的是起伏的丘陵和那上面不尽的乔木。诗人禁不住叩问:那位招贤纳士的贤明君主燕昭王哪里去了呢?其下二句:"霸图怅已矣,驱马复归来。"颇似作者对此问句所作的自我解答,曾经辉煌一时的雄图霸业和它的主人,早已成了湮灭不再的历史,那么,给人们留下的是什么呢?或许只有那驱马归来后不尽的感慨和哀伤!结尾虽以实语道出,直陈其事,却言语浅近而寄托遥深,意思是说,识贤、纳贤的贤明君主已经无处可寻,那么,我的满腹才华又有谁来赏识呢?这是诗人感慨、哀伤的原因之所在,其中更寄托着诗人胸怀建功立业的远大志向而无处施展的愁苦与愤懑。这首诗如果和陈子昂的又一首名作《登幽州台歌》对照来读,或许更能够体会出诗人的高远之志和愁苦之心。《登幽州台歌》诗曰:

  前不见古人,后不见来者。
  念天地之悠悠,独怆然而涕下。

短短四句,却传诵千古,拥有着经久不衰的艺术魅力!何也?慷慨悲壮的心志叙写,应该是其中的一个重要原因。这首诗同前首一样,也是作者登临蓟丘览古有感而作。诗题所说的幽州台,又叫蓟北楼,又称蓟丘或燕台,也就是前首诗中的黄金台。据载,武则天万岁通天元年(696),陈子昂随建安郡王武攸宜北征契丹。武攸宜不懂军事,致使前军屡遭败仗。陈子昂激于义愤,直言急谏,但是却被武氏置之不理。陈子昂"自以官在近侍,又参预军谋,不可见危而惜身苟容。他日又进谏,言甚切至",结果却遭到了武攸宜的贬斥。"子昂知不合,因钳默下列,但兼掌书记而已。因登蓟北楼,感昔乐生、燕昭之事,赋诗数首,乃泫然流涕而歌曰'前不见古人……'时人莫之知也。"(卢藏用《陈子昂别传》)这就是《登幽州台歌》和《蓟丘览古》组诗的创作背景。这首怀古之作诗题《登幽州台歌》,内容上却无一字涉及史事,尽为作者登幽州台时的所感。"前不见古人,后不见来者。"诗人登上幽州台,举目遥望,"丘陵尽乔木,昭王安在哉?"联系前章的描写,可以与此诗诗意相互发明。昔日那位招贤纳士的燕昭王早已不可追及,但是他的后继者又在哪里呢？我怎么也不能够遇见呢？作者胸怀旷世之才，很想有一番作为，却不能遇到识贤的明主，这是作者的深意所在。后二句"念天地之悠悠，独怆然而涕下"，怀才不遇的忧郁引发的自然是对人生的深入思考，而思考的结果是天地的永恒与个人的渺小和生命短暂所形成的鲜明对照，这又使得诗人胸中充满无限悲慨，于是形之于外的便是诗人因为悲伤而流下的痛苦的泪水。整首诗纯为作者内心情志的外化，短短四句，却把一个深情的抒情主人公形象，活化于读者面前，让读者和他一起感受天地的苍茫和生命的短暂，一起感慨，一起哀伤。诗歌语短情深，诗风质朴却感人至深，不失为千古以来的怀古佳构。沈德潜说："（子昂）追建安之风骨，变齐梁之绮靡，寄兴无端，别有天地。昌黎《荐士》诗云：'国朝盛文章，子昂始高蹈。'良然。"（《唐诗别裁》卷一）这首《登幽州台歌》即是沈氏这段评语的典范体现。

二、盛唐咏史怀古诗

唐初近百年的经济发展和几代统治者的励精图治，终于迎来了中国封建社会中十分罕见的大繁荣。"忆昔开元全盛日，小邑犹藏万家室。稻米流脂粟米白，公私仓廪俱丰实。九州道路无豺虎，远行不劳吉日出。齐纨鲁缟车班班，男耕女桑不相失。"（杜甫《忆昔》）盛唐的繁荣不仅体现为经济的空前繁荣，而且表现于政治、文化、社会生活等各个层面。而其中文化繁荣的一个最集中的方面，便是表现为诗歌的繁荣。唐诗的繁荣遍及诗歌所涉及的各个方面，王维、李白、杜甫等大诗人的横空出世；近体诗的成熟；山水田园诗、边塞诗等诗歌题材的全面繁荣，如此等等，都使得唐诗成为独步唐代乃至中国文学史的代表性文学样式，并形成了中国诗歌史上极负盛名的"盛唐气象"，这是中国历史上任何一个朝代都难以比拟的。更为重要的是，李唐王朝开国一百年来所积淀的强盛国势以及日趋完善的科举制度，极大地激发了广大士人心中久抑的对功名的热望和积极进取的热切心态，这是构成"盛唐气象"的一个核质和中坚。"丈夫三十不富贵，安能终日守笔砚"（岑参《银山碛西馆》）式的功名富贵意识的直裸表达，"天生我材必有用"（李白《将进酒》）式的对自我价值的无比自信的肯定，成了充溢于这一时期诗歌的一个主导性思想倾向和精神风貌。当然,这一时期的咏史怀古诗,也不可避免地濡染着这样的时代精神气息。

盛唐时期的许多重要诗人都有咏史怀古作品留世。张九龄、高适、王昌龄、李华等人都有以"咏史"为题的诗歌创作。除此而外,还有高适的《三君咏》《题尉迟将军新庙》,岑参的《骊姬墓下作》《先主武侯庙》《张仪楼》《精卫》,刘长卿的《春草宫怀古》《南楚怀古》《孙权故城系怀古兼送友人归建业》,储光羲的《明妃曲》四首,等等,而这一时代的代表性作家为王维、李白、杜甫。

王维是盛唐诗坛上一位大师级的诗人,他虽然是一位以山水田园诗闻名于世的大诗人,但也写了一些咏史诗,主要有《李陵咏》《西施咏》《息夫人》《夷门歌》等。其中《西施咏》一诗曰:

艳色天下重,西施宁久微?朝为越溪女,暮作吴宫妃。
贱日岂殊众,贵来方悟稀。邀人傅脂粉,不自着罗衣。
君宠益娇态,君怜无是非。当时浣纱伴,莫得同车归。
持谢邻家子,效颦安可希。

西施是春秋末年越国的美女,汉赵晔《吴越春秋·勾践外传》说:"(越王勾践)十二年,越王谓大夫种曰:'孤闻吴王淫而好色,惑乱沉湎,不领政事,因此而谋,可乎?'种曰:'可破。夫吴王淫而好色,宰嚭佞以曳心,往献美女,其必受之。惟王选择美女二人而进之。'越王曰:'善。'乃使相者国中,得苎萝山鬻薪之女曰西施、郑旦,饰以罗縠,教以容步,习于土城,临于都巷,三年学服,而献于吴,乃使相国范蠡进曰:'越王勾践窃有二遗女,越国洿下困迫,不敢稽留,谨使臣蠡献之。大王不以鄙陋寝容,愿纳以供箕帚之用。'吴王大悦。"后来吴王耽于女色,不问政事,最终使吴国为勾践所灭。自古对西施的吟咏多着眼于吴王夫差贪色误国这一事件本身,而王维的这首《西施咏》却别具一格,以西施的美貌为关注点,有感而发。首四句源于本事,写西施虽然出身微贱,但因貌美而一朝成为吴王嫔妃。接着二句是对此事的议论,意思是在她微贱贫寒之时,并不能够看出她和一般人有什么区别,而一旦为君王所赏识,你便会发现她是那样与众不同。其下六句写西施所得到的宠幸和不凡的待遇。美丽的西施锦衣玉食,梳妆打扮都有人侍奉,君王的宠幸使她变得更加娇媚,当年和她一起浣纱的同伴,如今更是望尘莫及了。最后两句化用东施效颦的典故,再次对西施的美貌予以赞叹。整首诗围绕着西施的美貌而展开,而实际上则是王维借史咏志,有所寓托。王维这里用的是比兴手法,以色比才,借对西施美貌的赞颂,透露出对自身才能价值的肯定,并寄托着有朝一日为君王所赏识的愿望。诗歌语言流畅,转接自然熨帖,从诗中所传达的思想感情来看,应当是王维的早期作品。

《夷门歌》也是王维的一首早期作品。诗曰:

> 七雄雄雌犹未分,攻城杀将何纷纷。
> 秦兵益围邯郸急,魏王不救平原君。
> 公子为嬴停驷马,执辔愈恭意愈下。
> 亥为屠肆鼓刀人,嬴乃夷门抱关者。
> 非但慷慨献奇谋,意气兼将身命酬。
> 向风刎颈送公子,七十老翁何所求!

早年的王维同盛唐时的大多数士人一样,对功名富贵充满了热望,他早期的一首诗说:"孰知不向边庭苦,纵死犹闻侠骨香。"(《少年行》)年轻的王维洋溢着一股豪侠之气,胸中充满了建功立业的理想,这首《夷门歌》就是对侯嬴的慷慨任侠之举和所建功业,表现出发自内心的赞咏。夷门,战国时魏都大梁的东门,因建在夷山上而得名。《史记·信陵君列传》载,魏国隐士侯嬴年七十而为夷门守门小吏(就是诗中所说的"抱关者"),信陵君礼贤下士,待之如上宾。公元前260年,秦国在长平打败赵国之后,又围攻赵国的首都邯郸,赵国向魏国求救,但在秦国的威胁下,魏兵不敢行动。赵相国平原君的夫人是魏国公子信陵君的姐姐。为救赵国,信陵君焦急万分,结果侯嬴感于信陵君的知遇之恩,献奇计,终使信陵君解了邯郸之围。这首咏史诗即是本于这段史事,围绕着信陵君窃符救赵一事而展开的;但诗歌咏赞的重点对象却不在信陵君,而是那位出身寒微的守门小吏侯嬴。诗中檃栝了信陵君礼贤下士和侯嬴献奇计的历史本事,赞颂了侯嬴"士为知己者死"的慷慨豪侠,诗歌共12句,分三个层次,每四句一个层次。首四句写战国末年七雄纷争,战乱频仍,秦国发兵围赵,邯郸危在旦夕,而魏王坐视不管。

次四句写魏公子信陵君礼贤下士,连守门小吏和屠夫都待如上宾。最后四句写侯嬴贡献奇谋,功成之后,刎颈以死相报。诗歌只用了短短不足百字的篇幅,便概括了《史记》中用两千多字才表达完整的一段历史故事,并且塑造了侯嬴慷慨任侠的一位侠士形象,鲜明生动而文字极为简练。而且,这首咏史诗并不是单纯地咏写史事,诗中对侯嬴任侠行为的礼赞,其实寓托着作者渴望有人赏识的心理和对建功成名的热望。

李白是盛唐诗坛上一颗无与伦比的耀眼明星,他的光芒映照了盛唐,映照了唐代,映照了整个古代诗坛。他那豪放高洁的诗格和人格魅力,充分代表了盛唐文化养育下的一代士人的精神与理想,并充分展现于他不同题材的诗歌当中。李白诗歌中也有咏史怀古佳作,如《苏台览古》即为诗人开元十五年(727)游历吴越姑苏台时有感而作,《越中览古》也是李白南游会稽时怀古之作,创作时间和上首相先后。此外《古风》五十九首中的一些篇章也是咏史之作。如其三"秦王扫六合"咏写秦始皇,既高度评价了他前期叱咤风云、统一六国的历史功绩,又极其尖锐地批判了他后期宠信神仙、妄图长生不老的昏聩。并借古鉴今,将批判的矛头指向了当朝皇帝唐玄宗,具有极强的现实意义。而其十五"燕昭延郭隗"写燕昭王筑黄金台以招纳贤士之史事,借以抒发自己满腹高志,却无人赏识的愁闷;诗意与陈子昂的《燕昭王》颇为相类。《古风》其十也是一首咏史之作,其诗曰:

> 齐有倜傥生,鲁连特高妙。明月出海底,一朝开光耀。
> 却秦振英声,后世仰末照。意轻千金赠,顾向平原笑。
> 吾亦澹荡人,拂衣可同调。

诗歌以战国时的名士鲁仲连为追怀对象,赞美了他倜傥俊迈的人格魅力和功成身退的豪侠之举,并借古喻今,直抒胸臆,表达了诗人对鲁仲连的仰慕和他意欲追步古人的超迈情怀。诗歌的一开头就对鲁仲连极尽赞美之词。鲁仲连是战国时齐国人,《史记·鲁仲连列传》说他"好奇伟俶傥之画策,而不肯仕宦任职"。李白在这里也用了"倜傥""特高妙"等形容词极尽夸赞之意。并且用了一个比喻,说他仿若明月从海底喷薄而出,一出现便光耀千里,成了世人瞩目的中心。评价是如此之高,那么鲁仲连到底有哪些与众不同的壮举呢?诗歌的中间四句很自然地引入了对鲁仲连壮举的追怀:"却秦振英声,后世仰末照。意轻千金赠,顾向平原笑。"史载,秦国长平之战打败赵国后,又进而围攻其首都邯郸,赵向魏求救,魏王不但按兵不动,反而派人劝赵国向秦投降称臣。时值鲁仲连在邯郸城中,他往见赵相平原君,陈说利害,并以辩辞却秦,后魏公子信陵君率兵来救,邯郸之围被解,平原君赠鲁仲连千金以示谢意,鲁仲连辞之不受。鲁仲连倜傥高标、功成不居的表现,在诗人的笔下浓缩为四句简短的概括,但是形象却鲜明地凸现了出来。最后两句"吾亦澹荡人,拂衣可同调",李白以鲁仲连自比,以古托今,寄寓胸臆,表明其欲求建功立业、功成身退的理想。

《登金陵凤凰台》也是李白咏史怀古作品中的佳作,诗曰:

> 凤凰台上凤凰游,凤去台空江自流。
> 吴宫花草埋幽径,晋代衣冠成古丘。
> 三山半落青天外,二水中分白鹭洲。
> 总为浮云能蔽日,长安不见使人愁。

凤凰台,故址在今天的南京市南凤台山上。"宋元嘉十六年,秣陵王顗见三异鸟,数集于山,状如孔雀,文彩五色,音声谐和,众鸟附翼而群集,时谓之凤。乃置凤凰里,起台于山,因以为名。"(《景定建康志》)这首诗后人多以为是模仿崔颢的名作《黄鹤楼》而作,刘克庄《后村诗话》说:"古人服善,李白登黄鹤楼,有'眼前有景道不得,崔颢题诗在上头'之语,至金陵,遂为《凤凰台》诗以拟之。今观二诗,真敌手棋也。"(前集卷一)诗话固不可尽信,但把两首诗放在一起比较,写法上确实有许多相似的地方,一个显见的地方是它们的韵脚都是相同的。当然,即使认定了此诗为李白拟《黄鹤楼》而作,也不可以以高下优劣评判二诗,《唐宋诗醇》说:"崔诗直举胸情,气体高浑;白诗寓目山河,别有怀抱。其言从心而发,即景而成,意象偶同,胜境各擅。"的确,这两首诗都是唐诗中难得的七律精品。《登金陵凤凰台》的首二句从登临故地览古开始,诗思直接千古以前。传说中凤凰飞临的地方现如今已凤去台空,亘古不变的只有它旁边的长江水不息地流淌着。颔联二句,依然是思古,只是诗人的视野更加开阔。诗人登临金陵旧地,思绪自然而然地引到了曾建都于此的六朝,止不住的时间之流带走的是六朝的繁盛,往昔的风流俊迈,已尽化作现在诗人眼前的一丛丛幽草、一座座荒丘。颈联纯为写景,历史的长河川流不息,惟有远天外的山峰在夕阳中若隐若现,和近前的江水被白鹭洲一分为二。人事的代谢与自然的永恒,因此构成了一对难以调和的矛盾;思古之幽情的抒发,更引动了诗人对现实的强烈关注:"总为浮云能蔽日,长安不见使人愁。"这句既是实写浮云蔽日之景,使诗人难以望见长安,又是化用前人典故,寓托胸臆。《世说新语》中说:"有人从长安来,元帝问洛下消息,潸然流涕……曰:'举目见日,不见长安。'"李白在这里也是语涉双关,只是意象的含义发生了一些转换,诗人这里是以日喻当朝皇帝,而浮云则比作皇帝身边的小人和佞臣。联系作者此时的遭遇,因受排挤而被迫离开长安,南游金陵等地,其心头挥之不去的、自然是为小人排挤所留下的阴影和满腹才华无处施展的苦闷,这是由览古而引发的对现实的思考。

在唐朝国势因"安史之乱"的爆发由极盛转衰的过程中,唐代的诗坛上又出现了一位泽被千古的大诗人,他就是与李白齐名的伟大诗人杜甫。"国家不幸诗家幸","安史之乱"的爆发给国家和人民带来了深重的灾难和巨大的不幸,却也由此玉成了一位忧国忧民的杰出诗人。杜甫身经唐朝盛极而衰的巨变,连绵的兵燹战乱同前期的繁盛唐朝所形成的鲜明而强烈的对照,及动荡不定的生活给诗人的身心造成了难以愈合的创伤,使诗人留下了大量被称为"诗史"的不朽之作,如"三吏""三别"《兵车行》《北征》《秋兴八首》等现实主义作品。同样,1400余首传世之作也包含了不少极具特色的咏史怀古之作,这也是杜诗的重要组成部分。

杜甫的咏史怀古诗秉有其诗歌的主导特征,多有沉郁顿挫之致,主要的作品有《述古三首》《咏怀古迹五首》《蜀相》《八阵图》《禹庙》《谒先主庙》《武侯庙》《陈拾遗故宅》等近20首。《述古三首》作于广德元年(763)代宗即位后,诗中"引古事以讽今"(仇兆鳌《杜诗详注》引赵次公语),借对汉代中兴诸臣等古事的追述,表达了诗人杜甫对"安史之乱"之后中兴唐朝的强烈愿望。《咏怀古迹五首》也是咏史作品的代表性作品,五首诗分别咏写庾信宅、宋玉宅、昭君村、先主庙、武侯庙等五处古迹,"皆借古迹以见己怀,非专咏古迹也","怀庾信、宋玉,以斯文为己任也,怀先主、武侯,叹君臣际会之难逢也,中间昭君一章,盖入宫见妒,与入朝见妒者,千古有同感焉"。(《杜诗详注》引《杜臆》)的确,杜诗中的大多数咏史怀古诗都是借史抒怀,抒发自己对社会的感慨。《蜀相》便是典型的一首。诗曰:

> 丞相祠堂何处寻,锦官城外柏森森。
> 映阶碧草自春色,隔叶黄鹂空好音。
> 三顾频烦天下计,两朝开济老臣心。
> 出师未捷身先死,长使英雄泪满襟。

这首怀古诗是杜甫因"安史之乱"而避乱成都的第二年,即上元元年(760)拜谒诸葛亮庙时所作。公元221年,刘备在四川建立蜀国,三分天下,诸葛亮为丞相,故称蜀相;后来蜀后主刘禅又封诸葛亮为武乡侯,因此他的庙又叫武侯祠,故址在今四川省成都市。这首七言律诗可分两个层次来理解。前四句写诸葛亮庙。首联以问答的形式领起全篇,点明诗题,用语颇新。诗人来成都之后,可能就听说到武侯祠在这里,但可能不知具体在什么地方;于是自然而然地问了起来:武侯祠究竟在什么地方呢?我要到哪里去寻找呢?而答句则道出了诸葛亮庙的位置之所在,那森森翠柏掩映的地方正是丞相祠堂的所在。这一问一答句可以作两种理解:一是诗人向别人打听,问句为诗人之问,答句则为别人的回答;一为作者自己的设问,即自问自答。两解都可。颔联"映阶碧草自春色,隔叶黄鹂空好音",写祠堂的自然景观。春草碧于天,映绿了祠堂的台阶;黄鹂声韵婉转悦耳,从树叶间声声传来。两句虽是景物的实写,却景中见情,一个"自"字,一个"空"字,使眼前美好的景色,顿时变得黯然失色,其中蕴涵着作者的无限惋惜。春草翠绿依然,黄鹂依旧啁啾,而丞相已长眠于地下,不能相赏了!以自然的永恒暗衬人事的变迁,而其下自然转入对丞相的追怀,进入诗歌的第二个层次。颈联"三顾频烦天下计,两朝开济老臣心",诸葛亮隆中对策,确立三分天下的大计;辅佐刘备、刘禅,两朝为相,究其一生,可谓鞠躬尽瘁,死而后已;对于蜀国来说可谓功莫大矣。这两句是诗人对诸葛亮一生功绩的概括性追述;前一句写一生事业的开始,后一句写一生事业的结束。叙述亦能见出作者对诸葛亮的仰慕之深情。最后一联写诸葛亮的死和诗人的感慨。诸葛亮身死五丈原,而其辅佐蜀主一统天下之志却未能如愿,这怎么不使后世的英雄们为之扼腕叹息、泪流满面呢?而在诗人杜甫心中勾起的还有更为复杂的情感,写作此诗时的中原依然是兵燹遍地、战火连绵,诗人和民众们一样的流离失所,有家难归;重整乾坤的英雄何在?凭吊诸葛丞相,诗人自然想起的是对当世的担忧,对英雄救世的渴望。这篇吊古之作,写景、叙述、议论相结合,承递自然顺畅,而语语含情,寄慨颇深,体现了杜诗的主导风格,堪称杜诗中的佳作。

小诗《八阵图》,也是杜甫咏史怀古诗中的精品。诗曰:

功盖三分国,名成八阵图。江流石不转,遗恨失吞吴。

诗歌作于大历元年(766)杜甫初到夔州时。八阵图,古时作战的一种阵法,据传为诸葛亮所创。《三国志·蜀书·诸葛亮传》中说:"(诸葛亮)推演兵法,作八阵图。"八阵指的是天、地、风、云、龙、虎、鸟、蛇八种阵势,以石垒成。传说诸葛亮所布八阵图有多处,杜甫这里所咏写的是夔州八阵图,故址在今重庆市奉节县长江滩上。作者这里则是以"八阵图"为题,咏赞诸葛亮。杜甫对诸葛亮所创的功绩充满了仰慕之情,在其为数并不太多的咏史怀古诗中,竟有四首为咏写诸葛亮的作品(包括《武侯祠》、《咏怀古迹五首》其五、《蜀相》和这一首),由此足以见出其对诸葛亮仰慕之深重。绝句的首二句"功盖三分国,名成八阵图",叙述诸葛亮的历史功绩。"三分国"指的是魏蜀吴三国鼎立之势的形成。刘备三顾茅庐,礼贤下士,请诸葛亮出山,诸葛亮隆中对策,评说天下大势,后来出任蜀相,辅佐刘备,奠定三分天下的格局,这是诸葛亮非凡的智谋所创下的历史功绩。"名成八阵图"句,是赞美诸葛亮过人的军事才能,意思是说诸葛亮因八阵图的创制而名动古今。这两句选取诸葛亮一生中最为光辉的两个功绩加以赞美,由此足以见出诗人敏锐的眼光和独到的概括力。而精工的对仗更能见出诗人深厚的诗力。"江流石不转,遗恨失吞吴"二句,与诗题相合,写八阵图的遗迹依然存在,而与之相伴的还有诸葛亮统一大业未竟的憾恨。据载,夔州的八阵图聚细石成堆,高五尺,六十围,纵横棋布,排为六十四堆,即使到了夏天,遇有洪水冲击,其石堆阵形都保持不变,数百年来依然故我。(参见刘禹锡《嘉话录》)"江流石不转"句,是对这一说法的精当概括,同时也是语兼双关,《诗经》有句:"我心匪石,不可转也。""石不转"即是化用此句,暗喻诸葛亮对蜀的无比忠贞。但是,尽管八阵图成就了诸葛亮的一世英名,却掩盖不住他事业未竟而终的遗憾。刘备对吴作战,打破了诸葛亮联吴抗曹的基本策略,遂使统一大业胎死腹中,进而酿成千古遗恨。这是历史留给诸葛亮难以抹去的遗憾,也是诗人杜甫为这位英雄无限惋惜的原因所在。这首诗歌虽然体制短小,仅四句20个字,却写得非常有特色,整首诗歌采用叙议结合的写作方法,叙中有议,议中有叙,既是对诸葛亮功绩的叙述,又包含着诗人自己的评价,二者结合得十分完美。另外,深挚的情感融入,也是这首小诗的一个重要特征;杜甫用饱含深情的笔墨咏赞了这位历史上的英雄,同时又对他的历史遗憾给予了深切的同情。

三、中唐咏史怀古诗

"安史之乱"的爆发,成了唐代历史发展的一个重要关捩,李唐王朝从此国势日衰,一蹶不振,历史进入了走下坡路的中唐时期。江河日下的社会现实成了中唐文人心中永远的痛。于是中唐文人对现实政治的强烈关注替代了盛唐士人建功立业的豪情,转而成为中唐诗歌的重要主题。而咏史诗的写作也成了众多文人关注社会现实的重要手段之一。吊古伤今,借对历史事件和历史人物的怀咏,或对历史古迹的凭吊,针砭时弊,寓托怀抱,内容实则直指当时日益恶化的社会政治。由此所形成的局面,使中唐以后涌现了一大批咏史怀古诗人和咏史怀古诗作,从规模数量和艺术成就而言,是盛唐所未曾有过的。

中唐咏史怀古诗的繁盛,主要表现为两个方面的特点:一是作家、作品的大量出现。当时诗坛的大部分作家都染指了咏史诗的创作,如刘禹锡、柳宗元、李绅、鲍溶、李益、张祜等人都有咏史之作,其中鲍溶、张祜等的咏史诗作都超过了10首,刘禹锡则有26首。二是咏史怀古诗的总体水平较高,白居易的《长恨歌》《李白墓》《访陶公旧宅》等,柳宗元的《咏三良》《咏荆轲》《咏史》等,李绅的《姑苏台杂句》《却过淮阴吊韩信庙》等,鲍溶的《隋帝陵下》《隋宫》《经秦皇墓》等,以及张祜的《隋宫怀古》《过石头城》《邺中怀古》等,都是思想性艺术性俱佳的咏史之作。而刘禹锡的《登司马错古城》《蜀先主庙》《金陵五题》《西塞山怀古》等,更是中唐咏史诗中的上乘之作,刘禹锡也因此堪称中唐咏史诗人之冠。

刘禹锡是中唐诗坛上一位举足轻重的诗人,一生存诗800余首,内容涉及诸多方面。其任夔州刺史时学习当地的民歌而写成的竹枝词,如:"杨柳青青江水平,闻郎江上唱歌声。东边日出西边雨,道是无晴却有晴。"诗风清新自然,颇有民歌风味,自古以来为世人所赏爱;而对于成就刘禹锡在中唐诗坛盛名起重要作用的,却是他的咏史怀古类诗歌。刘禹锡早年政治热情极高,却也由此造成了他一生的不幸。唐顺宗永贞元年(805),刘禹锡参加了以王叔文为首的革新集团,力图改革弊政,实现中兴。然而时隔不久,革新运动便惨遭失败,刘禹锡因此被贬为郎州(今湖南省常德)司马,此后又再迁夔州、和州。在不断的迁谪流徙中,刘禹锡度过了他近半生的时光,直至晚年,才被召回京,迁太子宾客,人称"刘宾客"。长期的贬谪生涯固然给诗人的身心造成了巨大的伤害,却始终没有泯灭诗人对时政关注的热情。"自古逢秋悲寂寥,我言秋日胜春朝。晴空一鹤排云上,便引诗情到碧霄。"刘禹锡的这首《秋词》,可以看作是其不屈与高洁心志的最好表白。迁谪生涯中的每一次历史名胜古迹的登临与探访,勾起的不仅是诗人对先贤的追慕与怀悼,而且还有对现实政治的深切担忧,于是发而为诗,便创制了许多吊古伤今的名篇佳作。如《蜀先主庙》,借对蜀主刘备庙的拜谒,对其势分三国的功绩和教子乏能的不足予以了评判,实则也蕴涵了诗人对唐代江山后继乏人的深切忧虑;再如《金陵怀古》,以金陵人事的兴衰为观照点,亦能见出诗人借古喻今的良苦用心;而《金陵五题》,则是刘禹锡咏史怀古诗中的名篇,组诗选取石头城、乌衣巷、台城、生公讲堂及江令宅等为咏叹对象,借对历史人事变迁的感叹,抒发的是诗人对唐王朝命运的关注。《乌衣巷》是其中最广为传诵的一首,诗曰:

> 朱雀桥边野草花,乌衣巷口夕阳斜。
> 旧时王谢堂前燕,飞入寻常百姓家。

首先要解释的是几个地名。乌衣巷,地名,故址在今南京市秦淮河南,是东晋时高门士族的居住地。当时的名门望族王导、谢安等,都曾在此居住;再往前三国时吴在此置乌衣营,以士兵着乌衣而得名。朱雀桥,又叫朱雀桁,是六朝都城南门朱雀门以外、秦淮河上的一座浮桥,是由市中心通往乌衣巷的必经之路。这首绝句写得颇有特点,在手法上采用移步换景之术,依次描写眼前所见到的景物,并且虚实相生,以小见大,实写览古即游历乌衣巷时所见,暗衬乌衣巷昔日的繁华;以野草、燕子等微小寻常之物,与六朝昔日无可比拟的繁盛作对比,小中见大,对照鲜明。首句"朱雀桥边野草花",如前所述,诗人要探访乌衣巷,首先必须要经过朱雀桥。诗人途经此桥,心里想的是六朝人马喧阗的朱雀桥,映入眼帘的却是春生秋衰的野草和兀自开着的闲花。"乌衣巷口夕阳斜",镜头继续向前推进,诗人来到乌衣巷口,这里往日贵族子弟出没的地方,如今也热闹不再,只剩下那亘古不变的一抹斜阳;当楼的残照,仿佛是在凝视着这里所有的变迁。最后两句好像电影中的镜头继续拉近,最终定格于堂前的燕子,形成一个对燕子飞出飞入的一个特写镜头。"旧时王谢堂前燕,飞入寻常百姓家。"意思是说,燕子依旧飞入飞出,可是六朝的繁华早已不再,往昔只有有名望之士居住的乌衣巷,如今已更换了主人,成了寻常百姓的居住地。这两句的构思极为巧妙,妙处在于把燕子也作为同"夕阳""野草"一样的历史永恒来看待,成了时代变迁的见证者。从整首诗而言,诗思的构成亦十分巧妙,以小见大,以微见著,语言流畅,朴素自然,却又给人以历史的深邃和凝重,实不愧为千古佳作。

再如《西塞山怀古》,这也是刘禹锡的一首传世名作,诗曰:

> 王濬楼船下益州,金陵王气黯然收。
> 千寻铁锁沉江底,一片降幡出石头。
> 人世几回伤往事,山形依旧枕寒流。
> 今逢四海为家日,故垒萧萧芦荻秋。

这首诗是长庆四年(824),刘禹锡由夔州刺史调任和州刺史,途经西塞山时所作。西塞山,地址在今湖北省大冶东长江边上,三国时东吴江防要塞。诗人沿江直下,途经此地,感于西晋灭吴之事,遂成此篇。前四句即是对西晋灭吴史事的概要追述。西晋武帝时,西晋水军在王濬的率领下,沿江东下,直取东吴。东吴的最后一个皇帝孙皓,命令守军在江中暗置铁锥,江面用铁链横置其上,企图凭借天险,抵抗西晋的进攻。

结果王濬用大筏冲走铁锥,用火炬烧断铁链,瓦解了东吴的防御工事,晋军顺流东下,直取东吴的都城金陵,孙皓投降,东吴遂为晋所灭。诗歌的头四句以极其简约的笔墨,对西晋灭吴这一历史事件做了十分简明却又极为清楚的叙述,语约而义丰。内容涉及战争的多个方面,包括作战的双方、作战方式、战争经过等。再四句,诗人从对历史的追忆中回到眼前,抒写心中所感,眼中所见。"人世"二句是对前面的总结。"是非成败转头空,青山依旧在,几度夕阳红"(明杨慎《临江仙》),孙吴的灭亡并不是仅有的一次历史偶然,历史在这里不断地重复着它的悲剧。"人世几回伤往事","几回"即不止一次;诗人由东吴所想到的是其后定都于金陵的东晋和南朝宋齐梁陈共五个朝代,它们也都是在这里重蹈了历史的覆辙,成了一段段令人感伤的"往事"。人事兴废交替,然而青山依旧,江流依旧,大自然并不因为人事的变迁而有所改变,这更是使人伤感的原因所在。最后两句,"今逢四海为家日,故垒萧萧芦荻秋",历史毕竟成了历史,而今家国一统之际,诗人登临西塞山,举目所见的是故垒萧萧、荻花瑟瑟,它留给人们的启示是什么呢?难道不是对当朝国是的警醒吗?诗歌的最后一句虽然是写景,却是有深意存焉,意思是警告当朝统治者,应当以历史为鉴,不要重蹈旧朝覆辙。

四、晚唐咏史怀古诗

晚唐的钟声,敲碎了几代士人共有的中兴的梦想;宦官专权、藩镇割据、朋党纷争,成了侵损唐朝肌体的几颗毒瘤,使这个维持了200多年的朝代,一天天走向衰亡。于是无可挽回的衰亡,留给知识分子的只能是无尽的追忆和感伤;繁华逝去殆尽,沉重的哀叹,伴随着晚唐的诗人们,并成为晚唐咏史怀古诗的主调。相较于中唐而言,这一时期的咏史怀古诗尤为发达,出现了一大批咏史诗人和大量咏史之作。周昙和胡曾是晚唐两位专力于咏史怀古诗歌创作的诗人,《全唐诗》录存周昙的咏史诗共195首,都是七言绝句;所咏的历史人物,上自传说中的尧舜,下至隋炀帝,共达62人之多。胡曾也著有《咏史诗》三卷,共150首,也都是七言绝句。其他饶有成就的诗人还有温庭筠、许浑、皮日休、杜牧、李商隐等人。温庭筠的《经五丈原》《过陈琳墓》《苏武庙》等,都是其咏史怀古诗歌中的名篇。《过陈琳墓》写得颇有特色:"曾于青史见遗文,今日飘蓬过古坟。词客有灵应识我,霸才无主始怜君。石麟埋没藏春草,铜雀荒凉对暮云。莫怪临风倍惆怅,欲将书剑学从军。"诗歌凭吊"建安七子"之一陈琳,抒发的却是自己怀才不遇的愤慨。颔联"词客有灵应识我,霸才无主始怜君"二句是广为传诵的名句。许浑是晚唐时重要的诗人,他的《金陵怀古》《汴河亭》等诗也是晚唐咏史诗中的上乘之作。其中《咸阳城东楼》一诗最为著名:"一上高城万里愁,蒹葭杨柳似汀洲。溪云初起日沉阁,山雨欲来风满楼。鸟下绿芜秦苑夕,蝉鸣黄叶汉宫秋。行人莫问当年事,故国东来渭水流。"诗歌为许浑登上秦汉故都咸阳城楼远眺感怀之作,吊古伤今;"山雨欲来风满楼"一句,写景苍茫雄浑,同时又寓意深刻,暗示出晚唐社会所蕴藏的重重危机,是千古佳句。皮日休的《汴河怀古》二首,以运河为题材,批判了隋炀帝的荒淫。特别是第二首,角度颇新:"尽道隋亡为此河,至今千里赖通波。若无水殿龙舟事,共禹论功不较多。"诗歌从客观效用方面肯定了隋炀帝开凿运河的功绩,但也寓贬于褒,"若无"一个假设句,实际上是对隋炀帝荒淫行径的有力批判。

李商隐和杜牧是晚唐诗坛上成就最高的两位诗人,时称"小李杜"。李商隐以其细密绵丽的爱情诗著称于世,他的咏史诗也写得极富特色。主要有《咏史》《楚吟》《过楚宫》《吴宫》《汉宫》《隋宫》《筹笔驿》《南朝》等,《马嵬》二首以唐玄宗时著名的马嵬事变为题材,咏写唐玄宗、杨贵妃故事,其二更为精彩:"海外徒闻更九州,他生未卜此生休。空闻虎旅传宵柝,无复鸡人报晓筹。此日六军同驻马,当时七夕笑牵牛。如何四纪为天子,不及卢家有莫愁。"诗歌揭露了唐玄宗后期贪色误国,到头来却还不能像普通人家那样尽享天伦;矛头直接对准了前朝皇帝唐玄宗,十分具有现实的针对性和讽喻意义。

杜牧的咏史诗在晚唐诗人中成就最高,其艺术成就突出地体现在其咏史绝句中,主要有《过华清宫绝句三首》《题乌江亭》《金谷园》《汴河怀古》《题商山四皓庙》《题木兰庙》等。《过华清宫绝句三首》其一曰:"长安回望绣成堆,山顶千门次第开。一骑红尘妃子笑,无人知是荔枝来。"诗歌截取快马送荔枝这一典型事件,敷写成七绝,从侧面批判了唐玄宗贪色误国的荒淫生活。《题乌江亭》也是一首上乘七绝:

>胜败兵家事不期,包羞忍耻是男儿。
>江东子弟多才俊,卷土重来未可知。

诗歌以秦朝末年楚汉战争中项羽战败、自刎乌江亭这一事件为诗思触发点,对项羽战败自杀的行为给予了重新的理解和认定,认为能屈能伸才算得上是一个真正的英雄。宋人王安石不同意杜牧的观点,作七绝《乌江亭》曰:

>百战疲劳壮士哀,中原一败势难回。
>江东子弟今虽在,肯为君王卷土来?

王安石认为项羽已经失去人心,垓下一败,大势已去,谁还肯为你卷土重来呢?北宋灭亡后,著名女词人李清照有感于朝廷苟安一隅,不思收复中原,曾愤慨激昂地写了一首五绝《夏日绝句》曰:

>生当作人杰,死亦为鬼雄。至今思项羽,不肯过江东。

这是令千古男儿为之汗颜的千古绝唱!李清照盛赞项羽宁愿自刎乌江,也不愿苟且受辱的英雄气节。

另外,杜牧的《题木兰庙》一诗,题咏的是传说中的女英雄花木兰:"弯弓征战作男儿,梦里曾经与画眉。几度思归还把酒,拂云堆上祝明妃。"诗歌中没有颂扬其代父从军的壮举,而是从人性的角度,写了她思念家乡等人之常情,很有人情味,颇具艺术感染力。还有《赤壁》,也是杜牧咏史七绝中脍炙人口的一首,诗曰:

>折戟沉沙铁未销,自将磨洗认前朝。
>东风不与周郎便,铜雀春深锁二乔。

唐武宗会昌二年(842),杜牧出为黄州刺史,黄州有赤壁矶,这首诗即为杜牧游赤壁矶时所作,只是这首诗中的赤壁并非历史上赤壁之战发生的古战场。赤壁之战发生地是在今湖北省赤壁市西北长江边上。杜牧这里只是借"赤壁"之名咏写古事,抒发感叹。

赤壁之战发生在汉建安十三年(208)十月,孙刘联军在这次战役中重创了曹操的军队,使曹军损失惨重,并由此奠定了魏蜀吴三足鼎立的局面。而这次战役孙吴军队的统帅就是年仅34岁的周瑜,奠定这次战役胜局的则是周瑜采用的火攻之计。诗歌的首两句选取一支折断了铁戟这一历史古物,对之进行特写,以小见大。这两句的诗意是,诗人在赤壁矶沉沙中看到了一支残断了战戟,通过细心的打磨和清洗,发现竟是600年前赤壁之战的遗物,由此引发作者对古事的追思。其下二句"东风不与周郎便,铜雀春深锁二乔",即是杜牧对古事的思索。这两句的构思十分巧妙,赤壁之战胜负早已成为历史往事,作者偏偏对过去了的历史作一个不可能的假设:如果周瑜得不到东风之便的话,历史将会是怎样的情形呢?或许东吴已被曹军消灭,二乔也已被曹操所俘虏,锁于铜雀台中了。二乔,即大乔、小乔,东吴两姐妹,大乔嫁于孙策,小乔嫁于周瑜。铜雀,即铜雀台,汉末曹操所建。这两句虽是对历史的感叹,却不失之于枯燥的议论,而是出之于新鲜可感的具象。诗中的东风、周郎、铜雀、二乔都是那样具体可以把捉,给人一种耳目一新的感觉。更为新颖的是诗人把周瑜赤壁之战胜利的原因,归结为偶得的东风这一偶然因素,否认了常人所认为的周瑜才略过人的观点,这又是异于常人的议论,发前人所未发。联系杜牧失意的一生,虽身怀旷世之才,却无用武之地,这不能不使诗人产生自我无"东风"可凭、良才无处施展的感叹。这是诗人由咏史而引发的对现实境况和自身际遇的感慨。

总而言之,唐朝经历了初盛中晚的历时性发展,咏史怀古诗也随着时代的演进而不断成长变化,从诗歌的主题到诗歌的艺术特征,咏史怀古诗也经历了一个成熟完型的过程,并在晚唐结出了硕果,成为晚唐余景中的一抹亮色。

第三节　宋代咏史怀古词论析

如果说唐代是诗的王国,那么宋代则可以称为词的王国。词文学在经过唐五代几代词人的努力探索、尝试和积极创作实践之后,最终在宋代开出了绚烂的花朵,成为有宋一代文学中最有代表性的一种样式。宋词的繁荣体现在诸多方面,大量出现的咏史词也是宋词百花园中芬芳的一枝。

以词咏史并不始于宋代,早在盛唐时期,据传为李白所作的《忆秦

娥》,便是一首颇有咏史意味的词作:

> 箫声咽,秦娥梦断秦楼月。秦楼月,年年柳色,灞陵伤别。
> 乐游原上清秋节,咸阳古道音尘绝。音尘绝,西风残照,汉家陵阙。

这首词描写了"秦楼月""咸阳古道""汉家陵阙"等历史遗迹,读来便有一种历史的沧桑感、凝重感。浓重的抒情笔调,将伤别与吊古结合到一起,体现了用词这种新的文学样式来咏史所发挥出的特长。

晚唐五代花间词人也创作了一些咏史怀古之作,《花间集》所录500首词作中,虽然主要是男欢女爱、相思离别之作,但也有咏史怀古词20余首。孙光宪的一首《河传》,就是咏写隋炀帝游戏失国的史事的。词曰:

> 太平天子,等闲游戏,疏河千里。柳如丝,偎倚,渌波春水,长淮风不起。 如花殿脚三千女,争云雨。何处留人住?锦帆风。烟际红。烧空,魂迷大业中。

宋代前期的著名词人柳永也有咏史怀古之作传世,他的词作《西施》就是咏写春秋时越国的美女西施的。词曰:

> 苎萝妖艳世难偕。善媚悦君怀。后庭恃宠,尽使绝嫌猜。正恁朝欢暮宴,情未足,早江上兵来。 捧心调态军前死,罗绮旋变尘埃。至今想,怨魂无主尚徘徊。夜夜姑苏城外,当时月,但空照荒台。

词中对西施的悲剧命运给予了深切的同情。范仲淹的一首《剔银灯·与欧阳公席上分题》,也是北宋前期咏史佳作。词曰:

> 昨夜因看蜀志。笑曹操、孙权、刘备。用尽机关,徒劳心力,只得三分天地。屈指细寻思,争如共、刘伶一醉。 人世都无百岁。少痴騃、老成尪悴。只有中间,些子少年,忍把浮名牵系。一品与千金,问白发、如何回避。

范仲淹是北宋前期著名的政治家,是"庆历新政"的主持者,同时也是著名的文学家。他的词作不多,仅有五首,其中向来为人们称道的有

《渔家傲》(塞下秋来风景异)、《苏幕遮》(碧云天)等,这首词则不大为评家所重视。从词的第一句看,这首词是范仲淹挑灯夜读《蜀志》后有感而作。词的上片是词人对古事的评价。他由夜读《蜀志》想到那时的英雄人物曹操、孙权、刘备。想当年他们费尽心思,用尽机关,到头来才落得个魏蜀吴三分天下。仔细想一想,还不如像刘伶那样纵情酒中,买得一醉。刘伶,字伯伦,晋代沛国(今安徽宿县)人。《晋书·刘伶传》中说他"常乘鹿车,携一壶酒,使人荷锸而随之,谓曰:死便埋我"。词的下片由对古事的感慨,转到对当世自身来。人生苦短,小的时候懵懂无知,到老了弯腰驼背,形容憔悴。只有中间短暂的一些年头属于青春年少,却被浮名羁绊,不能好好享受大好时光。到老来,纵然挣得高官厚禄,也已满头白发,临近了生命的终点。这是词的下片的意思。从整首词的情感基调来看,词作中一片暮气,意志消沉,一点也看不到积极进取的精神,当为词人晚年之作。

张昇的《离亭燕》是宋代第一首以六朝兴亡为题材的咏史词。词曰:

> 一带江山如画,风物向秋潇洒。水浸碧天何处断,霁色冷光相射。蓼屿荻花洲,掩映竹篱茅舍。　　云际客帆高挂,烟外酒旗低亚。多少六朝兴废事,尽入渔樵闲话。怅望倚层楼,寒日无言西下。

词的上片写金陵的自然风物,起首两句,给读者做了一个概要的描述:时值金秋,好一派潇洒的风光。接着四句,具体描写了秋天的风物。秋水连天,水天一色,雨后晴朗的天色泛着幽冷的光;沙洲畔,蓼草荻花相伴,竹篱茅舍相掩映。整个上片词都是在描写自然风物,潇洒自然中透着几许凄凉,为下片的感喟奠定了一个情感基调。下片则转入对人事的叙写。"云际"二句意思是:远天外的征帆去棹逐渐依稀,近前的酒旗迎风招展,这些都显示着是人的存在;而"多少"则引入对六朝兴亡之事的咏叹。六朝的兴替变迁留给后世的只是渔翁樵夫闲谈的资料,怎能不让人顿生世事变迁的感慨呢?读了这两句很容易让我们想起明代杨慎词中的名句:"白发渔樵江渚上,惯看秋月春风。一壶浊酒喜相逢。古今多少事,都付笑谈中。"(《临江仙》)自然恒常,人事不定,想起来这一切是那么残酷、那么无奈。由此词自然地过渡到"怅望"两句，写词人独依危栏，无限怅惘，只是眼望红日西坠，独自叹惋。

王安石的《桂枝香》也是以六朝兴废为题材的咏史词。词曰：

> 登临送目，正故国晚秋，天气初肃。千里澄江似练，翠峰如簇。征帆去棹残阳里，背西风、酒旗斜矗。彩舟云淡，星河鹭起，画图难足。　念往昔、繁华竞逐。叹门外楼头，悲恨相续。千古凭高对此，漫嗟荣辱。六朝旧事随流水，但寒烟衰草凝绿。至今商女，时时犹唱，《后庭》遗曲。

这首词的艺术成就很高，以至于一时之间同调同题之作，竟多达30余首。宋人杨湜说："金陵怀古，诸公寄调于《桂枝香》者三十余家，独介甫为绝唱。东坡见之，叹曰：'此老乃野狐精也。'"(《古今词话》)词的层次很清晰，上片写景，下片怀古抒情。头三句交代时间地点。登上金陵高处向外眺望，正是晚秋时节，天气萧瑟。故国，指的是金陵，即现在的南京市。南京曾是六朝古都。以下是所望景物的逐个描述：清澈透明的江水，仿佛是一条洁白的绢带蜿蜒千里；远处青翠的山峰一个挨着一个，紧紧地聚集在一起；斜阳中过往的船只穿梭不止；西风里店家的酒旗迎风招展。河面上是彩色的游船，天空中是漂浮着的淡淡的白云，还有美丽的水鸟时停时飞，这景色是多么美丽啊，即使是最美的图画也画不出这样的美景来。词的下片转入怀古抒情。词人登高望远，满目秋景不免引起他的悲凉情怀。王安石一生锐意改革，曾在宋仁宗时推行新法，但是由于保守派的反对和新法推行过程中用人不当，变法遭到失败，王安石也因此被两次罢相。这首词就是作于他第二次罢相回到金陵后。王安石虽遭罢黜，但仍然心忧天下，对国家的前途命运深表担心。下片就是以六朝的兴衰递变为为咏怀对象，以古鉴今，提醒宋代君主应当以史为鉴。"念往昔"四句，写六朝兴亡。"门外楼头"，化用杜牧《台城曲》"门外韩擒虎，楼头张丽华"两句诗意，概括南朝最后一个皇帝陈后主荒淫误国的行为。而悲剧并不是发生在陈后主一个人身上，六朝不是在一个个重复着前代的悲剧吗？"千古"以下，词人由对六朝故事的追怀转入现实中。登高怀古，空叹往昔的兴亡，而所有的往事都已随流水逝去，剩下的只有寒烟衰草年年如此。最后两句用杜牧

《泊秦淮》"商女不知亡国恨,隔江犹唱《后庭花》"诗意,意思是,六朝的悲剧虽然已经过去了,但至今却还有歌女在唱着亡陈的遗曲《玉树后庭花》。《玉树后庭花》是南朝亡国之君陈后主所作,历来被认为是亡国之音。时至今日却仍有人在唱这曲亡国之音,这是让词人深感痛心的。

苏轼的《念奴娇·赤壁怀古》,无疑是全宋词中一首千古传诵的咏史佳作。词曰:

> 大江东去,浪淘尽,千古风流人物。故垒西边,人道是、三国周郎赤壁。乱石穿空,惊涛拍岸,卷起千堆雪。江山如画,一时多少豪杰。　遥想公瑾当年,小乔初嫁了,雄姿英发。羽扇纶巾,谈笑间,樯橹灰飞烟灭。故国神游,多情应笑我,早生华发。人间如梦,一尊还酹江月。

这首词的上片以写景为主,主要描写赤壁的景色,同时兼怀古人。词的行文很有特色,仿佛是由远景、近景、特写等一组不同的镜头组成的画面组合。首三句,仿佛是个远景的扫描,长江水浩浩荡荡,奔流不息,亘古不变的滔天波浪如大浪淘沙,送走了一代代风流人物。次三句,铺陈其事,是近景的定格,词人的目光投向赤壁古战场:废弃的营垒显示了这里曾是古战场的存在,据人说,三国时周瑜曾在这里进行过著名的赤壁之战。"人道是"三字,表明作者也知道这儿并不是真正的赤壁古战场所在,赤壁之战发生地在今湖北省赤壁市西北长江边上。苏轼这里跟杜牧的七绝《赤壁》一样,也只是借"赤壁"之名咏写古事,抒发感叹,因而用了这三个字。"乱石"等三句,是赤壁景色的特写,乱石刺天而立,仿佛要戳破高远的天宇;惊涛拍打着江岸,卷起层层雪浪。上片的最后两句,"江山如画"句,承上,是整个上片景物描写的总结;"一时多少豪杰"句,启下,既与词首相呼应,又在"多少豪杰"中突出写"一个",即引起了下片对周瑜的追怀。

下片明显分为两个层次,"遥想"两字所引领的六句,将目光投向近千年以前的周瑜,这是词的第一个层次,怀古。这里词人抓住年轻有为这个主要的特征,塑造了他雄姿英发的英雄形象。词人站在赤壁矶头,思绪飞升到遥远的东汉末年,想当年,年轻的周瑜手执羽扇,头戴纶巾,他是那样的英俊潇洒、倜傥风流;他又是那样的富有谋略,谈笑之间,曹军便被打得落花流水。"故国神游"以下在吊古的基础上伤今,回到现实,抒发自我的感伤,乃下片的第二个层次。周瑜少年有为,在年轻的时候便建立了世人瞩目的赫赫功绩,而自己现在已鬓染霜华,却一事无成,一腔报国之志无处施展。这是让词人无限感伤的原因所在。"多情应笑我",是"应笑我多情"的倒装,自我感伤之意由此可以见出。华发早生,功业无成,失望之余,词人不免产生人生如梦之感,因而结尾二句归结为词人深沉而又颇多消极的慨叹。人生如梦,世事沧桑,面对滔滔东流的江水,词人只有举杯对月,自浇心中愁绪。

总体看来,这首词写得雄浑豪放,大开大阖,气象恢宏,堪称历代咏史怀古诗词之绝唱,亦开后世豪放一派之先河。关于这首词还有一段佳话,据俞文豹《吹剑续录》记载:"东坡有幕士善歌,因问'我词何如柳七?'对曰:'柳郎中词,只好十七八女孩儿按红牙拍,唱"杨柳岸晓风残月";学士词,须关西大汉执铁绰板,弹铜琵琶,唱"大江东去"。'公为之绝倒。"此善歌之幕士,准确地抓住了两人词风的主要特色,亦可谓善评词也。

贺铸是北宋后期著名词人,亦工于诗文。存词280余首,所涉题材较为广泛,风格多样,兼有婉约、豪放之长。贺铸作词喜欢融化前人成句入词,由他的名作《将进酒》(即《梅花引》)可以见出一斑:

> 城下路,凄风露,今人犁田古人墓。岸头沙,带蒹葭,漫漫昔时流水今人家。黄埃赤日长安道,倦客无浆马无草。开函关,掩函关,千古如何不见一人闲?　六国扰,三秦扫,初谓商山遗四老。驰单车,致缄书,裂荷焚芰接武曳长裾。高流端得酒中趣,深入醉乡安稳处。生忘形,死忘名,谁论二豪初不数刘伶?

这首词不同于一般咏史诗词的一个主要特征是,大多数咏史怀古诗词都以某一历史人物或历史事件为咏怀对象,而这首词则是对古代社会普遍存在的趋炎附势、追名逐利这一丑恶的历史现象给予了深刻的历史反思。词的上片重点写景,并以景物的萧瑟与历史的变迁相勾连,引发怀古之思。首六句,两个"三三七"的对句,写自然景物的古今变化。城下路长,风凄露冷,昔人古墓已被犁作今人之田;岸头沙白,蒹葭苍苍,昔时流水潺潺,今天已变作人家居住地之所在。此六句为化用中唐诗人顾况《悲歌》中的句子:"边城路,今人犁田昔人墓;岸上沙,昔时流水今人家。"次五句是词的上片的又一个层次,意思是黄尘阵阵,赤日炎炎,长安道远,但是名利之徒却在不知疲惫地你追我逐着;函谷关关了又开,开了又关,历史在这里无休止地演进着,然而千古以来所见到的为什么都是忙碌的身影?长安是古代多个朝代的都城之所在。这里指的是帝王所在之地,而函谷关则是出入长安的必经之路,词人选取了这两个具有特殊意义的地点加以描写,意在暗写追名逐利者的奔忙。"黄埃"等两句也是化用顾况的诗句:"长安道,人无衣,马无草。"(《长安道》)"千古"一句即是对千古以来贪名者的叩问,同时又为下片对古事的追怀做了一个铺垫。如此过片后,词作转入对古事的咏写。"六国扰"等三句写秦统一六国,汉又推翻秦的统治,建立起了一个新的王朝,在这动荡不定的历史变迁中,所有的人都为名利而奋争竞逐着,那么有没有例外呢?"初谓"等二句做了解答,意思是起初听说有商山四皓。这句话很容易让人看出词人对商山四皓的否定:起初是这样,那么后来呢?熟知这一典故的人可能都知道:"汉兴,东园公、绮里季、夏黄公、甪里先生,此四人者,当秦之世,避而入商雒深山,以待天下之定也。自高祖闻而召之,不至。其后吕后用留侯计……太子得以为重,遂用自安。"(《汉书·王贡两龚鲍传》)由此可见,四皓也并非真正的隐士,那么其他人呢?"驰单车"等三句又做了进一步的分析,意思是,这些所谓的隐士一旦功名可得,便立刻撕毁隐士服,穿上长衣,出入王贵之门。"荷""芰"本为水中植物,《离骚》有"制芰荷以为衣兮"句,"荷""芰"因此后来成了隐士服饰的代称。"裂荷"一句系化用前人诗句而成,孔稚珪《北山移文》说:"焚芰制而裂荷衣,抗尘容而走俗状。"这句话是孔稚珪用来讽刺南齐假隐士周彦伦的,周曾隐居钟山,后来又应召出来做官。还有一句是汉邹阳《上吴王书》中的句子:"何王之门不可曳长裾乎?"这三句把趋炎附势者的丑态刻画得惟妙惟肖。那么到底有没有真正的忘身名利的人呢?词的最后五句做了肯定的回答,那些纵情于酒趣的酒仙才是真正的隐士。"醉乡"典出王绩《醉乡记》:"阮嗣宗、陶渊明等十数人并游于醉乡,没身不反,死葬其壤,中国以为酒仙。"这当然是王绩的虚构,"高流"指的是阮籍、陶渊明等一类高士。而"二豪"则典出刘伶《酒德颂》:"有大人先生……惟酒是务,焉知其余?有贵介公子,搢绅处士,闻吾风声,议其所以。乃奋袂攘襟,怒目切齿,陈说礼法,是非锋起。先生于是方捧罂承槽,衔杯漱醪……二豪侍侧焉,如蜾蠃之与螟蛉。"李善注:"二豪,公子、处士。"这里拈出刘伶等高士,同前面那些追名逐利之徒形成强烈对照,意在对后者进行更深入的揭露和讽刺。而行文至此,确也达到了词人鞭挞功名之徒的目的。当然,咏史并不是词人最终的本意,贺铸这里怀古则是为了鉴今,寓托胸臆,抒发自己在那样一个社会里为名利之徒所排挤而才能得不到施展的感慨和愤懑,这应该是这首词的最终的宗旨之所在。

周邦彦的《西河·金陵怀古》,也是宋代咏史怀古词中的名篇。词曰:

> 佳丽地,南朝盛事谁记?山围故国绕清江,髻鬟对起。怒涛寂寞打孤城,风樯遥度天际。　断崖树,犹倒倚。莫愁艇子曾系。空余旧迹郁苍苍,雾沉半垒。夜深月过女墙来,伤心东望淮水。
> 酒旗戏鼓甚处市?想依稀,王谢邻里。燕子不知何世,向寻常巷陌人家,相对如说兴亡,斜阳里。

这首词以六朝故都金陵为怀写对象,通过今日凄清景物的描摹,抒发了历史变迁、朝代兴亡的感慨,具有历史的深邃感和沧桑感。词的上片写自然之景。开头两句:"佳丽地,南朝盛事谁记?"一个问句总领全篇,点明所要吟咏的对象乃南朝故都金陵。"佳丽地",语本谢朓《入朝曲》:"江南佳丽地,金陵帝王州。"这两句的意思是,南朝故都的胜景,如今有谁还会记起呢?按照这个思路,下面或许应该是追忆往昔的繁华了。可是作者并没有这么写,而是笔锋一转,转而写金陵现在的景象。"山围"等八句,选取了山、水、树三个景物进行特写。首三句写山:青山依旧,包围着金陵古城,流水绕青山,山峦如美人的发髻般相对而立。次两句写水:怒涛依然,兀自地拍打着孤城,远天外风帆隐隐,正在驶向遥远的地方。后三句写树:断崖边那棵老树依然倒垂,这里曾是莫愁女小舟停船系缆的地方。"山围故国"与"寂寞打孤城",语本刘禹锡《石头城》:"山围故国周遭在,潮打空城寂寞回。""莫愁艇子",化用古乐府《莫愁乐》:"艇子打两桨,催送莫愁来。"整个上片以自然景物的描写为主，集中表现了自然的恒常，由此暗衬历史人事的变迁。

词的下片写人文之景，以苍凉的古迹，托写历史的变迁；在此基础上借景抒情，抒发兴亡之慨。"空余"等三句，写六朝繁华已去，只剩下以前的旧迹苍苍凉凉，半壁古营垒淹没在浓雾里。"夜深"两句，化用刘禹锡《石头城》"淮水东边旧时月，夜深还过女墙来"。写冷月无边，亘古不变，夜深人静之时，探过低矮的城墙，照着秦淮河水，愈发显得清幽。"酒旗"数句，化用刘禹锡《乌衣巷》"旧时王谢堂前燕，飞入寻常百姓家"诗意，以今昔不同景观做对比，显示出人事的变迁。曾经的酒旗招展，曾经的锣鼓喧阗，而今已无处可寻；依稀记起，这里曾是王谢等高门士族的豪宅所在。只有那燕子，似乎不知道往日的高门大户现在已经变成了寻常百姓的住所，依然在斜阳中飞来飞去，仿佛在相互叙说着时代的变迁，朝代的兴亡。

周邦彦这首词多化用前人诗意，一首词中熔裁了前人的三首诗，但却不觉得生硬，不见斧凿痕迹，达到了浑化无迹的高妙境界，由此足以见出词人高超的艺术功力。张炎《词源》对此评价很高，说他"善融化诗句，如自己出"。确为的评。

南宋的主战派大臣李纲，也是著名的爱国词人。他的《喜迁莺·晋师胜淝上》，是以历史上著名的淝水之战为咏怀对象的咏史词。词曰：

> 长江千里，限南北，雪浪云涛无际。天险难逾，人谋克壮，索虏岂能吞噬！阿坚百万南牧，倏忽长驱吾地。破强敌，在谢公处画，从容颐指。　　奇伟！淝水上，八千戈甲，结阵当蛇豕。鞭弭周旋，旌旗麾动，坐却北军风靡。夜闻数声鸣鹤，尽道王师将至。延晋祚，庇烝民，周雅何曾专美。

这首词所咏史事是东晋太元八年（383），前秦苻坚统一北方后，强征北方人民组成87万大军南下，想一举灭掉东晋。东晋派兵迎战，晋军的先头部队8000人在谢玄指挥下，与前秦军队在淝水隔岸对峙。最后，晋军利用战术以少胜多，大败前秦军队。李纲此词既形象地概括了淝水之战的全过程，同时借史抒怀，曲折地表达了自己中兴宋室的热情，和对南宋朝廷偏安一隅现状的不满。

词的上片叙述作战双方的状况,而重笔则在对东晋一方的描写上。首三句写东晋有长江天险可以凭借,千里长江,浩浩荡荡,波浪翻滚,接天蔽日,自然地组成了一道天然的屏障;次三句写不但长江天险难以逾越,东晋的优势还在于将领的谋略十分高明,这也是前秦军队所不可相比的;再二句写秦王苻坚纠集百万军队挥师南下;最后三句定格于谢安,写他运筹帷幄,胸有成竹,从容面对来犯之敌。整个上片将敌我双方的力量、决定战争胜负的因素,做了对比性的交代,而词人的主观倾向性也十分明显地在东晋一边。词的下片,写战斗的全过程和这次战斗胜利的意义。"奇伟"所领三句,写东晋军队的精壮,淝水之上,八千精兵结阵当敌。"鞭弭"三句写晋军行动迅疾,转瞬之间便结束了战斗。词中仅用了马鞭和旌旗两个形象,便把晋军所向披靡之势生动地刻画了出来。"夜闻"两句檃栝"风声鹤唳"的典故,《晋书·谢玄传》说,苻坚众号百万列阵临淝水,玄以八千涉水,坚众奔溃,"余众弃甲宵遁,闻风声鹤唳,皆以为王师已至"。这两句话把苻坚军队闻风丧胆的形象,刻画得淋漓尽致。最后三句是对这场战斗意义的总结和赞美。淝水之战,晋军取得了胜利,前秦政权很快瓦解,使得东晋政权得以延续下去,偏安江南。这是这场战斗胜利的直接后果,而它的意义,简直可以和南仲皇父辅佐周宣王平定淮夷之乱一样,值得赞美。

　　李纲的这首词章法严谨,语言苍劲雄健,寓意颇深,虽无只字言及现实,但是字里行间流露出词人对现实的强烈关注,在对东晋军队的高声赞美中,词人心中充满的是对宋朝军队的强烈希望,希望他们能像晋军一样打败金军,中兴宋室。

　　辛弃疾是南宋最重要的词人,他的咏史怀古词也写得极具特色,成就也相当高。他的许多咏史怀古之作,如《水龙吟·登建康赏心亭》《念奴娇·登建康赏心亭,呈史留守致道》等,吊古伤今,于史事的吟咏中寓托作者的怀抱,咏史和咏怀结合的十分完美,具有很强的时代感。这正是南宋咏史词的特色。他的《八声甘州》为读《李广传》有感而作:"故将军饮罢夜归来,长亭解雕鞍。恨灞陵醉尉,匆匆未识,桃李无言。射虎山横一骑,裂石响惊弦。落魄封侯事,岁晚田园。　　谁向桑麻杜曲?要短衣匹马,移住南山。看风流慷慨,谈笑过残年。汉开边,功名万里,甚当时、健者也曾闲?纱窗外,斜风细雨,一阵轻寒。"词的小序说:"夜读《李广传》,不能寐,因念晁楚老、杨民瞻约同居山间,戏用李广事,赋以寄之。"辛弃疾咏写李广的悲剧性遭遇,一生虽然功勋卓著却不为朝廷所承认,到头来不但没有得到封侯的奖赏,反而屡受打击,最终自杀而亡。辛弃疾这里是咏史,同时也是咏怀,寄托着自己的身世之慨,表明自己不愿闲居田园,而想建功报国的心愿。

辛弃疾的《南乡子·登口口北固亭有怀》,更是一首脍炙人口的怀古词:"何处望神州?满眼风光北固楼。千古兴亡多少事?悠悠,不尽长江滚滚流! 年少万兜鍪,坐断东南战未休。天下英雄谁敌手?曹刘,生子当如孙仲谋。"此词歌咏三国时的英雄孙权,吊古中包含着词人对重整天下的英雄的呼唤,词调慷慨激昂。另一首咏史名作《永遇乐·京口北固亭怀古》,也是词人登京口北固亭有感而发的怀古之作:"千古江山,英雄无觅,孙仲谋处。舞榭歌台,风流总被,雨打风吹去。斜阳草树,寻常巷陌,人道寄奴曾住。想当年,金戈铁马,气吞万里如虎。 元嘉草草,封狼居胥,赢得仓皇北顾。四十三年,望中犹记,烽火扬州路。可堪回首,佛狸祠下,一片神鸦社鼓。凭谁问:廉颇老矣,尚能饭否?"词以六朝兴废为咏怀对象,上阕写孙权和刘裕的功业,并予以高度评价;但下阕"元嘉草草"数句,却转笔写宋文帝北伐的失败,末三句以廉颇自况,影射现实,关注自身,气韵沉雄,感慨颇深。

此外,辛弃疾的《水龙吟·过南剑双溪楼》,也是他咏史怀古词中的重要作品。词曰:

举头西北浮云,倚天万里须长剑。人言此地,夜深长见,斗牛光焰。我觉山高,潭空水冷,月明星淡。待燃犀下看,凭栏却怕,风雷怒、鱼龙惨。 峡束苍江对起,过危楼,欲飞还敛。元龙老矣,不妨高卧,冰壶凉簟。千古兴亡,百年悲笑,一时登览。问何人又卸,片帆沙岸,系斜阳缆?

这首词是词人从福州任上还乡、经南剑州登双溪楼时所作。南宋光宗绍熙三年(1192)春,辛弃疾在闲居十年后,再次被朝廷起用,任福建提点刑狱,一年后擢升为福州知府兼福建安抚使。但是绍熙五年,又被谏官弹劾罢官,这首词即作于还乡途中。南剑州是宋朝的州名,地址在现在的福建南平。《舆地纪胜·南剑州》载:"剑溪环其左,樵川带其右,二水交流,汇为澄潭,是为宝剑化龙之津。""宝剑化龙"的故事,见于《晋书·张华传》:"初,吴之未灭也,斗牛之间常有紫气,道术者皆以吴方强盛,未可图也,惟华以为不然。及吴平之后,紫气愈明。华闻豫章人雷焕妙达纬象……"于是就向雷焕询问。雷焕说,斗牛之间发出的紫气,是宝剑的精气上彻于天。张华问他是什么地方,雷焕说在豫章丰城。于是张华就让他为丰城令。雷焕到任后,果然寻得两把宝剑,一叫龙泉,一叫太阿。雷焕将其中一把赠给张华,一把自己留着。后来张华被诛后,他的宝剑也不知下落了。雷焕的那把宝剑,在雷焕死后,由他儿子佩带;他儿子到南平做官行经延平津(即双溪之一的剑溪)时,宝剑忽然从腰间跃出,落到了水中,急忙下水去找的人不见剑,却看到两只蛟龙有数丈长,盘绕着,身上有彩色的花纹,须臾之间,光彩照水,波浪腾涌。辛弃疾行经宝剑化龙之地,心有所感,于是发为上面这首词。

词的上片写登楼所想,铺陈其事。头两句是说,他登上双溪楼,举头向西北望,只见浮云漫漫,那么怎么才能拨开浮云,重见天日呢?词人想到了必须有一把倚天万里的长剑。很显然,这两句是有所寓指的。此时,北方正被金人占领,词人很想有一把倚天之剑,打败金兵,收复失地,那么宝剑在哪里呢?这是其寓意之所在。"人言"三句,很明显是用张华见斗牛之气的典故,意思是说,听人说这里夜深的时候能见到斗牛二星的光焰,那么由此一定能找到宝剑之所在。但是,词人此刻登临所见到的情形又是怎样的呢?"我觉"以下数句,是词人的感受,他说他此刻觉得山特别高,水特别冷,月光明亮,星光暗淡,根本看不到斗牛紫气光焰之所在。由此词人想起燃犀角照亮水下,以便看个究竟,却又害怕惊怒风雷、鱼龙。这里用南朝宋刘敬叔《异苑》中的一个典故,据载,东晋江州刺史温峤途经牛渚矶时,听说这里水中有许多妖怪,于是就燃起犀牛角往下照,许多奇形水怪就出来灭火。这里当然也是含有深意的,词人力主恢复中原,却遭到了主和派的重重阻挠。词的上片以"剑"为中心,下片写景抒情。前三句写江流奔涌,最终却不得不收敛其势,寓托己意。"元龙"等三句,词人以陈登自比,写自己报国之志无以施展、壮志难酬。陈登是东汉末年名将,曾任伏波将军,享名当时。"冰壶"句喻君子之德。"千古"三句,写登览所感。一上高楼,历数千古兴亡,悲欢相续,留给词人的是无法言表的感触。因此,词的最后三句以景结情,斜阳中,是谁卸下了那远航的风帆、系上扁舟的缆绳?几许无奈,几多凄凉,这正是词人此时境况的真切写照。

南宋后期刘过的《六州歌头·题岳鄂王庙》,是一首以宋朝抗金名将岳飞为咏写对象的怀古词,颇有英风豪气。词曰:

> 中兴诸将,谁是万人英?身草莽,人虽死,气填膺,尚如生。年少起河朔,弓两石,剑三尺,定襄汉,开虢洛,洗洞庭。北望帝京。狡兔依然在,良犬先烹。过旧时营垒,荆鄂有遗民,忆故将军,泪如倾。　说当年事,知恨苦,不奉诏,伪耶真?臣有罪,陛下圣,可鉴临,一片心。万古分茅土,终不到,旧奸臣。人世夜,白日照,忽开明。衮珮冕圭百拜,九泉下,荣感君恩。看年年三月,满地野花春,卤簿迎神。

词的上片追述岳飞的功绩,以及他的死留下的憾恨。起句用了个设问句,出言陡峭,发人警醒,对岳飞给予了很高的评价,说他是中兴诸将中的英雄。再四句,用了四个三言句,语促而气壮,言岳飞虽然葬身草莽,但是豪气长存。"年少"等六句,概述了岳飞的生平事迹。年少时崭露头角,武艺高强,本领出众,能拉开两石的硬弓,使三尺龙泉宝剑;长大后率领大军击败金人伪齐联军的攻击,收复襄阳等失地;进军虢、洛,开拓了新的战争局面;他平定洞庭湖杨幺领导的农民起义(这是从封建统治阶级的政治立场出发的历史观,不应该视作岳飞的历史功绩,相反应看成是历史人物的局限性)。这六句是上阕的中心部分,重在回顾岳飞的武艺和战功。沿着这一思路,词人继续追述岳飞。"狡兔"二句反用"狡兔死,走狗烹"的典故,意思是说,金人未灭,杀敌的良将却被杀害了。这怎么不让人心生伤悲。因此,"过旧时营垒"等四句就用了一个陈述句,写他行经过去留下的营垒时,回忆起战功赫赫的岳将军,止不住泪如雨下,叹惋之心,崇敬之情,由此可见。

词的下片写岳飞被冤杀,最后得以昭雪及后世对他的敬爱。"说当年事"四句,点明岳飞的罪是被冤枉的,而造成这一冤案的不仅是秦桧,还有地位最高的皇帝,是他不能明察就里,致使岳飞含冤而死,这是"臣有罪"等四句所表达的内容。"万古"等六句,以人事和自然的规律证明历史终将还岳飞以清白,正如自古以来分茅胙土、接受封赏的只有那些功臣,也正如黑夜终将被白天所代替一样。"衮珮"等三句,写的是岳飞死后被昭雪,荣封鄂王,身穿华贵的衮服,腰悬玉珮,头戴冠冕,手执玉圭,端坐于庙堂之上,接受百姓的朝拜,而岳飞如果九泉之下有知,也一定会感戴君王的恩泽。最后三句实写岳鄂王庙,与题目相扣,意思是,岳鄂王庙年年三月野花遍地,人们用祭奠君王的大礼来祭奠岳飞的英灵。整首词三字句用得比较多,使全词音节急促,感情强烈,表现出作者对岳飞的无比尊崇。

刘过的另一首怀古词《六州歌头》,则是以扬州为题材的作品,词曰:

> 镇长淮,一都会,古扬州。升平日,朱帘十里,春风小红楼。谁知艰难去,边尘暗,胡马扰;笙歌散,衣冠渡,使人愁。屈指细思,血战成何事,万户封侯。但琼花无恙,开落几经秋。故垒荒丘、似含羞。　　怅望金陵宅,丹阳郡,山不断绸缪。兴亡梦,荣枯泪,水东流,甚时休?野灶炊烟里,依然是、宿貔貅。叹灯火,今萧索,尚淹留。莫上醉翁亭,看蒙蒙细雨,杨柳丝柔。笑书生无用,富贵拙身谋,骑鹤来游。

词中把扬州今昔不同境况做了对比,痛陈了金兵的罪行和南宋统治者偏安一隅的苟且心理,抒发了自己报国无路、请缨无门的愤慨。词的上片写扬州城。首先三句概写扬州城重要的地理位置。扬州城雄镇淮河流域,还是古时的交通要道,大都会。"升平日"等三句,写扬州昔日的繁华,意思是说,在承平之日,扬州城到处歌舞升平,繁华至极。"朱帘十里"化用杜牧《赠别》诗句:"春风十里扬州路,卷上珠帘总不如。""谁知"等六句写金兵南下,扬州城遭到金兵铁蹄践踏。大意是,没有想到金人引兵南下,侵入扬州,顿时笙歌消歇,歌妓四处逃散,这里的官员也都渡江南逃,这种景象多么让人揪心啊。"屈指"等七句,从人事和自然两个方面,写金兵血洗扬州城造成的结果。扬州军民浴血奋战已成了往事,它换来的却是"衣冠"之士的封王封侯;而战后的扬州城是那样的败落残破,到处是旧时的营垒和荒芜的废墟。只有那株唐时植下的琼花,虽历经战争却安然无恙,一年一度兀自地花开花落。宋人宋敏求《春朝退朝录》卷下载:"扬州后土庙有琼花一株,或云自唐所植,即李卫公所谓玉蕊花也。"这可能就是刘过此词中所说的那株琼花。

词的下片怀古伤今。首四句写在扬州城隔江怅然南望,只见起伏的山峦连绵不断。金陵、丹阳,在唐代都指现在的镇江。词人站在扬州怅望镇江显然是有所希望的,他希望朝廷能够像古人那样依据镇江之险势,收复中原。而南宋的朝廷却偏安一隅,无心于此,于是不免引起词人兴亡之叹。"兴亡梦"等四句,是对历史兴衰递替所发的感慨。其下六句写金兵未灭,仍然虎踞中原,而扬州城灯火稀疏,十分萧条,自己则淹留于此。最后六句自伤自叹,劝自己不要登上醉翁亭,因为所见的那烟雨蒙蒙的凄凉景色,会让人倍加惆怅、伤感;叹自己作为一个书生不能出力报国。醉翁亭,这里指平山堂,北宋欧阳修所建。欧阳修《朝中措》词中有"手种堂前垂柳,别来几度春风"句,苏东坡《水调歌头》亦有"长记平山堂上,欹枕江南烟雨,杳杳没孤鸿"句。刘过这里是化用两人的词意,"骑鹤"典出殷芸《小说》:"有客相从,各言所志,或愿为扬州刺史,或愿多赀财,或愿骑鹤上升,其一人曰:'腰缠十万贯,骑鹤下扬州',欲兼三者。"最后三句,既是对谋求富贵者的反讽,又是自叹自伤。

南宋后期词坛大家姜夔的咏史怀古之作极少,但他的《永遇乐·次稼轩北固楼词韵》一词,却是姜词中咏史怀古方面难得的一首,词曰:

> 云隔迷楼,苔封很石,人向何处?数骑轻烟,一篙寒汐,千古空来去。使君心在,苍崖绿嶂,苦被北门留住。有尊中酒,差可饮,大旗尽绣熊虎。 前身诸葛,来游此地,数语便酬三顾。楼外冥冥,江皋隐隐,认得征西路。中原生聚,神京耆老,南望长淮金鼓。问当时,依依种柳,至今在否?

这首词是词人与辛弃疾的唱和之作。辛弃疾有名词《永遇乐·京口北固亭怀古》,本词题为"次稼轩北固楼词韵",就是用辛词原词的韵脚。两词比较,韵脚用字完全相同。这首词主要赞美辛弃疾,而咏史的成分相对较少;北固山古楼,只是词人借史抒怀的一个引子。首六句写等北固楼所见所想:登上北固楼,隔江北望扬州,然而云遮雾罩,不见迷楼;再看很石上,苔藓丛生,往昔之人哪里去了呢?迷楼,在长江北岸的扬州,与镇江的北固楼隔江相望;很石,在北固山甘露寺,相传东汉末年,孙权曾和刘备坐在此石上共商攻曹大计,只是现如今已人去台空,而历史遗留下来的仿佛只有那数匹轻骑、一叶扁舟往来穿梭,亘古不变。"使君"数句写辛弃疾。意思是说,辛弃疾心有归隐之志,但是为了抗击金兵,收复故土,不得不被留在京口准备北伐,而他的军队是那样强盛,大旗上绣着熊虎等图像,兵士是那样精悍。"尊中酒"二句,用的是桓温的一个典故,刘孝标注《世说新语》引《南徐州记》说:"徐州人多劲悍,号精兵。故桓温常曰:'京口酒可饮,箕可用,兵可使。'"这里用来喻指辛弃疾任镇江知府,北伐军兵将精壮。

词的下片赞美辛弃疾有才略,并祝愿其出师大捷。开头三句以诸葛亮比辛弃疾,言其智谋过人。说辛弃疾前身是诸葛亮,来到京口,三言两语便完成了北伐的部署。"楼外"三句,意思是说,登楼远望,烟水茫茫,江岸隐约,而桓温当年征西的道路仿佛依约还在。这里言征西路,实则喻北伐。再三句写中原百姓热切盼望北伐,实际上也是对辛弃疾的鼓励。最后三句用桓温典,《世说新语·言语》说:"桓公北征,经金城,见前为琅邪时种柳,皆已十围,慨然曰:'木犹如此,人何以堪?'"姜夔在这里寄厚望于辛弃疾,说他北伐胜利,路经老家山东历城时,看看自己当年栽的柳树是否还在。姜夔词的主导风格是缠绵婉约,这首词却写得颇有几分豪气,原因可能是受到原词风格的影响。

岳珂所写的《祝英台近·北固亭》,也是一首以北固楼为题材的借史咏怀之作。词曰:

> 澹烟横,层雾敛,胜概分雄占。月下鸣榔,风急怒涛飐。关河无限清愁。不堪临鉴。正霜鬓、秋风尘染。　漫登览,极目万里沙场,事业频看剑。古往今来,南北限天堑。倚楼谁弄新声?重城正掩。历历数,西州更点。

岳珂是抗金英雄岳飞的孙子。岳飞的一曲《满江红》写得慷慨壮烈,为古今传诵。岳珂的这首词也写得激扬飞越,人多认为有其祖父遗风。读这首登临怀古之作,我们或许可以体会到这一点。北固亭,即北固楼,在今镇江城的北固山上,下临长江,三面环水,地势险要。晋蔡谟始造此楼,用来储备军实,后来谢安重又修葺了它。词的上片写景抒情。

首五句写月夜所见所闻。北固亭为古今胜景,历来多又诗人骚客吟咏此地,而选取月夜这一特殊时间的却并不多见。这是岳珂有新意的一个地方。这几句是说,重重的迷雾已经散去,只剩下几缕淡淡的寒烟横卧远近;如此宏盛的气概,古往今来有多少英雄曾据守于此啊。月亮的清晖洒在江面上,夜深人静之时,传入耳中的是渔父收网的鸣榔声,急骤的风声和怒吼的涛声。这是实景的描写,登临这样一个非同寻常的地方,景物是如此凄清,自然不免使词人的心境也受到感染,"关河"四句,即写词人此时的心绪。万里河山惹动词人清愁无限,使得他甚至连镜子也不敢照一下,为什么呢?因为他不忍看见镜中的自己"尘满面,鬓如霜"。词人这里写"不堪临鉴",其实还隐含着一个更深的原因,即中原的万里河山仍未收复,而自己已白发斑斑,身心衰老。由此词自然引入怀古之思。词的下片一句"漫登览"与上片末尾相照应,写其此时了无心绪,只是随意地看看。因为作者此时已意不在景,他的心已被带到了遥远的万里沙场。"极目"四句写举目远眺,曾经的万里沙场宛然在目,而此时情形仍然是金兵未灭,中原尚未收复,想到这里词人禁不住心潮起伏,拿起随身携带的宝剑看了又看。然而自古以来,长江这道天然的壕沟将南北分割阻断,这又让人感慨不已。词的结尾重又转入写景,与词首相呼应,同时以景结情,情更深挚。倚楼细听,是谁在吟唱新曲,而此时夜已深,城门早已关闭,一声声清晰可数的是报时的鼓点。"西州更点"暗用谢安"西州路"的典故,感旧之意自在其中。

总体说来,宋代的咏史怀古词因为时代的发展变化,而有了新的内容。宋代后期羸弱的国势,给咏史怀古词也注入了新的内涵;尤其是宋室南迁之后,借古说今,言说北伐抗金之志,成了宋代后期咏史怀古词的主要内容,而慷慨悲壮也成了这一时期咏史怀古词的主导风格。这些也是宋代咏史怀古词的主要特征。

第四节 咏史怀古诗词的艺术特征

唐宋是中国古典诗词的大发展时期,50000 余首唐诗和 20000 余首宋词代表了中国古代诗歌艺术既有的无与伦比的辉煌。咏史怀古类诗词作为唐宋诗词的重要组成部分,也在这一时期伴随着近体诗和词所取得的前所未有的实绩,而走向了它的成熟。这种成熟,一方面体现出唐宋时期诗词所共有的思想艺术特征;另一方面,作为一类独立的诗歌题材,经过唐前数百年的涵养和唐宋文人的共同努力,咏史怀古诗词又积淀和创新出一种独特的艺术特质,形成了作为这一类诗歌自身所特有的独特性。这种独有的艺术特征,可概括为如下几点:

一、"诗"与"史"的结合:文学性和历史性的统一

咏史怀古类诗词作为一类独特的诗歌题材,就其自身而言,就注定了它拥有着"诗"和"史"的双重特征。首先,文学性是咏史诗的永恒魅力。源于历史而不泥于历史,咏史,不是对历史本事或事实的简单敷写或重复,而是史事的文学化,是将史事以文学形式中特有的诗的手段,进行重新的理解和架构,最终成为一种不同于历史的文学样式。班固的《咏史》所写缇萦救父一事,"檃括本传,不加藻饰",基本上是史传的翻版,相对来说,文学性不足,因而只是咏史诗的初期形态,尚不能称作成熟形态的咏史诗。唐宋咏史怀古诗词秉承着唐宋诗词的特征,从形态上来说,首先是文学,是诗,是词,而不是历史。其次,咏史怀古诗词要有"史"的根据,即历史性。源于历史本事,有感而发,有历史事实作为凭依,而不是空发议论或单纯地抒情,这是咏史诗构成的一个基本要素。因此无论是读史有感,还是登临故地、凭吊古迹,发思古之幽情,咏史怀古诗词必须有历史本事作为基础和触发点。即使是像陈子昂的《登幽州台歌》,四句诗纯是诗人的主观抒情,也依然需要依托于幽州台这一历史古迹的触发,有燕昭王筑黄金台招贤纳士这一历史事件为本。两者的和谐统一便构成了咏史诗词的第一特征。

二、"咏史"与"言志"的结合:对现实政治的强烈关注

从外在形态上讲,咏史怀古诗词是文学和历史的统一;而从诗歌的内容构成上说,咏史怀古诗词的独特内涵则在于"咏史"与"言志"的结合,并且最终归结于对现实政治的强烈关注。咏史不是目的,咏史是动

因,言志抒怀才是最终的旨归。不但咏史所咏史事的内容多含有政治的成分,是对政治的关注,而且这类诗歌中所表达的"志"的内容,也大都或是建功立业的理想,或是对国运兴衰的担忧;这些也都是基于对现实政治的强烈关注,因而从一定程度上讲,咏史诗更像是一种特殊形态的政治诗。在大多数情况下,唐宋咏史诗词所关注的内容,最终都定位于现实政治。无论是初盛唐时期借对历史上英雄人物建功立业的怀写,以抒发怀才不遇的愤懑为主题的咏史诗歌创作,如李白、王维等人的咏史怀古诗歌;还是中晚唐及宋代后期咏史诗词中借对六朝兴亡的哀悼,表达对国家命运前途的担忧,唐代的咏史怀古诗词,基本上都与政治有着紧密的联系。单纯的对史事的书写,不是咏史诗的仅有的目的,唐宋绝大多数咏史怀古诗词都是借史言志、抒情,有所寄托。如李白的《古风》"齐有倜傥生",咏写鲁仲连,最后两句是"吾亦澹荡人,拂衣可同调",最终归结到对自身的感叹上,这可以看作是借史言志的一个典型的例子。即使如王维的《西施咏》和《夷门歌》等,好像是纯为对史事的咏写,但其中也能见出诗歌背后所隐藏着的诗人的心志。这也是咏史诗的又一个重要的特征。

三、"古"与"今"的结合:多维的时空组合

咏史怀古诗词区别于一般抒情诗歌的另一个显性特征,是它的多维时空跨度。一般的抒情诗歌,多集中于某个时空断面的书写,无论是边塞风物的叙写,还是山水田园风光的描摹,诗歌的视角范围多局限于现在、眼前;咏史怀古诗词则不然。因为题材的关系,咏史类诗歌可以上下数千年,纵横几万里,在时间和空间跨度上具有无限自由伸展的容量。从前面所举的苏轼的名作《念奴娇·赤壁怀古》,我们就可以看出这种多维的时空跨度。词从眼前所见赤壁之景,写到千年以前潇洒倜傥的少年英雄周瑜,再写到当下华发早生的自我,在时间、空间不断的转移、切换中,完成了对于古人古事的咏怀和自己此时此刻心志的抒写。唐宋咏史怀古诗词,一般都有着相似的创作路数。或由眼前所见之景物,引发思古之幽情,此为怀古;然后再由凭吊古人引发对当下的时代社会或者自我生存状态的思考,此为伤今。诗歌在古代与当今、过

去与现在的转接切换中行进，这是时间的转换。还有空间的转换，从眼前所见景物的破败，遥想昔日的富庶与繁华，这是跨越历史时间的空间切割。刘禹锡的那组名诗《金陵五题》就是很好的例证。其三《台城》说："台城六代竞豪华，结绮临春事最奢。万户千门成野草，只缘一曲《后庭花》。"昔日六朝万户千门的繁华和现在的野草丛生，既有时间的跨度，又有空间的对比和转换，体现了咏史诗作为一类诗歌题材所独有的艺术特质。

概而言之，咏史怀古诗词是"诗"与"史"、"咏史"与"言志"、"古"与"今"的结合与统一，这是咏史怀古诗词所独有的艺术特征。

第五章　咏物诗词论析

第一节　唐以前咏物诗歌简述

　　咏物诗在中国古代文学传统中源远流长,是诗歌丰富多样领域的一个重要组成部分。要了解它的发展流程,首先应对咏物诗的概念和特点有一个基本把握。咏物诗主要指那些以客观的"物"为集中描写对象,并在描写中抒怀兴感的诗歌。咏物诗的特点是"不粘不脱",也就是说,要写出较好的咏物篇章,就要做到既紧扣所咏之物的具体特点,又在其中有所寄寓。光是咏物栩栩如生而没有兴寄,或脱离所咏之物空发议论,都不能算是优秀的咏物诗。

　　咏物诗的缘起,可追溯到我国最早的诗歌总集《诗经》那里。不过那时候的作品,还不能算作完整意义上的咏物。其中的"物"更多的作用是"借物起兴",而不是作为一个被集中刻画的单独的描写对象。比如我们所熟知的《秦风·蒹葭》,其第一章曰:"蒹葭苍苍,白露为霜。所谓伊人,在水一方。溯洄从之,道阻且长;溯游从之,宛在水中央。"显然,作者关注的对象是"伊人",描写的是自己与伊人不能相见的相思之苦。在这里"蒹葭"只是一个感发内心情感、触目所及的外物而已,并不是作者所要表现的对象。又如《硕鼠》的第一章曰:"硕鼠硕鼠,无食我黍。三岁贯女,莫我肯顾。逝将去女,适彼乐土。乐土乐土,爰得我所。"这首诗是借"硕鼠"这个典型的形象,讥讽"蚕食于民,不修其政,贪而畏人,若大鼠"的君主。我们注意到,在这里,硕鼠倒确实是被当作一个单独的对象描写的,但是,此时的硕鼠已经不是一个纯粹的自然物,而是社会生活中一类人的象征。作为硕鼠本身的形象和特性,作者并没有花费笔墨去描写。所以,从严格意义上来说,它也还不能算是一首咏物诗。

继《诗经》之后便是"楚辞"的时代,屈原不仅是"楚辞"这一种诗歌体裁的开山之祖,而且还是写作第一篇咏物诗的作者。他所创作的《九章·橘颂》,可以看作是我国诗歌史上第一首完整意义上的咏物诗。诗曰:

> 后皇嘉树,橘徕服兮。受命不迁,生南国兮。
> 深固难徙,更壹志兮。绿叶素荣,纷其可喜兮。
> 曾枝剡棘,圆果抟兮。青黄杂糅,文章烂兮。
> 精色内白,类任道兮。纷缊宜修,姱而不丑兮。
> 嗟尔幼志,有以异兮。独立不迁,岂不可喜兮?
> 深固难徙,廓其无求兮。苏世独立,横而不流兮。
> 闭心自慎,不终失过兮。秉德无私,参天地兮。
> 愿岁并谢,与长友兮。淑离不淫,梗其有理兮。
> 年岁虽少,可师长兮。行比伯夷,置以为像兮。

在这篇作品中,屈原以拟人化的笔法描写了橘树的形象和品质,并融入了自己的深厚感情。作者对橘树的生活之所(南国)、花叶(绿叶白花,缤纷可爱)、形状(枝条纷披,丰茂宜人)、果实(圆而多汁)、色泽(青黄相杂,富于光泽)等等外在的形态做了细致传神的刻画;同时,橘树又是作者感情的寄托和象征,屈原对它的"深固难迁,廓其无求兮。苏世独立,横而不流兮",以及"闭心自慎""秉德无私"的秉性的颂赞,实则是对自己纯洁忠贞的人格的自信和自励。作为一首咏物诗,我们看它有两个特点:首先,在表现方法上不仅从不同侧面描绘和颂美橘树外在的形态,更赞美这一物象内在的精神品性;其次,在全篇主旨上表现了一种独立不迁的耿介不阿的人格和廓其无求的高洁的精神境界,很容易令人把屈原笔下的橘树的气质秉性和屈原本人的气质秉性联系到一起。在其中我们看到他洁身自好、自比伯夷、不同流合污的心怀。《橘颂》是屈原"放于江南之野,思君念国,忧心罔极"(王逸《楚辞章句》)

之作。曾作过《楚辞补注》的洪兴祖也说:"屈原自喻才德如橘树,亦异于众也。"这些说法,都是将作者所咏之物和作者本身的性格气质联系起来,皆切中肯綮之论。

《橘颂》以其鲜明的特色,拓展了诗歌的题材领域,标志着我国古代咏物诗的正式诞生。它的出现,在咏物诗的发展史上意义非常重大。从此以后,咏物诗的基本特色和作法得到了确定。

可惜屈原所开创的咏物这一诗歌新领域,在秦汉时期并没有得到大的发展。汉代是一个"诗思消歇,诗人寥寥的时代"(郑振铎语),全汉诗430多首,其中咏物诗仅有几首。相传为班婕妤所作的《怨歌行》,虽然不是以物为题,却是一首较好的咏物诗。这首诗这样写道:

> 新裂齐纨素,皎洁如霜雪。裁为合欢扇,团团似明月。
> 出入君怀袖,动摇微风发。常恐秋节至,凉飙夺炎热。
> 弃捐箧笥中,恩情中道绝。

班婕妤是班况的女儿、班彪的姑姑,汉成帝时被选入宫为婕妤。后来为赵飞燕所忌,失宠,退居东宫,作了这首咏物诗自伤。这首诗流传甚广,南朝时期著名的文学选集和理论著作都选录或评论过它,如萧统《文选》、刘勰《文心雕龙》以及徐陵《玉台新咏》等。《玉台新咏》并在收录此诗时加一序云:"昔汉成帝班婕妤失宠,供养于长信宫,乃作赋自伤,并为《怨诗》。"此诗写得辞旨清捷,怨深而文绮。我们看它是怎么借物咏怀的:团扇也叫作宫扇,作者选用它点明主人公的身份。同时团扇又最能代表香闺中女主人公的身世遭遇,因为它是人们在天热时常携之物,夏天时人与扇息息相关。诗的前四句都是颂美团扇之形态:扇面是用上好的轻绢新制而成,素淡有如霜雪一般。此句除了描摹形态,还暗喻了持扇女主人的品性贞洁。"合欢"二字,亦暗示了女子对未来美好的企盼和期许。团扇的意思就是取"合欢团圆"之意。"似明月"比喻女子容颜照人。"出入"二句表明了团扇或说女子与"君"——女子希望与之长久相依的人——的亲密关系。我们可以感到,在这种场景里,团扇所代表的女子是性情温柔而且处境被动的。这一点特别要引起注意,因为她的性格如果不是温柔,而是果敢泼辣,后面所要表现的就不是幽婉的"怨",而可能是直白的"恨"了。此句正是承上启下的作用。

下面就是女子的深诉：她日日担心随着时节的更易、岁月的流逝，美颜衰驰，而最终遭到男子（即君王）遗弃。"恩情中道绝"，是不得不面对的结局，既哀痛，又充满无奈。这首诗之所以如此动人，是因为它不仅描绘了宫中女子的愁苦和悲凉，还道出了当时一般女子的普遍命运。

我们现在要说到它的作法上的长处。如果采取直接的哀诉，固无不可，然而其感情程度不好把握：轻则感情不足以动人，重则流于一味哀伤，缺少令人回味的韵致。所以，作者选择了一个具体的物象作为抒情的借代。在诗中既描摹出此物的具体形态，如其"轻""白""团"（圆），以及其功用"动摇微风发"和季节性"常恐秋节至"的特点；又契合主人公的美丽、温柔、无助的性格处境，便于抒情言志。全诗很好地把人与扇结合在一起，这种作法是与《橘颂》一脉相承的，应该说是相当出色的。两汉时期的咏物之作，大致如此。

咏物诗在唐以前的发展，主要有两个重要的阶段：一是建安时代。这一时期咏物诗的创作虽然并不是很多，但作为咏物诗重要的特质——"以比喻来寄托情志"——已经形成了。二是南朝的齐梁时代。这时期的文学朝着唯美的方向发展，文风的转变，促使咏物诗更重视社交性，甚而发展到游戏遣兴的地步，风格随之趋于浮华纤巧。

首先，是建安两晋时期。本来诗以言志，生活中不能倾吐的感情，借诗来传其意、达其情。但是由于政治环境的原因，作者有时在诗里也不能尽显其情，只能半吐半露，或假借不关情的物来宣泄。因为这样一种特殊的作用，所以咏物一体，潜藏着强大的生命力。建安时代，由于三曹父子的大力倡导，诗歌呈现出繁盛的景观。"三曹"和"建安七子"以及后来的"竹林七贤"等等，都创制出反映当时代风貌的作品，其中亦有咏物之作。如曹植的《野田黄雀行》，就是借"黄雀"这一物，来喻托被网罗暗害的忧惧之情。诗中描写"不见篱间雀，见鹞自投罗。罗家得雀喜，少年见雀悲。拔剑捎罗网，黄雀得飞飞。飞飞摩苍天，来下谢少年"，少年对黄雀的情感之深，作者对黄雀描写的感情化之真，都十分真切传神。作者所寄寓的实际上是自己眼见朋友遇难而无力援救的痛苦而复杂的心情。

此时的咏物诗中最著名的当推刘桢《赠从弟》三首。刘桢是"建安七子"之一，建安时代的建功立业精神、忧患意识在他的诗里均有典型

的反映。而这三首诗分别咏蘋藻、松、凤凰,借它们美好的品性勉励从弟。最有代表性的是其二,诗是这样写的:

> 亭亭山上松,瑟瑟谷中风。风声一何盛,松枝一何劲。
> 冰霜正惨凄,终岁常端正。岂不罹凝寒,松柏有本性。

诗的一开始就点明了所咏对象,而且把它置于非常严酷恶劣的环境中:冷风瑟瑟,天寒地冻,此乃常树所不堪其忧之境。然而我们看到的松的精神是"亭亭",即傲然独立之态,一点儿也没有因为受到环境的摧残而困顿倒折。紧承的两句更进一步写出松的不屈不挠的精神,风越凌厉而松越劲挺。两个"一何"的使用,加强了语气。下两句是对前面具体描写的补充,也可说是从具体到一般,即松的凌霜傲雪是常态,而非一时的坚定。"端正"的品格正是作者所赞许的,是作者所要勉励从弟在困境中保持的个人操守。结句用一个反诘式的设问句,点明主旨,归结到松柏的"本性"上。我们看这首诗除了设物喻人的方式与前面的咏物诗相同外,还有一个特别之处,就是全篇每两句之间都用了对比的手法,风霜的凌烈和松柏的贞刚。这个作法,使作者所表现的物之特色更为突出,给读者的印象也更为鲜明了。与前代相比,在这首诗中,作者对对象的描摹更侧重于外部的形貌和内在的精神(即作者的用意所在)的紧密结合。诗中虽然有具体的松的形貌的描摹,但这形貌并不单纯是形貌,它本身就寓含着精神在其中。比如"亭亭"一词,乍看之下的确是松的外观,但谁又能说它不是呈现出松的内在气质呢?尤其当它和"瑟瑟"相对并举时,更显出不为外境所困、独立不倚的气质。

魏晋时期的咏物之作,在前代的基础上加以丰富,虽也不免社交场合之中为文造情的作品,但其中刘桢、曹植辈,乃以健笔写深情,寄巧思于外物,将所咏之物和自己的人生态度以及时代风貌尽其完善地结合起来。除上举之诗,其他篇章如蔡邕《翠鸟诗》、繁钦《咏蕙诗》、嵇康《述志诗》(潜龙育神躯)、阮籍《咏怀》(鸿鹄相随飞)等,都是魏晋时期优秀的咏物诗作品。

其次,是南北朝时期。南北朝时期,咏物诗的创作进入了比较自觉的时代。由于数量的增多、题材多样,咏物诗几乎成了这个时代的标志。不过,像前代那样借物言志的作品减少了,代之以刻画工细、摹写入微的技巧上的偏重。这自然和时代的风尚相关,也是文学嬗变流程中一个不可或缺的组成部分。咏物诗作者和作品都很多,如王融的《咏幔》、虞炎的《咏帘》、柳恽的《咏席》、萧绎的《咏风》《咏烟》《咏镜》等作品。其中南朝宋诗人谢朓在这方面的成就尤为突出。我们试看他作品的一些题目:《咏灯》《咏烛》《咏竹火笼》《咏风》《咏蔷薇》《咏落梅》《咏琵琶》《咏琴》《咏帘》《咏席》《咏镜台》等,可以看出谢朓咏物诗的创作有两个特点:一是咏物诗的数量多,二是扩大了所咏物的范围,如仅乐器的所咏就有箫、笛笙、琵琶、箜篌等十多种,并且更多取自日常器物。最值得注意的是此时期多人同赋一物的作品增多——这也是促成咏物诗繁盛的特殊环境。在谢朓诗里也体现得较为明显,比如他题名为《同咏坐上所见一物》,是与王融、虞炎、柳恽一起作的。我们从中可看出时代风尚的一个侧影:

幸得与珠缀,幂历君之楹。月映不辞卷,风来辄自轻。
每聚金炉气,时驻玉琴声。但愿置樽酒,兰釭当夜明。

王 融《咏幔》

青轩明月时,紫殿秋风日。曈昽孔光辉,晻暧映容质。
清露依檐垂,蛸丝当户密。褰开谁共临,掩晦独如失。

虞 炎《咏帘》

照日汀洲际,摇风绿潭侧。虽无独茧丝,幸有青袍色。
罗袖少轻尘,象床多丽饰。愿君兰夜饮,佳人时宴息。

柳 恽《咏席》

本生潮夕池,落景照参差。汀洲蔽杜若,幽渚夺江蓠。
遇君时采撷,玉座奉金卮。但愿罗衣拂,无使素尘弥。

谢 朓《咏席》

上面诸章不可不谓描写入神,声情摇曳。日常生活中不起眼的事物,经作者的妙笔传达,竟给予我们如此鲜活灵动的感受。在南北朝时期,这类题材的咏物诗多得简直可以说是层出不穷。新题材的增加,当然是件可喜的事,诗人们的思路可铺展到生活的各个方面,情感的层次也能更细致入微。然而,我们同时也发现由此而来的缺点,就是描摹细微而寄托渺茫,立意趋向雷同,缺乏个性特色,不能独具一格。特别是梁以后，咏物作品中有相当的数量属于宫体之列，在事物的描写上更着意于纤细刻镂，如斜阳中的雨丝，着雨后鸟羽的湿气，以及明灭的萤火、舞衣的薰香、水中的楼影等，其生动传神堪称戛戛独造，然而作者的思想、精神气质遁迹无踪，杳然难求。展现在我们面前的，就仅有浮华轻灵的外观，对咏物一体的本应该有的特质而言，竟是一种背离。

以上是有关唐以前咏物诗发展情况的简单回溯，诚如清人俞琰在其《咏物诗·自序》中说道："故咏物一体，三百篇导其源，六朝备其制，唐人擅其美，两宋、元、明沿其传。"时代发展到有唐一代，咏物诗复又摆脱琐细情态，呈现出新的风貌。

第二节　唐人咏物诗论析

咏物诗至唐代蔚为大观，数量上激增，据有关资料统计，初唐、盛唐、中唐、晚唐的咏物诗在数量上呈依次递增的趋势（晚唐最多），总数达到全部唐诗的十分之一左右。唐人中创作咏物诗最多的是白居易和李商隐，各有百余首；而成就最高的当首推"诗圣"杜甫。

一般而言，一个时代在初始阶段，文学的发展总是沿袭前代的余绪。初唐时期盛行宫体诗，实则还是梁陈靡丽文风的延续。直到陈子昂振臂一呼，风气才为之大变。咏物诗复又向建安风骨回归，重视内容和寄托。我们所熟知的陈子昂那篇著名的《与东方左史虬修竹篇序》，就是这种主张的宣言。这篇序其实是为奉答友人东方虬所寄《孤桐》诗而作，其中说道："齐梁间诗，彩丽竞繁，而兴寄都绝，每以永叹。"而称其《孤桐》篇是："骨气端翔，音情顿挫，光英朗练，有金石声。"可惜这样一首好诗已佚。但如果我们把陈子昂的这些话，看成是对齐梁以来咏物诗的批评和对理想的咏物诗特色的要求，也固无不可。毕竟齐梁间咏物体不少，亦是彩丽竞繁风尚的一个重要载体。我们看《孤桐》《修竹》的题名，可知其诗本身就是咏物作品。这样讲求兴寄风骨的作品一经出现，又恰与唐代的整个人文环境和文学发展的脉络契合，咏物诗逐渐脱落齐梁时代的不良影响，呈现出风格多样、形神兼备的特点，从而真正展现出蔚蔚盛唐的气貌。

以下我们从唐代咏物诗的几个主要艺术特点方面,来分析一下唐人咏物诗的创作状况。

一、描绘生动,新颖传神

这方面的代表作品如骆宾王《咏鹅》、杜甫的《初月》、王涯《游春曲·咏杏》、钱珝《未展芭蕉》、皮日休《题蔷薇》等。先看杜甫的《初月》诗:

> 光细弦初上,影斜轮未安。微升古塞外,已隐暮云端。
> 河汉不改色,关山空自寒。庭前有白露,暗满菊花团。

诗题名为《初月》,作者所抓住的正是初生之月的特色。首两句写月之形,突出一个"细"字。颔联写初月之光影柔淡,"微升""已隐"传其初生微弱娇柔的姿态。同时,选用"古塞""暮云"这样的背景陪衬,又使全篇的韵味高古,不至于流入纤弱一途,这是与齐梁时期不同之处。"河汉""关山"句,一方面尽把诗意往高古寥廓的境地引,一方面渐渐写至作者的寄托处。"不改色"喻指意志坚定有气节,恰如言忠贞爱国的作者自己。"空自寒"亦为抱定贞直之志,宁为流俗不理解,而甘于寂寞的情操的自况。此两句是全诗的中心,体现出咏物诗的"不粘不脱"的特点来,并可见出唐诗与前代不同的精神气骨。结句点明时节正是秋天,一种淡淡的余韵袅然其间;初月之静、之淡、之寒、之贞至此全然呈于读者眼前。南朝时期的著名文学理论批评家刘勰在《文心雕龙·物色》篇中就谈到描摹外物之难,前代诗人也尽其所能地"约言""繁句"了,而"吟咏所发,志惟深远,体物为妙,功在密附",对所摹写之物一方面须"寄托深远",一方面还须"穷形尽相",要写出物的情态,而非泛泛形容。尽管前人关于月的吟咏篇章很多,可谓连篇累牍,但杜甫仍能自铸新辞,以其新颖传神的手笔,丰富了咏物诗的创作。如果说此诗不愧为大家创作的咏物诗,那么杜甫也不愧为创作咏物诗的大家。

再来看另一首,钱珝的《未展芭蕉》:

> 冷烛无烟绿蜡干,芳心犹卷怯春寒。
> 一缄书札藏何事,会被东风暗拆看。

也无怪乎在清人曹雪芹在《红楼梦》第十八回中,描写宝玉为新建成的大观园题咏时,想起了钱珝的这首诗。全诗的精巧比喻,新奇想象,既富于联想又不减诗意的作法,使人一见之下,即难以忘怀。把未展芭蕉比成娇羞深藏心事的少女,这样的比喻乍看之下出乎意料,细想又在情理之中。首句是描摹未展开的芭蕉形状,如无烟的冷烛,凝结的绿蜡犹在上面。蜡烛本带有温暖的情意,常是寂寞的夜晚陪伴主人公的良伴,但在这里却以"冷""绿"形容,暗示了早春的寒意和环境的寂静。第二句运用暗喻的手法,把芭蕉比作少女,心事未吐,是害怕周围不温和的环境,一个"怯"字,点出了少女娇羞无助的神情,较第一句的比喻更贴近了一层。下句仍是一个比喻,却循着少女这一比喻而来,好像她所娇羞之事原藏于一封缄口的书信中,这里,又形象地把未展开的芭蕉叶比作卷成圆筒状的书札,传神贴切,饶有情致。末句是一个想象,作者以为少女的心事终有被破解的一天,"暗"字一词,深情脉脉,让我们对情思萦绕的少女的未来有了一个美好的期许。这首诗里没有什么深刻的寓意,但别有情趣,令人味之不已。每一句都是一个巧妙的比喻,四个比喻又通贯而下,组成完整的艺术形象。平常的景致里却见出不平常的情意,这完全得归功于作者的巧思了。

二、不求形似,遗貌取神

与这一特色相关的唐人诗歌中的代表作,有杜甫的《房兵曹胡马》、李贺的《马诗》、郭震的《莲花》、陆龟蒙的《白莲》等。请先看一下杜甫的《房兵曹胡马》诗:

> 胡马大宛名,锋棱瘦骨成。竹批双耳峻,风入四蹄轻。
> 所向无空阔,真堪托死生。骁腾有如此,万里可横行。

在杜甫的集子里,有不少咏马之作,大都写得很有特色,可见他本人很爱马,所以对马有细致的观察和特别亲切的认识。这首《房兵曹胡马》诗属于杜甫早期的创作,它俊朗洒落的风神固然和杜诗后期所表现出的深沉苍茫气象不同,但仍不失为一首精彩之作。诗人以极为精练的语言,对骁勇善战、义干青云的胡马进行了栩栩如生的刻画,使读者不仅欣赏到胡马的俊健的体形,更为它所呈现出的精神感奋不已。

首句交代胡马的产地,它来自"大宛"。大宛(yuān)即西域国,那里盛产良马,其中汗血马最为知名,汉人誉之为"天马"。这是给读者的一个最初的印象,这匹胡马不同世间寻常之马,它是天马家族中的一员。既然如此,它的外形必另具一番风采。作者接着就说它"锋棱瘦骨",马和人相若,以神健气清为高,所以杜甫笔下的胡马,绝不同于韩幹所绘的肉马。我们只感到这匹神骏裹挟着一股凌厉之风扑面而至。大形已具,还须点睛之笔,作重要的细部勾绘,赋予胡马以血肉。双耳和四蹄,是品评马之良驽的关键。古人认为良马的特征之一是双耳尖锐,如贾思勰《齐民要术》中所说:"马耳欲小而锐,状如斩竹筒。"杜诗中的这匹马,正是如此。这句写其静态,下句则见其动态,"风入四蹄",可见胡马疾驰如飞,且一个"轻"字,非常生动地描画出它体态的俊健。以上四句重在写实,写马的形态,以下四句重在描虚,写马的精神。"所向"句,胡马勇往直前,所向无前,所向无远道,视空阔为无距离。这样一种凛然无畏的气度,使人知其临危不惧,使人直可以生死相托付!马的豪迈之气,作者的赞许之心,至此表露无遗。末句是一个非常有力的收束,总绾上文,又宕开一笔,给读者以阔大的想象空间。此诗章法有序,布局井然。一、二句写其骨相不凡,三、四句写其体态雄奇,五、六句写其气概品质,七、八句总揽全篇,揭示主旨。而重点在于胡马的"不凡",以此为主脉,描刻形容,不即不离。同时,句句写马,而又处处关人,以健马喻猛士,豪迈之情溢于言表。元代赵汸评此诗曰:"前辈言咏物诗戒粘皮着骨,公此诗,前言胡马骨相之异,后言其骁腾无比,而词语矫健豪纵,飞行万里之势,如在目中,所谓索之于骊黄牝牡之外者。区区模写体贴以为咏物者,何足语此。"(转引自仇兆鳌《杜诗详注》)可说评论得非常到位。其中所说的"索之于骊黄牝牡之外",用《庄子》九方皋相马不分性别颜色的寓言,恰好说明杜诗咏物"遗形取貌"的特点。

如果说在杜甫这首诗里还有对作为对象之物的形的描画,那么,下面这一首则几乎全是神的摄取了。请看陆龟蒙的《白莲》诗:

> 素蘤多蒙别艳欺,此花端合在瑶池。
> 无情有恨何人觉,月晓风清欲堕时。

这首七绝是歌咏白莲的。在此之前的咏莲之作并不少,怎样才能不与他人雷同,而且能写出其神,就颇费心思了。尤其在七绝这样小的体制里,很能见出作者的功力。前两句先写白莲花的遭遇和品格。素蘤即白色的花,蘤,古"花"字的别写;这里的"素蘤"指白莲。素淡的花因为其色泽不明艳,常遭到一般人的淡漠,而恰被那些争奇斗艳的花领了风骚。但是这不能就说明白莲不美,作者认为她的品格恰应生在无纤尘的天上仙境中。后面两句纯写白莲之神情意态,"无情有恨",看似无情,却别饶深情,然而有情或无情,无论什么样的情绪,谁又会关心呢?世间的人们只去注意那些光艳照人的花,因此白莲的心事只能自己默默地收藏,悄然在寂静的水畔开落。这让我们想起王维的那首《辛夷坞》诗这样地写道:"木末芙蓉花,山中发红萼。涧户寂无人,纷纷开且落。"也是这样一种静美的意态。只是在陆龟蒙的诗中,更多地看到了一点儿清高自傲,那是不为俗世所容,却能自我肯定的一种静定。末句写出白莲最美同时也是最不易被人注意的时刻,那是风清月明,白色的花瓣袅袅欲落之时,在溶溶的月色中,那种柔弱的风姿,摇曳的娇态,多么引动人的情思。这也正是白莲花最富神韵之处。著名批评家王渔洋特别推赏这两句,说道:"语自传神,不可移易。"(《池北偶谈》)"无情"二语,恰是咏白莲诗,移用不得。在一首小诗里,单靠一味描摹形体是难以动人的,何况又不能像长诗那样铺排,最聪明的作法就是遗貌取神,方能给予读者以足够的空间来慢慢地回味。

三、以物拟人,移情于物

这方面的咏物诗比较普遍,如白居易的《栽松》二首、李商隐的《流莺》等。下面我们先来看看李商隐的《流莺》诗:

> 流莺漂荡复参差,度陌临流不自持。
> 巧啭岂能无本意,良辰未必有佳期。
> 风朝露夜阴晴里,万户千门开闭时。
> 曾苦伤春不忍听,凤城何处无花枝?

流莺即黄莺,因为它飞行流转无依,啼声亦流啭无定,故一般称之为流莺。黄莺在一般诗里所代表的,往往是欢快的情绪,而在这首诗里,却别有一种流离伤感的滋味。可见物象只是无觉无情感之物,关键还在于什么样情感的人、以什么样的眼光投射其上。李商隐一生仕途坎壈,夹在"牛李党争"的旋涡里沉浮无定,精神上非常苦闷,诗中常常有自伤身世之感。此诗就是如此。一开篇就以无所依托的黄莺自况,说黄莺四处飘零,境况可叹,而这种无奈的迁徙流转,却不由自己做主,好似冥冥中有什么牵绊着它,使它不得自由,只能徒劳地飞来荡去,备尝辛苦。这不正是作者长期居不暇暖、无法安顿自己身心的生活的写照吗?颔联紧承上一联,黄莺素以声音婉转动听著称,所以是"巧啭","本意"指黄莺为世人"巧啭"的一片忠贞心曲,与"巧舌如簧"本不相干。正如作者吐露心曲的言辞原也是发自真情,绝非"巧言令色"。谁知世事难料,即使遇到圣朝,也未必有自己抒展抱负的"佳期",虽怀瑾握瑜,却不为当世所理解,人生终不免落寞无着。"岂能""未必"加强语气,婉转拗折,诗意遂转向悲痛沉咽。颈联又是一个转折,虽然不被世间理解,却并不能消磨尽作者怀才报国的初衷。这一联具体描摹了黄莺不顾酸辛而苦苦吟唱的情景。作者所要表现的,正是这种执着的精神,这种屡遭摧折而一如既往的深情。此联上下两句既相对,又是当句对。用语极为工稳。尾联中"凤城"指当时的国都长安,"花枝"指流莺所赖以栖息之地。在这一联中,作者与所咏对象黄莺若离若合,难分彼此。上句说自己因为伤春的情怀,感叹韶华空度,老大无成,所以不忍心听到黄莺凄切的鸣啭,下句莺与人复合而为一,长安没有黄莺栖息之所,也没有自己立锥之地。"绕树三匝,何枝可依?"(曹操《短歌行》)这就是作者以黄莺作比,自叹自伤的缘故。

  我们看这首诗中作者以黄莺比拟自身,伤感的情绪借物吟出。黄莺未见得有作者所看到的那样凄惶,但因为主观情意的投射,遂使它也充满了身世的悲苦。李商隐善于移情于物,又善于抓住事物主要的特征,写来不刻意,不牵合,这是一个很好的例子。

  白居易的《栽松二首》其二曰:

> 爱君抱晚节,怜君含直文。欲得朝朝见,阶前故种君。
> 知君死则已,不死会凌云。

孔子的《论语·子罕》篇中载有:"子曰:岁寒,然后知松柏之后凋也。"松树经寒不凋的本性,常常被人们用来暗喻人有气节、操守。前面所举刘桢《赠从弟》三首中的其二,也是这样的作品。在这首诗里,诗人也是借物拟人,诗人爱松、栽松,正是诗人移情于物,自己美好情怀的物化外露。

四、借物抒怀,咏物明志

这方面的代表作有骆宾王的《在狱咏蝉》、张九龄的《江南有丹橘》、唐宣宗李忱与庐山禅师的《瀑布联句》、黄巢的《菊花》等。先请看骆宾王的《在狱咏蝉》诗:

> 西陆蝉声唱,南冠客思侵。那堪玄鬓影,来对白头吟。
> 露重飞难进,风多响易沉。无人信高洁,谁为表予心。

显然,这是一首有感而发之作。描写的对象是蝉。题目里已经交代得清楚了,是作者在狱中所闻所感。既然是在狱中,就非同一般日常触发的感受。我们看全篇虽在写蝉,实则寄寓了作者苍凉的身世之慨,同时又没有因为当下的处境而哀叹自伤,反而更坚定已往所抱持的操守。写作这首诗的时候,正是骆宾王因为上书论事,忤逆了武后,被诬下狱期间。他一心匡救时弊,却蒙受不白之冤,所处狱墙外有几株古槐,于秋阳夕照之际,独闻蝉声断续,遂有怀而作。这首诗的序里对当时的所感有详细交代:"每至夕照低阴,秋蝉疏引,发声幽息,有切尝闻。岂人心之异于曩时,将虫声悲乎前听?"

诗的首句即点明托喻之物和自己的对应关系。西陆指秋天,本来,在狱中的人,对外界的四季变化大约并不甚敏感,但是蝉声一起,提醒了人们时节的更易。文士自来就有悲秋的情结,在这个时候便借秋蝉宣泄而出。"南冠"原谓楚囚,这里点出作者自己"在狱"的身份。生机将尽的秋蝉和朝不保夕的囚徒有某种相似的境遇,从而使作者对秋蝉生出惺惺相惜的情意。接下来一联又是上句写蝉,下句写己。"玄鬓"描写的对象自然是蝉;"白头"是自己。这里的"白头",还有深一层意思,即自己思国思民的忧虑之重。汉乐府《杂曲歌辞·古歌》云:"座中何人,谁不怀忧?令我白头。"秋蝉的生命将尽,自己又前境难料,已堪哀痛,而秋蝉声声切切的嘶鸣,更引动人无限的怅惘。这一联在修辞上用的是流水对,紧承上面情绪,语气婉转而更深切。颈联物我合一,表面是在写蝉,实则感发自己的处境。秋天阴浓露重,纵想高飞,亦有翼难振。这里暗指自己仕途的不得志。秋风狂虐多暴,淹没了蝉发出的微响,自己就算有所作为,也为当时的黑暗政局所遮屏,难以传达心声。如果说这一联还有比喻的痕迹在其中,尾联则全然分不清是蝉是"我",好像在赞美蝉的孤高贞洁,又似直抒胸臆,把自己的冤屈和为国忠贞之志,一并宣泄而出。

咏物诗所借的物或有相同,所咏之情未必尽同。重在不即不离,表达出自己独特的心志。就蝉诗而言,初唐虞世南所咏者乃在"居高声自远,非是藉秋风"(《蝉》),是不依赖外在的势力,表彰高远志向,是踌躇满志的形象。晚唐李商隐有"本以高难饱,徒劳恨费声"(《蝉》),一副怀才不遇的形象。对比此首,我们看出,每首诗,都关乎个人的性情、际遇和创作时的具体状况,所谓"饥者歌其食,劳者歌其事",咏物明志的诗,很能看出作品背后的那个人来。

唐宣宗李忱与庐山禅师的《瀑布联句》诗曰:

> 千岩万壑不辞劳,远看方知出处高。
> 溪涧岂能留得住,终归大海作波涛。

关于庐山瀑布,人们都知道李白那首有名的七绝:"日照香炉生紫烟,遥看瀑布挂前川。飞流直下三千尺,疑是银河落九天。"(《望庐山瀑布》)这是从景色上描绘庐山瀑布的宏伟气势,这方面千古以来,无出其右。而唐宣宗李忱与庐山禅师的《瀑布联句》诗,却高在既扣住写景,又各有寄托,含而不露。关于这首诗的本事,始载于《庚溪诗话》卷上:"唐宣宗微时,以武宗忌之,遁迹为僧。一日游方,遇黄檗禅师同行,因观瀑布,黄檗曰:'我咏此得一联,而下韵不接。'宣宗曰:'当为续成之。'"黄檗禅师的前两句"千岩万壑不辞劳,远看方知出处高",其中充满了禅意,即人生出处要高,一入低处,则难免下流矣。而唐宣宗的两句"溪涧岂能留得住,终归大海作波涛",则大气磅礴,瀑布不留恋小溪小涧,不在小的目标面前止步不前,而是志向远大,一往无前,最终要回归到浩瀚的大海,去掀起万丈波涛。这是借咏物以抒怀明志。

这方面还有黄巢的《菊花》诗也很突出。诗曰:

> 待到秋来九月八,我花开后百花杀。
> 冲天香阵透长安,满城尽带黄金甲。

诗的开头似脱口而出,对于金秋的到来充满期盼和自信;第二句说"我花",可见对菊花的热爱之情;"百花杀",百花凋残而菊花盛开,可见对菊花的赞美之情。后两句设喻新颖,把菊花黄色的花瓣想象比喻成战士的铠甲,使菊花不仅具有傲霜的劲节,而且具有战士的精神。黄巢的另一首《题菊花》诗写道:"飒飒西风满院栽,蕊寒香冷蝶难来。他年我若为青帝,报与桃花一处开。"同样是借咏菊以抒发农民革命英雄的豪壮之怀。

五、咏物寓理,物理浑然

这方面的代表作如杜荀鹤的《小松》、罗隐的《蜂》等。试看罗隐的《蜂》:

> 不论平地与山尖,无限风光尽被占。
> 采得百花成蜜后,为谁辛苦为谁甜?

这首诗意思很简单,描写蜜蜂不辞劳苦地工作,结句发问:自己辛苦工作的一切都为了谁呢?语言非常浅近,叙写也很平实,但寓意却深长隽永,寄托了深沉的人生感慨。它所创造的形象,留下的空间很大,每个人在某个阶段都可以把自己放进去看,似乎这成了人生中的一种无奈和常理。这首咏物诗的长处,就在于作者用最普通、最常见的一个场景,揭示了人生中深刻的道理。

杜荀鹤的《小松》诗云:"自小刺头深草里,而今渐觉出蓬蒿。时人不识凌云木,直待凌云始道高。"小松刚出土时为众草所欺,被深埋野草丛中,但它是凌云之木、栋梁之材,最终要拔出众草,在宇宙自然中顶天立地。诗借松写人,托物言志,哲理深长,耐人寻味。

这一类咏物寓理的诗,在唐代还不甚多,但到了擅长说理的宋人那里,就渐渐丰富起来,尤其是北宋的苏轼和南宋的杨万里,把这样一种体制发挥到了前所未有的高度,往往是日常所见的事物,在作者的妙笔点染之下,给人一种新鲜的感悟和别样的情趣。如大家所熟知的苏轼的《题西林壁》就是一个典型的例子:"横看成岭侧成峰,远近高低各不同。不识庐山真面目,只缘身在此山中。"诗中留下的空间很大,足供人发挥自己的想象,把生活中某一段时期的场景放进去,从而领悟出深刻的生活哲理。

第三节 宋人咏物词概述

两宋时期,是词的黄金时代,词从一般的歌伎侑酒的场合渐渐扩展到了文人生活的各个方面,到了后来,几乎到了可以与诗分庭抗礼的地步。咏物也因为这样的变化,逐渐成为词体抒情言志的一个重要方式。咏物词的创作,北宋时以苏轼、周邦彦为代表,南宋时以辛弃疾、姜夔、吴文英、王沂孙为代表。他们因各自所处的时代不同、文学风尚以及个人精神气质的不同,对咏物词的创作也表现出不同的风格。从发展的历程来看,各人无论是自觉还是不自觉地在表现手法上进行丰富和改革,都对词体本身的发展起到重要的作用;至南宋末年,咏物词已经成为人们词的创作中的一个重要组成部分,成为表情达意的重要方式之一。

下面按发展顺序,对宋人咏物词做一个大致的概述。

一、苏轼以前的咏物词

词在初起的时候,主要的作用在于酒筵之间的应歌侑酒。所以风尚大多流于抒发男女缠绵情意,题材相应狭窄地集中在男女相思离别上,而且一般是代言体,很少有个人的情感心志贯穿其间。唐五代时候,以温庭筠为代表的花间诸词人以及南唐二主一相(中主李璟、后主李煜、宰相冯延巳)的词作,虽风格各有不同,主体的导向却是婉约流美。从此婉约便代表着词的"正统"的主体风格,后代虽或有变革,如苏轼等人,而词之主导方面却没有能从根本上得以改变。近代以前的批评家们,多推尊婉约为正宗,即或时有持异议者,也并不敢轻视婉约一脉。我们今天看来,婉约不能单指词的一种风格,而应包括词的一种表情达意的作法。它不能限定词的题材的多样化,同时,它也堪称是"词之言长"这一区别于诗的特色的最重要的质素。

由于早期的词作主要注意到的是爱情和美女,作者的主观感情不必放入其间,所以词从一开始就有着与诗不同的地位。一个文人,在诗里须得忧国忧民,板出极严肃的面孔,而在词里却尽可以放荡不羁,流露他内心中最隐秘而又最不悖于人性常理的东西。他们不必非得托物言志——那些是用于写诗的材料和作法;他们只说眼前事,写当下轻松愉快的感触就行了。所以,词在早期的时候,理性是不受欢迎的因素,感观的沉溺和情绪的张扬才是文人和歌儿们共同追寻的东西。我们试看一首花间词派的代表作品,温庭筠的《更漏子》词:

玉炉香,红蜡泪,偏照画堂秋思。眉翠薄,鬓云残,夜长衾枕寒。　梧桐树,三更雨,不道离情正苦。一叶叶,一声声,空阶滴到明。

熟知温庭筠作品的人,都知道温诗和词决然不同的风格——诗的言志和词的抒情判若两途,我们能够体会出当时人们对词这一新兴体制的认识。这首词不可不谓深情款款,但显然很难从中推断出作者的情怀乃至于精神气节。尽管后人如清代批评家张惠言从温词里看出了作者的感慨之深,但这只能算是聊备一说。那么有寄托深意的咏物之作,在这一时期的词中,就理所当然地少而又少了。即或咏物中无关寄托,只是纯粹地赋写物象的作法,也因为初期词体制短小(多为小令)的约束,而不可能从容婉转地描摹物态。故而咏物之作,在早期词中真是踪迹难觅。《花间集》所收录的500首作品中,除了《杨柳枝》习惯地咏柳之外,只有牛峤的《梦江南》两首:一咏堂前的燕子(词曰:"衔泥燕,飞到画堂前。占得杏梁安稳处,体轻唯有主人怜。堪羡好因缘"),一咏红绣被上的鸳鸯(词曰:"红绣被,两两间鸳鸯。不是鸟中偏爱尔,为缘交颈睡南塘。全胜薄情郎")。

北宋初期,在欧阳修、晏殊、柳永等人的努力下,词的表现方法渐趋丰富,抒情意味更加浓厚,题材也有所扩大;但对词的概念的认识,仍然一如前代。例如作为宰相的晏殊对于别人把对词的评价和他联系起来就很不愉快。在这种情况下,咏物之作难以寓目也就容易理解了。到柳永出现在词坛上,情形有了变化,其词渐渐与个人情感紧密相连,并且在词的体制上创制了长篇慢词,解决了词的包容量问题,"赋"的表现手法在这样的境况下,遂得以发扬。不过,在柳词中,题作咏物的作品也只有《木兰花》三首,分别咏杏花(词曰:"剪裁用尽春工意。浅蘸朝霞千万蕊。天然淡泞好精神,洗尽严妆方见媚。　风亭月榭闲相倚。紫玉枝梢红蜡蒂。假饶花落未消愁,煮酒杯盘催结子")、海棠(词曰:"东风催露千娇面。欲绽红深开处浅。日高梳洗甚时忺,点滴燕脂匀未遍。　霏微雨罢残阳院。洗出都城新锦段。美人纤手摘芳枝,插在钗头和凤颤")、柳枝(词曰:"黄金万缕风牵细。寒食初头春有味。殢烟尤雨索春饶,一日三眠夸得意。　章街隋岸欢游地。高拂楼台低映水。楚王空待学风流,饿损宫腰终不似"),并且用的也还是小令。看来,咏物这种方式并非某个因素所可左右的,它是时代、风尚、文学观念和词体流变等综合作用之下的产物。

二、苏轼的咏物词

苏轼以其绝高的才华,在很多方面都敢于开时代风气之先。他在诗和文上都取得了很高成就,并成为当时文坛领袖人物,对当时文学风尚起着引领、示范和推动作用。他虽不有意以主要精力和才华为词,但因为是大手笔,挥洒自如,触处生春,所以在词的领域里,也有开拓创新。正如宋人王灼在《碧鸡漫志》中评曰:"东坡先生非心醉于音律者,偶尔作歌,指出向上一路,新天下耳目,弄笔者始知自振。"东坡在词方面的主要成就,就是改变了以往词之题材狭窄、多及于男女之情的状况,而使它能够像诗一样"无意不可入,无事不可言"。他的"以诗为词"的作法,令词的境界达到了一个崭新的高度;而所创作的咏物词,正是他对词革新的一个具体体现。在苏轼的300多首词作里,标明咏物的就有30余首,数量上远远超过他之前的任何词人。就咏物的表现手法而言,也较为多样化,不似从前那般单一地、只是照着传统感物言志的套路却缺乏主观投入的写法。这些咏物作品在苏词中的出现,不仅是对咏物传统的继承和发展,还为此后词体日尊,打下了牢固的基础。

我们现在先试看苏轼的一首咏物之作《水龙吟·次韵章质夫杨花词》:

> 似花还似非花,也无人惜从教坠。抛家傍路,思量却是,无情有思。萦损柔肠,困酣娇眼,欲开还闭。梦随风万里,寻郎去处,又还被、莺呼起。　　不恨此花飞尽,恨西园、落红难缀。晓来雨过,遗踪何在?一池萍碎。春色三分,二分尘土,一分流水。细看来不是杨花,点点是、离人泪。

历来对这首词的评价很多。这是一首"次韵"之作,就是别人(章质夫)已经有一首原作在前面了,苏轼一面须步其韵而作,不能自由地发挥;一面又得作意翻新,有别于前作,这就较原作的写作有了更大的难度。不过苏轼得到的评价是他这首和词胜过章的原词,因为章词还只是就物言物,缺乏灵动的情思;苏词却能够"不粘不脱",跳出杨花来抒情,然而又句句暗中关合杨花。近人王国维极力称誉这首词:"咏物之词,自以东坡《水龙吟》为最工。"(《人间词话》)

词作者在词中运用了充满诗意的想象,把随风飘扬、随水流荡的杨花和情思缠绵、梦魂依依的思妇交融在一起,分不清何处写的是花,何处写的是人,又似处处是花,处处关人。字字摹写杨花之态,句句曲尽思妇之情。"似花"句,咏杨花最为绝妙;虽似无理,细想却非常贴切,因其不能移用到其他花上。"抛家"三句,写杨花随风飘荡,无所归依的情状。其中暗含作者怜惜之情,此怜惜恰关合上句"无人惜从教坠"之"惜"字。"萦损"数句,遗貌取神,忽花忽人,情思无限。下片紧承飘荡无居之意,怀想此花最终的归宿。"不恨"句,说明春天匆匆过去,时光倏忽,一何荏苒!居人怀春的情思就愈酿愈浓了。"惜"花之情也随之愈加深厚。"晓来"数句,写杨花的归宿终令人惆怅,她经雨沾泥,一夕之间化作池中浮萍。古人有杨花落水之后化为浮萍的说法,苏轼在这里巧妙化用了前人的想象,把别样的伤心情怀融入其中,饱满地呈现到读者的面前。"细看来"句,由花及人,离愁别恨,回环往复,情不能已。全篇笔致空灵,体物细微,一气贯通,是不可多得的咏物佳作。

苏轼的咏物词还有《定风波·咏红梅》。词曰："好睡慵开莫厌迟，自怜冰脸不时宜。偶作小红桃杏色，闲雅，尚余孤瘦雪霜姿。　休把闲心随物态，何事，酒生微晕沁瑶肌。诗老不知梅格在，吟咏，更看绿叶与青枝。"这首咏物词也是不即不离，遗貌取神。开始既兼顾梅花的物态和本性，又将梅花人格化，娴静高雅而不浅薄庸俗，"孤瘦雪霜姿"，写出了梅花的品格。词人的笔墨不落在"绿叶与青枝"上，而独标其"梅格"，尤为高人一筹。难怪清人刘熙载在《艺概·词曲概》中评道："东坡《定风波》云'尚余孤瘦雪霜姿'，《荷华媚》云'天然地、别是风流标格'。'雪霜姿''风流标格'，学坡词者，便可从此领取。"苏轼还写过一首咏梅词《南乡子·梅花词和杨元素》。词曰："寒雀满疏篱，争抱寒柯看玉蕤。忽见客来花下坐，惊飞。踏散芳英落酒卮。　痛饮又能诗。坐客无毡醉不知。花谢酒阑春到也，离离，一点微酸已着枝。"词避开对梅花的正面描写，而采取侧面烘托的手法，前写寒雀对梅花的钟情以显示梅花的姿色和风韵，后写以文会友以进一步衬托梅花不平凡的格调。

苏轼的咏物词还有咏柳的《洞仙歌》和咏橘的《浣溪沙》、咏荷的《浣溪沙》等，其中咏柳的《洞仙歌》词曰："江南腊尽，早梅花开后。分付新春与垂柳。细腰肢、自有入格风流。仍更是、骨体清英雅秀。　永丰坊那畔，尽日无人，谁见金丝弄晴昼。断肠是飞絮时，绿叶成阴，无个事、一成消瘦。又莫是东风逐君来，便吹散眉间，一点春皱。"咏橘的《浣溪沙》词曰："菊暗荷枯一夜霜，新苞绿叶照林光。竹篱茅舍出青黄。　香雾噀人惊半破，清泉流齿怯初尝。吴姬三日手犹香。"皆咏物词中"不粘不脱"的传神之作。

三、周邦彦的咏物词

苏轼的咏物词大多直抒胸臆，自然明白。这和他个人的性格气质有关——他本来就重天趣而不喜匠工，在诗文的写作上，主张"气"的流贯。我们读他的作品，常觉得有一泻千里的快意。但是这样如果过了度，也容易产生负面的影响，即平白直露，缺乏含蓄蕴藉之美。后人学苏者，由于气度才华不能相及，往往流于粗率而缺乏回味。周邦彦是北宋末笼罩词坛的大家。他的作品运用了与苏轼决然不同的方式,即由直抒胸臆转向安排巧思。他的咏物作品数量并不多,在200多首词中只有十余首,但这已足使后人称美不已。如强焕在《清真集》序中云:"美成词摹写物态,曲尽其妙。"由此可见周词摹写物态的高超。周邦彦善于长调慢词,他的长调咏物词,除了安排巧思的独特方式,足以启发南宋咏物词的思路。在他的长调咏物词中所采取的布局结构,不同于以往任何词人,其情感的表达隐微曲折,缠绵往复。周邦彦咏物词的代表之作有《六丑·蔷薇谢后作》《水龙吟·梨花》《花犯·梅花》《大酺·春雨》等。

我们试看他的一首代表之作《六丑·蔷薇谢后作》:

> 正单衣试酒,怅客里、光阴虚掷。愿春暂留,春归如过翼,一去无迹。为问花何在,夜来风雨,葬楚宫倾国。钗钿堕处遗香泽。乱点桃蹊,轻翻柳陌。多情为谁追惜。但蜂媒蝶使,时叩窗隔。
> 东园岑寂。渐蒙笼暗碧。静绕珍丛底,成叹息。长条故惹行客。似牵衣待话,别情无极。残英小、强簪巾帻。终不似一朵,钗头颤袅,向人欹侧。漂流处、莫趁潮汐。恐断红、尚有相思字,何由见得。

此词题面为咏落花,咏蔷薇花谢,实则全篇落实到一个"惜"字。作意和苏轼咏杨花词相类似,写法却不相同。起句点明时间、人事。正是乍暖还寒时节,作者流寓他乡,久客无成,惆怅光阴虚度。"愿春"三句,乃见春去匆匆,留之不住。"愿"的是不欲使如上文所言"光阴虚掷",然事与愿违,"春归如过翼",谓春去竟如飞鸟而逝,太过匆匆,则作者之美好愿望,竟自落空。"过翼"已经见出春归之速,而"一去无迹",语意添足,再不令人作虚幻之想。清人周济谓此词起处十三字:"千回百折,千锤百炼。"这十三个字,把情感的曲曲折折,描摹得不留余地,然而却浑含而不直露,我们应当从此处领略周词"愈勾勒愈浑厚"(周济语)的功夫。起处一个"怅"字,奠定了全篇的感情基调。"为问花何在"一句,是"怅"后"惜"情,感花自伤,同时在结构上点醒全篇,以下文字均从此问话中来。"夜来风雨"两句,从正面写落花。风雨摧花,令人感伤,而以"楚宫倾国"拟落花,足见作者惜花情意之浓。见花飘零,而人在客里,惺惺相惜之感遂深。"钗钿"句,摹写眼前实境,花落之状狼藉可哀。下两句,实是作者"追惜"之下的想象,此种作法是以虚笔写实景,更给全词笼上了一层莫可名状的怅惘。句中"为谁"即"谁为","多情为谁追惜",意思是多情的谁,为这落花追惋怜惜呢?这固然是多情的作者自问自答的话。"但使"句,更引出蜂蝶者,补足"追惜"之情,蜂蝶虽似无情之物,也知"时扣窗隔",寻香而不忍离去。我们看上片紧扣住一个"怅",一个"惜",其实是一个含义,惜花落之无归到自己身世之落寞,怅春归之无迹到自己老大之无成;层层透进,曲曲道来,章法回环曲折,起落无端。下片,一开始,承上文落花而言。"东园"二句,言花落春去,赏花人散,故而"岑寂"寥落。人散而作者独于花枝下"静绕"徘徊,此更进一层加深上文的"追惜"之情。"成叹息"是收束前文铺叙渲染之情,同时语气顿挫,翻出后文新的意境。"长条"句,因花落无迹,唯剩花枝;这花枝不是其他花的花枝,而是蔷薇花的花枝。蔷薇花是长而柔的枝条,作者题为"蔷薇谢后作",此处摹写,足见功夫之细致。花枝却似深解作者"追惜"之情,也恋恋相依,勾连住作者的衣角,无情物翻成有情身。这真是眼前景,心中境:一场风雨,花自零落,一般赏游者早已散去,独多情如作者却久久不忍其情,甚而引残剩的花枝为流寓中唯一的知己,于花枝固是无中生有,于作者却是情到深处。我们无法知悉他现实生活中的具体所遇,但人生复杂抑郁之感,在吞吐反复的词句中,也能由此一一体察。生活总是具体的事件,但文字中并不需明白道出此具体事件,唯有生发成一种众生共有的情感,才能更深刻地打动读者。"残英"句,是眼前的惋惜情状,"终不似",是再一次地追忆怜惜。"漂流处",对残花不改初衷,一往情深。结句"何由见得"之问,更见其依依惜别,情不能已。周济对此评曰:"不说人恋花,却说花恋人。不从无花惜春,却从有花惜春。不惜已簪之残英,偏惜欲去之断红。"近人陈匪石也称道之:"人人所欲言而人人不能言,浑化之境,词之极轨,真千古绝唱也。"

我们前面说到周词作法与苏词不同,读了这首词,可约略识其一二。苏词清畅明净,虽深情处亦文辞明了;周词缠绵沉郁,幻化无端,从不用一处直笔。看苏词写杨花,章法简明,上片正面摹写,人物相关;下片设想杨花去路,愈出愈奇。周词则章法回环往复,绵密婉转,羁旅行愁之意，吞吐而不能放纵。周词在北宋末年压倒了苏词的影响，正在于它运用了一种与苏词决然不同的表情达意的手法。而吞吐缠绵，恰与那个时代之下文人心态关合，故周邦彦能成为独踞一代之词宗，并对后世影响颇深。

周邦彦的咏物词以咏花为最多，有的通过花来抒写自己的怀抱、情感，如前面这一首《六丑·蔷薇谢后作》；也有的纯是写物体物之作，如《水龙吟·梨花》："素肌应怯余寒，艳阳占立青芜地。樊川照日，灵关遮路，残红敛避。传火楼台，妒花风雨，长门深闭。亚帘栊半湿，一枝在手，偏勾引、黄昏泪。　　别有风前月底，布繁英、满园歌吹。朱铅退尽，潘妃却酒，昭君乍起。雪浪翻空，粉裳缟夜，不成春意。恨玉容不见，琼英谩好，与何人比。"这首词选用了许多与梨花相关的历史故事，如汉武帝陈皇后的事、昭君的事、南齐东昏侯潘妃的事、唐明皇梨园的事等，来刻画梨花的色、香、形和精神风韵。上片虽然以情语收结，但主要是对梨花自身的描写，在艳阳明媚的青草地上，梨花如淡妆素裹、亭亭玉立的少女，比李花更有神韵。

另外说一下周邦彦的另一首代表作《兰陵王·柳》，虽然不是咏柳，但以柳写情，颇有特色。词曰：

柳阴直，烟里丝丝弄碧。隋堤上、曾见几番，拂水飘绵送行色。登临望故国。谁识，京华倦客。长亭路，年来岁去，应折柔条过千尺。　　闲寻旧踪迹。又酒趁哀弦，灯照离席。梨花榆火催寒食。愁一箭风快，半篙波暖，回头迢递便数驿。望人在天北。　　凄恻，恨堆积。渐别浦萦回，津堠岑寂。斜阳冉冉春无极。念月榭携手，露桥闻笛。沉思前事，似梦里，泪暗滴。

近人唐圭璋先生对这一首词分析道："此首第一片，紧就柳上说出别恨。起句，写足题面。'隋堤上'三句，写垂柳送行之态。'登临'一句陡接，唤醒上文，再接'谁识'一句，落到自身。'长亭路'三句，与前路回应，弥见年来漂泊之苦。第二片写送别时情景。'闲寻'，承上片'登临'。'又酒趁'三句，记目前之别筵。'愁一箭'四句，是别去之设想。'愁'字贯四句，所愁者即风快、舟快、途远、人远耳。第三片实写人。愈行愈远，愈远愈愁。别浦、津堠，斜阳冉冉，另开拓一绮丽悲壮之境界,振起全篇。'念月榭'两句,忽又折入前事,极吞吐之妙。'沉思'较'念'字尤深,伤心之极,遂迸出热泪。文字亦如百川归海,一片苍茫。"(《唐宋词简释》,上海古籍出版社,1981年)这首词虽然题目是"柳",但主要不是咏柳,而是借咏柳以抒发离别之情。因为古人有折柳送别的习俗,词中写柳荫、柳丝、柳絮、柳条,也是按诗词中借柳来写别情的常例,起到了渲染离愁别绪的作用。这是一首题为一物而非为咏此物,又是以此物来渲染烘托情感的词,因为比较特别,故录而简析之。

四、姜夔的咏物词

姜夔是南宋时期与辛弃疾名声相齐而风格迥异的一位词坛大家。南宋中叶以后的词家,受他影响的很多。姜词在讲究格律、炼字琢句、用典咏物方面与周邦彦一脉相承。但是,他又创制出清淡峭拔的风格,是此前词中所未有的境界。姜词现存84首,可以说篇篇都是覃思精审之作,其中个人生活的描述以及身世感慨的抒发占有很多比例。他曾在诗中自述身世:"少小知名翰墨场,十年心事只凄凉。"(《除夜自石湖归苕溪》)多舛的生涯,抑郁的情怀,使得托事咏物成为姜词很重要的一个内容,他的词中咏梅有28首,咏柳有25首,其他还有咏蟋蟀、咏荷花等等,足见他对这一表情方式的偏爱。最为后世所称道的是他的咏梅二首:《暗香》《疏影》。二者一写自己身世飘零之苦,一写国家兴亡之痛。虽用意不同,但托物言志的手法却是相同的。下面我们来看看这两首词,具体分析第二首。

暗 香

旧时月色,算几番照我,梅边吹笛。唤起玉人,不管清寒与攀摘。何逊而今渐老,都忘却、春风词笔。但怪得、竹外疏花,香冷入瑶席。　　江国,正寂寂。叹寄与路遥,夜雪初积。翠尊易泣,红萼无言耿相忆。长记曾携手处,千树压、西湖寒碧。又片片、吹尽也,几时见得。

疏 影

苔枝缀玉。有翠禽小小,枝上同宿。客里相逢,篱角黄昏,无言自倚修竹。昭君不惯胡沙远,但暗忆、江南江北。想佩环、月夜归来,化作此花幽独。　　犹记深宫旧事,那人正睡里,飞近蛾绿。莫似春风,不管盈盈,早与安排金屋。还教一片随波去,又却怨、玉龙哀曲。等恁时、重觅幽香,已入小窗横幅。

《暗香》原作之前有一个小序,交代了这两首词的创作缘起:"辛亥之冬,予载雪诣石湖。止既月,授简索句,且征新声,作此两曲。石湖把玩不已,使工妓肄习之。音节谐婉,乃名之曰《暗香》《疏影》。"姜夔和范石湖(范成大)是好友,又是音乐上的知己。有一年姜到范的山庄看望故人,在那里住了一个月。范成大和姜夔一样,对梅花有一种特殊的赏爱之情,在山庄里遍植了梅树。所以两人对酒赏梅时,范就请姜作梅词,并且须用姜自制之曲。姜果然襟期洒落,不负所托,写下了这两首千古名章。词的题面出自北宋初林逋(也是一位以爱梅著称的诗人,有"梅妻鹤子"之称)的诗句:"疏影横斜水清浅,暗香浮动月黄昏。"后来姜夔在离开范家的归途上曾写下一首小诗:"自作新词韵最娇,小红低唱我吹箫。曲终过尽松陵路,回首烟波十四桥。"(《过垂虹》)里面提到的新词即是《暗香》《疏影》二阕,也见得作者是很以这两首词自喜自得的。下面我们来看看比较难读的《疏影》。

《疏影》的难读,是由于它用了很多典故,加上作者所处时代背景的印痕,单凭字面的意思是无法索解的。这首词的美妙,在于音律、用词和化典。姜夔是当时著名的能够自制曲的词家,而且词的美感在早期主要是通过音乐来传递的。可惜由于词调的久已失传,我们现在无法领略到这一层。但是用词的美,字面的妙丽,仍如从前一般打动人心。而典故的使用,又使词添加了文人的趣尚。在词中用典之手法,源自苏轼,此后便愈用愈精;南宋初的另一个大词人辛弃疾曾以用典多为人诟病,但这也足可说明后来词人对用典的重视。姜夔用典的妙处在于融化不涩,即虽用典,却不生硬、不叠加,词气清畅,典故所指称的含义悄然融注和沉淀到词的意境深处去了。前人多以为《疏影》暗寓了靖康之耻,徽、钦二帝北徙之事。词中有"昭君不惯胡沙远"句,昭君的典故,是咏史系统中一个常例,姜夔在这里运用,当然不是出于偶然。史载徽宗北行道中闻笛,口占一词,其中有"春梦绕胡沙。家山何处?忍听羌笛,吹彻《梅花》"的句子。姜夔梅词,本于此,应当说是其来有自的。靖康之祸,给宋人留下了巨大的怆痛,刘克庄等许多词人都以梅词托咏此事,姜作咏梅花而旁及于此,亦本无足怪也。词从正面写起,"苔枝缀玉",将梅的风姿神韵,清美孤高之状,一一写足。接着以昭君之典托喻二帝之事,暗含深痛。昭君当时据说是因为不肯贿赂画工毛延寿,而不得宠幸于君王。后来从命和亲,远嫁到匈奴,抛家别国,永无再还之日。姜之前不知有多少诗人为昭君事而感伤涕零,写下了许多名篇,如杜甫的《咏怀古迹五首》(其三曰:"群山万壑赴荆门,生长明妃尚有村。一去紫台连朔漠,独留青冢向黄昏。画图省识春风面,环珮空归夜月魂。千载琵琶作胡语,分明怨恨曲中论")、王安石的《明妃曲二首》(其一曰:"明妃初出汉宫时,泪湿春风鬓脚垂。低回顾影无颜色,尚得君王不自持。归来却怪丹青手,入眼平生未曾有。意态由来画不成,当时枉杀毛延寿。一去心知更不归,可怜着尽汉宫衣。寄声欲问塞南事,只有年年鸿雁飞。家人万里传消息,好在毡城莫相忆。君不见咫尺长门闭阿娇,人生失意无南北")等。姜夔则是因为昭君的远在异域、无由得见故国的深痛,想见其魂梦月夜归来的凄凉情景(此用杜甫诗意),将昭君的精魂比作月下幽独的梅花。意境已是极美,我们复从梅花的幽独自赏回到昭君的凄凉无依,再到二帝的失国哀痛、凄然南望终至于作者本身在貌似盛世里的家国之叹,大略可以理清一个思绪的脉络。词的下片由梅花想到寿阳公主梅花点额的故事,史载宋武帝女寿阳公主白天在含章殿下休息,梅花落于公主额上,变成五色花样,拂之不去。三天之后才洗掉。宫女们很艳羡,竟自己画花在额上,成了流行一时的梅花妆。这个故事不同于昭君之典那般凄凉,它充满生活的气息和趣味,显出人们对梅花的赏慕之情。不同的用典,穿插词中,情调跳脱轻灵。接着又用金屋藏娇之典,爱花惜花,希望梅不被寒风摧折。末处幻化成虚,眼前实景被画卷所替,令人可望而不可即,怅怀不已。

全词共用了五个典故,"苔枝"句,是遇梅花花神之事,形容梅花孤高俊雅的风情。"无言"句,用杜甫《佳人》诗意,比拟梅花幽独之状。"昭君"句,如前分析,写深痛,写哀婉。"深宫"句,以娇美的寿阳公主比梅花之轻盈、之富于情趣。"金屋"句,用汉武金屋藏娇事,点明作者对梅花的爱惜深情。五个典故各不关联,却经过作者的巧妙构思,浑化无迹地穿插在各处,多层面地表现出梅花淡雅风情和高洁气质,其中又寓于作者的家国之叹。内容丰赡,词气却不凝滞;风调淡雅而感慨深挚;结构谨严,首尾关合,非大词人妙手之得不能为此,在咏物系列中也成为不可多得的佳作。

姜夔咏梅的词还有《小重山令·赋潭州红梅》,词曰:"人绕湘皋月坠时,斜横花树小,浸愁漪。一春幽事有谁知。东风冷,香远茜裙归。

鸥去昔游非。遥怜花可可,梦依依。九疑云杳断魂啼,相思血,都沁绿筠枝。"这是一首咏梅怀人之作,词人通过"茜裙归""相思血"等意象,将红梅和相思的女性形象交互糅合在一起,在咏红梅中寄寓了对伊人的思念之情。姜夔的咏物词还有《侧犯·咏芍药》,写芍药的蓓蕾在"微雨"的滋润下悄然开放,"无语,渐半脱宫衣笑相顾",她们红妆半裹,微露笑颜,深情顾盼,十分传神。还有咏蟋蟀的《齐天乐》("庾郎先自吟愁赋"),"将蟋蟀与听蟋蟀者层层夹写,如环无端,真化工之笔也"(许昂霄《词综偶评》)。

五、南宋末的咏物词

南宋末,咏物词一时呈繁盛之况。其中王沂孙可谓是咏物词创作的集大成者。咏物词从苏轼到姜夔一脉而下,虽个人趣尚和表现的风格不同,但对于咏物一体本身,还都是从各个方面丰富了它的表现手法。随着人们对"物"的认识的加深,从早期"感物言志"中片段式"物"的描述,到后来"托物寄兴"时全篇集中对某一"物"的赋写,"物"在诗词中的分量越来越重了;相应地,咏物诗词的数量也越来越多,且具有其精神方面的价值。到了南宋末期,王沂孙对咏物词的贡献,在于他不仅继承了赋写的手法,而且又发扬了喻托的传统;结构上既安排周密,又能于用典处以意贯之,浑化无迹。加之他亲身经历南宋亡国之痛,在填词时,喻托的深意似乎比其他诸词家还要来得真切。清人陈廷焯评曰:"碧山词性情和厚,学力精深,怨慕幽思,本诸忠厚,而运以顿挫之姿、沉郁之笔。论其词品,已臻绝顶。""即于一字一句间求之,亦无不工雅。""碧山为词,只是忠爱之忱,发于不容已,并无刻意争奇之意,而人自莫及。"(《白雨斋词话》)对王沂孙的人格词品,给予了很高的评价。

南宋覆亡之际，王沂孙只有30多岁，触目所见者，大约都是令人神伤的景象。当时的士人，还面临着另一重的难堪选择，就是是否在新朝为官。当时两难的情形是"不可以仕而不可以不仕"：仕则违背心志，内心郁恻，甚至有辱人格；不仕则随时都有生命的危险。如此世道，可推想王沂孙的境遇。他的《齐天乐·蝉》词曰：

> 一襟余恨宫魂断，年年翠阴庭树。乍咽凉柯，还移暗叶，重把离愁深诉。西窗过雨。怪瑶佩流空，玉筝调柱。镜暗妆残，为谁娇鬓尚如许。　　铜仙铅泪似洗，叹携盘去远，难贮零露。病翼惊秋，枯形阅世，消得斜阳几度。余音更苦。甚独抱清高，顿成凄楚。谩想薰风，柳丝千万缕。

我们在前一章的唐代咏物诗里，曾分析过一首骆宾王所写的蝉诗，其中感慨身世，充满了个人不能抒其高远志向的苦闷。而这一首咏物词，其郁结况味比之骆诗，真是更加悲凉。这是由于两个作者所处时代的不同投影。骆宾王其时虽个人不甚得志，但毕竟在一个冉冉升起的盛世前夕，他还存有希望；而王沂孙处于正当报国的年华，目击国家的败亡黯然神伤，且又流落异族之手，情何以堪？所以王词读来，倍觉抑郁哽咽，表露着亡国之民无可奈何之境和吞吐难言之苦。王沂孙创制了大量的咏物词，所描写之物十分多样，如《眉妩·新月》《南浦·春水》《绮罗香·红叶》《齐天乐·萤》《庆清朝·榴花》《花犯·苔梅》《天香·咏龙涎香》《庆春宫·水仙花》等等，这首咏蝉词是他咏物词的代表之作。

词中凄咽的寒蝉，是失国亡家人的象征。"宫魂"，点明朝廷的崩离。"乍咽""还移"，是亡国之后，流徙无居、朝不保夕的生活苦境的形象写照。"为谁娇鬓尚如许"，感叹多情的秋蝉，依旧如从前般保持着容颜的姣好，实则残败的江山，再难以恢复从前的气象了。无限的沉痛，都从"为谁"二字里出。下片，"铜仙"句，暗含宋室宗器重宝的播迁，眼见着如此而无可奈何，唯有一"叹"。"病翼惊秋，枯形阅世，消得斜阳几度"，自寓身世，极尽哀婉凄怆。"余音"数句，大声疾呼、痛哭流涕，转而无语凝咽。无限沧桑之感，遗臣孤愤之心，洞然可见。结句忽作太平清明之时的漫想，回首前尘，聊作痛定之后虚渺的慰藉。此种写法，恰似南唐后主李煜的《望江南》："多少恨，昨夜梦魂中。还似旧时游上苑,车如流水马如龙。花月正春风。"本来亡国之恨,日夜缠绕,词却只在梦中最繁丽的旧时风光中留住,以乐景写哀情,痛何如之!

这首词词境浑厚,铺陈安排颇具巧思,又处处留下寄托寓意、可供读者玩赏的空间,并且线索分明,不枝不蔓,结构细密,既有苏轼词中的清气流转,又有周邦彦词的安排巧思,还兼姜夔词的化典活用。其于前代诸词人所学之处,不一而足;但就其词法的多样化,和赋写喻托的显著特色,王词堪称咏物词传统中集大成者,不仅丰富了咏物之作的内容和表现技巧,在整个中国咏物之作的发展演变进程中,亦居于颇为重要的地位。与这首词的情境大致相同的另一首咏物词是《水龙吟·落叶》,词曰:"晓霜初著青林,望中故国凄凉早。萧萧渐积,纷纷犹坠,门荒径悄。渭水风生,洞庭波起,几番秋杪。想重厓半没,千峰尽出,山中路、无人到。　　前度题红杳杳。溯宫沟、暗流空绕。啼螀未歇,飞鸿欲过,此时怀抱。乱影翻窗,碎声敲砌,愁人多少。望吾庐甚处,只应今夜,满庭谁扫。"通过描写和刻画秋风中的落叶,弥漫着浓浓的凄凉哀痛之情,从中感受到作者由国破家亡引起的无可奈何的沉痛哀叹。

宋末咏物词中比较有名的还有史达祖的《双双燕·咏燕》《绮罗香·咏春雨》《东风第一枝·咏春雪》《留春令·咏梅花》等,刘克庄的《摸鱼儿·海棠》《长相思·惜梅》《昭君怨·牡丹》等,吴文英的《宴清都·连理海棠》、《过秦楼》(咏荷花)、《高阳台·落梅》《点绛唇·越山见梅》等,周密《疏影·梅影》《齐天乐·蝉》《花犯·赋水仙》,等等,不一而足。

宋代以后,咏物诗词时有继作,明清两代,也出现了不少诗词大家,在咏物作品上颇多贡献。尤其值得注意的是,每个时代到了衰亡之际,咏物作品就一下子急遽增多,这大概也从一个侧面体现出咏物诗词具有托喻寄兴的特殊而又重要的价值吧。

附　录

一　岁寒三友——松

在中华民族悠久的传统文化中，人们喜欢将经冬不凋、葱绿长青的松、竹和傲雪凌霜、冲寒怒放的梅花，并称为"岁寒三友"。

早在唐代，相传李邕在一首题画诗中就写过"醉里呼童展画，笑题松竹梅花"的诗句。宋代画家赵孟坚画的《岁寒三友图》，以墨笔画松竹梅折枝一丛，竹叶一色浓墨涂染，枝叶分界处中留白线，此乃宋徽宗赵佶画法。宋代林景熙在《五云梅舍记》中写道："即其居累土为山，种梅百本，与乔松、修篁为岁寒友。"《孤本元明杂剧》缺名《渔樵闲话》也说道："那松柏翠竹，皆比岁寒君子，到深秋之后，百花皆谢，惟有松、竹、梅花，岁寒三友。"

岁寒三友中，我们先来欣赏松以及以松为对象的文学作品和以松为物质材料所组成的种种文化形式。

由于松树生命力顽强，不管是在热带还是在寒带，不管是在山地还是在平原，也不管土质多么贫瘠，环境多么险峻，气候多么恶劣，它都能扎根生长，舒枝展叶，傲雪凌霜，不屈不挠。由于松树的这一自然物性，它自古以来遍布我国南北各地，跟我们华夏民族的产生、生存和发展，结下了不解之缘。

我们祖先对松树的认识，首先是源于物质生活的需要。换句话说，物质生活的需要，是有关松的文化产生的基础和发展的动力。我们的祖先早在以打猎为生的时候,就常常依松而宿、与松为伴。

松树的花称松花,又叫松黄。李白有诗句"轻如松花落金粉"。松花可以做饼,叫松花饼。《山居杂志》载:"松至三月花,以杖扣其枝,则纷纷坠落,调以蜜,作饼遗人,曰松花饼。"古时还有以松花酿酒,叫松花酒;而以松膏所酿的酒,叫松醪春,唐诗人戎昱有"松醪能醉客"(《送张秀才之长沙》)的诗句。松树的果实叫松子,又叫松仁,芳香可食;在远古先民们采集的食物中,少不了有松子。南朝梁元帝萧绎在《与刘智藏书》中就说过"松子可餐"。松子不仅有食用价值,而且还有药用价值,这在《本草纲目》中有记载。松树的枝干可以用来搭棚造屋,为梁为柱,坚固结实,经久耐用。松是构成建筑文化的主要物质之一。

松树上分泌渗出的脂膏叫松脂,又称松膏、松香,用处颇为广泛。老松心中有油如蜡,可以点燃用以代烛,谓之松明;点燃不怕风吹,又称松炬。宋代大文豪苏东坡有诗句曰:"夜烧松明火,照室红龙鸾。"(《夜烧松明火》)松炬不但可用来生活照明,还可用到战争上。《三国志·魏书·满宠传》载:孙权"自将号十万至合肥新城,宠驰往赴,募壮士数十人,折松为炬,灌以麻油,从上风放火烧贼攻具,射杀权弟子孙泰",大获全胜。

松明火把,在历代人民的生活中,特别是夜晚劳动生活和娱乐生活中,起到了重要的作用。至今这一文化传统依然在体育运动会的火炬的形象中得以延续。如亚运会、奥运会点燃的火炬。

另外,松树焚烧后的炭可以制墨,叫松烟墨。据《洞天墨录》记载:"古墨惟以松烟为之……杨慎曰:'余尝谓松烟墨深重而不姿媚,油烟墨姿媚而不深重。'"因为松烟可以为墨,所以《云仙杂记》中又以"松使者"作墨的别名。墨乃文房四宝——纸、墨、笔、砚——之一,它对于中华文化的普及和发展,起到了特殊重要的作用。由此更可看出松树与中国传统文化关系之密切!

随着社会生活的发展,关于松的文化也不断出现新的形式,增加新的内容。如节日时扎松门,或欢庆喜事,或迎接嘉宾,或欢迎凯旋的英雄。而黄山松原本是自然界中松树的一种,但因为它那远绍修长的枝干,被人们赋予伸臂迎客的美意,称之为"迎客松",迎接四海朋友,为传播友谊起到了良好作用。

中华大地幅员辽阔,山川秀美,奇松异柏,随处可见。黄山除迎客松外,还有送客松、望客松等;泰山有姐妹松、五大夫松等;还有九华山的凤凰松,三清山的孔雀松,庐山松,华山松;等等,举不胜举,美不胜收。

松树不但跟人们的物质文化生活关系密切,而且对人们的精神文化生活影响更大。这种对于中华文化的深远影响,就在于松树那夏不畏酷暑、冬不屈严寒的自然秉性中所引申出来的理性象征意义,就在于历代人们特别是儒家学说所赋予它的道德哲理,影响和铸造了中华民族的民族心理和民族气节。这是有关松的文化的最高表现形式。

早在春秋时期,伟大的思想家、教育家孔子,就在《论语》这部儒家经典中热情地礼赞松树道:"岁寒,然后知松柏之后凋也。"(《子罕》篇)这句话影响极其深远,后世诗文中常以"岁寒松柏"比喻在艰难困苦中能保持节操的人。如唐代刘禹锡的诗句云:"后来富贵已零落,岁寒松柏犹依然。"(《将赴汝州途出浚下留辞李相公》)

《礼记》中也写道:"松柏之有心也,故贯四时而不改柯易叶。"从对松树的自然禀性的认识中,赋予松树以高尚的道德哲理的内涵。

或以松柏比君子,如《荀子·大略》曰:"岁不寒,无以知松柏;事不难,无以知君子。"或以"松柏之茂"比喻不衰之情。如《诗经·小雅·天保》:"如松柏之茂,无不尔或承。"《笺》曰:"如松柏之枝叶常茂盛,青青相承,无衰落也。"《庄子·让王》中亦曰:"天寒既至,霜雪既降,吾是以知松柏之茂也。"或以"松心"比喻不变之心。唐刘禹锡诗曰:"旧托松心契,新交竹使符。"(《酬喜相遇同州与乐天替代》)或以"松柏志"比喻志节之不移,以"松柏操""松柏之坚"比喻节操之永不变易。或以"松契"比喻友谊之地久天长。唐人卢照邻《五悲》诗曰:"兰交永合,松契长并。"还有以"松鹤"比喻高龄;以"松柏之寿"比喻长命百岁。白居易《效陶潜体诗》中有句曰:"松柏与龟龄,其寿皆千年。"

孔子所说的"岁寒,然后知松柏之后凋也"这句名言,对后世文化产生了极其深远的影响。松树,作为伦理观念和意志的化身,积累和沉淀在历代观赏者的思维和表象中;在中国传统文化领域里,成为一种具有符号意义的形象,以至于一个具有中国文化修养的人,在中国文化典籍中,只要一接触到松树这个形象,便会唤起一片联想,即有关风格高尚、意志坚强、操守纯贞、耿介不阿等一系列美好品质和美好精神的联想。

翻开中国文学史，我们可以看到无数诗人从松树的独特的自然秉性中，获得了极大的教育和启迪，写下了无数赞美青松、借歌咏青松以抒怀言志的诗歌。

三国时"建安七子"之一的刘桢写过《赠从弟三首》，其第二首曰："亭亭山上松，瑟瑟谷中风。风声一何盛，松枝一何劲。冰霜正惨凄，终岁常端正。岂不罹凝寒，松柏有本性。"难道松柏没有遭到严寒的侵凌吗？但它常年青翠，永不凋零，这是由它的本性即本身内质、秉性所决定的。诗人通过赞美松树不畏朔风，在凛冽的严寒中显得更为挺拔，来勉励从弟要有青松那样的高风亮节。这既是勉人，勉励别人；又是自勉，自我勉励，诗的中间四句写得正气凛然，形象生动地再现了松树的精神品格。

东晋大诗人陶渊明具有"不肯为五斗米折腰"的可贵精神，被后人视为风范。他在《饮酒》诗第八首中写道："青松在东园，众草没其姿。凝霜殄异类，卓然见高枝。"在平常的情况下，众草高得淹没了青松，可是一旦严霜杀灭了异类，青松便凸现出来。诗中展现了青松英姿挺拔、卓尔不群的高大形象。陶渊明还在另一首《和郭主簿》诗中，将青松和菊花并赞道："芳菊开林耀，青松冠岩列。怀此贞秀姿，卓为霜下杰。"青松和菊花实在不愧为"霜下杰"的美称。

青松之可贵，正是在严厉的考验中显示出来的。唐人唐备有诗句曰："天若无雪霜，青松不如草。地若无山川，何人重平道。"以青松自勉的诗还有白居易的《栽松》诗："爱君抱晚节，怜君含直文。欲得朝朝见，阶前故种君。知君死则已，不死会凌云。"诗中不仅称赞青松"抱晚节""含直文"，而且借青松以抒发自己"会凌云"的豪情壮志。

青松没有桃李之艳美，但桃李只盛开一时，而青松却在经霜历雪之后，依然郁郁葱葱。李白写过托物寓意的名句："松柏本孤直，难为桃李颜。"(《古风》)晚唐诗人李商隐《题小松》诗曰："怜君孤秀植庭中，细叶轻阴满座风。桃李盛时虽寂寞，雪霜多后始青葱。一年几变荣枯事，百尺方资柱石功。为谢西园车马客，定悲摇落尽成空。"直到清代诗人还写道："桃李艳春日，松柏黯无光。贞心结千古，誓不随众芳。"(曹一士《咏古》)这些诗抒发的都是同样一种情怀。

青松不但是诗歌描写的对象,而且还跟绘画艺术、摄影艺术、盆景艺术等关系密切。

青松早就成了古代画家们倾心描绘的对象,如宋代画家马麟画有《静听松风图》,画面上高松迎风,枝叶飘洒;构图严谨,笔法秀润。元代画家李侃画有《双松图》,墨笔画高松并立,下方有坡石棘竹,气韵沉雄,笔法苍劲。近代画家潘天寿画有《松石梅月图》,泼墨淋漓,枝干峥嵘,别有一番情韵。这些以松为描绘对象的名画,给人以审美的享受;家中挂上一幅松柏图,往往使得满堂增辉,凛凛然充满生气。

摄影、摄像艺术不断普及后,青松则更加频繁地进入人们的摄影镜头。或专摄青松,姿态各异,气象不凡;或人松共图,以松衬人,以松励人。

还有,与悬崖峭壁上耸干入云的劲松情趣不同的,是作为观赏用的小巧玲珑的盆景松。它们风采不同,仪态各异,给人以丰富的联想和审美的满足。这种盆景青松与山野中那些充满阳刚之美的青松异趣,给有关松的文化增添了特殊的魅力。

人们对青松的赞美之情,还体现在喜欢以松为字号、以松为室名、以松为书名等等方面。如宋人有号"松窗居士"、元人有号"松雪道人"、清人有号"松林散人"等,还有以"松谷""松光""松年""松如""松亭""松君"等为字号的。而以松为居室名、书斋名的也很多,如"松竹园""松卧居""松桂堂"等等。取松为书名的如唐人所著《松窗杂录》、宋人所著《松窗百说》、元人所著《松雨轩诗集》、明人所著《松弦馆琴谱》等等。

历代借松抒情、咏松言志的诗文数不胜数,随着历史的发展,有关松的文化也不断丰富,新中国成立以后,陈毅元帅曾写过一首五言绝句:"大雪压青松,青松挺且直。要知松高洁,待到雪化时。"表达了无产阶级革命者"威武不能屈"的坚定情操。

当代诗人张万舒写过一首新诗《黄山松》,豪迈奔放,遒劲有力。我们知道黄山松是一种独立的品种;黄山从海拔800米开始的山峰上,几乎峰峰有松,被称为"无石不松,无松不奇"。明代徐霞客称赞黄山的松是"奇山中的奇品"。对举世闻名的黄山松,诗人张万舒这样充满激情地礼赞道:

好！黄山松,我大声为你叫好,
谁有你挺得硬,扎得稳,站得高!
九万里雷霆,八千里风暴,
劈不歪,砍不动,轰不倒!

要站就站上云头,
七十二峰你峰峰皆到;
要飞就飞上九霄,
把美妙的天堂看个饱!

不怕山谷里阴风的夹袭,
你双臂一抖,抗得准,击得巧,
更不畏高山雪冷寒彻骨,
你折断了霜剑,扭弯了冰刀!

谁有你的根底艰难贫苦啊,
你从那紫色的岩石上挺起了腰;
即使是裸露着的根须,
也把山岩紧紧地拥抱!

你的雄姿像千古高峰不动摇,
每一根针叶都闪烁着骄傲;
那背阳的阴处,你横眉怒扫,
向着阳光,你迸出劲枝万千条!

啊,黄山松,我热烈地赞美你,
我要学你艰苦奋战,不屈不挠;
看!在这碧紫透红的群峰之上,
你像昂扬的战旗在呼啦啦地飘。

这首诗既描绘了黄山松的形态、特征,又讴歌了黄山松的精神、品格,熔景、情、理于一炉,读了给人以振奋和鼓舞。

特别值得一提的是今人陶铸写过一篇著名的散文,题为《松树的风格》。其中有这样精彩的描写:

自古以来,多少人就歌颂过它,赞美过它,把它作为崇高的品质的象征。

你看它不管是在悬崖的缝隙间也好,不管是在贫瘠的土地上也好,只要有一粒种子——这粒种子也不管是你有意种植的,还是随意丢落的……总之,只要有一粒种子,它就不择地势,不畏严寒酷热,随处茁壮地生长起来了。它既不需要谁来施肥,也不需要谁来灌溉。狂风吹不倒它,洪水淹不没它,严寒冻不死它,干旱旱不坏它。它只是一味地无忧无虑地生长。松树的生命力可谓强矣!

…………

要求于人的甚少,给予人的甚多,这就是松树的风格。

这种"要求于人的甚少,给予人的甚多"的风格,无疑是一种伟大的利他主义风格。松树的这种风格,正是值得人们学习和弘扬的一种风格。

说不尽的青松,道不尽的有关松的文化,在中华民族灿烂的传统文化中,自有它特殊的意义。作为炎黄子孙,几乎每一代人都受到过这种文化的熏陶,形成了坚强不屈、艰苦奋斗的民族精神和正直忠贞、无私奉献的民族风尚。可见有关松的文化在中华文化发展史上,占有一席特殊的地位。我们相信,源远流长的松文化,也一定会在蓬勃向前的新时代中,不断发展,不断丰富,不断写下新的篇章。

二 岁寒三友——竹

松、竹、梅,岁寒三友。我们已经欣赏了松的雄姿,现在让我们一起再来欣赏竹的秀美。

竹,是一种多年生的禾本科木质常绿植物。我国是世界上主要产竹国之一;在全世界已知的1300多种竹种中,我国就有400多种;其中仅四川成都望江楼公园中就植有140多种竹。竹子在我国生长的历史悠久,分布广泛,跟中华民族的发展关系十分密切。

远古的人们最早无疑是从物质生活需要的角度来利用竹子的。人们用竹子搭棚造屋，以竹筒为盛器装水装饭。早在奴隶社会初期，人们在生产劳动实践中，又初步掌握了简单的竹编技术。这从已经出土的夏商时期的"藤胎陶胚""蓝纹陶器"上可以看出竹编的纹样。

历春秋战国到秦汉，再往后竹编逐步向讲究工艺精美的方向发展，从日常生活领域向文化生活领域发展。如用竹篾编织成团扇、灯笼、花篮等等，形式多样，不仅为人们的生活提供了日常用具，而且从精美工巧的竹器中，人们还获得审美的享受。

与松相比，竹跟人们的日常生活关系更为密切。如我们饭桌上的筷子和牙签、案头的笔筒和竹笛、坐的竹椅、睡的竹床、扫地用的竹帚、撑船用的竹篙，还有竹杖、竹笠、竹杠、竹箭、竹筏、竹柜、竹楼等等，基本上都是取材于竹子。

特别是在造纸术尚未问世之前，古人以竹片做成竹简，用以记事。如银雀山出土的汉墓竹简。将竹简编缀成册，谓之竹书，也称竹简书。以竹简记事，既取材方便，又价廉耐腐，能长久保存。

在制作竹简时，一般先用火烘烤竹片，将青竹片中的水分蒸发掉。这样既易于书写，又不受虫蛀。烘烤竹片时竹如同出汗，所以称为汗青。后世以汗青引申为书册。又因为古时记事的史书多用竹简写成，所以又称史册为汗青。南宋爱国诗人文天祥在《过零丁洋》诗中写过千古传诵的名句："人生自古谁无死，留取丹心照汗青。"

还有，先秦时朝廷用作凭证的信物——符节，也有用竹（另有用木或金属）做成的。符节上书有文字，剖分为二，各执其一，使用时以两片相合为验。到了汉代，分给郡国守相的信符叫"竹使符"，以竹箭五枝做成，上刻篆书，左留京师，右留郡国。后世因此用"竹使符"代指州郡长官。

竹子还是制作毛笔的主要材料，毛笔的笔杆就是用细竹做成的。毛笔是我国古代文人不可须臾离身的书写工具，而用毛笔书写则逐步形成了一种独特的艺术——书法艺术。可见竹子在中华民族传统文化的普及、传播和推动其不断发展的过程中，起到了特殊重要的作用。

一年四季，竹子葱绿不改；盛夏酷暑也好，三九严寒也好，它总是枝青叶翠，生意盎然。南朝陈贺循《赋得夹池修竹》诗中有句曰："绿竹影参差,葳蕤带曲池。逢秋叶不落,经寒色讵移。"

竹子生命力之顽强,还表现在它具有旺盛的再生能力,砍伐而后又能复生;只要有一团竹根,一场春雨,便可以重新抽出新笋。诚可谓:留得竹根在,岁岁有春笋。

另外,竹子在形体上除了枝干修长、绿叶扶疏外,还有两个特色:一是有节,二是空心。竹子的这些自然秉性,使我们这个善于以物明志、借物抒怀的民族,从中产生了丰富的启迪和联想。

竹子有"节";这个"节"字,和传统伦理观念中所讲究的节操、贞节、气节的"节",同字多义,人们喜欢用竹子有节,来比喻人有气节。竹子空心,即虚心;谦虚自抑、虚怀若谷,这也是我们民族所崇尚的又一种美德。正因为竹子的这两个基本特征——劲节、虚心——与我国传统观念中所倡导的君子之风正好吻合,所以人们称竹子为"君子竹"。

唐代诗人刘禹锡的《庭竹》诗云:"露涤铅粉节,风摇青玉枝。依依似君子,无地不相宜。"他在另一首诗中还写道:"高人必爱竹,寄兴良有以。峻节可临戎,虚心宜待士。"(《令狐相公见示赠竹二十韵仍命继和》)金人王寂在《次韵郭解元病竹二首》诗中也写过这样的诗句:"生死挺然终抱节,荣枯偶尔本无心。比肩耻与蒿莱伍,强项不容冰雪侵。"枯荣得失无关紧要,要紧的是生死抱节;不愿与蒿莱为伍,不肯向冰雪低头。这是赞竹,更是赞人;是自勉,也是勉人。

竹子生性为丛生,一丛一丛的生长;一丛中的竹子,共生一根,紧紧依靠,互不相离,人们因此用来比喻关系亲密。据《开元天宝遗事》记载:"太液池岸,有竹数十丛,牙笋未尝相离,密密如栽也。帝因与诸王闲步于竹间,帝谓诸王曰:'人世父子兄弟,尚有离心离意,此竹宗本,不相疏。人有怀二心,生离间之意,睹此可以为鉴。'诸勋王皆唯唯。帝呼为竹义。"唐玄宗用竹不离本、竹不相疏来教导诸王精诚团结,切不可离心离意。真是语重心长,循循善诱。

在与竹有关的古代传说中,最美丽动人的无过于关于"斑竹"的传说。据《述异记》载:"舜南巡而葬于苍梧之野;尧之二女娥皇、女英,追之不及,相与恸哭,泪下沾竹,竹文上为之斑斑然。"《群芳谱》亦曰:"世传二妃将沉湘水,望苍梧而泣,洒泪成斑。"所以斑竹又称"湘妃竹"。这个哀怨凄婉的神话传说,给"斑竹"这一意象抹上了永远也擦不去的泪光,斑竹一枝千滴泪,千百年来也不知感动了多少读者。

自古以来,喜欢绿竹的人不胜枚举。其中最有影响的要数晋代大书法家王羲之的儿子王徽之。徽之,字子猷,性爱竹,为人疏放,卓荦不羁。刘义庆在《世说新语》"任诞"篇中记载:"王子猷尝暂寄人空宅住,便令种竹。或问:'暂住何烦尔?'王啸咏良久,直指竹曰:'何可一日无此君!'"还有一次,他经过别人的园林,见园中绿竹扶疏,便急不可待地进去观赏,跟园主人连招呼也不打,醉心于绿竹,简直到了如痴如醉的地步。

宋代大文豪苏东坡也爱竹成癖,留下了"可使食无肉,不可居无竹"的名言。饮食上可以无酒无肉,粗茶淡饭;但居住的地方,不可一日无竹。居处栽竹,可以医俗,可以天天激励人拔出于流俗之中。清人蒋廷锡有《题小颠墨竹》诗曰:"去岁辟地栽新竹,枝叶离披覆茅屋。竹梢枯劲竿清瘦,久久可以医吾俗。"

所以古代那些自视清高、"穷则独善其身"的高人隐士,往往喜欢隐居竹林,与竹为伴。如魏晋时的嵇康、阮籍等七人不满现实,常相聚竹林,吟诗作赋,人称"竹林七贤"。唐代诗人王维隐居辋川别业时,写过一首《竹里馆》小诗,曰:"独坐幽篁里,弹琴复长啸。深林人不知,明月来相照。"诗人在明月朗照的夜晚,独坐在竹林里,安闲地弹琴长啸。全诗意境浑然,物我两忘;何等惬意,何等洒脱,何等超然!

翻开中国文学史,无数文人墨客吟诗作赋,歌咏绿竹。最早在诗歌中写到竹子的是《诗经》。《小雅·斯干》中有句曰:"如竹苞矣,如松茂矣。"后人因以"竹苞松茂"来比喻根基牢固,枝叶繁荣;还常用作祝愿长寿或华堂落成时的颂词。

《楚辞》中有一篇《七谏》,其中有句曰:"便娟之修竹兮,寄生乎江潭;上葳蕤而防露兮,下泠泠而来风。"写竹之美好可爱,生动形象。晋代江逌写过一篇《竹赋》,其开头曰:"有嘉生之美竹,挺纯姿于自然。含虚中以象道,体圆质以仪天。"梁简文帝萧纲也曾写过《修竹赋》。至于咏竹的诗歌,更是不计其数。

人们对竹子的喜爱,主要是从两个角度:一是从美感经验的角度来欣赏竹之秀美,充满情趣;一是从托物言志的角度,由竹子的自然秉性引申出某种哲理,充满理趣。现在让我们分别从这两个方面选择几首咏竹诗来评品赏析。

从美感经验的角度来欣赏竹子,这是一种不带实用价值、功利目的和道德意义的欣赏,是一种纯粹观照性的心灵陶醉。早在《诗经·卫风·淇奥》中就有这样的描写:"瞻彼淇奥,绿竹猗猗。""瞻彼淇奥,绿竹青青"。这里所写的"绿竹猗猗""绿竹青青",从全诗来看,还只是停留在比兴意义上;但这诗句的本身,毕竟是对竹子的正面赞美。"猗猗",美盛的样子;"青青",青翠的样子。这些都准确地抓住了竹子外形上的特征,语言质朴而充满神韵。

南朝山水诗人谢灵运写过诗句:"白云抱幽石,绿筱媚清涟。"(《过始宁墅》)绿筱,就是嫩绿的小竹;媚,妍美动人。这两句描写白云环绕着远处隐僻的山石,绿竹在清澈的水边玉姿亭亭、娇媚动人。这是一幅多么美好的临水绿竹图。唐代大诗人李白也写过:"绿竹入幽径,青萝拂行衣。"(《下终南山过斛斯山人宿置酒》)绿竹掩映着幽曲的小径,青萝牵拂着行人的衣袖。以物拟人,情趣盎然。唐诗人刘长卿也写过诗句曰:"始怜幽竹山窗下,不改清阴待我归。"也是将绿竹拟人化,仿佛是一位知心好友,情怀不改,静立窗前等候诗人归来。唐代大诗人杜甫也写过咏竹诗曰:"绿竹半含箨,新梢才出墙……雨洗娟娟净,风吹细细香。"(《严郑公宅同咏竹》)笔触细腻地写出了新竹之可爱。还有韦应物《对新篁》诗曰:"新绿苞初解,嫩气笋犹香。含露渐舒叶,抽丛稍自长。"这些诗都从对绿竹的欣赏中,体现了诗人对大自然的热爱之情,洋溢着天人相亲的喜悦情怀。

唐代诗人张南史还以《竹》为题,写过一首从一字至七字的宝塔体诗。诗曰:

竹,竹;
披山,连谷。
出东南,殊草木。
叶细枝劲,霜停露宿。
成林处处云,抽笋年年玉。
天风乍起争韵,池水相涵更绿。
却寻庾信小园中,闲对数竿心自足。

这首诗写竹子漫山遍野,与一般草木不同;处处成云,绿云缭绕;年年抽笋,枝枝似玉;细叶劲枝,不畏霜露。一阵风起,绿竹发出悦耳音韵;竹影倒映池中,池水显得更绿。绿竹风采秀美,生机勃勃,诗人不禁心驰神往,想效法庾信,以慰平生。庾信是北朝文学家,他在著名的《小园赋》中写过这样的名句:"一寸二寸之鱼,三竿两竿之竹。"张南史这首《竹》诗,逐句增字,形同宝塔;外形巧妙而内气流畅,十分生动有趣。

早在春秋时便借竹子以说明道理的是儒家学说。《孔子家语》中记载子路向孔子请教道:"'南山之竹,不揉自直,斩而用之,达于犀革。以此言之,何学之有?'孔子曰:'括而羽之,镞而砺之,其入之不亦深乎!'子路再拜曰:'敬而受教。'"这里以竹箭的箭尾加羽毛、箭首加尖镞则入物更深来说明"君子不可不学"的道理,很有说服力。

从竹子的外部特征和自然秉性中引申出道德哲理,从而在象征的意义上进行歌咏,借咏竹以抒怀言志,这类诗歌更为丰富。

南朝刘孝先《咏竹》诗前四句曰:"竹生荒野外,梢云耸百寻。无人赏高节,徒自抱贞心。"借咏竹以抒怀才不遇之情。

唐人殷尧藩《竹》诗曰:"窗户尽萧森,空阶凝碧阴。不缘冰雪里,为识岁寒心。"在户外一片寂寞萧条之时,唯有翠竹在阶前投下拂扫不去的浓阴。如果不因冰封雪冻,竹子的坚贞怎么能鉴识呢?!小诗宛如一幅雪中劲竹图,令人玩味,有不尽之意。

宋人王安石有咏竹诗曰:"人怜直节生来瘦,自许高材老更刚。曾与蒿藜同雨露,终随松柏到冰霜。"(《与舍弟华藏院此君亭咏竹》)竹子节直、才高,虽与蒿藜同沐雨露,然终随松柏,经寒不凋。

宋人苏东坡也写过一首题竹诗曰:"结根岂殊众,修柯独出林。孤高不可恃,岁晚霜风侵。"诗中所刻画的竹子形象,分明是诗人不随流俗、不畏风霜的自我形象的生动写照。

清代"扬州八怪"之一的李方膺,有一首题所画《风竹图》的诗曰:"波涛宦海几飘蓬,种竹关门学画工。自笑一身浑是胆,挥毫依旧爱狂风。"画竹言志,狂放之意,溢于言表。

这方面最为人传诵的是"扬州八怪"另一位诗人、画家、书法家郑板桥的一首题所画《竹石》诗。诗曰:"咬定青山不放松,立根原在破岩中。千磨万击还坚劲,任尔东西南北风。"在"东西南北风"的"千磨万击"下,竹子坚韧不拔,泰然自若。诗的开头"咬定"两字特别有力;结尾句更显得无比坚韧而洒脱。透过这首题画诗和这幅画,一个不向恶势力低头、不被千磨万击所屈服、不肯随波逐流的诗人形象,正气凛然地傲立在我们面前。诗、书、画、人,可以说是四者统一,和谐共美。郑板桥还有一首题画诗曰:"秋风昨夜渡潇湘,触石穿林惯作狂。惟有竹枝浑不怕,挺然相斗一千场。"气韵豪情与上一首诗完全相同。

竹,不仅是历代诗人吟咏的对象,同时也是历代画家泼墨挥毫的对象。据传最早画竹的是五代后唐的李夫人。一天夜晚,她独坐窗前,一轮皓月当空,她凝神注视窗纸上几枝横斜的竹影,不觉惊叹:这不是一幅清新淡雅的墨竹吗?于是磨墨提笔描下了这天造的竹影。

到了北宋,则出现了墨竹大师文同。文同,字与可,自号笑笑先生,对功名利禄只是笑笑而已。他传世的绢本《墨竹图》,笔法严谨中有潇洒之致,所谓"浓墨为面,淡墨为背"。他每画竹都精心构思,必先得成竹于胸中,"执笔熟视,乃见其所欲画者,急起从之,振笔直遂,以追其所见,如兔起鹘落,少纵则逝矣"(苏轼《文与可画筼筜谷偃竹记》)。这就是脍炙人口的成语"胸有成竹"的由来。文与可画竹之妙,就在于咫尺素绢,有万丈之势。他曾赠苏轼竹画一幅,并附诗曰:"待将一段鹅溪绢,扫取寒梢万尺长。"苏轼幽默地答诗曰:"世间那有千寻竹,月落庭空影许长。"苏东坡与文与可既是亲戚,是中表兄弟,又是朋友,是道德文章之友。苏东坡也喜欢画竹,他为人性格豪放,艺术上追求创新。他所画墨竹多仰枝垂叶,墨气深厚,其画法,得益于文与可,又能自出新意。他们俩共创"墨竹画法",画苑中向来以"文苏"并称。

元代画家李衎画有《双勾竹图》,竹的枝叶双勾染汁绿,勾法圆劲精整。他的另一幅《沐雨图》,坡石上雨竹一枝,密叶下垂,用双勾法,形神兼备。李衎还撰有《竹谱》十卷,对于画竹之程式,竹之种类,各有附图。元代之前,还有晋代人戴凯之所撰《竹谱》一卷,其中所记竹类七十余种,以四言韵文叙述,文字古雅而有关竹的内容广博。

元代画家倪瓒画有《竹枝图》,墨笔画新竹一枝,秀嫩可爱。元代画家柯九思也画过一幅《双竹图》,墨笔画竹两枝,下垂竹叶分浓淡,也是模仿文与可画竹法。

明代画家王绂画有《墨竹图》,墨笔画竹三竿,枝叶下垂,有含露带雨之意。明代画家夏昶也画有《戛玉秋声图》，墨笔画风中数竿瘦竹，笔法劲利，气韵遒劲。

清代僧元济画有《竹石图》，墨笔画坡石间高竹数竿，更有蕙草几丛；墨气湿润，笔法恣纵，大有风雨披拂之概。清人郑板桥所画的另外几幅画竹图，分别是《竹石图》《春竹图》《小竹图》，多有题画诗，诗情画意，给人以理性的启迪和艺术的享受。

在与竹有关的文学艺术作品中，特别值得一提的竹叶诗碑，它巧妙地将诗句藏在所画竹叶之中，稍加辨认，便可看出其竹叶所组成的诗，如："不谢东君意，丹青独立名。莫嫌孤叶淡，终久不凋零。"类似的竹叶诗碑还有几种，诗的词句大体相同，都是把诗、字、画，合为一体，熔于一炉，使得字、画相得益彰，构思奇特，妙造自然。

但愿人长久，但愿竹常绿。我们相信，在灿烂的华夏传统文化不断发展的过程中，与竹相关的文化、文学、艺术，也一定会像雨后春笋一样竞相问世，层出不穷；也一定会像绿竹一样生机蓬勃，永远葱绿！

三　岁寒三友——梅

松、竹、梅，岁寒三友。三友中，我们已经欣赏了经冬不凋的苍松和劲节虚心的翠竹，现在让我们再一起来欣赏傲雪凌霜的梅花。

梅，在植物学上属蔷薇科落叶乔木；芽为落叶果树中萌发最早的一种。枝干峥嵘，先开花后生叶，花开五瓣，多为白色或淡红色，白如玉，红似霞，有清香。梅花每年开在冬末春初严寒料峭之时，唐诗人戎昱有诗写道："不知近水花先发，疑是经冬雪未销。"（《早梅》）此时，"蕙死兰枯菊亦摧，返魂香入岭头梅"（苏轼《岐亭道上见梅花戏赠季常》）。飘零了的百花尚未复苏，梅花却冲寒怒放。这种不畏严寒的傲骨、报春而不抢春的风格和醉人的清香，曾引起人们极大的兴趣和无限的喜爱。人们不仅把它与松、竹并称为"岁寒三友"，如古人有咏梅花的联句"苍松翠竹为三友，明月清风作四邻"，而且把它与竹、兰、菊并称为"四君子"。据《梅竹兰菊四谱·小引》载："文房清供，独取梅竹兰菊四君者，无他，则以其幽芳逸致，偏能涤人之秽肠而莹其神骨。"梅花在人们的心目中成了品质崇高、意志坚强、操守纯正的象征。

在喜爱梅花的古代诗人中,最为人传诵的要数宋代诗人林逋。逋,字和靖,杭州人,曾结庐西湖孤山;不慕荣利,终身不娶,无妻无子。最爱梅花,所居多植梅蓄鹤,客人来时则放鹤致之,人称"梅妻鹤子",即以梅为妻、以鹤为子。宋代诗人王琪有一首《咏梅》诗写道:"不受尘埃半点侵,竹篱茅舍自甘心。只因误识林和靖,惹得诗人说到今。"诗写得很风趣,说梅花本来清雅脱俗,想不到误识了林和靖,惹得诗人们谈笑至今。林逋咏梅诗很多,其中最有名的是七律《山园小梅》,诗写道:

众芳摇落独暄妍,占尽风情向小园。
疏影横斜水清浅,暗香浮动月黄昏。
霜禽欲下先偷眼,粉蝶如知合断魂。
幸有微吟可相狎,不须檀板共金樽。

诗的前四句意思是说:百花凋零,摇落飘逝,只有梅花开得特别明媚艳丽,独自占尽了小园迷人的风光。澄澈清浅的水里映出了梅花疏朗横斜的倒影,朦胧的月色中浮动着梅花清幽的馨香。这两句诗是咏梅绝唱,诗人用疏影、暗香来写梅花,以水和月做陪衬,不仅传神地写出了梅花的姿态和神韵,而且创造出一种含蓄幽美的意境,所以脍炙人口。南宋词人姜夔歌咏梅花的自度曲,便是取"暗香""疏影"作为新创制的词牌名。

南宋爱国诗人陆游也十分喜欢梅花,曾写过很多首歌咏梅花的诗词。在梅花盛开时,他恨不得"何方可化身千亿,一树梅花一放翁"(《梅》)。有什么办法能把自己的身体化为千千万万个身体呢?如果那样的话,那么在每一树梅花面前都有一个陆放翁在欣赏梅花的美,那该多好啊!陆游还填过一首《卜算子·咏梅》词,堪称词中咏梅神品。词是这样写道:

驿外断桥边,寂寞开无主。已是黄昏独自愁,更着风和雨。
无意苦争春,一任群芳妒。零落成泥碾作尘,只有香如故。

词的上片写梅花的境遇,那生长在驿站外断桥边的无主野梅,寂寞孤愁,还要承受暮霭黄昏中风雨的侵袭。下片则集中笔墨写梅花的品格,它并无争春之意,却被误会,遭到百花的嫉妒。但它洁身自好,即便是零落成泥、此泥又被碾成尘土,花的形体完全消失,但那一缕幽香却依然如故。词中的梅花乃是词人自我形象的写照,表现了词人孤高自许、孤芳自赏的超然脱俗情怀。

毛泽东主席很喜欢陆游的诗词,但对这首咏梅词中所流露的情调不以为然。他也用《卜算子》词牌,填了一首著名的《咏梅》词。词是这样的:

风雨送春归,飞雪迎春到。已是悬崖百丈冰,犹有花枝俏。
俏也不争春,只把春来报。待到山花烂熳时,她在丛中笑。

这首词中所塑造的梅花形象,显然是明朗的、乐观的,词的情调也是积极的、向上的。与陆游词相比,确实是"反其意而用之"。

元代画家、散曲家景元启也喜欢梅花。他有一首散曲《殿前欢·梅花》是这样写的:

月如牙,早庭前疏影印窗纱。逃禅老笔应难画,别样清佳。据胡床再看咱,山妻骂:"为甚情牵挂?"大都来梅花是我,我是梅花。

这首散曲写画家黎明伫立窗前,欣赏着微曦淡月中显得格外清丽秀俏的梅花疏影,心灵完全沉浸在大自然之美特别是梅花之美中,天人合一,物我两忘。画家与梅花已经水乳交融,到了"梅花是我,我是梅花"的境地了。结尾两句既形象地道出了艺术创作进入忘我境界时主客观浑然化一的特征,又抒发了作者与梅花同样"清佳"的高洁情怀。

元末画家王冕,预感到天下有变,便携妻儿隐居九里山,植梅千株,自号梅花屋主。他植梅爱梅,咏梅画梅,诗情饱满,画意浓郁。他所画的《墨梅图》,墨笔画梅花一枝,枝干挺秀,花用淡墨涂出。自题七绝曰:

吾家洗砚池头树,个个花开淡墨痕。
不要人夸好颜色,只留清气满乾坤。

画家直抒胸臆,说自己所画梅花素朴淡雅,不求世人夸奖,而只希望清香之气能流布到广大人间。这里的梅花被人格化了,在梅花的形象中,寄托了画家自己的理想、情操和志趣。

梅,作为大自然中生长的一种客观植物,形体上有干有枝,花开五瓣,花色有红有白,花蕊飘香。但当诗人、文学家把它写入作品之中,画家把它描绘到画图之中时,便不可避免地融入了作家、画家自己的人格情趣、美学理想;这时文学艺术作品中的梅花,便成为一种艺术上的意象。梅花这一意象在历代诗人画家的笔下反复出现,便固定地染上了一种清高芳香、坚贞耐寒、傲雪凌霜的意趣。所谓"平生多傲骨,不畏雪霜寒",所谓"梅花本是神仙骨,落在人间品自奇",表达的都是这样一种意趣。

早在南朝刘宋时寒素出身的诗人鲍照,就写过一首《梅花落》诗。诗中写道:"中庭杂树多,偏为梅咨嗟。问君何独然?念其霜中能作花,露中能作实。摇荡春风媚春日,念尔零落逐寒风,徒有霜华无霜质。"诗中作者明确回答为什么喜欢梅花,原因就在于梅花能于霜露中开花结实,有傲严寒的高尚品质。相比之下,那些只能在温暖的春天里争奇斗艳,而一遇寒风便零落飘谢的花草,便相差很远很远了。

唐代僧人齐己写过一首《早梅》诗曰:"万木冻欲折,孤根暖独回。前村深雪里,昨夜一枝开。风递幽香去,禽窥素艳来。明年如应律,先发映春台。"这首诗情景交融地写出了梅花傲雪斗霜的特点。据说这是齐己与郑谷的一首以咏梅相唱和的诗,原诗第二联为:"前村深雪里,昨夜数枝开。"郑谷看后说:"'数枝',非早也;未若'一枝'佳。"意思是说:"数枝"都开,体现不出题目《早梅》,不如改为"一枝"。齐己拜服,以郑谷为自己"一字师"。

宋代爱国诗人陆游还写过一首《落梅》诗曰:"雪虐风饕愈凛然,花中气节最高坚。过时自合飘零去,耻向东君更乞怜。"赞美梅花在凶猛狂暴的风雪中凛然不屈,但到了春光明媚、百花盛开时,却宁愿飘落,也不肯屈辱地向春神乞怜,表现出花中"最高坚"的气节!

宋代词人萧泰来写过一首《霜天晓角·梅》词,词曰:

　　千霜万雪,受尽寒磨折。赖是生来瘦硬,浑不怕,角吹彻。
　　清绝,影也别。知心惟有月。原没春风情性,如何共,海棠说。

词写梅花不畏霜寒,生来瘦硬;不媚春风,只因为心地清绝。词人没有把笔墨花费在描绘梅的外表姿色,而是着眼于梅固有的气质和品格,不落俗套,别具一格。

一直到20世纪初,资产阶级民主革命时期著名的女革命家秋瑾,还曾借咏梅以言志,写过《梅》诗十首,其中有一首这样写道:"冰姿不怕雪霜侵,羞傍琼楼傍古岑。标格原因独立好,肯教富贵负初心?"诗以梅拟人,赞美梅花能在恶劣环境中保持玉质冰姿的品格风采。从诗中我们可以看到女革命家威武不屈、独立不迁的高风亮节。

梅花,除不畏严寒的秉性和铁枝虬干的姿态令人赞叹外,那不同众芳的幽香,也曾倾倒过无数诗人。陆游盛赞道:"清泉冷侵疏梅蕊,共领人间第一香。"(《初春书怀》)明人项圣谟咏梅诗曰:"玉雪精神铁石肠,不随凡卉斗芬芳。罗浮山下西河上,独立春风第一香。"说梅香是"第一香",不但因为"梅花香自苦寒来",而且因为梅花哪怕是"零落成泥碾作尘",但是"只有香如故",即便零落粉碎,仍然不改其香。

这清香倾倒过诗人林逋,他有诗句写道:"人怜红艳多应俗,天与清香似有私。"(《梅花》)这清香倾倒过诗人王安石,他的《梅花》诗写道:"墙角数枝梅,凌寒独自开。遥知不是雪,为有暗香来。"诗人描写那盛开的朵朵白梅,就像积压枝头的团团白雪,似雪而非雪,因为有缕缕暗香阵阵飘来,沁人心脾。这清香曾经倾倒过南宋词人姜白石,他有诗句曰:"梅花竹里无人见,一夜吹香过石桥。"(《除夜自石湖归苕溪》)南宋诗人戴复古,甚至连梦中也向往梅花之香,他在诗中写道:"千山月色令人醉,半夜梅花入梦香。"(《觉慈寺》)他在《山中见梅》诗中还写道:"有梅花处惜无酒,三嗅清香当一杯。"以梅香代替美酒,以嗅香代替饮酒,不但诗人,就连读者读了也禁不住陶然沉醉了。

宋代词人晁补之有一首《角盐儿·亳社观梅》词,是这样写的:

> 开时似雪,谢时似雪,花中奇绝。香非在蕊,香非在萼,骨中香彻。　占溪风,留溪月,堪羞损、山桃如血。直饶更、疏疏淡淡,终有一般情别。

词人热情地称赞梅花乃"花中奇绝",其香不在花蕊,不在花萼,而在骨中。梅花之风采使得如血的桃花羞杀。"骨中香彻"一句,发前人之所未发,尤为警策。

元末画家王冕在一首《白梅》诗中这样写道:"冰雪林中著此身,不同桃李混芳尘。忽然一夜清香发,散作乾坤万里春。"后两句从弥漫浮动的梅花幽香中,联想到是梅花迎来了万里乾坤的烂漫春光,这正是作者济世情怀的形象描述。

梅花在"冰雪林中著此身",在雪中生长,雪中开放,所以梅雪映衬,更有情致。唐代诗人卢照邻有诗曰:"梅岭花初发,天山雪未开。雪处疑花满,花边似雪回。"(《梅花落》)雪似梅花,梅花似雪,但雪只有皎洁之色,而梅却有清幽之香,所以比雪更让人提神。宋代诗人卢梅坡有《雪梅》诗二首,构思新颖,生动有趣。诗是这样写的:

梅雪争春未肯降,骚人阁笔费评章。
梅须逊雪三分白,雪却输梅一段香。

有梅无雪不精神,有雪无梅俗了人。
日暮诗成天又雪,与梅并作十分春。

第一首,假拟寒梅、冬雪争胜,各不相让,诗人放下笔进行一番评判,认为它们各有所长,也各有所短。第二首,诗人进一步提出自己的见解,认为梅雪相互衬托,方可相映生辉。梅有雪烘托,方显出精神,更有风韵;雪无梅点缀,则不但俗气,也不见生机。这两首咏物诗,既没有写景,也没有抒情,纯属议论,但于议论中可想见其情其景。诗写得活泼风趣,不落俗套。

在咏梅诗中,还有将梅花和怀友、赠别联系在一起来描写的诗歌,其最早也是最有名的便是南朝陆凯写的那首《赠范晔》诗,诗曰:"折梅逢驿使,寄与陇头人。江南无所有,聊寄一枝春。"范晔是著名的历史学家,著有《后汉书》,他与陆凯是好朋友。当时范晔在西北陇头,陆凯在江南水乡,思友心切,正好碰到驿使,便折梅以寄。一枝春,指梅花,因为梅开春归,所以人们常把梅花看作是春天的象征。以赠梅花代替寄书信,捎去一枝红梅,无限怀念、无限深情、无限祝福,尽在不言之中。这首小诗清新自然,立意巧妙,流传广泛,脍炙人口,以至于人们常以梅花比喻驿使,或称为梅花使。

春为一岁首,梅占百花魁。梅花的色、香、神、韵,惹得诗人画家讴歌不已。千百年来画梅名家辈出,代不乏人,留下了无数名画。现在让我们穿过中国绘画的历史画廊,放慢脚步,按时代顺序来欣赏一下历代绘梅名画中的佳作。

宋徽宗赵佶画有《腊梅山禽图》，画面上蜡梅一枝，花朵疏淡，上栖两只白头鸟。画法精工，构图生动。

宋代画家杨无咎画有《四梅花卷》，墨笔画梅花四枝，每幅一枝。第一幅枝头梅花尚未开放，第二幅梅花欲开待放，第三幅梅花盛开怒放，第四幅梅花凋残欲谢。花头圈点尖细，枝干直挺；笔法清淡闲逸，情态生动。

宋代画家马麟画有《层叠冰绡图》，设色画白梅一枝，枝瘦，花繁，富有清冷幽艳的丰神韵致。

元末画家王冕另外还画过一幅《墨梅图》，墨笔画倒垂老梅一枝，繁花堆积，充满生机。

明代画家陈宪章画有《玉兔争清图》，墨笔画月下老梅一枝，枝干的笔法老劲，花头圈点，乃学王冕画梅法。明代画家唐寅画有《墨梅图》，画面上折枝梅花，花用浓淡水墨点成，颇有质感。

清代画家、"扬州八怪"之一的金农画有《万玉图》，墨笔画老梅数枝，运笔流畅。"扬州八怪"另一位画家李方膺也画过一幅《墨梅图》，笔墨放纵，不守陈规，枝干遒劲，意态潇洒。

当代画家王成喜擅长写意花卉，尤爱画梅。他的画能在传统技法的基础上，努力把西洋画的透视、明暗、空间、质感等表现方法，融于中国画的笔墨趣味之中，以追求形神兼备的艺术效果，形成了鲜明生动、清新向上的艺术风格。他出版的《百梅辑》，内容丰富，画面生动。尽管历代画梅名家如星、名画如云，但王成喜笔下的这些梅花却别具风采，别开生面，洋溢着时代气息，给人以一种生机勃勃、情趣盎然的美感享受，在我国画梅史上步入了一个新的阶段。

最后，特别值得一提的是，在中国古代琴曲中，有一个名曲叫《梅花三弄》，又名《梅花引》《梅花曲》《玉妃引》。此曲最早见于《神奇秘谱》，据该谱称此曲系根据晋代桓伊所作的笛曲改编而成，内容是歌咏傲雪凌霜的梅花。全曲的主调反复了三次，因此称为《梅花三弄》，曲调清新优雅，悦耳动听，在我国民间流传很广，是雅俗共赏的一支名曲。

是的，梅花不像牡丹那样富丽华贵，不像荷花那样娇艳动人，不像菊花那样千姿百态，也不像兰花那样仪态洒脱，但它那朴实、那坚毅、那脱俗、那一身傲骨、那一缕清香，是那么令人陶醉、令人折服、令人倾心。古往今来多少人歌颂她、描绘她，恨不得把所有美好的词句甚至毕生的才华都奉献给她，创造了无数赞颂梅花的名篇、名画、名曲，使得有关梅花的文化如此丰富、如此灿烂，影响了一代又一代炎黄子孙的精神、气质、性格、情操。我们不用怀疑，大自然中的梅花将永远盛开不败；我们更加坚信，在中华民族文化艺术中的梅花，也一定会越开越红火，越开越美好！

四　唐宋咏月诗词赏析

太阳与月亮，是宇宙大自然中跟人类关系最为密切的两个星球。如果说太阳的光芒给自然万物以鲜艳夺目的色彩，主要表现为一种阳刚之美；那么，月亮的光芒给自然万物涂抹上一层净白空蒙的色调，别具一种阴柔之美。诚如宋代大文豪苏轼《饮湖上初晴后雨》诗所形象描写的那样："水光潋滟晴方好，山色空蒙雨亦奇。欲把西湖比西子，淡妆浓抹总相宜。"明朗是一种美，朦胧也是一种美；而且从某种意义上讲，太明朗、太清晰的事物，往往纤毫毕现、一览无余，不能给人以联想；而朦胧隐约的东西，倒别有一种神秘感，能激发人探索的好奇心，促人遐想，更有让人回味的余地。

月到中秋分外明，每逢佳节倍思亲。中秋佳节，良辰美景；明月在天，美酒在手；对月怀远，望月抒情；让我们一起到唐宋咏月诗词的灿烂星空中去遨游一番，去领略与一轮皓月交相辉映的无数锦绣诗篇。

月亮，曾被人们赋予许多美好的别称。如称"月魄"，"太阴星"，称新月为"玉钩"："天上分金镜，人间望玉钩。"（李贺《七夕》）称圆月为"玉盘""冰轮""冰镜"，唐李白《古朗月行》："小时不识月，呼作白玉盘。又疑瑶台镜，飞在青云端。"宋苏轼《宿九仙山》："夜半老僧呼客起，云峰缺处涌冰轮。"宋孔平仲《八月十六日玩月》："团团冰镜吐清辉，今夜何如昨夜时。"唐章碣《对月》："残霞卷尽出东溟，万古难消一片冰。"

传说月中有玉兔捣药，所以称月亮为"兔魄""兔影""兔轮"。唐卢照邻《江中望月》："沉钩摇兔影,浮桂动丹芳。"唐元稹《梦上天》："西瞻若水兔轮低,东望蟠桃海波黑。"

还传说月中有桂树,有"吴刚伐桂"神话,所以称月亮为"桂魄""桂月"。唐王维《秋夜曲》："桂魄初生秋露微,轻罗已薄未更衣。"

另外,还有一个几乎家喻户晓的神话故事,就是"嫦娥奔月",人们因此称月亮为"月娥""嫦娥"。唐孟郊《看花》诗之一:"月娥双双下,楚艳枝枝浮。"与此相关的还有用"婵娟"来代指明月或月光。唐许浑《忆江南同志》："唯应洞庭月,万里共婵娟。"宋苏东坡《水调歌头》："但愿人长久,千里共婵娟。"

这一轮明月来自何时?它是什么时候把那一片皎洁的月光洒向人间的呢?这个问题引起了古代诗人们的极大兴趣。

唐代大诗人李白有一首诗,题目就叫《把酒问月》;对着明月,高举酒杯发问,问什么呢?诗这样写道:

青天明月来几时?我今停杯一问之。……
今人不见古时月,今月曾经照古人。
古人今人若流水,共看明月皆如此。
唯愿当歌对酒时,月光长照金樽里。

明月之亘古不变,而古人今人若流水一样地代谢不息;宇宙自然的永恒和人生的短暂,形成了鲜明的对比。后来宋人苏东坡在《水调歌头》词一开头,便袭用李白诗意唱道:"明月几时有?把酒问青天。"

面对美好的明月,有多少诗人浮想联翩,联想的思绪穿过时间的隧道,去追溯明月的起源。这方面写得最好、最有代表性的是唐代诗人张若虚的《春江花月夜》。诗的开头八句描写月下美景,一片空蒙纯净:

春江潮水连海平,海上明月共潮生。
滟滟随波千万里,何处春江无月明。
江流宛转绕芳甸,月照花林皆似霰。
空里流霜不觉飞,汀上白沙看不见。

中间八句诗人对着广阔的天宇,发出了一连串的问题:

江天一色无纤尘,皎皎空中孤月轮。

> 江畔何人初见月？江月何年初照人？
> 人生代代无穷已，江月年年只相似。
> 不知江月待何人，但见长江送流水。

最后20句写月下游子思妇相思离别之苦。

　　诗人以一个相对永恒的事物——"年年只相似"的明月，和一个绝对流转不息的事物——"代代无穷已"的人生，做了十分鲜明的对比。著名的加拿大籍华人学者叶嘉莹先生认为这当中涵盖了古往今来人类所共有的无穷悲慨。平静的诗句中，蕴藏着巨大的感发人心的力量，可以引发起天下人所共有的一种悲哀。另外，这里的"江畔何人初见月？江月何年初照人？"是一个天真好奇的问，是一个永无答案的谜。人们对于有答案的问题的探求的兴趣，往往是短暂的；而对于永无答案的问题的探求的兴趣，往往是热烈的，是经久不衰的，也是最容易引起历代人们共鸣的。

　　现代科学告诉我们，太阳是一个燃烧着的、发光的星球，而月亮却是一个不发光的星球；月亮的光芒是由于太阳的照射而造成的。因为月亮绕着地球转、地球又绕着太阳转，所以在地球上处于夜晚时的人们有时看到太阳照到月球上的光芒多，有时看到的少，有时看不到，这种月相的变化，使得月亮有规律的阴晴圆缺。农历月初和月末时，月亮呈上弦月牙形和下弦月牙形。北朝诗人王褒《咏月赠人》诗曰："上弦如半璧，初魄似蛾眉。"唐代诗人白居易《暮江吟》诗写道：

> 一道残阳铺水中，半江瑟瑟半江红。
> 可怜九月初三夜，露似真珠月似弓。

　　唐诗人赵嘏《新月》诗曰："玉钩斜傍画檐生，云匣初开一寸明。何事最能悲少妇，夜来依约落边城。"唐诗人方干的《新月》诗，五律的中间四句描绘新月十分生动：

> 潭鱼惊钓落，云雁怯弓张。隐隐临珠箔，微微上粉墙。

　　当然，人们更多的还是歌咏满月。有一副对联这样写道：

> 天上月圆，人间月半，月月月圆逢月半；
> 今夕年尾，明朝年头，年年年尾接年头。

"月半",指农历每个月的十五;"今夕",指农历的除夕;"明朝",指正月初一。

咏圆月的诗很多,如唐诗人骆宾王《秋月》诗曰:

云披玉绳净,月满镜轮圆。裹露珠晖冷,凌霜桂影寒。

还有唐诗人权德舆《酬裴端公八月十五日夜对月见怀》诗曰:

凉夜清秋半,空庭皓月圆。动摇随积水,皎洁满晴天。

月亮,皎洁、透明、真率、纯净,被人们称为诗国里的骄子,诗人们的宠儿! 中国文学史上,无数文人墨客、诗人才子,对着一轮明月写下了无数精美绝伦的诗篇;可以说中国古代诗坛上,洒满了一片皎洁的月光! 人们喜欢和赞美明月,大致是从以下三个方面来喜欢和赞美的:

一是赞美明月的美好。这方面的诗歌最多。

晋人陆机《拟明月何皎皎》诗中有句曰:

安寝北堂上,明月入我牖。照之有余辉,揽之不盈手。

唐人于良史《春山夜月》诗曰:

春山多胜事,赏玩夜忘归。掬水月在手,弄花香满衣。
兴来无远近,欲去惜芳菲。南望鸣钟处,楼台深翠微。

宋诗人苏东坡也许受"掬水月在手"的启发,于对月饮酒时,不说饮干杯中酒,而说"劝君且吸杯中月",杯中酒里倒映着一轮明月,痛饮了杯中酒,连杯中明月也一起饮进豪放的胸怀,从而使诗人的襟怀更加光明磊落。何等痛快,何等峻洁!

唐诗人陆畅在《新晴爱月》诗中,抑制不住内心的喜悦写道:

野性平生惟爱月,新晴半夜睹婵娟。
起来自擘纱窗破,恰漏清光落枕前。

宋晏殊《寓意》诗中有句曰:"梨花院落溶溶月,柳絮池塘淡淡风。"白白的梨花与溶溶的月色融为一体,白白的柳絮在淡淡的春风里飘飞;多么美的一幅图景。

与晏殊咏月诗的婉约轻柔不同,南宋大诗人陆游则在《七月十四夜观月》诗中,唱出了豪迈的歌声:

> 开帘一寄平生快,万顷空江着月明。

境界开阔,元气淋漓!

二是写明月多情。

月亮本来没有情感的,但有感情的诗人喜欢移情于物,唐诗人李贺说"天若有情天亦老",意思是说老天若是有感情老天也会衰老的;宋诗人石曼卿则说"月如无恨月长圆"(司马光《温公续诗话》:"李长吉歌'天若有情天亦老',人以为奇绝无对。曼卿对'月如无恨月长圆',人以为勍敌。"),意思是说月亮如果没有怨恨的话月亮也会长圆的。这两句堪称绝对——绝妙无比的对联:

> 天若有情天亦老,
> 月如无恨月长圆。

所以诗人们不但赞美月亮皎洁如水、妩媚动人,而且总是竭尽才情将月亮描写得知情解意、温柔可人:

南朝梁朱超《舟中望月》诗曰:

> 大江阔千里,孤舟无四邻。唯余故楼月,远近必随人。

唐杜甫《十七夜对月》诗曰:

> 秋月仍圆夜,江村独老身。卷帘还照客,倚杖更随人。

宋张先《菩萨蛮》词下片曰:

> 阑干移倚遍,薄幸教人怨。明月却多情,随人处处行。

南唐张泌《寄人》诗中有句曰:

> 多情只有春庭月,犹为离人照落花。

清人袁枚《春日杂诗》中有句曰:

> 明月有情还约我,夜来相见杏花梢。

可见,明月在历代诗人的笔下,都是那么依人,那么可人,那么亲切动人!

三是赞美月亮的无私。

月亮不但是有感情的,而且是无私的;如同"天不私覆,地不私载"一样,月亮也从不势利,她总是把自己的光辉公正无私地洒向人间所有的地方：帝王将相、达官贵人的宫殿和豪门前有月光，偏僻的山沟里的穷苦的樵夫的柴扉前、农夫的茅屋前、渔父的破船前，也同样有明亮的月光。有感于此，唐诗人曹松在《中秋对月》诗中热情地歌颂道：

> 无云世界秋三五，共看蟾盘上海涯。
> 直到天头天尽处，不曾私照一人家。

歌颂月亮把清光洒向天涯海角每一个地方，而"不曾私照一人家"。

还有一副对联这样写道：

> 月无贫富家家有，
> 燕不炎凉岁岁来。

宋诗人苏东坡在著名的《前赤壁赋》中写道："且夫天地之间，物各有主，苟非吾之所有，虽一毫而莫取。惟江上之清风，与山间之明月，耳得之而为声，目遇之而成色，取之无禁，用之不竭，是造物者之无尽藏也。"清风明月不用一钱买，任何人都可以享用；然而天下人多追名逐利，在滚滚红尘中忙忙碌碌，哪有时间、哪有心情、哪有雅韵来欣赏明月之美！正如苏氏在另一篇散文《临皋闲题》中提出"月无常主"之说："江山风月，本无常主，闲者便是主人。"只有心地淡泊、超脱俗念、志趣闲雅的人，才能真正欣赏和体悟明月之美，从而真正成为明月之主人。

在诗歌的海洋中，明月几乎可以和任何题材的浪花交相辉映；明月这个意象可以跟任何题材的诗歌相连在一起。下面让我们选择几方面来欣赏一下：

一、边塞诗与明月

古往今来，征战不息；王朝更替，烽火长燃；明月与万里关山结下了不解之缘。明月成了无数征人们的最好伴侣，成了他们吐诉忧伤的对象，成了历史的有力见证。

唐代诗人王昌龄《出塞》诗曰：

> 秦时明月汉时关，万里长征人未还。
> 但使龙城飞将在，不教胡马度阴山。

唐代诗人崔融《关山月》诗曰:

> 月生西海上,气逐边风壮。万里度关山,苍茫非一状。

唐代诗人戴叔伦《关山月》诗曰:

> 月出照关山,秋风人未还。清光无远近,乡泪半书间。

唐代诗人李白《子夜吴歌·秋歌》诗曰:

> 长安一片月,万户捣衣声。秋风吹不尽,总是玉关情。
> 何日平胡虏,良人罢远征。

二、怀人诗与明月

月亮有一个特点,即光照两地。普天下只有一轮明月,所以不管是分隔在天涯还是海角,人们都可以同对着一轮明月,抒发对对方的思念之情。南朝谢庄在《月赋》中写道:"美人迈兮音尘阙,隔千里兮共明月。"所以诗人们便想象通过月光来传递情感(把月亮看成是像今天太空中的卫星发射站一样)。

南朝民歌《子夜四时歌》曰:"仰头看明月,寄情千里光。"

唐代诗人李白《闻王昌龄左迁龙标遥有此寄》诗曰:

> 杨花落尽子规啼,闻道龙标过五溪。
> 我寄愁心与明月,随君直到夜郎西。

唐代诗人张九龄《望月怀远》诗曰:

> 海上生明月,天涯共此时。情人怨遥夜,竟夕起相思。
> 灭烛怜光满,披衣觉露滋。不堪盈手赠,还寝梦佳期。

唐代诗人杜甫《月夜》诗曰:

> 今夜鄜州月,闺中只独看。遥怜小儿女,未解忆长安。
> 香雾云鬟湿,清辉玉臂寒。何时倚虚幌,双照泪痕干。

杜甫在《月夜忆舍弟》诗中,还曾写过名句曰:"露从今夜白,月是故乡明。"因为热爱故乡,移情于物,不管走到天涯海角,总觉得故乡的那一轮明月最明亮!

唐代诗人白居易《望月有感》诗中有句曰:

> 共看明月应垂泪,一夜乡心五处同。

三、恋情诗与明月

恋情诗与明月的关系更加密切。月光之柔和与恋人之柔情,和谐交融;月下朦胧,会使有情人显得更美,因为在朦胧的月色下,细小的缺点都被掩盖了,所以俗语中有"月下看美,越看越美"之说。早在《诗经·陈风·月出》中,便有"月出皎兮,佼人僚兮,舒窈纠兮"。

恋爱中的约会是十分令人神往的,而月下约会则更是激动人心的。五代南唐李后主的《菩萨蛮》词上片写道:"花明月暗笼轻雾,今宵好向郎边去。刬袜步香阶,手提金缕鞋。"形象传神,惟妙惟肖。

宋代诗人欧阳修的《生查子·元夕》词上片写道:"去年元夜时,花市灯如昼。月上柳梢头,人约黄昏后。"

宋代女子郑云娘《西江月·寄张生》词,构思更为巧妙,不是希望明月朗照,而是希望云遮月暗,好与有情人依偎亲热。词曰:

> 一片冰轮皎洁,十分桂魄婆娑。不施方便是何如,莫是嫦娥妒我。　虽则清光可爱,奈缘好事多磨。仗谁传与片云呵,遮取霎时则个。

至于独守空闺的女子,更是把明月作为吐诉心曲的知心朋友。晚唐五代词人韦庄《女冠子》词写一个女子与心上人离别以后,无时无刻不在思念:"不知魂已断,空有梦相随。除却天边月,没人知。"

又如李白有诗句曰:"落月低轩窥烛尽,飞花入户笑床空。"(《春怨》)一个"窥"字,将明月拟人化,写活了;斜月入户,窥视那独守残烛、床空被冷、辗转难眠的思妇。是同情、慰藉、讥笑、戏弄?让人遐思不断,兴味无穷。

也有求助月亮帮忙以谴责负心人的。如敦煌曲子词中有一首《望江南》这样写道:"天上月,遥望似一团银。夜久更阑风渐紧,为奴吹散月边云。照见负心人。"词的构思巧妙,想象丰富,清新畅快。

还有更加新颖独特的是,诗人从月亮不同特征的两个方面作喻,表达的却是一样的情感。如宋代词人吕本中有一首《采桑子》词这样写道:

> 恨君不似江楼月,南北东西。南北东西,只有相随无别离。
> 恨君恰似江楼月,暂满还亏。暂满还亏,待得团圆是几时。

四、言志诗与明月

清人曹雪芹在《红楼梦》第一回中,描写落魄中的贾雨村于元宵佳节跟甄士隐对饮,"当头一轮明月,飞彩凝辉。二人愈添豪兴,酒到杯干。雨村此时已有七八分酒意,狂兴不禁,乃对月寓怀,口占一绝云:'时逢三五便团圞,满把清光护玉栏。天上一轮才捧出,人间万姓仰头看。'"借咏月以言志。

金主完颜亮有一首《鹊桥仙·待月》词,写得极有气势,虽然不是直接言志,但字里行间透露出豪迈的襟怀。词曰:

> 停怀不举,停歌不发,等候银蟾出海。不知何处片云来,做许大、通天障碍。　虬髯捻断,星眸睁裂,唯恨剑锋不快。一挥截断紫云腰,仔细看、嫦娥体态。

《全唐诗》中收录了缪氏子年七岁时咏得的一首《新月》诗:

> 初月如弓未上弦,分明挂在碧霄边。
> 时人莫道蛾眉小,三五团圆照满天。

这首诗透出了少年才子的不凡抱负;可惜这位缪氏少年不知为什么没有成长成为朗照唐代诗坛的一轮明月,长大后再无一首诗传世,令人一叹!

而称得上是朗照唐宋诗坛最皎洁的明月的,无疑要数两位伟大的浪漫主义诗人——李白和苏轼。

李白现存的近千首诗中,与月亮相关的就有两三百首;咏月诗之多,唐代诗人中无出其右。他从小就喜欢明月,前面引到的《古朗月行》写道:"小时不识月,呼作白玉盘。又疑瑶台镜,飞在青云端。"长大后更喜欢故乡四川的明月:"峨眉山月半轮秋,影入平羌江水流。夜发清溪向三峡,思君不见下渝州。"(《峨眉山月歌》)他的《月下独酌》,把明月当成自己最要好的朋友,一起饮酒,一起起舞:

> 花间一壶酒,独酌无相亲。举杯邀明月,对影成三人。
> 月既不解饮,影徒随我身。暂伴月将影,行乐须及春。
> 我歌月徘徊,我舞影零乱。醒时同交欢,醉后各分散。
> 永结无情游,相期邈云汉。

字里行间洋溢着李白对象征着光明、纯洁的明月的一往情深。明月还曾引发诗人对故乡的浓浓深情,他那首脍炙人口的《静夜思》,曾引起历代游子的强烈共鸣:

> 床前明月光,疑是地上霜。举头望明月,低头思故乡。

"思故乡"思什么,不说破;唯其不说破,才有更加丰富的内涵。小诗清新自然,明白如话;就诗人而言,仿佛是脱口而出;就读者而言,实在有到口即消之妙!不管什么人一读了就会明白,一明白就会记住,一记住就一生一世也不会忘记!这就是真正优秀的诗歌的无穷魅力之所在!

总之,李白的咏月诗充满了奇思异想,感情色彩十分浓郁;诗人以生花之妙笔和横溢之才华,创造了千姿百态的明月形象和优美旖旎的空明境界。

宋代诗人苏轼在浪漫主义诗坛上,与李白前后辉映。苏轼的咏月诗词也很多;我们先看一看他的两首咏月绝句。这两首咏月七绝,都是咏中秋明月,然而气象不同,风格迥异,不愧为大手笔所为。先看第一首《中秋月》:

> 暮云收尽溢清寒,银汉无声转玉盘。
> 此生此夜不长好,明月明年何处看。

这里的明月似妩媚多情的少女,含羞脉脉,温柔可爱。诗中弥漫着人生不常好、花无百日红的淡淡的哀伤情绪,情思低回,令人动情。而他的另一首《和子由中秋见月》诗,却痛快淋漓地唱道:

> 明月未出群山高,瑞光千丈生白毫。
> 一杯未尽银阙涌,乱云脱坏如崩涛。

这是何等的气势:明月未出,瑞光千丈;而当一轮明月涌出大海时,乱云脱坏,四散奔逃,犹如堤坝崩塌而奔涌的怒涛。此月与彼月,同是中秋圆月,形象何等不同:如果我们将前者比作一位轻盈绰约的少女,那么后者则是一位叱咤风云的英豪!

前面已经说过"月到中秋分外明",历代咏月诗中也是咏中秋明月的诗最多、最好;其中最为人传诵的要数苏东坡的《水调歌头》词。词前的小序说:"丙辰中秋,欢饮达旦,大醉,作此篇,兼怀子由。"子由,是词人的弟弟苏辙的字。词曰:

> 明月几时有,把酒问青天。不知天上宫阙,今夕是何年。我欲乘风归去,又恐琼楼玉宇,高处不胜寒。起舞弄清影,何似在人间。
> 转朱阁,低绮户,照无眠。不应有恨,何事长向别时圆。人有悲欢离合,月有阴晴圆缺,此事古难全。但愿人长久,千里共婵娟。

对于这首词,历代都是推崇备至。宋人胡仔《苕溪渔隐丛话》说:"中秋词,自东坡《水调歌头》一出,余词尽废。"认为写中秋词里,这是最好的一首,这并不过分;但要说这首词一出后,"余词尽废",则不免有点夸张,因为这样说不完全合乎实际情况。南宋词人张孝祥的《念奴娇·过洞庭》一词的艺术造诣,我以为完全可以和苏词媲美。张孝祥的这首词是这样写的:

> 洞庭青草,近中秋、更无一点风色。玉鉴琼田三万顷,着我扁舟一叶。素月分辉,明河共影,表里俱澄澈。悠然心会,妙处难与君说。　应念岭表经年,孤光自照,肝胆皆冰雪。短鬓萧骚襟袖冷,稳泛沧溟空阔。尽挹西江,细斟北斗,万象为宾客。扣舷独啸,不知今夕何夕。

这首词上片写洞庭湖和青草湖中秋之夜的月下空明纯净的美景,美好得无法用语言来表达:"悠然心会,妙处难与君说。"下片表白自己虽遭贬谪但不改初衷的冰雪操守。最后豪迈地以北斗为勺,挹西江之水为酒,大自然"万象为宾客",痛饮狂歌,"扣舷独啸,不知今夕何夕"。

最后,祝愿朋友们在漫长的人生道路上,吉祥如意,花好月圆,红颜不老,青春永驻!让我们互相祝福——"但愿人长久,千里共婵娟。"

五　唐宋咏春诗词赏析

我们中华民族是一个历史悠久、文化灿烂的民族;在中华民族的文化宝库中,唐宋诗词是十分灿烂的瑰宝。漫步唐宋诗词的百花园,可以说是姹紫嫣红、争奇斗艳;如行山阴道上,目不暇接、美不胜收。我今天所要讲的咏春诗,就是其中十分靓丽的一丛!

春夏秋冬,周而复始,这是大自然不可抗拒的客观规律。有一副对联这样写道:"春为一岁首,梅占百花魁。"春天是一年的开始,每当春天到来的时候,大自然万物复苏,万象更新;百草吐绿,百花争艳,百鸟欢鸣!春天,意味着一个生机勃勃的开始;春天,是播种希望的季节;春天,是最富有生命力的季节!

因此,春天在古往今来的人们的心目中,总是充满了浓浓诗意。人们总是把春天作为一个美好的象征,总是喜欢用春天来比喻生活中美好的事物或美好的情感。

比如,人们将一生中最美好的韶华时光,比喻为青春时期。把真诚的相思之情,称为春心,如唐代诗人李商隐的诗:"春心莫共花争发,一寸相思一寸灰。"(《无题四首》其二)

另外,人们用春风来称颂师长或长辈的谆谆教诲;我们经常说:"春风化雨""如沐春风"。人们用"春晖"来比喻母爱的温暖、光明、博大、无私;中唐诗人孟郊的《游子吟》写道:"慈母手中线,游子身上衣。临行密密缝,意恐迟迟归。谁言寸草心,报得三春晖。"就像小草永远无法报答三春的恩德似的,子女永远也没有办法报答父母的恩德。所以,古人有称自己的书斋叫"春晖斋",称堂为"春晖堂",都是表达对母亲的尊敬和怀念。

还有,人们用"春华秋实"来比喻文采和德行、学问和操守。《颜氏家训》曰:"夫学者,犹种树也:春玩其华,秋登其实。讲论文章,春华也;修身利行,秋实也。"这就是用春华来比喻文采,比喻学问,用秋实来比喻德行,比喻操守。

另外,人们平时将高兴说成是"满面春风",将得意说成是"春风得意",形容新生事物蓬勃萌发为"雨后春笋",形容医道高明为"妙手回春"。

总之,人们总是喜欢用春天来比喻生活中美好的人、美好的事物、美好的情感。

人们喜爱春天,喜爱春风、春雨,喜爱春山、春水,喜爱春花、春草……古往今来,人同此情,因此在历代诗人特别是唐宋诗人的笔下,留下无数赞美春天的诗篇,这些诗篇,引起了历代读者的喜爱和共鸣。我想在这里举一些唐宋诗歌中最脍炙人口的咏春小诗,与大家一起来欣赏。为了讲述的方便,我想按照春天的发展顺序,即初春——又称孟春,盛春——又称仲春,暮春——又称季春的大致顺序,来做一个走马观花式的巡礼。

一、咏初春诗

咏初春的诗歌中所体现的情感状态,我想用两个字概括,这就是"惊喜"。初春之际,对物候变化最为敏感的诗人们,惊喜地发现大自然中最新引起变化的是杨柳。南朝诗人费昶诗曰:"水逐桃花去,春随杨柳归。"(《和萧记室春旦有所思》)唐代诗人李白诗曰:"寒雪梅中尽,春风柳上归。"(《宫中行乐词八首》)杜甫诗亦曰:"侵陵雪色还萱草,漏泄春光有柳条。"(《腊日》)春的信息被柳条漏泄出来了。另外,宋代诗人张耒诗曰:"残雪暗随冰笋滴,新春偷向柳梢归。"(《早春》)这里的"偷"字很形象,是说春天悄悄地、暗暗地从柳条上回来了。

当然,歌颂初春的诗歌当中最有名的还要数唐代诗人贺知章的《咏柳》:

碧玉妆成一树高,万条垂下绿丝绦。
不知细叶谁裁出?二月春风似剪刀。

这首诗写得非常精彩!柳干像碧玉妆成,柳条像丝绦垂下,而那一排排整齐、鲜嫩、透亮的绿叶是谁剪裁出来的呢?是二月春风像一把剪刀一样剪裁出来的。把春风给万物带来的生机勃勃的景象,比拟为大自然的能工巧匠用剪刀精心剪裁出来的,可谓是想落天外。

这首诗好在两点：一是层次非常清楚，从柳干写到柳条，再写到柳叶。二是言在此而意在彼，歌咏的是绿柳，但实际上歌颂的是春风，因为春风是看不见、摸不着的。正如清人江湜《彦冲画柳燕》题画诗所写："柳枝西出叶向东，此非画柳实画风。风无本质不上笔，巧借柳枝相形容。"这首诗歌咏的是初春的绿柳，实际上歌颂的是春风，因为一切的美好，都是春风带来的。

宋人曾巩也有一首七言绝句，题目也是《咏柳》，但这两首《咏柳》诗所体现的意趣，却迥然不同。曾巩的《咏柳》诗曰：

乱条犹未变初黄，倚得东风势便狂。
解把飞花蒙日月，不知天地有清霜。

那乱七八糟的柳条还没有改变最初的鹅黄色，倚仗着东风便疯狂地飘舞起来。妄想用柳絮把太阳和月亮遮蔽起来，请你不要得意太早，当秋风一起、清霜一降的时候，你就会黄叶飘零。这首诗不是用热烈的情感去体验春天到来的喜悦，而是将诗人在社会生活中所体验到的某种哲理，通过杨柳的形象表露出来。实际上是一首哲理诗，刻画的是一个得志便猖狂的小人形象。

所以，我们如果将这首诗跟贺知章的那首诗比较一下，便可以看到唐诗和宋诗的不同特色：唐诗的特色是重情趣，唐代诗人多用一种热烈的情感去感受生活，给人以感染；而宋诗的特色是注重理趣，将某种哲理通过物化外露的形式体现出来，给人启迪。所以有人说读唐诗如饮美酒，让人热烈兴奋；读宋诗如品名茗，令人回味无穷。当然，唐诗中也有充满议论和哲理的诗歌，比如李绅的《悯农》诗："锄禾日当午，汗滴禾下土。谁知盘中餐，粒粒皆辛苦。"每一句都是议论，但是议论得好，是千古绝唱。宋诗中也有充满情趣的，比如王安石的《梅花》诗："墙角数枝梅，凌寒独自开。遥知不是雪，为有暗香来。"确实是不减唐音。

如果说贺知章的《咏柳》是一诗双咏，借歌咏绿柳以歌颂春风的话，那么韩愈《早春呈张十八员外二首》其一也是一诗双咏，借歌咏绿草以歌颂春雨：

天街小雨润如酥，草色遥看近却无。
最是一年春好处，绝胜烟柳满皇都。

第一句用酥油来形容初春细雨对大地的滋润，取喻用常得奇。第二句写经细雨滋润的刚刚萌芽的春草，远望有淡淡的绿色，近看则草色又消失得难以寻觅。这一句体物甚微，一般人不易觉察，更不易道出。诚所谓人人意中皆有，而人人笔下皆无。初春的蒙蒙细雨，初生的茸茸春草，被诗人描绘得生机盎然。以春雨衬春草，以春草显春雨，亦可谓相得益彰。宋人黄庭坚《春近四绝句》其三亦云："年华已伴梅梢晚，春色先从草际归。"也是说春色最先从草头上归来。

描写初春的诗句，还有一些写得非常好，比如杜甫的祖父杜审言写道："梅花落处疑残雪，柳叶开时任好风。"（《大酺》）又如宋代诗人汪藻写道："桃花嫣然出篱笑，似开未开最有情。"（《春日》）花看半开，最有情趣；酒喝微醉，最得佳境。

另外，唐代诗人刘方平还从虫声中听到春天到来的脚步声，他的一首七绝写道："更深月色半人家，北斗阑干南斗斜。今夜偏知春气暖，虫声新透绿窗纱。"（《月夜》）这首诗也写得非常好，诗人从春虫的鸣叫声中听到了春天的脚步声。宋代大诗人苏东坡也写过一首题画诗《惠崇〈春江晚景〉》："竹外桃花三两枝，春江水暖鸭先知。蒌蒿满地芦芽短，正是河豚欲上时。"这也是咏初春的一首为人传诵的小诗。

初春的诗歌我想跟大家一起欣赏到这里。下面我们讲咏盛春的诗歌。

二、咏盛春诗

咏盛春的诗歌在情感色彩方面也可以用两个字概括，这就是"兴奋"。如果说初春给人以惊喜，那么盛春则给人以兴奋。

盛春时节，浩浩春风，蒙蒙春雨，融融春水，一起掀开了春天的帷幕，无限春色一起涌向大地。唐代诗人韩翃写道"春城无处不飞花"（《寒食》）；宋代朱熹写道"万紫千红总是春"（《春日》）。蓬蓬勃勃的春天呈现出欣欣向荣的景象，这正是诗人们驰骋才情的最好时机。唐代诗人白居易写江南春光："日出江花红胜火，春来江水绿如蓝。"（《忆江南》）宋代词人宋祁写道："绿杨烟外晓寒轻，红杏枝头春意闹。"（《玉楼青》）一个"闹"，化静为动，将争奇斗艳盛开枝头的红杏拟人化,写活了;一时广为流传,以至于人们称尚书宋祁为"'红杏枝头春意闹'尚书"。清人王国维在他的《人间词话》中激赏这一个"闹"字:"着一'闹'字而境界全出。""闹"字,堪称"词眼"。这里顺便说一下,读者朋友们以后写诗锤炼字句的时候,名词、实词不要锤炼,主要锤炼动词、虚词、形容词。

这里想说一下红杏,这是盛春里非常有代表性的花。红杏,逗出了诗人们多少可爱的佳句,比如唐代诗人吴融写过:"一枝红杏出墙头,墙外行人正独愁。"(《途中见杏花》)以探出墙头开得正火红的红杏,反衬出旅游在外的旅人的愁苦情怀。后来宋代诗人陆游引用原句入诗曰:"杨柳不遮春色断,一枝红杏出墙头。"以一片绿柳反衬和烘托红杏之红艳。宋诗人张良臣《偶题》诗曰:"谁家池馆静萧萧,斜倚朱门不敢敲。一段好春藏不尽,粉墙斜露杏花梢。"杏花风韵动人。

当然,写红杏的诗歌当中写得最为人传诵的,还要数南宋诗人叶绍翁的《游园不值》:

> 应怜屐齿印苍苔,小扣柴扉久不开。
> 春色满园关不住,一枝红杏出墙来。

后面这两句中,首先"关"字用得非常传神,仿佛园中贮满了春色;而春色不愿意被人们关在小小的院落中,所以竭力地挣脱院墙的束缚,推出"一枝红杏",来显示满园浓浓春色。这里实写了"一枝红杏",如电影中的特写镜头;虚写了满园春色。并以"一枝红杏",写尽了满园春色。其次,"出墙来"比前人的"出墙头"要生动得多。"墙头"是一个静止的事物,"出墙头"只是写红杏在春光里长出了墙头;而"出墙来"的一个"来"字,将杏花拟人化,杏花仿佛是一个天真的少女,不愿受束缚而顽皮地将头伸出墙头以外,观看墙外精彩的世界。

这两句不仅写景生动,而且后来人们给这两句赋予一种哲理和情趣。人们通常用这两句诗比喻或形容生活中出类拔萃的人物或事物;形容那种冲破了某种阻隔或经过一番努力,而终于脱颖而出、赫然展示在世人面前的情状,说成是"一枝红杏出墙来"。

这里我想附带介绍一下清朝有一个女子叫骆绮兰,她写过一首七言绝句,诗题如同诗序一样,曰:《三月四日,过云根山馆时,畹乡夫人归宁,见千叶桃盛开,题壁一绝》,"过"就是拜访;"归宁"就是回娘家,古代女子出嫁后,如果娘家有人带回去探亲,就叫作"归宁"。诗人看到满园千叶桃盛开,一片火红,可是主人却不在家,十分惋惜,便在院墙上题写了如下这首小诗:

> 寂寂园林日未斜,一庭红影上窗纱。
> 主人难免花枝笑,如此春光不在家。

我曾有感于我们北京大学的同学们在大好春光里仍然坐在图书馆里面孜孜不倦地读书,我一方面为他们勤奋读书感到赞叹,另一方面也为他们辜负了大好春光而感到惋惜。为此我改写了一首诗:"不疑春风遍天涯,姹紫嫣红满京华。书生难免花枝笑,如此春色却在家。"后来我看到宋人朱熹写过一首诗,可以说是先得我心。朱熹《出山道中口占》诗写道:"川原红绿一时新,暮雨朝晴更可人。书册埋头无了日,不如抛却去寻春。"我得古人怀抱,幸甚至哉!

在盛春里最好的节日就是清明,古往今来描写清明的诗歌数不胜数;像南宋诗人赵师秀有一首《约客》诗写道:"清明时节家家雨,春草池塘处处蛙。有约不来过夜半,闲敲棋子落灯花。"这首诗写得非常好,以动写静,写出了朋友不来的寂寞。清明诗总是与雨联在一起,如宋人沈与求《清明日晚晴》诗曰"细风吹雨湿清明",清明总是被雨水浇淋得湿漉漉的。

当然,歌咏清明的诗歌当中最脍炙人口的还是杜牧的《清明》诗:

> 清明时节雨纷纷,路上行人欲断魂。
> 借问酒家何处有,牧童遥指杏花村。

这首诗歌写得非常好。第一句中的"纷纷"写的才是春雨,正像杜甫的《春夜喜雨》中所说:"随风潜入夜,润物细无声。"也像唐代诗人刘长卿所写的:"细雨湿衣看不见,闲花落地听无声。"(《别严士元》)这个雨细到人的眼睛都看不见,不知不觉中却把衣服湿润了。宋代释志南《绝句》曰:"沾衣欲湿杏花雨,吹面不寒杨柳风。"这些都体现了春雨和春风的特色。

第二句中的"断魂",指感情特别强烈;或极度悲伤,或极度高兴,这里一般解释为悲伤。行人在外适逢清明,"清明无客不思家"(明代高启诗句);加之纷纷春雨,绵绵无尽,心情无疑更加凄凉孤寂。想避雨,亦想消愁,于是便想找一个小酒馆小饮几杯。

第三、四句写诗人"借问",牧童不用言语,只用一个手势作答,更富有形象性。全诗就像一幅《清明春雨图》,素朴淡雅;字里行间饱含着浓浓的春意。近人周汝昌先生曾分析说这首诗说好就好在"遥"字;认为"遥"字,不能理解为杏花村离这里路程非常遥远,而是说那酒帘隐约在红杏梢头随风飘动,时隐时现。若真的还距离太遥远,就难以引起人们的艺术联想;若真的就在眼前,那又失去了含蓄无尽的兴味,妙就妙在不远不近之间。结句戛然而止,"遥指"后的情景,让读者自己去想象,余韵邈然。

我认为这首诗里"遥"字固佳,但全诗中点睛传神之笔,还在于"牧童"这个意象选取得好。这个意象跟整个画面和整个情韵和谐一致,水乳交融。牧童,乡村中放牛的儿童,这是春天的原野上最常见到的一幕:牧童横笛牛背,悠然自得。天真无邪的牧童,与纯朴无华的大自然浑然一体,确乎达到了"天人合一"的境界。纯朴的牧童,融入了纯朴的大自然,美好的童心和美好的春光交融在一起,这真是"真、善、美"和谐统一的一幅非常美好的画面。

关于"牧童"我想选讲三首唐宋诗歌:

唐代诗人栖蟾《牧童》诗写道:"牛得自由骑,春风细雨飞。青山青草里,一笛一蓑衣。日出唱歌去,月明抚掌归。何人得似尔,无是亦无非。"沐在春风里,浴在春雨中,牛自由骑,山任我行,笛随意吹;何等天然、自然,何等怡然、超然!

唐代诗人吕岩《牧童》诗写道:"草铺横野六七里,笛弄晚风三四声。归来饱饭黄昏后,不脱蓑衣卧月明。"放牛一天,回来后饱餐一顿,累了,在明月朗照下不脱蓑衣便酣然睡去。无忧无虑,天真无邪。

宋代诗人雷震《村晚》诗写道:"草满池塘水满陂,山衔落日浸寒漪。牧童归去横牛背,短笛无腔信口吹。"无腔,不求合调,也不知合调;信口吹,无拘无束,随意吹。一切都适意、任情而已。从这些诗中看,牧童是多么可爱!

后世有人曾经说杜牧这首《清明》诗写得好是好,但不怎么精练,这首七言绝句可以改成五言绝句:"清明雨纷纷,行人欲断魂。酒家何处有,遥指杏花村。"如果说前三句还差强人意的话,那么最后一句是无论如何也不能改的。最后一句中去掉了"牧童",整个诗歌就索然无味、黯然失色了。大家可以试想一下,如果把"牧童遥指杏花村"改成"书生遥指杏花村",太书卷气;如果改成"老人遥指杏花村",太沉闷;如果改成"红袖遥指杏花村",太香艳;只有"牧童遥指杏花村"最好。

三、咏暮春诗

咏暮春的诗歌中的感情色彩,我们也可以用两个字来概括,那就是"惋惜"。春天虽然很美好,但任何美好的事物总是要过去的,总是要消逝的,这是永远也无法改变的悲哀。暮春三月,春将归去,引起了人们无限的惋惜和依恋之情,一种淡淡的感伤之情,弥漫在整个暮春诗中。人们不愿意春归,春天也不愿意归去。所以唐代诗人韩愈写过一首《晚春》诗:

> 草树知春不久归,百般红紫斗芳菲。
> 杨花榆荚无才思,惟解漫天作雪飞。

诗将草树人格化,前两句说草木知道春天不久就要回去了,所以"百般红紫斗芳菲",抓住春天剩余的时光更好地开放,想最后展示一下自身的美。写的是花草,表达的却是人不愿意春归去的心情。

但是,春天毕竟要归去,春花毕竟还是要凋谢;花开花落,无可奈何,所以唐代诗人李贺在《南园十三首》其一中说:

> 花枝草蔓眼中开,小白长红越女腮。
> 可怜日暮嫣香落,嫁与春风不用媒。

诗人描写像美女腮颊一样美丽娇艳的红红白白的花朵,终于嫣香零落。一般的诗词都是以花来形容美女,像"如花似玉"之类,诗人在这里一反时习,用美女来比喻花,把花落比作女子出嫁,嫁的对象是东风,而且是自由恋爱,不用媒妁。这可以说是出奇制胜,令人耳目一新。

宋代欧阳修在《丰乐亭游春三首》其三中说:

> 红树青山日欲斜,长郊草色绿无涯。

>　　游人不管春将老,来往亭前踏落花。

　　诗写的也是暮春时节,游人踏青,一直到太阳落山的时候还不肯归去,流连忘返,如痴如醉;似乎执意挽留,决不肯将春天放走。

　　暮春时节,绿肥红瘦,咏落花的诗歌很多。例如五代时南唐李后主有一首《浪淘沙》词曰:"流水落花春去也,天上人间。"宋词人秦观《千秋岁》词曰:"春去也,飞红万点愁如海。"宋张耒《雨后游朱园》诗曰:"东风不惜残桃李,吹作春愁处处飞。"咏落花的诗歌中,唐宋诗人还有构思非常巧妙的,即对春风一方面赞扬,一方面批评。宋无名氏有一首诗写道:"春日春风有时好,春日春风有时恶。不得春风花不开,花开又被风吹落。"南宋词人刘克庄也写过一首《卜算子》词:

>　　片片蝶衣轻,点点猩红小。道是天公不惜花,百种千般巧。
>　　朝见树头繁,暮见枝头少。道是天公果惜花,雨洗风吹了。

　　词的上片说花开得像蝴蝶的翅膀一样,薄而美,点点红花非常小巧;如果说大自然不爱惜春光,也不是,你看造物主造出了如此多姿多彩、千般巧妙的花朵。下片说早上还见到枝头繁花似锦,晚上再看枝头已经只剩下星星点点;如果说大自然果然爱惜花的话,也不是,你看美好的花儿又被雨洗风吹了。这首词把人们矛盾的心情写得淋漓尽致,表达的还是怜春惜春的心情。

　　是啊,花谢花飞,红消香断,让人惋惜,令人神伤;然而正如近代著名诗人龚自珍所云:"落红不是无情物,化作春泥更护花。"(《己亥杂诗》)花儿谢落了,落下的花朵与春泥融合到一起,继续为花贡献力量。

　　在歌咏暮春的诗歌当中,我非常喜欢清代一首小诗,作者是翁格,诗的题目是《暮春》:

>　　莫怨春归早,花余几点红。
>　　留将根蒂在,岁岁有东风。

　　不要埋怨春归去得早,花儿只剩下几点红。只要花根还在,那么,"岁岁有东风",等到明年东风再起的时候,又会是繁花满枝。

　　是的,自然界不会永远是风和日丽,春光明媚;人生又何尝不是如此呢!人生道路上不会总是一马平川,风平浪静;不会总是月白风清,良辰美景；不会总是成功的欢乐，动人的微笑，甜蜜的絮语，悦耳的歌声。所以，当你的人生中碰到"欲渡黄河冰塞川，将登太行雪满山"（李白《行路难》）举步维艰的时候，当你的人生中碰到"无边落木萧萧下"（杜甫《登高》）、"黑云压城城欲摧"（李贺《雁门太守行》）困难重重的时候，当你的人生中碰到"千里黄云白日曛，北风吹雁雪纷纷"（高适《别董大》）天寒地冻的时候，请不要气馁，不要退缩，不要一蹶不振，不要急流勇退！要相信，冬天后面不是秋！当冬天到来的时候，春天还会远吗?！所以，最后我将清人的这两句诗送给广大朋友们："留将根蒂在，岁岁有东风"！

后 记

国庆长假,一日不敢偷闲;从清晨到深夜,中午也只在办公室的沙发上放平一会儿。盘键跳动,其声唧唧;清茶一杯,其烟袅袅。一直到今天长假的最后一天,才将书稿的最后一章写完。未名湖边舒臂放眼,忽然发现京华的秋天是如此之美:金风送爽,丹桂飘香;枫叶火红,银杏金黄;碧草萋萋,蒹葭苍苍;天应心而湛蓝,云随意而飘荡;远处青山连绵,近处绿水荡漾……触景生情,不由得想起唐代诗人刘禹锡的咏秋名句:"晴空一鹤排云上,便引诗情到碧霄。"(《秋词二首》其一)古人先得我心,我心与古人冥然契合,此亦人生一乐也!

本书是中国古代文学专题研究之二,内容是唐诗宋词。但实际上并不是对唐诗宋词的全面研究,而仅是对唐诗宋词的分类研究,这是从一开始讨论专题课内容时便定下来的。而且是按题材分类,既兼顾到某一题材诗歌演进的历史,又对同一题材中的不同诗歌做比较研究。说是研究,其实在理论上深入不够;但在对诗歌的对比分析上,倒是下了一点工夫,力求将同类题材诗歌的不同特色讲出来,给人一点启发。除本书中已经写出的四类题材即山水田园诗词、友情送别诗词、咏史怀古诗词和咏物诗词外,原打算写的还有爱国怀乡诗词、爱民悯农诗词、闺怨宫怨诗词和爱情诗词等;然一是因为才情所限,二是因为时间所限,其他几章就只好暂付阙如了。

近年来,除在中文系照常教学和指导研究生外,我还受命负责学校的文科科研管理工作。祖国和人民把我国创建世界一流大学的重任,一部分交给了我们北京大学;肩负着民族使命的每一个北大人,都既感到无比荣幸,更感到责任重大、其压如磐,从校领导到每一个教职工,大家都不敢有丝毫的懈怠。我更有蚁负粒米如负千斤之感,何况负的是金米玉粒;于是白天全身心地投入工作,尚恐怕有所闪失;"惴惴小心,如临于谷"(《诗经·小雅·小宛》),此之谓也。自己的备课和科研方面写点东西,只能利用"三余"时间:夜晚乃一日之余,周六乃一周之余,寒暑假乃学期之余;我曾戏称我的书斋为"三余斋"(退休乃人生之余,将来再改为"四余斋")。"三余"的时间虽然零星有限,有时还被这样那样的会务占用;然集腋成裘,汇涓成流,亦时有所得也。我深感本书所论尚浅,应不断努力,不断提高;然"里语曰:'家有敝帚,享之千金。'"(曹丕《典论·论文》)亦不能免"敝帚自珍"之俗也。

　　写作中,我尽量想让学术文章通俗些、活泼些、有趣些,甚至情不自禁地将自己的个别拙作也鱼目混珠地写入书中,意在把读者当作朋友,促膝交流,无所不谈。所引资料,也随文注出,让读者于阅读过程中一并了然,不用再去翻页末注或章末注。有些诗词重点分析,连类比较,时不时发挥开去议论一番;个别诗词在不同的章节中有意重出,意在加深印象;还有的诗词则顺笔录出,不加分析,意在让读者自己去体味、去丰富、去补充。另外还将以前已经发表的几篇文章和在中央电视台"百家讲坛"中所讲的讲稿,作为附录附上,意在对咏物诗歌一章加以补充和丰满。这些追求,到底能实现多少,心中无数;但我主观上对此的态度是"虽不能至,然心向往之"(司马迁《史记·孔子世家》)。

　　需要感谢的是:刘航博士和博士研究生郑园君、李静君,于百忙中参与了一些章节的初稿写作;我们之间亦师亦友,师友之情谊,良可珍惜也!内子宋振清和女儿程佳,熬夜做了一些引文的录入工作,此等亲情,亦当铭记不忘也!北京大学出版社文史编辑部主任乔征胜编审,为本书的出版花费了大量的心血;这种甘心"为他人作嫁衣裳"的利他主义精神,实非一个谢字所能了得的!

　　写到这里,似乎可以结束了;但我又想到了宋代诗人杨万里的七绝组诗,题为《过松源晨炊漆公店》,其第五首曰:

　　　　莫言下岭便无难,赚得路人错喜欢。
　　　　正入万山圈子里,一山放过一山拦。

登山是如此,人生又何尝不是如此呢!"正入万山圈子里,一山放过一山拦",哪能止步,还得登攀;扶犁荷锄,继续耕耘。

程郁缀

2002年10月6日于燕园均斋灯下

改版后记

光阴荏苒,弹指间十年过去了。今天又是国庆长假的最后一天,我校对好小书《唐诗宋词》改版校样的最后一页,默默沉思,心潮难平!十年了,燕园里迷人的秋色依旧,倒映在未名湖里的月儿依旧,沐浴着博雅塔顶的阳光依旧,而穿行在校园里的学子们却换了一届又一届,我敬爱的师友却一拨又一拨地退出了教学的讲台、继而退出了人生的舞台,他们对我的教学科研和这本小书都助益良多,我思念他们,怀念他们,忘不了他们!

寸衷难平,百感云集:一是感叹时光如流,人生易老,一晃花甲已过;岁月徒增而成果微小,自我汗颜。二是感谢读者对待拙著的热情和友善,十年来竟再版了 25 次,印数超过了 30 万册;每念及此,顿生涌泉相报之意。三是感激北京大学出版社玉成他人的尚德襟怀,决定将小书改版再出;尤其是徐丹丽君不辞辛劳细细校对改正误错,谦虚自抑提出良好建议;这些都不是言语所能达尽我意的。

本来想趁这次改版之机,增补一两章,诸如"闺怨宫怨诗词论析""爱国怀乡诗词论析"之类,然终因琐事如猬、自强不足而作罢,亦无可奈何也。

十年前的《后记》结束时引用了杨万里的绝句,这里再引用东晋诗人陶渊明《杂诗十二首》其一中的四句作结:"盛年不重来,一日难再晨。及时当勉励,岁月不待人。"——意在自勉,兼及勉人。

2012 年 10 月 7 日于静园一院银杏树下